Adele hat den schönsten Mund

DAS AKTUELLE PROGRAMM
VON ANAIS

ANAIS 1
Rebecca Martin: Frühling und so

ANAIS 2
Cornelia Jönsson: Spieler wie wir

ANAIS 3
Burton/Stacey/Hardin: Lara, Jill & Lea

ANAIS 4
Anna Clare: Adele hat den schönsten Mund

ANAIS 5
Tanja Steinlechner: Wahrheit oder Lüge

ANAIS 6
Anna Bunt: Subjektiv

ANAIS 7
Nikki Soarde: Julie mit dem besten Freund

ANAIS 8
Alaine Hood: Anna und ihre Männer

Anna Clare

Adele hat den schönsten Mund

Erotischer Roman

Übersetzt von Nikola Lamberti

ANAIS

1. Kapitel

Adele war fast siebzehn, als sie wieder einmal eine der üblichen Gehässigkeiten an der Tür ihres Schulspinds fand. Diesmal war es eine unbeholfene Zeichnung des Eiffelturms neben einem riesigen Lippenstift. Um sicherzugehen, dass sie den Witz auch kapierte, war »Fischlippe« unter das Bild gekritzelt. Sehr witzig, dachte Adele, biss auf ihre vollen, blassen Lippen und blickte finster vor sich hin. Aus der Mädchentoilette auf der anderen Seite des Gangs drang gedämpftes Kichern. Kim, der neben ihr stand, drehte sich ruckartig um und brüllte: »Ihr glaubt wohl, ihr seid die Coolsten, was?«

»Na, wenn du so fragst – ja!«

Adele brauchte sich nicht umzudrehen, um Sharon Bircher zu erkennen. Sharon entwickelte sich allmählich zu einer richtigen kleinen Künstlerin, aber Adele langweilte das Bild. Waren sie nicht langsam zu alt für solchen Blödsinn?

»Warum verpisst du dich nicht einfach und lässt dir von deinem Waschlappen-Freund an deiner verseuchten Muschi rumfingern, du blöde Kuh?!«, wütete Kim.

Sharon antwortete mit einem Zischen: »Das werde ich ihm erzählen, du Schwuchtel.«

»Viel Spaß!«

»Kim, lass es!«, sagte Adele. Sie wollte keinen Ärger. Sharons Freund Neville war ein 1,80 Meter großes Überbleibsel aus der Steinzeit und es würde ihn kaum mehr als ein Lächeln kosten, Kim die Seele aus dem Leib zu prügeln. Kim schien das nicht zu kümmern. Er war jemand, der für eine gepfefferte Beleidigung gerne Risiken auf sich nahm.

»Ich frage mich, wie er das bloß macht«, setzte Kim noch einen drauf. »Trägt er eine Augenbinde, wenn er dich von hinten fickt, damit er nicht kotzen muss, wenn er deinen pickligen Arsch sieht?«

»Lass es«, sagte Adele energisch. »Sie ist es nicht wert!«

»Du bist *tot*!«, drohte Sharon. Hinter ihr verzogen die anderen Mädchen angestrengt ihre Gesichter, um nicht über Kims Lästereien lachen zu müssen.

»Lieber tot als eine Schlampe mit Pickelarsch.«

»Kim!« Adele riss die Zeichnung vom Spind und schmiss sie Sharon ins Gesicht. »Werd endlich erwachsen«, sagte sie, drehte sich um und zog Kim am Handgelenk hinter sich her.

»Schönes Leben noch, Fischlippe!«, rief Sharon ihr nach.

»Danke«, entgegnete Adele über ihre Schulter hinweg. »Soll ich dir vielleicht auch gleich ein neues organisieren?«

»Breitmaulfrosch!«

Adele biss sich wieder auf ihre Lippen, was sie sich im Laufe der Jahre voller Hänseleien irgendwann angewöhnt hatte. Manchmal kamen sie ihr selbst wie riesige, aufgeblasene Luftkissen vor. Bei all dem Spott, den sie schon ihre gesamte Kindheit hatte ertragen müssen, war ihr bisher noch nicht aufgefallen, dass es Frauen gab, die sich ihre Lippen für einen Haufen Geld mit Kollagen aufspritzen ließen.

»Du hättest sie ignorieren sollen«, sagte Adele, als sie aus dem Haupttor kamen und den kargen Schulhof überquerten. In Wirklichkeit glaubte sie selbst nicht daran, dass es etwas bringen würde, Sharon keine Beachtung zu schenken. Bis jetzt hatte es jedenfalls noch nicht funktioniert, aber sie gab die Hoffnung nicht auf.

»Das bringt nichts«, sagte Kim und blickte über ihre Schulter, um nachzusehen, ob Sharon ihnen folgte. »Solange du sie ignorierst, werden sie einfach weitermachen.«

»Du solltest sie aber auch nicht provozieren. Sie sind es nicht wert – die sind einfach nur unreif.«

»Unreif?«, stöhnte Kim verächtlich. »Von wegen! Wenn Sharon Bircher zwanzig ist, wird sie aussehen wie eine abgehalfterte, vierzigjährige Nutte.«

Adele lachte. »Ja, aber so wie *du* dich aufführst, dürftest du das wohl kaum miterleben.«

»Leb gefährlich – stirb jung und schön, Schätzchen«, sagte Kim und hakte sich bei ihr ein, als sie auf dem schmalen Pfad waren, der ins Stadtzentrum führte. Im wuchernden Gras lagen unzählige Zigarettenkippen und zerknüllte Marlboro-Packungen – stumme Zeugen der heimlichen Nikotinsucht vieler Schüler.

Kim öffnete den obersten Reißverschluss seines Rucksacks und nahm die gut versteckte Packung und ein pinkfarbenes Feuerzeug heraus. Er gab Adele eine Zigarette und zündete sich seine routiniert an.

»Mein Gott, ich muss endlich aufhören. Das ist schon die fünfte heute«, stellte Kim fest.

»Bei mir ist es die zweite. Paps hat wieder mal aufgehört und mein Bruder, dieser Fiesling, sagt, ich soll mir meine eigenen kaufen.«

»Wie nett von ihm. Dabei hat er einen Job, während wir in diesem Drecknest als bettelarme Schüler über die Runden kommen müssen.«

»Und als bettelarme Schauspieler!«

Kim schob seine Unterlippe beleidigt hervor. »Nie im Leben werde ich ein *armer* Schauspieler, Süße. Ich werde ein verdammter Star sein!«

Das glaubte Adele allerdings auch. Schließlich spielte er die kiffenden Schwachköpfe des Schultheaters schon jetzt mühelos an die Wand. Seine Tenorstimme sorgte beim Publikum immer für Begeisterungsstürme. Kim sang leidenschaftlich gerne schmalzige Songs auf der Bühne, wobei nicht einmal die grelle Sporthallenbeleuchtung sein zartes Porzellangesicht entstellen konnte. Seine Eltern waren allerdings alles andere als begeistert von seinen Ambitionen.

Sie versuchten immer noch, einen Koch aus ihm zu machen, weil er einmal das Familienunternehmen leiten sollte. »So weit kommt's noch – ich, ein beschissener Küchensklave«, beschwerte er sich regelmäßig bei Adele. Dass Kim kaum mehr konnte, als Wasser kochen, hinderte seine Eltern nicht daran, ihn trotzdem in die Küche zu schicken. Wenn es deswegen mal wieder Streit gab, wartete Adele auf dem Flur, bis Kim und sein Vater damit aufhörten, sich gegenseitig anzubrüllen.

»Ich glaube auch, dass du es schaffst.«

Kim blies den Rauch aus. »Natürlich schaffe ich es. Ich werde einfach mit den richtigen Leuten vögeln. Couch-Casting, Schätzchen – so läuft das.«

»Du bist furchtbar, Kim.«

»Nee, bin ich nicht. Ich bin großartig, Süße.«

Sie gingen kurz schweigend nebeneinander her. »Hast du Sharons Gesicht gesehen?«, fragte Adele.

»Ja, immer das Gleiche. Dieser fette, hässliche Zwerg.«

»Findest du sie nicht hübsch?«, fragte Adele zögerlich. Sie wollte eine ehrliche Meinung. Sie kannte Sharon Bircher schon seit der Grundschule. Damals war Sharon die Beliebteste gewesen. Von allen bewundert wegen ihrer blonden Löckchen. Noch immer hatte sie den Ruf »der Schönen«.

Kim stöhnte angewidert. »Nein. Früher war sie vielleicht mal hübsch, so in der neunten Klasse. Eigentlich lag es aber nur daran, dass sie schon mit zwölf riesige Titten hatte, die jeder anfassen durfte. Außerdem hat sie wirklich schlechte Haut.«

Adele nickte. »Ihr Make-up trägt sie bestimmt mit einem Handtuch auf.«

»Und außerdem ist es immer der falsche Farbton. Manchmal leuchtet sie wie eine Apfelsine.«

Jetzt mussten beide lachen.

»Leuchtend und voller Krater – genau wie die Marsoberfläche«, giftete Kim und begann zu singen: *»It's a godawful small affair, to the girl with the mousy hair ...«*

Seine Version des Bowie-Songs gefiel Adele. Sie schüttelten sich vor Lachen und gingen weiter bis zur Unterführung. Obwohl eigentlich noch Frühling war, war es schon so staubig wie im Hochsommer. Auch das Gras sah bereits ziemlich mitgenommen aus, besonders am Straßenrand, wo sich die Autoabgase sammelten. In dem kleinen Tunnel war es kühl und stank nach Alkohol. Die Mauern waren mit den üblichen einfallslosen Graffiti beschmiert: Anarchie-Zeichen und allerlei Liebes- und Hassbotschaften, in denen es meistens darum ging, dass diese oder jene Person eine Nutte war.

Adele konnte die Kleinstadt nicht ausstehen. Für eine richtige Stadt war sie viel zu klein. Andererseits war sie groß genug, um die Bewohner oberflächlich und in der Regel sogar feindselig miteinander umgehen zu lassen.

Gemeinsam schwärmten Kim und Adele oft von ihrer glorreichen Zukunft in London. Ihre Kindheitserinnerungen an die Küstenstadt, in der sie aufgewachsen war, behielt Adele hingegen für sich. Gefangen in der trostlosen, zubetonierten Provinz in geschmacklosen quadratischen Häusern aus den Fünfzigern, sehnte sie sich oft nach ihrer alten Heimat am Meer. Sie vermisste den Charme der in die Jahre gekommenen viktorianischen Gebäude, den Geruch der See und die heißen wolkenfreien Tage, an denen Himmel und Ozean am Horizont ineinander übergingen, so dass man beim besten Willen nicht sagen konnte, wo der eine aufhörte oder der andere begann. Für Adele waren diese Erinnerungen aber nicht nur Heimweh nach einer allmählich verblassenden

Vergangenheit, sondern auch eine Art Symbol für die unbegrenzten Möglichkeiten, die die Zukunft ihr bot.

Die Stadt, in der sie jetzt lebte, war jedenfalls nicht ihre wirkliche Heimat, sondern nur das Dreckloch, in das sie das Schicksal verschlagen hatte. Einfach alles hier war eng, hässlich und langweilig: die verdreckten Bushaltestellen, die widerlichen Taubenschwärme vor dem McDonald's und die eintönige Innenstadt. Wenn man Spaß haben wollte, konnte man höchstens Kondome mit Wasser füllen und vom Parkhausdach auf die Fußgänger schmeißen.

Adele und Kim saßen auf den Treppenstufen des Kriegerdenkmals und beobachteten die Passanten: Eine paar Zehnjährige bewarfen sich gegenseitig mit Kartoffelchips, auf die sich die Tauben sofort wie Aasgeier stürzten. Auf der anderen Straßenseite stolzierten zwei alte Damen Arm in Arm den Bürgersteig entlang, als würden sie von Prinz Charles höchstpersönlich ausgeführt.

»Dieses Kaff ist der letzte Dreck«, stellte Kim wieder einmal fest.

»Was für eine Überraschung …« Adele drückte angewidert ihre Zigarette auf der Stufe aus.

»Wenn wir hier nicht bald rauskommen, verrecken wir«, behauptete Kim theatralisch.

»Nur noch ein oder zwei Jahre«, sagte sie. Da sich die Wochen hier sowieso wie ein Ei dem anderen glichen, würde die Zeit schnell vergehen: Töpferkurs, Nachhilfestunden, Zigaretten und durchzechte Wochenenden.

»Das dauert mir zu lange«, beschwerte sich Kim. »Hier gibt es einfach nichts zu tun.«

Sie seufzte. »Im Notfall können wir immer noch Wasserbomben vom Parkhaus werfen.«

Kim rollte mit den Augen. »Mir bleibt gleich das Herz stehen vor lauter Aufregung.«

»Na gut, dann eben nicht.«

»Das habe ich nicht gesagt.«

»Also was jetzt?«

Kim starrte auf seine Füße. »Wenn ich das nur wüsste.« Er gähnte und packte die Zigarettenschachtel wieder in den Rucksack. »Weißt du, was cool wäre?«, fragte er sie nach einer Weile.

»Was denn?«

»Wenn man in die Wasserbomben angetaute Eiscreme füllen würde. Die Leute würden sich vor Schreck in die Hosen machen.«

Adele musste grinsen, als sie sich vorstellte, wie eiskalte knallrote oder blaubeerfarbene Wasserbomben vor den Leuten auf der Straße zerplatzen würden. Die Idee hatte Potential. »Am besten blaues Eis«, schlug sie vor.

»Ich dachte eigentlich an Grün«, entgegnete Kim.

»Oder Schoko-Eis.«

Kim sprang auf. »Das ist es! Die glauben, es wäre Scheiße. Perfekt!«

Die Aussicht auf das kleine, wenn auch kindische Abenteuer hatte sie aus ihrer Lethargie geweckt. Sie schlenderten zur Drogerie. Es duftete nach Parfüm, und alles war sauber, hell und ruhig, was die geplante Aktion noch verführerischer machte. Adele blieb vor den Regalen mit den Lidschatten stehen. Sie schimmerten in Farben, die zum Anbeißen aussahen – von Bonbonrosa bis Schokoladenbraun.

Sie ignorierte die farbintensiveren Lippenstifte, deren kirschrote Spitzen wie kleine Penisse aus den Plastikröhrchen lugten. Sie erinnerten Adele zu sehr daran, dass ihre Mitschülerinnen behaupteten, dass sie einen Lippenstift in der Größe des Eiffelturms benötigte. Obwohl sie genau wusste, dass es albern und blöd war, errötete sie, als sie daran dachte, und ihr lief ein leichter, unangenehmer Schauer über den Rücken. Adele wusste, dass sie nicht den Rest ihres Lebens mit gesenktem Kopf auf ihren Lippen herumbeißen konnte, aber bisher hatte sie es einfach noch nicht geschafft, sich richtig zu wehren.

Hinzu kam, dass Adele ein grundsätzliches Problem mit Make-up hatte, was unter anderem daran lag, dass sie in der Schule schon genügend Beispiele für erbärmliche Schminkunfälle gesehen hatte. Natürlich *wusste* jeder, dass Tara Raymond wegen ihrer überzupften Augenbrauen und dem fransigen Pony immer irgendwie verblüfft und erschrocken wirkte und Sharon Bircher manchmal aussah wie die Kreuzung aus einem Brandopfer und einer Kabukimaske. Weil die beiden aber die unangefochtenen Alphaweibchen der Schule waren, traute sich niemand, etwas zu sagen. Adele war klar, dass sie endlosem Spott ausgesetzt wäre, wenn sie geschminkt in die Schule käme. So war es nun mal und es blieb ihr gar nichts anderes übrig, als sich einfach damit abzufinden.

Natürlich war es unfair. Kim und auch ihr Vater versicherten Adele immer wieder, wie hübsch sie sei. Sie blieb stehen und betrachtete sich in einem der Kosmetikspiegel, tat aber so, als interessiere sie sich lediglich für die verschiedenen Puderdosen im Regal.

»Komm schon«, sagte Kim und zupfte sie am Ärmel.

»Eine Sekunde noch«, antwortete sie.

In solchen Momenten spürte Adele den Unterschied zwischen sich und Kim. Für ihn waren Regeln eigentlich nur dazu da, um sie zu brechen. Einige Lehrer behaupteten mittlerweile, sie habe einen guten Einfluss auf ihn. Adele wusste, dass sie langsamer und vorsichtiger war als Kim. Ihm stand auf die Stirn geschrieben, dass er später entweder extrem erfolgreich sein oder elendig zu Grunde gehen würde. Dazwischen gab es nichts. Entweder der Star oder das Enfant terrible – ein unberechenbarer Wirbelwind voller Pläne und Ambitionen. Adele hatte hingegen schon früh in ihrem Leben gelernt, möglichst wenig Aufmerksamkeit auf sich zu lenken. Als beliebte Zielscheibe für Mobbing-Attacken durfte man nicht auffallen und erst recht nicht anecken. Je grauer und unscheinbarer, desto besser. Bisher war sie mit dieser Einstellung jedenfalls relativ unbeschadet davongekommen, fand sie. Aber in diesem Moment ahnte sie, dass die Zeit des Versteckens vorbei war. Sie fühlte sich zu alt für diese Spielchen und wollte endlich als Mädchen und nicht mehr als Freak wahrgenommen werden. Sie wollte, dass sich die Jungs nach ihr umdrehten.

»Fertig?«

»Gleich.«

Kim zuckte mit den Schultern und lief an dem Regal mit dem Nagellack vorbei, wobei er zu jedem Farbton seinen Kommentar abgab: »Langweilig, … langweilig, … langweilig, … Katzenpisse, … Geschmacksverirrung. Warum haben die hier eigentlich kein Grün?«

»Weiß nicht«, antwortete sie abwesend.

Adele vertiefte sich in den Anblick kleiner Döschen, Stifte, Pinsel und Schachteln, die silber und golden in den Regalen schimmerten. Da sie die einzige weibliche Person in ihrer Familie war, hatte sie diese Frauenutensilien schon als kleines Mädchen nur heimlich bewundern können. Sie konnte das Gefühl nicht mit Worten beschreiben, das jener Anblick in der Drogerie bei ihr auslöste – auch zehn Jahre später nicht, an jenem Sonntagnachmittag, den sie mit ihrem Freund Paul im Bett verbrachte.

Wenn man erkennt, dass man kein Kind mehr ist, sondern zur Frau wird, fühlt sich das an, als beträte man ein Hochseil über einem Abgrund unermesslichen Ausmaßes. Am anderen Ende wartet das Wunderland der Erkenntnis, aber um dorthin zu gelangen, muss man erst einmal über die tiefen Schluchten der Jugend balancieren, in denen überall gefräßige Krokodile und messerscharfe Felsen lauern.

Als sie Paul davon erzählte, bemerkte er dazu lapidar, dass es wohl nur einen Menschen auf der ganzen Welt gäbe, der vor einem Kosmetikregal an Krokodile und Felsschluchten dächte. Dann fragte er, ob sich der Weg auf dem Hochseil denn gelohnt habe, was selbstverständlich heißen sollte: »Liebst du mich?«

Sie bejahte natürlich, aber sie bezweifelte, dass sie schon am Ende des Hochseils angekommen war.

»Vielleicht bleiben wir für immer Seiltänzer und werden nur irgendwann so gut darin, dass wir nicht mehr merken, wie wir balancieren – so wie dieser Blondin damals über den Niagarafällen.«

Die Schwierigkeiten waren zwar bereits vorprogrammiert, aber davon ahnte Adele nichts an jenem Tag in der Drogerie. Die Reinheit dieser gerade gewonnenen Erkenntnis war makelloser als die glänzenden Döschen oder die verführerische Form der Lippenstifte in ihren betörenden Bonbonfarben. Das jahrelange Versteckspiel, bei dem ihr oberstes Ziel war, bloß nicht aufzufallen, war nun vorbei – und das war ungemein aufregend und beängstigend zugleich.

Kim wollte jetzt endlich die Kondome kaufen und zupfte immer ungeduldiger an ihrem Ärmel. Sie schüttelte ihn ab und bat ihn, noch kurz zu warten.

»Was machst du denn da eigentlich?«, fragte er.

»Ich sehe mich nur um«, sagte Adele in Gedanken und wies mit einer Kopfbewegung auf das Regal.

»Aha«, sagte er knapp.

»Sag das nicht so komisch.«

»Wie, *komisch*?«, antwortete er mit gespielter Unschuldsmiene. »Na ja, egal. Es wird auch Zeit, dass du endlich anfängst, Make-up zu tragen.«

»Ich trage Make-up!«

»Nein, tust du nicht.«

»Na gut, ich schmiere es mir nicht mit einem Handtuch ins Gesicht, aber ich schminke mich!«

Kim schaute sich die Auswahl an. »Bei deiner Haut wären rosa Farben und Brauntöne das Beste. Oder Blau, wenn du dich mal richtig nuttig fühlen willst.«

»Ich will mich aber gar nicht nuttig fühlen.«

»Warum zur Hölle nicht?«

Sie mochte seine Einstellung. Dieses »Warum zur Hölle nicht?« schien so etwas wie Kims Religion zu sein. Jedenfalls schien Rot die perfekte Farbe zu sein, wenn man sexy aussehen wollte. Die Verführerinnen und Superheldinnen im Film trugen auch immer Rot, süße Mädchen hingegen eher unauffälligere Korallen- oder Mokkatöne. Die bösen Mädchen erkannte man an ihren roten Lippen genauso zweifelsfrei wie die Bösewichter in den Stummfilmen an ihren schwarz umrandeten, rollenden Augen und gezwirbelten Schnurrbärten. Der Lippenstift erinnerte Adele an die Zuckerstangen aus ihrer Kindheit, mit denen sie sich die Lippen angemalt hatte, und auch an den leuchtend roten Lippenstift ihrer Mutter, mit dem sie manchmal gespielt hatte.

»Na gut«, sagte sie und malte eine scharlachrote Linie auf ihren Handrücken.

Kims Augen weiteten sich: »Wow, der ist aber grell.«

»Zu grell?«

»Auf gar keinen Fall«, rief er. »Rot ist eine Glücksfarbe – vertreibt das Böse.«

»Tatsächlich?«, lachte Adele. Sie wusste, dass Sharon Bircher ihr das Leben zur Hölle machen würde, wenn sie mit knallroten Lippen in die Schule käme.

»Ja, wie ein Talisman«, beteuerte Kim. »Außerdem sind Lippen sowieso der ultimative Scharfmacher.«

»Der was?«, fragte sie lachend.

»Der ultimative Scharfmacher. Habe ich in einem Buch gelesen: Rote Lippen sind deshalb sexy, weil Männer dabei unbewusst an das erregte weibliche Geschlecht denken.«

»Blödsinn«, erwiderte Adele kopfschüttelnd.

»Nein, es stimmt!«, beharrte Kim. »Es gab da mal diese Geschichte über eine Pariser Tänzerin. Ich glaube, sie war eine Cancan-Tänzerin. Traditionell wird Cancan ohne Slip getanzt, also blitzt bei jedem Beinschwung die Muschi auf. Ich habe sogar von einer Tänzerin gelesen, die sich vor jedem Auftritt ihre Lippen schminkte – und zwar nicht die im Gesicht …«

Ungläubig starrte Adele ihn an: »Dir ist schon klar, dass du wirklich seltsame Bücher liest?!«

»Nicht seltsam … anders vielleicht«, antwortete er schulterzuckend. »Außerdem ist es doch logisch, wenn man mal drüber nachdenkt. Sie hat sich im Umkleideraum vor den Männern rot angemalt. Und die sind fast durchgedreht bei dem Anblick.«

»Also ich bleibe bei ›seltsam‹, Kim«, sagte sie, obwohl sie insgeheim zugeben musste, dass der Gedanke auch bei ihr ein Kribbeln ausgelöst hatte. Sie blickte auf den roten Strich auf ihrem Handrücken und bekam eine Gänsehaut. »Rot, meinst du?«

»Auf jeden Fall! Du wirst aussehen wie Joan Crawford.«

»Wie wer?«

»Vergiss es, du ignorante Landpomeranze«, sagte er mit gespielter Hochnäsigkeit. »So – und jetzt brauchst du noch ein paar Stifte und Mascara.«

»Und was ist mit den Kondomen?«

Er schüttelte den Kopf. »Vergiss es. Das hier macht mehr Spaß. Wie viel Geld hast du dabei?«

Sie hatten genügend Geld für einen Lippenstift, einen roten und einen schwarzen Kajal und Wimperntusche. Anschließend gingen sie zu Kim, wo sie die Einkäufe und die Sachen aus Kims eigenen Schminkvorräten ausprobieren wollten. Im Haus seiner Eltern befand sich auch deren Restaurant, in dem es immer nach Gewürzen und Räucherstäbchen duftete. Kim beschwerte sich wieder einmal über den Essensgeruch, während sie möglichst leise an der Tür zur Küche vorbeischlichen. Sie hatten es fast geschafft, da steckte seine Mutter ihren Kopf durch den Türspalt. Ohne Adele wahrzunehmen, begann sie sofort, Kim eine Standpauke auf Kantonesisch zu halten. Er wehrte sich und Adele blieb einen Moment unschlüssig auf dem Korridor stehen, bevor sie ihnen diesmal in die Küche folgte. Kim war schon mitten in einer heftigen Diskussion mit seinem Vater, der nebenbei mit einem furchterregenden Messer eine Ente bearbeitete.

Kims Mutter warf einen Blick auf Adeles Haar und zog ihr eine Duschhaube über. »Hygiene!«, sagte sie schroff.

»Verzeihung«, antwortete Adele.

Während Kims Mutter die restlichen Locken unter die Kappe zwängte, sagte sie: »Haar sehr schön, aber nicht in Küche.«

»Nein, natürlich nicht.«

Adele blickte auf die kunstvoll gefertigten Frühlingsrollen, an denen Frau Qing gerade arbeitete.

»Willst du helfen?«, fragte Frau Qing die überraschte Adele. Kims Mutter machte zwar meist einen mürrischen Eindruck, schien aber mittlerweile davon auszugehen, dass Kim und Adele eine sexuelle Beziehung hatten.

»Darf ich?«, fragte Adele. »Danke.«

Für einen winzigen Augenblick schien ein Lächeln über Frau Qings Gesicht zu huschen. »Hände waschen«, sagte sie mit einer knappen Bewegung ihres Kopfes zum Waschbecken. Adele wusch sich gründlich die Hände mit der flüssigen, grünen Desinfektionsseife.

Da der Streit zwischen Kim und seinem Vater offensichtlich länger dauern würde und Adele sowieso kein Wort verstand, war sie Frau Qing dankbar, dass sie ihr etwas zu tun gab. Sie zeigte Adele, wie man eine Zwiebel halbierte und dann so schnitt, dass sie am Ende in perfekte kleine Würfel zerfiel. Adeles Handbewegungen waren ziemlich unbeholfen und sie wünschte sich, dass sie eine größere Begabung dafür gehabt hätte. Ihr gefiel der Gedanke, irgendwann einmal Geld mit der Zubereitung köstlicher Speisen zu verdienen.

Allem Anschein nach hatten Kims Eltern sich jetzt dazu durchgerungen, Adele als das geringste Übel für ihren Sohn zu akzeptieren, denn er sagte ihnen immer wieder, dass er sich unter gar keinen Umständen mit irgendeinem chinesischen Mädchen verheiraten lassen würde. Sie hatten keinen Schimmer, dass eine Heirat in Kims Fall sowieso absurd war. Ganz davon abgesehen, dass er immer noch Jungfrau war, wünschte er sich nichts sehnlicher als einen Mann mit großen Händen und sinnlichem Mund, der ihn um den Verstand vögelte.

Adele hatte gerade ihren Rhythmus beim Zwiebelschneiden gefunden, als Kim ihr die Haube vom Kopf zerrte. Es fühlte sich an, als würde er ihr dabei büschelweise Haare ausreißen. »Zeit zu verschwinden«, knurrte er wütend. Seine Eltern brüllten ihm noch hinterher, als er und Adele bereits auf dem Gehweg waren.

»Nun komm schon!«, sagte er und zog an ihrem Ärmel.

An der Tankstelle stoppte er. »So eine Scheiße!«

»Was denn?«

»Dieses Arschloch will mich auf eine beschissene Kochschule schicken.« Kim kratzte sich nervös am Kopf. Es folgte ein ohrenbetäubender Schrei, den er wahrscheinlich im Theaterkurs geübt hatte. »Verdammt! Wo sind meine Zigaretten?«, fragte er und wühlte in seinem Rucksack.

»Da gibt's ein Problem«, sagte Adele. »Du kannst gar nicht kochen!«

»Genau! Und *ich* weiß das auch. Und *er* müsste es mittlerweile eigentlich auch begriffen haben.« Kims Hände zitterten vor Aufregung, während er sich eine Zigarette anzündete. »Aber dieser Idiot würde sogar versuchen, aus Schweinsleder ein Seidentäschchen zu machen.«

Adele nickte zustimmend, wusste aber nicht, was sie dazu sagen sollte. Auf jeden Fall schien es ihr nicht der richtige Moment zu sein, Kim zu sagen, dass sie selbst sehr gerne eine Kochschule besuchen würde. »Na los«, sagte sie. »Lass uns zu mir gehen.«

Obwohl sie am anderen Ende der Stadt wohnte, stimmte Kim dem Vorschlag zu. Verglichen mit seinem Zuhause schien das von Adele eine Oase der Freiheit und des Friedens zu sein.

*

Das Haus war klein, aus hellem Sandstein gebaut und machte einen etwas heruntergekommenen Eindruck. Im Garten wuchsen keine Blumen. Und wenn man das quietschende Tor öffnete, wurde man von einem freudig bellenden Collie begrüßt. Er hieß Tips und war total überfüttert, außerdem leckte er für Kims Geschmack eindeutig zu viel.

Adele bückte sich, streichelte ihm die Ohren und bot ihm ihr Gesicht zum Abschlecken an. »Na Tipsy-Tips«, säuselte sie. »Gib mir einen Kuss zur Begrüßung, Baby.«

»Ich verstehe nicht, wie du das aushältst«, sagte Kim.

»Ach wo, er ist ein lieber Hund.« Sie ließ die Schlappohren durch ihre Finger gleiten und blickte in seine traurigen Hundeaugen. Er hatte zwar die spitze Nase eines Collies, aber den treuherzigen Blick eines Labradors. »Nein, jetzt gibt's nichts zu fressen. Platz! ... Platz habe ich gesagt!«

Sie rief ein lautes Hallo durch das Haus und sie gingen die Treppe nach oben. »Bei jedem, der das Haus betritt, holt er sich etwas zu fressen. Ich füttere ihn, mein Vater füttert ihn, Chris füttert ihn und Tony auch. Vier Mahlzeiten pro Tag! Kein Wunder, dass der Hund immer fetter wird.«

Sie mochte ihr kleines Zimmer mit den vertrauten Sachen, vor allem die indische Decke über dem Bett und das riesige Poster von

Kurt Cobain, auf dem seine Augen schwarz geschminkt sind. Den Hundegeruch versuchte sie mit Räucherstäbchen zu bekämpfen, was bei ihrem Vater allerdings regelmäßig Wutanfälle auslöste. Zum einen würden sie stinken, behauptete er, und außerdem seien sie gefährlich. Sein Job als Feuerwehrmann hatte ihn über die Jahre etwas übervorsichtig werden lassen. Adele und ihre Brüder mussten sich ständig anhören, dass sie immer und unter allen Umständen zu überprüfen hatten, ob der Herd ausgeschaltet war und alle Zigaretten sorgfältig ausgedrückt seien. Es hatte jedoch nichts genützt, Adele seit dem Säuglingsalter immer wieder zu erklären, dass man nicht mit Feuer spiele. Sie versteckte ihre Aschenbecher meist unvorsichtigerweise unterm Bett und hatte mit ihren Zigaretten und Räucherstäbchen schon mehr als einmal den Feuermelder ausgelöst.

Kim hatte dafür seine eigene Erklärung. Zum einen sei ihr Element das Feuer, weil sie im Sternzeichen Löwe geboren war und weil ihr chinesisches Tierkreiszeichen der Drache sei. Er selbst war Fisch, ein Wasserzeichen und im chinesischen Jahr der Schlange geboren. Kim ließ sich seinen Aberglauben von niemandem ausreden, weil er glaubte, dass so etwas zu einer Schauspielerpersönlichkeit gehöre. Er drückte kleine Kleckse Make-up aus einer Tube und verteilte sie mit dem Zeigefinger auf Adeles Wangen, Nase, Kinn und Stirn. Sie starrte verträumt an die Decke, während Kim die Schminke vorsichtig mit seiner Fingerkuppe um die Augen verteilte und auf Wangenknochen und Stirn auftrug. Sie war noch nie zuvor geschminkt worden – ein merkwürdiges Gefühl. Und besonders geübt war Adele selbst auch nicht. Ihre Brüder standen auf Make-up und kurze Röcke, aber sie waren Scheißkerle und ihre Freundinnen hirnlose Hühner, von denen sie sich so deutlich wie möglich unterscheiden wollte. Überhaupt hasste sie die Vorstellung, Schwägerinnen zu haben. Wenn sie es sich recht überlegte, konnte sie Frauen eigentlich grundsätzlich nicht besonders gut leiden, weil sie ihrer Erfahrung nach gehässige, hinterhältige und bemitleidenswerte Kreaturen waren.

Kim wedelte mit einem Augenbrauenstift herum. »Del, du musst dringend was für deine Augenbrauen tun!«

»Was ist mit meinen Augenbrauen?«, fragte sie, wobei sie versuchte, ihre Lippen nicht zu bewegen, um die trocknende Grundierung in ihrem Gesicht nicht zu zerstören. Als sie in den Spiegel blickte, verstand Adele, warum sie Pfannkuchengesicht genannt wurde. Die klebrige Masse in ihrem Gesicht sah aus wie Sirup. Noch ein Schuss Zitrone und eine Prise Zucker und schon wäre sie servierbereit.

»Sie sind zu buschig«, sagte Kim. »Hast du eine Pinzette?«

»Vergiss es, du zupfst mir nicht die Augenbrauen!«

»Ach komm schon, es würde viel besser aussehen!«

»Irrtum: wehtun würde es!«

»Il faut souffrir pour être belle«, sagte Kim. Es war eine der wenigen französischen Phrasen, die er kannte. Im Unterricht langweilte Kim das *je vais, tu vas, il va, elle va*. Er sah keinen Sinn in dem Französischunterricht. Schließlich war er bereits zweisprachig, und mit Vorliebe wies er seinen Lehrer darauf hin, dass Kantonesisch von sehr viel mehr Menschen gesprochen werde als Französisch.

»Ich will nicht leiden.«

»Leben bedeutet Leiden«, sagte Kim theatralisch. »Besser, du gewöhnst dich zeitig daran!«

»Ich habe sowieso keine Pinzette.«

»Ich aber.«

»So eine Überraschung ...«

Kim lachte laut auf. »Bei uns beiden ist einfach alles verdreht. Ich wäre lieber ein Mädchen, du lieber ein Junge. Wenn wir die Körper tauschen könnten, sollten wir es auf der Stelle tun. Okay – gleich sind wir fertig.«

Als Adele das Ergebnis sah, hätte sie sich am liebsten sofort wieder abgeschminkt, weil sie genau wusste, dass ihr Vater und ihre Brüder sich über sie lustig machen würden.

»Und, gefällt es dir?«, fragte Kim.

»Na ja ...«, sagte sie und betrachtete ihr Gesicht, das durch das Make-up so sauber und glatt aussah wie die Gesichter der Models in den Zeitschriften. Sie traute sich aber nicht, zuzugeben, dass es ihr tatsächlich auch gefiel.

Sie wartete bis zum späten Abend, bevor sie es selbst noch einmal probierte. Adele musste an die französische Tänzerin denken, die sich ihr Make-up vor ihren potentiellen Liebhabern in der Umkleidekabine aufgetragen hatte. Sie entdeckte, dass ihre geschminkten Lippen eine eindeutige Einladung zum Knutschen waren und hatte das Gefühl, endlich zu verstehen, worum es letztlich beim Schminken ging.

Aufgewühlt schaltete sie das Leselicht ein und setzte sich an den Schminktisch. Beim Anblick ihres Spiegelbildes begann sie wieder, auf ihre Lippen zu beißen. Adeles Brüste wurden von dem langen, lockigen Haar bedeckt, das Frau Qing als schön bezeichnet hatte. Wahrscheinlich hatte sie sogar recht. Als Adele ihre dunkle Mähne bürstete, fiel ihr plötzlich auf, dass ihr Mund zu einer hässlichen Grimasse verzogen war. Irritiert zwang sie sich, ihre Gesichtsmuskeln zu entspannen und die Lippen ganz leicht zu öffnen. Wenn man sie so locker und weich ließ, als würde man gleich einen angebeteten Liebhaber küssen, sahen sie nicht nur besser aus, sondern fühlten sich auch viel sinnlicher an!

Als sie die Lippen noch ein bisschen mehr schürzte, fand sie Adele sogar sexy. Sie waren weich und verführerisch. Ihre Haut schimmerte blass und makellos im schummrigen Licht der Lampe. Ermutigt legte sie ihr Haar mit beiden Händen auf ihren Rücken und betrachtete ihre Brüste im Spiegel. Ihre Brustwarzen waren heller als ihre Lippen. Unbewusst hatte sie schon wieder begonnen, auf ihre Lippen zu beißen. Sie zwang sich, damit aufzuhören. Ihr Mund war jetzt noch voller und röter als vorher. Adele hatte irgendwo gelesen, dass es für viktorianische Edelfrauen die einzig akzeptierte Methode des Lippenfärbens gewesen war. Von Frauen, die Lippenstift und Rouge benutzten, behauptete man, dass sie nicht die Größe besäßen, um sich aufopfernd die Lippen zu beißen und in die Wangen zu kneifen. Es musste eine seltsame Zeit gewesen sein, in der alles Gute zwangsläufig mit Schmerzen verbunden war.

So ein Blödsinn, dachte Adele. Das Leben war schon schwer genug, wenn man sich keine zusätzlichen Schmerzen bereitete. Sie hätte wohl damals auch zu den verruchten Weibsbildern gezählt, die ein bisschen Farbe und Puder den Schmerzen vorzogen – und zwar ohne Rücksicht darauf, ob die Farbe ihrer Lippen die Grenzen des Anstandes verletzte. Adele stellte sich vor, die französische Tänzerin zu sein, die sich scham- und hüllenlos in der Umkleide vor einer Horde geifernder Männer präsentiert, die ihre Blicke nicht von ihr abwenden können und ihr mit Erektionen salutieren. Es war eine faszinierende Vorstellung. Ohne darüber nachzudenken, nahm sie den roten Lippenstift und schminkte sich. Ihre Hände zitterten etwas, als sie sich vorstellte, wie es wäre, wenn sie sich auch da schminkte, wo es die Tänzerin getan hatte. Die angemalten Lippen machten ihre Augen dunkler und die Haut heller. Ihr Gesicht war bleich und faltenlos wie geglätteter Ton – es war eine durchaus erotische Blässe. Adeles Haut war wie eine Leinwand, die sie nach ihrer eigenen Fantasie bemalen konnte.

Sie stand auf und zog sich ihre dünne schwarze Baumwollhose aus. Als sie sich nackt an den Schminktisch setzte, sah sie die dunklen Schamhaare zwischen ihren Beinen. Wie von selbst gingen ihre Schenkel auseinander, und plötzlich saß sie mit weit gespreizten Beinen vor dem Tisch. Allein das Schminken war schon ungewohnt, es jedoch nackt zu tun, war noch aufregender. Wahrscheinlich war die Tänzerin auch nackt gewesen, als sie sich schminkte. Vielleicht hatte sie nichts außer feinen Strumpfbändern getragen, die ihre blassen Schenkel genauso schamlos betonten wie die Nacktheit ihre Brüste.

Sie gab sich dem Gedanken vollkommen hin. Sie trug Lippenstift auf ihre Brustwarzen auf, die sofort hart und zur perfekten Verführung für hungrige Männermünder wurden. Zufrieden stellte Adele fest, dass ihre Brüste aussahen, als wären sie nur dafür da, angestarrt zu werden.

Adele kaute wieder auf ihrer Lippe. Der fettige Geschmack des Lippenstifts erinnerte sie daran, dass sie wirklich damit aufhören musste. Das war ihr altes Ich und hatte nichts mit dieser umwerfenden Schöpfung im Spiegel zu tun. Ihre Schenkel waren gelöst und unruhig zugleich. Überrascht bemerkte Adele die angenehme Schwellung zwischen ihren Beinen. Es schien ihr das erste Mal zu sein, dass sie ihre Weiblichkeit als Geschenk und nicht als Fluch empfand. Zumindest verstand sie jetzt, warum Kim sie darum beneidete.

2. Kapitel

Psychologische Kriegsführung war das Mittel der Wahl. Man musste da erhobenen Hauptes hineingehen, weil es diesen frustrierten, einsamen Schwachköpfen in ihren billigen Anzügen nur darum ging, dass man sich so klein wie möglich fühlte. Sie genossen es sogar noch, wenn man sie hasste. Während sie in der Warteschlange stand, las Adele desinteressiert die Angebote, die man an die Wand geheftet hatte. Es waren alles lausige Jobs, in denen man nicht einmal im Ansatz genug verdiente. Jedenfalls nicht genug, um sich eine halbwegs vernünftige Wohnung leisten zu können. Selbst die besser bezahlten Anstellungen reichten höchstens für ein Mäuseloch.

Bei den Stellen als Küchenchef wurden absurde berufliche Qualifikationen vorausgesetzt, die sie nicht besaß, weil ihr Vater darauf bestanden hatte, dass sie sich mit viel nutzloseren Dingen beschäftigte. Dafür besaß sie jetzt Zeugnisse, denen zufolge sie lesen und schreiben konnte, wusste, was Xylems und Phloems waren und wie es zum Zweiten Weltkrieg gekommen war. Es war alles so unglaublich langweilig gewesen, dass sie am liebsten ständig mit dem Kopf gegen die Wand geschlagen hätte. Als Köchin brauchte man doch kein Abi – zum Zubereiten von Mahlzeiten genügte ein Hygienezertifikat.

Showtime! Vor ihr in der Schlange stand ein schlaksiger Mann mittleren Alters mit Raucherfingern und spärlichem, dafür umso fettigerem Haar, das zu einem dünnen Zöpfchen gebunden war. Seine Fingerkuppen, die unablässig an die Wand trommelten, waren mahagonifarben und Adele hätte ihm am liebsten gesagt, dass er eine Menge Zigarettengeld sparen könnte, wenn er sich einfach seine Finger in den Mund steckte und daran saugte. Man sollte die Menschen hier ganz genau beobachten, um zu verhindern, dass man irgendwann genauso wird. Das war nämlich, was sie wollten – gleichgültige, hirnlose Schafe, die sich widerstandslos knechten ließen.

»Was für eine Arbeit hatten Sie sich denn vorgestellt?«, wurde man grundsätzlich gefragt. Als ob sie das überhaupt begreifen könnten, dachte Adele. Warum sollte man sich in eine Schublade stecken lassen, bloß weil einen alle Welt nach der Berufswahl klassifizierte? Koch, Bürohengst, Tomatenpflücker, Friseur. Für die meisten Menschen schien das Leben so eine Art Kinderbuch zu sein: der fröhliche Bäcker Herr Brot, die immer freundliche Postbotin Frau Marke und so weiter. Die Realität auf dem Arbeitsamt sah anders aus. Hier begegnete man höchstens Herrn Leberschaden, Alkoholiker; Herrn Gras, Kiffer; Herrn Intellekt, geschwätziger Kneipenphilosoph und Frau Du-gehst-mir-am-Arsch-vorbei, der abgehalfterten Stripperin.

Herr Finger-in-den-Mund war fertig. Er unterschrieb ein Dokument, das ihm das Arbeitslosengeld für die nächsten Wochen sicherte und machte sich auf den Weg in die Kneipe. Adele setzte sich.

Diesmal war ihr Sachbearbeiter nicht die Hobbypädagogin mit den hennaroten Haaren, sondern ein junger Mann. Steven, wie er seinem albernen Namensschild zufolge hieß, hatte ein schwammiges, kindliches Gesicht voller verkrusteter Pickelchen und den Oberlippenflaum eines Pubertierenden.

»Guten Morgen«, sagte er ohne aufzublicken und hackte auf seiner Tastatur herum.

»Hallo«, sagte sie und merkte, dass sie sich dabei herablassend und gelangweilt anhörte. Irgendetwas deprimierte sie an dem Anblick eines Neunzehnjährigen in einem schlecht sitzenden Polyesteranzug, der einen sterbenslangweiligen Job hatte. So jung und schon ein hoffnungsloser Fall. Armer Kerl.

Er klickte mit seiner Maus und starrte auf den Bildschirm.

»Wie geht es Ihnen?«, fragte sie, um herauszufinden, wie er reagieren würde, wenn man ihn wie einen normalen Menschen und nicht wie einen Sachbearbeiter des Arbeitsamtes behandelte.

»Äh, gut ... danke«, antwortete Steven verwirrt. »So ... also wegen des Vorstellungsgesprächs, Frau Western ...«

»Ja?«

»Wir müssen als Erstes wissen, nach welcher Art Arbeit Sie suchen.«

»Genau«, sagte sie und versuchte, euphorisch zu wirken. Sie fragte sich, was er wohl täte, wenn sie ihn einfach ankläffen und loslachen würde.

»Haben Sie denn schon an eine Umschulung gedacht?«, fragte er.

»Ja, ich hatte da an einen Job als Lebenskünstler gedacht, aber man munkelt, die Nachfrage sei heutzutage nicht besonders groß.«

Er blinzelte hektisch. Zu spät, der Sinn für Humor war ihm auch schon abhanden gekommen, wenn er jemals einen gehabt haben sollte. »Wie wär's mit Barkeeperin?«

»Super Idee. Asoziale Arbeitszeiten und nachts auf dem Heimweg wimmelt es nur so vor potentiellen Vergewaltigern und prügelnden Weibergangs. Würden Sie so einen Job nehmen?«

»Na ja, ich arbeite ja schon hier«, antwortete Steven mit der schlecht gespielten Geduld einer genervten Kindergärtnerin und trommelte auf dem Tisch.

»Das war eine rhetorische Frage«, sagte Adele, der nun klar war, dass sie es tatsächlich mit einem Idioten zu tun hatte, der sein Schicksal eindeutig verdient hatte. Im Gegensatz zu jedem halbwegs normalen Neunzehnjährigen betrank er sich vermutlich nie, kiffte nicht und hatte keinen Sex. »Na gut, haben Sie irgendwelche Catering-Jobs?«

Jetzt, da er etwas vernahm, das er kannte, kam etwas Leben in sein Gesicht. »Ja.« Er klickte die Maus und sagte: »Es gibt eine freie Stelle bei der Bowlingbahn.«

Pommes in bescheuerte Pappbehälter schaufeln und sich für geschmacklose Kindergeburtstage als Pirat verkleiden? Auf gar keinen Fall! »Geht nicht, ich bin leider gegen das Zeug allergisch, das in die Schuhe gesprüht wird«, log sie.

»Sie wären weit weg von den Schuhen«, sagte er ungeduldig. »Okay, wie wäre es denn mit Restaurant-Assistentin?«

»Kartoffeln schälen?« Ein typischer Arbeitsamt-Trick – sie verpassten einem beschissenen Job einen klangvollen Namen und hofften, dass sich die Leute überrumpeln ließen.

»Hier steht ›allgemeine Vorbereitung‹.«

»Sag ich doch – Kartoffeln schälen!«

»Diese Information liegt mir leider nicht vor.«

»Natürlich nicht. Die geben Ihnen diese Information nicht, weil kein Arsch diesen Job annehmen würde, wenn er wüsste, was er eigentlich bedeutete.« Sie stöhnte, weil ihr klar war, dass sie gegen Windmühlen kämpfte. »Okay. Was noch?«

»Assistenzkoch in einem Familienrestaurant.«

»Halt!«, sagte Adele. »Denken Sie nach. Gebrauchen Sie Ihre Fantasie: ›Familienrestaurant‹ – was bedeutet das wohl?! Ich sag's Ihnen: Kinder, Pommes und tonnenweise Fischstäbchen. Wäre das eine Lebensaufgabe für Sie? Fischstäbchen-Kellner für Kinder?«

»Es ist immerhin ein Job.«

Sie atmete tief ein, so tief, dass sie das Gefühl hatte, den gesamten Sauerstoff aus dem Raum zu saugen. »Mögen Sie Ihre Arbeit?«

»Ich befürchte, dass wir Ihnen die Arbeitslosenunterstützung kürzen müssen, wenn Sie sich der Arbeitssuche verweigern.«

»Na super, jetzt hat er auf Anrufbeantworter umgeschaltet.«

»Man kann ja auch nicht gerade behaupten, dass Sie sich sehr kooperativ zeigen.«

»Ich wäre kooperativ«, antwortete Adele, »und zwar so kooperativ, wie man es sich überhaupt nur vorstellen kann, wenn mir jemand etwas anderes anbieten würde als einen Mindestlohn-Job mit Fischstäbchen und Pommes!«

»Das ist nun mal die Gehaltsgruppe für diese Arbeiten«, entgegnete er.

Sie schüttelte verzweifelt den Kopf. Er begriff es einfach nicht. Hier ging es nicht um Gehälter, sondern um die Stumpfsinnigkeit der Tätigkeit. Offensichtlich war es aber sinnlos, dies jemandem erklären zu wollen, der sich selbst als kleines Zahnrad in einem großen Getriebe wohlfühlte und keinerlei Anzeichen von Kreativität oder Einfühlungsvermögen an den Tag legte. »Okay. Weiter?«

Er klickte wieder mit der Maus und sagte, ohne Adele anzusehen: »Ich bezweifle, dass Ihnen Ihre Einstellung weiterhelfen wird.«

»Ihre Ihnen aber auch nicht.« Zumindest verkniff sie sich hinzuzufügen: Es sei denn, du willst dein Leben lang ein gefrusteter Niemand bleiben, dessen Garderobe ausschließlich aus Polyesteranzügen mit Schweißflecken unter den Armen besteht. Aber das ging sie nichts an. Ihn interessierten ihre Probleme offensichtlich auch nicht, selbst wenn das eigentlich sein Job war.

Er starrte auf seinen Bildschirm. »Chefkoch. Vollzeit. Dienstwohnung vorhanden«, tönte er.

»Dankeschön«, sagte sie mit der Stimmlage, die sie für Idioten, Besoffene und kaputte Toaster reserviert hatte. »Das hört sich tatsächlich nach etwas an, wovon man tatsächlich *leben* könnte. Details, bitte.«

»Ich drucke sie gerade aus«, sagte Steven. Er klang, als wäre er heilfroh, Adele endlich loszuwerden.

Er reichte ihr einen Computerausdruck mit der Kontaktadresse und ließ Adele auf einem Formular unterschreiben, dass sie, wie vorgeschrieben, die vergangenen zwei Wochen nicht gearbeitet hatte. Sie las die Angaben erst, als sie auf die sonnenüberflutete Straße trat: Paul Eades, Shipworths stand da. Sie erinnerte sich daran, dass Shipworths früher ein Juwelier gewesen war – ein schönes viktorianisches Gebäude mit aufwendigen Stuckverzierungen an einer weißen Fassade. Als Kind war das edle Juweliergeschäft ein magischer Ort für sie gewesen. Ihre Schritte hallten auf dem permanent frisch gebohnerten Dielenfußboden wie in einer Kirche. Die meisten Schmuckstücke befanden sich in einem langen gläsernen Tresen, aber auch an den Wänden hingen überall funkelnde Juwelen. Es gab Diamanten, Perlen, Saphire und Smaragde. In der Mitte des Raumes aber, daran erinnerte sie sich am besten, stand *der Smaragd.*

In einem Glaskasten, der ihr als Kind gigantisch vorkam, befand sich ein großer Stein, der an einen Kegel erinnerte. Es war einer der schönsten Gegenstände, die sie jemals gesehen hatte – bis heute. Von der einen Seite betrachtet schien es ein ganz normaler Stein, aber wenn man um den Glaskasten herumging, sah man in seinem Inneren unzählige kleine, grünlich glitzernde Steine. Heute wusste Adele, dass der Smaragd mehrere hunderttausend Pfund wert gewesen sein musste. Jeden Abend wurden Metallgitter hinter den Fenstern des Juweliers heruntergelassen. Irgendwann waren dann aber sowohl Metallgitter als auch Smaragd verschwunden. Nach einer Sanierung hatte das Gebäude eine ganze Zeit lang leer gestanden, aber jetzt sollte dort anscheinend ein Restaurant eröffnet werden. Ein Versuch war es auf jeden Fall wert. Schlimmer als der alle paar Wochen wiederkehrende Kampf mit einem Sachbearbeiter des Arbeitsamtes konnte es auch nicht sein. Außerdem wurde der Job als Arbeitslose wirklich beschissen bezahlt.

Brasilianische Smaragde suchte man jetzt vergeblich in Shipworths, stellte Adele fest, als sie das Märchenparadies ihrer Kindheit betrat. Es roch nach Sägespänen, Mörtel und beißendem Männerschweiß. Die Handwerker arbeiteten zu ohrenbetäubender Musik aus einem kleinen Radio, das auf einen der lokalen Sender eingestellt war, die vor allem Oldies und mindestens drei Jahre alte Hits spielten. Aktuellere Musik war den Betreibern des Senders entweder zu teuer oder zu gefragt. Die Moderatoren klangen alle gleich – zuckersüß, chronisch humorlos und vollkommen unfähig, an der richtigen Stelle einfach mal die Klappe zu halten.

In dem Raum waren vier Männer: ein Typ mit Lederweste, unter der ein riesiger Bierbauch hervorquoll, ein mürrischer augenbrauengepiercter Jüngling mit Locken, und einer von der Sorte, die Adele auf den ersten Blick gefressen hatte. Er trug ein Basecap und ein abgeschnittenes T-Shirt und nahm gerade einen großen Schluck aus einer Bierflasche. Die vielen kleinen Fältchen an seinen Augenwinkeln stammten, so vermutete Adele, wohl von seiner gespielten Art des Zuhörens, die er bestimmt für besonders aufmerksam und sympathisch hielt. In Wirklichkeit wartete er nur darauf, sich selbst reden zu hören. Seine gesamte Körpersprache war ihr unsympathisch. Als er sie hemmungslos von oben bis unten beglotzte, konnte sie sich nur mit Mühe ein angewidertes Kopfschütteln verkneifen. Adele kannte solche Männer – große Kinder, die in der Kneipe die dreckigsten Witze erzählten, aber im Bett zu Babys wurden, die nicht mehr konnten, als zwischen zwei großen Titten rumzujammern.

Und dann war da noch Tom. Wenn Adele sich später an ihre erste Begegnung erinnerte, sah sie sich selbst als Comicfigur: Stielaugen, in denen statt der Pupillen rosa Herzen blinkten, eine auf dem Boden schleifende Zunge und im Hintergrund das Heulen von Sirenen. Es war Lust auf den ersten Blick. Er beugte sich gerade über eine Werkbank und hobelte ein Brett. Toms Hintern war eine göttliche Schöpfung in weiten, ausgewaschenen Jeans. Am Ende des Brettes angelangt, drehte er seinen nackten Oberkörper geschmeidig auf die andere Seite und schaute Adele tief in die Augen.

Er war atemberaubend, staubig und halbnackt. Seine Achselhaare waren schweißnass, und das Wasser perlte auf seiner glatten, weißen Haut hinunter bis zu seinen verführerischen Hüftknochen, die über dem Hosenbund hervorlugten. Als er sich aufrichtete, sah sie seine Bauchmuskeln und wie die herunterrutschende Jeans die obersten Locken seiner Schamhaare freilegte.

»Tag«, sagte er.

»Ich suche nach Paul Eades«, brachte sie mühsam hervor.

»Verstehe«, antwortete er, nickte und warf dem Gepiercten einen Blick zu, der daraufhin verschwand und kurze Zeit später mit Eades zurückkehrte.

Paul Eades trug Lederhosen und ein geschmackloses, giftgrünes Hemd. Sein mittellanges, dunkles Haar wellte sich im Nacken. In der einen Hand hielt er ein Handy, in der anderen eine Zigarette. Als er ihr die Hand schüttelte, steckte er sich die Zigarette in den Mund, als wollte er um jeden Preis vermeiden, das winzige, unzweifelhaft wertvolle Telefon aus der Hand zu legen.

»Hi, Sie müssen Adele sein«, sagte er mit leicht verkniffenen Augen wegen der qualmenden Zigarette, die in coolster Cowboy-Manier zwischen seinen Lippen steckte. »Schön, dass Sie gekommen sind.«

»Kein Problem«, antwortete sie und atmete die testosterongeschwängerte Luft tief ein. Adele versuchte, den Tischler nicht allzu offensichtlich anzustarren. Als er mit einer gemurmelten Entschuldigung an ihnen vorbeilief, berührte sein nackter Oberkörper Adeles nackten Arm. Seine Haut war heiß und feucht.

»Was zu trinken?«, fragte Paul und ging hinter die Bar, an der noch gebaut wurde. »Ich befürchte, wir haben nur Bier. Irgendwo war doch eine Kühlbox ...«

Augenbraue deutete auf die Kühltasche und Tom beugte sich über die Bar, sein Oberkörper wenige Zentimeter entfernt von ihrer linken Hand. Dabei rutschte seine Hose so weit hinunter, dass ihr Blick auf den Ansatz seines Hinterns fiel, einer knackigen Version des klassischen, haarigen Bauarbeiter-Dekolletés.

»Ja, gerne«, sagte sie. Ihr Mund war trocken, was wohl nicht nur an dem Holzstaub in der Luft lag. Es lief jetzt schon nicht besonders gut und »kein Problem« war auch nicht gerade die intelligenteste Begrüßung, die ihr hatte einfallen können.

»Sehr gut«, sagte er und öffnete die Flasche. Augenbraue flüsterte Paul etwas zu, woraufhin der lächelnd »Halt die Klappe!« antwortete, womit er Adele noch nervöser machte.

»Okay, ich will ehrlich sein«, sagte Paul. »Wir liegen ein wenig hinter dem Zeitplan.«

»Ach, und ich dachte schon, das sorgenvolle Gesicht gehört zu Ihrem Stil«, sagte Adele. Sie hoffte, die Situation mit einem Witz vielleicht etwas auflockern zu können.

»Sorgenvoll?!«, erwiderte er verwundert. »Panisch trifft es wohl besser.«

Sie lächelte und nahm einen vorsichtigen Schluck aus der Flasche. Das Bier schmeckte grauenhaft, aber immerhin war es gekühlt.

»Aber ich kann Ihnen trotzdem zeigen, wie weit wir mit der Küche sind«, fuhr Paul fort. »Ach ja, haben Sie Ihren Lebenslauf dabei?«

»Ja, habe ich«, sagte Adele und fühlte sich gleich wohler. Er nahm die Situation also ernst. Sie nahm das Schriftstück aus ihrer Tasche und war erleichtert, dass es nicht allzu zerknittert war. Als Paul sich über die Bar lehnte, bewegte sich auch der hinter ihm stehende Augenbraue mit, so als wären sie an der Hüfte zusammengewachsen.

»Kommen Sie doch hierher«, sagte Paul und deutete auf seine Seite der Bar. Er nahm eine Brille mit Metallgestell aus der Hemdtasche, setzte sie auf, stützte seine Ellenbogen auf die Bar und begann den Lebenslauf zu lesen. Augenbraue las mit, sein Kinn auf Pauls Schulter.

»Beeindruckend«, murmelte Paul. Die Brille ließ ihn seltsamerweise jünger aussehen. Adele konnte sich den fleißigen Schuljungen vergangener Tage bildlich vorstellen.

»Danke«, sagte sie. Jetzt, wo sie sich auf der Business-Seite der Bar befand, hatte sie einen perfekten Blick auf Toms halb entblößten Hintern. Sie wurde augenblicklich von der Vorstellung übermannt, wie sie ihm von hinten an seinem Hosenbund greifen, ihn herumwirbeln und ihren Mund auf seinen pressen würde. Eine leichte Berührung an ihrer Hüfte holte sie in die Realität zurück. Als sie hinunterblickte, sah sie Augenbraues Hand über Pauls Hintern streichen. Paul schüttelte den Kopf, als könne er nicht glauben, was er las. »Großartig«, sagte er und versuchte mit einem Arm die tastende Hand an seinem Steiß zu entfernen. Es schien Adele, als würde Augenbraue mit seinen Streicheleinheiten demonstrieren, was auch er am liebsten mit den nackten Körperteilen des Tischlers anstellen würde.

Pauls Rücken, der unter dem hochgeschobenen Hemd zum Vorschein kam, sah weich und sonnengebräunt aus. Dazu kamen zwei verführerische Grübchen auf beiden Seiten des Rückgrats. Na toll, dachte Adele. Wenn sie den Kopf hob, sah sie den sexy Tischler und unmittelbar neben ihr rangen zwei Hände zärtlich um die Herrschaft über Pauls Rücken. Sie wünschte sich einen Eulenkopf, den man um 180 Grad drehen könnte. Für ein vernünftiges Vorstellungsgespräch gab es hier eindeutig zu viele männliche Hintern zu sehen.

Dann bemerkte sie auf Pauls glatter kupferfarbener Haut einen dunklen Fleck, den sie erst für ein Muttermal hielt. Als sie genauer hinsah, erkannte sie an der Farbe und Form, dass es sich nur um einen Knutschfleck handeln konnte. Bestimmt hatte Augenbraue an der Stelle gesaugt, bis die kleinen Blutgefäße unter der Haut geplatzt und ein vergängliches Vergissmeinnicht geformt hatten. Adele konnte sich nicht gegen die Vorstellung wehren, dass Augenbraue hinter Paul hockte und sich, beide Hände auf Pauls Arschbacken, am Ende der Wirbelsäule festsaugte. Dieses Bild hatte sich *sehr* schnell tief in ihr Bewusstsein eingebrannt. So leicht würde sie das nicht wieder vergessen können.

»Hier entlang«, sagte Paul, der sich mit einer kurzen, energischen Drehung den Händen auf seinem Rücken entzog. Er blickte sich um und sagte: »Tom, hast du mal einen Moment Zeit für uns?« Sein Name war also Tom. Hey Tom, dachte sie lächelnd. Er lächelte zurück und wischte sich mit einem Tuch den Schweiß aus dem Nacken.

Paul stellte ihr bei der Gelegenheit auch Augenbraue vor, aber Adele verstand nicht genau, was er sagte – es klang wie »Owen« oder »Ewan«. Sie fragte sich, ob er überhaupt sprechen konnte, weil er bisher noch keinen Ton von sich gegeben hatte. Zumindest keinen, das man hätte verstehen können. Adele mochte es nicht, wenn in ihrer Gegenwart geflüstert wurde. Es war unhöflich und außerdem erinnerte es sie an ihre Schulzeit.

Die Küche war eine einzige staubige Baustelle. Sie hatte nicht die geringste Ahnung, was sie dazu sagen sollte.

»Und, was denken Sie?«, fragte Paul.

»Ehrlich gesagt, lässt sich das schwer sagen«, antwortete sie. »Man weiß ja nie, wie man mit einer bestimmten Küche zurechtkommt, bis man dort eine Weile gearbeitet hat.«

»Das stimmt allerdings«, sagte Paul ernst. »Aber ich meine die Größe – glauben Sie, der Raum ist groß genug?«

»Hängt ganz davon ab, was gekocht werden soll, wie viele Gäste man erwartet und wie viele Mitarbeiter hier arbeiten.«

Paul nickte. Es gab ihr Selbstbewusstsein, dass ihm ihre Meinung anscheinend wichtig war.

»Ich schätze, dass man bei den Räumlichkeiten von etwa vierzig Bestellungen zur Mittagszeit ausgehen kann«, sagte sie. »Es sei denn, es gibt oben auch noch Tische.«

Paul schüttelte den Kopf: »Nein, nur unten!«

»Also vierzig. Dafür bräuchte man mindestens vier Leute in der Küche. Kommt natürlich trotzdem ganz darauf an, was Sie servieren wollen – Imbiss, richtige Mahlzeiten oder beides. Glauben Sie, dass mehrgängige Menüs nachgefragt würden?«

»Ja, zur Mittagszeit«, sagte Paul und lehnte sich gegen den Türrahmen. Ewan, oder wie auch immer er nun hieß, legte seinen Arm um Pauls Hüfte. Von Tom hörte sie ein leises, missbilligendes Zischen. Adele hatte sich gleich über die Offenheit gewundert, mit der die beiden ihre Homosexualität vor den Handwerkern zur Schau stellten, die ihr nicht gerade als der toleranteste Menschenschlag in Erinnerung waren.

»Ich habe auch schon über Snacks nachgedacht, die man abends servieren könnte, aber zwei komplette Mahlzeiten, also mittags und abends, wären zu viel, glaube ich.«

»Da hast du recht.« Augenbraue konnte also doch sprechen. Seine Stimme war tief und weich. Wegen des leichten Singsangs in seiner Stimme und dem gerollten *R* vermutete sie, dass er aus Wales kam. »Paul, kann ich dich mal einen Augenblick sprechen?«, fragte er.

»Ja, klar«, antwortete Paul. »Tom, könntest du Adele ein wenig herumführen?«

»Mmmh«, murmelte Tom und nickte. Er stand nur wenige Zentimeter neben ihr und verströmte den Geruch von Sägespänen. Unter der feinen Staubschicht, die ihn umhüllte, war rotgolden glänzendes Haar zu erkennen. Auf seinem Oberkörper hatte der herabgeronnene Schweiß kleine helle Streifen hinterlassen. »Ich zeige dir den Garten«, sagte er.

»Super«, sagte Adele und hatte das Gefühl, noch nie in ihrem Leben etwas so Bescheuertes gesagt zu haben. Paul verschwand in einem Nebenraum. Als sie Tom den Korridor entlang folgte, meinte sie, schmatzende Kussgeräusche zu vernehmen. Hier gab es eindeutig zu viel Testosteron, ganz ohne Zweifel! Allein schon der Hormonstau bei Paul und seinem Liebhaber war mehr als genug, dachte sie.

Tom zeigte mit seinem Daumen im Vorbeigehen auf eine Tür: »Hier ist ›für kleine Mädchen‹, aber ich bin da noch nicht ganz fertig.«

»Aha«, sagte sie und hätte angesichts ihres offensichtlich hoffnungslos geschrumpften Wortschatzes am liebsten den Kopf gegen die Wand geschlagen.

»Hier entlang«, sagte Tom und öffnete die Tür zum Hof. »Vielleicht bauen wir noch eine Terrasse«, sagte er. »Für die Gäste, die Fliegen in ihrer Suppe mögen.«

Adele lachte viel zu laut über den Witz, als sie durch die Tür ging, die Tom für sie aufhielt. Es nervte sie nicht zum ersten Mal, dass sie sich von einer Sekunde auf die andere in eine komplette Idiotin verwandeln konnte, wenn sie an jemandem interessiert war. Sie konnte seine Körperwärme spüren, als sie dicht an ihm vorbei in den kleinen Hof schritt, der mit Unkraut zugewachsen war. Überall lagen alte Bierdosen herum und in der Mitte stand ein verrosteter Wäscheständer. Er war mit Taubenkot übersät und ein altes Geschirrhandtuch flatterte daran wie eine Piratenflagge im Wind.

»Nett hier«, sagte sie ausdruckslos.

Er verzog sein Gesicht und blickte sie fragend an.

»Na gut, nicht wirklich …«

»Es ist eine Müllhalde«, brachte es Tom auf den Punkt und nahm eine Packung Zigaretten aus seiner Hosentasche. »Macht's dir was aus? Ich darf drinnen nicht rauchen.«

»Nein, kein Problem«, sagte Adele. Über dem Hof hing ein süßer, schwerer Geruch. Wenn er von einem Nest voller toter Ratten stammen sollte, wäre das nicht besonders vorteilhaft für die Abnahme durch das Gesundheitsamt.

»Willst du auch eine?«, fragte er und bot ihr eine Zigarette an.

Sie nahm das Angebot dankend an und berührte seine rauen, kräftigen Hände. An seinem Handgelenk trug er ein geflochtenes Freundschaftsband.

Als Adele sich genauer umsah, entdeckte sie die eigentliche Ursache für den Geruch. Es war eine alte Glyzinie, ein Blauregen, der in vollster Blüte die Mauer entlang wuchs. Die wunderschöne Kletterpflanze wucherte um und vor den Fenstern und überdeckte die abblätternde Farbe der Außenwand. Der Blauregen war so üppig, dass man meinen konnte, er absorbiere auf geheimnisvolle Weise die Lebensenergie der restlichen, eher kümmerlichen Pflanzen des Gartens. Die blassvioletten Blüten rochen so intensiv, dass einem fast übel werden konnte.

»Trotzdem nett«, sagte sie und blies Rauch auf die Pflanzen. »Muss hier schon seit Jahren wachsen.«

»Ja, nicht schlecht«, sagte er achselzuckend. Er war ziemlich verschlossen und sie vermutete allmählich, dass das hübsche Gesicht und sein Knackarsch vielleicht schon alles waren, was er zu bieten hatte. »Ist auf jeden Fall noch viel Arbeit«, fügte er überflüssigerweise hinzu.

»Sieht so aus.«

Er starrte sie an. »Kommst du aus dieser Gegend?«

»Ja, ich wohne in der Nähe. Ich hoffe aber, hier ins Haus ziehen zu können.«

»Verstehe. Ja. Cool.«

Verstehe. Ja. Cool. Was für ein schlagfertiger Gesprächspartner, dachte sie. Adele überlegte für einen Moment, ob sie vielleicht mit der Suche nach einem Job als Köchin auf dem Holzweg war und nicht eher Nachhilfekurse für Männer anbieten sollte, die nicht in der Lage waren, sich halbwegs vernünftig mit Frauen zu unterhalten. Früher, als es noch üblich war, dass Männer mit Worten und nicht mit ihrer Hüfte um Frauen warben, hatten sie es wahrscheinlich noch gekonnt. Andererseits hatten sie sich früher wahrscheinlich zu Portwein und Zigarren ins Herrenzimmer verzogen, weil eine fünf Gänge währende Konversation mit beschränkten jungen Frauen ihnen die Synapsen verklebten. Natürlich waren die Frauen damals nicht als Hohlköpfe geboren worden. Man hatte sie zur Dummheit erzogen und darüber hinaus höchstens noch beigebracht, wie man hübsch aussah.

Was zur Hölle nutzte es, hübsch zu sein, wenn man kein vernünftiges Wort herausbrachte?!

Ungeduldig blies sie den Rauch aus. »Na gut. Es ist *nett* hier«, sagte sie mit unverhohlenem Sarkasmus in der Stimme. Sie wippte auf den ungewohnt hohen Absätzen. Fast hätte Adele das Gleichgewicht verloren und wäre mit dem Rücken an die Hauswand gekommen, die voller Dreck und Spinnweben war. Und das, wo sie für das Vorstellungsgespräch extra ihr schickes Kostüm angezogen hatte. Blitzschnell winkelte sie ein Bein an und stützte sich mit der Sohle an der Wand ab, wobei sie hoffte, dass es wie eine gewollt lässige Pose aussah. Da sie aber weder kurze Röcke noch hohe Absätze gewöhnt war, rutschte der Rock so hoch, dass die Spitze ihrer Strümpfe zu sehen war. Tom versuchte vergeblich, nicht hinzusehen. Gut so!

Der Geruch der arbeitenden Männer hatte Adele genauso angetörnt wie die aufregende Geheimniskrämerei von Paul und seinem Freund. Ihr war klar, dass es die falsche Zeit und der falsche Ort waren, Tom noch mehr zu reizen, aber es ließ den Gedanken nur noch verführerischer erscheinen. Er duftete nach Sägemehl. Die kleinen Streifen seines Schweißes erinnerten sie an schmelzendes Eis. Bei dem Gedanken huschte ein Lächeln über ihr Gesicht. Seine bis dahin in gespielter Coolness halb geschlossenen Augenlider hoben sich, wodurch mehr seiner blauen Iris zum Vorschein kam. Dadurch sah er noch jünger aus als vorher – und williger.

Adele lächelte wieder und beugte ihr Knie noch ein wenig mehr, so dass der Rock noch höher rutschte. Sie musste zugeben, dass dieses alberne Outfit auch seine Vorteile besaß. Egal wie unbequem es sein mochte, ihm schien es zu gefallen, denn er konnte seinen Blick kaum von der feinen Spitze ihrer Nylons losreißen. Wenn sie ihm in T-Shirt und Jeans auf der Straße begegnet wäre, hätte er sie wahrscheinlich nicht einmal wahrgenommen. Aber sie würde auf keinen Fall eine Gelegenheit wie diese nur aufgrund weiblicher Eitelkeit verstreichen lassen. Dafür sah er einfach zu gut aus. Beinahe hätte sie laut aufgelacht – anscheinend hatten nicht nur Männer einen Hang zu Oberflächlichkeiten.

Er blickte auf ihre Schenkel und kam näher. Adele trat einen Schritt zur Seite, in den Schatten des Blauregens. Sie ließ Tom aber nicht aus den Augen, damit er nicht glaubte, sie würde ihn abweisen. Unter der Kletterpflanze war der Geruch so stark, dass ihr schwindlig wurde. Wenn Paul jetzt auftauchte, um das Vorstellungsgespräch zu Ende zu führen, wäre alles vorbei.

Aber sie wollte es nur noch mehr.

Toms Haar sah vor den Blüten der Glyzinie noch röter aus und die Schatten auf seinem Körper ließen alles irgendwie exotisch erscheinen.

»Im Schatten ist es kühler«, erklärte sie.

»Mmh«, antwortete er und zog an seiner Zigarette.

Noch so ein Anti-Gespräch. Diesmal fiel es ihr wirklich schwer, sich ein Lachen zu verkneifen. Sie blickte nach oben und tat so, als wäre sie fasziniert von den kleinen Gänseblümchen, die auf der Mauer wuchsen. Sie fühlte, wie er sich ihrer Schulter näherte und sah aus dem Augenwinkel, wie seine Zigarette auf den Boden fiel. Sie drückte ihre eigene Zigarette an der Mauer aus und hielt kurz Ausschau, ob jemand kam. Adele fühlte seinen Atem auf ihrem Nacken, roch seinen Schweiß und konnte die Wärme seines Körpers durch ihr Kostüm fühlen. »Komm schon«, hätte sie beinahe gesagt, so erregt und ungeduldig war sie bereits.

Aber wenn sie schon mit einem Fremden rummachte, dann sollte es gefälligst mehr sein, als wenn sich zwei Hunde in einem Park beschnupperten. Sie lehnte sich zurück und lächelte, als sie seine Hand an ihrem Hintern spürte. Da ihr die Berührung noch zu vorsichtig war, seufzte sie leise auf und war zufrieden, als seine Hand daraufhin fester zupackte.

Adele versuchte, auf Schritte zu achten, aber bis auf das entfernte Brausen des Straßenverkehrs und eine Bohrmaschine war nichts zu hören. Trotzdem konnten sie jede Sekunde entdeckt werden. Der Gedanke beschleunigte ihren Herzschlag und sie fühlte bereits das leichte Pochen ihres Kitzlers. Tom presste zwar seine Hand an ihren Hintern, machte aber keine Anstalten, ihren Rock zu heben. Umso besser, wenn er schüchtern war – sie wollte ihn schocken.

Adele nahm seine Hand von ihrem Hintern. Er zuckte zusammen, weil er befürchtete, dass es das schon gewesen sei, aber sie zog seinen Arm um ihre Taille und spreizte die Beine. Adele spürte seinen immer schwerer gehenden Atem an ihrem Ohr, als er ihren Hals küsste und sie seine Hand auf die Innenseite ihres Schenkels presste.

Heimlich warf Adele noch einen Blick zur Tür. Wieder schauderte sie der Gedanke, dass man sie entdecken könnte. Sie wollte seine Finger in sich spüren – sofort. Bevor Tom richtig in sie eindringen konnte, verfingen sich seine Finger kurz in ihrem Slip. Als seine Fingerspitzen endlich ihr Ziel gefunden hatten, stemmte

Adele ihre Hüften dagegen, um sie ganz in sich aufzunehmen und genoss, wie sie immer tiefer in sie eindrangen.

Tom stöhnte lustvoll hinter ihr. Sie fühlte seinen harten Schwanz an ihrem Hintern und presste sich dagegen, während er schwer atmend begann, mit seinem Daumen ihren Kitzler zu reiben. Wenn jetzt jemand durch die Tür käme oder aus dem Fenster sah, könnte er genau sehen, was die beiden trieben. Ihr Rock war mittlerweile so hoch gerutscht, dass man auch ihren Schritt sehen könnte, in dem Toms Hand langsam in Fahrt kam. Adele blickte wieder zur Tür. Allein die Angst, erwischt zu werden, reichte fast aus, um sie kommen zu lassen.

»Krass«, stöhnte er, mit seiner anderen Hand ihre Brust knetend. Sein Daumen rutschte ab und als er den Kitzler wieder gefunden hatte, saß er etwas tiefer und rieb so fest, dass ihr ganzer Körper zusammenzuckte und sich ihre Muskeln eng um seine Finger zusammenzogen. Sie ließ Tom spüren, was sie mit seinem Schwanz machen würde – wie ihr Innerstes sich saugend um ihn schließen und ihre Muskeln bei jedem seiner Stöße zucken würden. Zwar war er sehr viel unbeholfener als Adele mit ihren geübten Fingern, aber es reichte trotzdem. Seine Finger bewegten sich immer schneller und heftiger in ihr, während er seinen Daumen fest auf ihren Kitzler drückte. Was sie dann kommen ließ, war aber trotzdem, dass es ausgerechnet während eines Vorstellungsgesprächs passierte. Mit aller Kraft stemmte Adele Tom ihr Becken entgegen.

Sobald die Schockwellen verebbt waren und seine Finger aus ihr glitten, wurde ihr klar, dass sie sich jetzt umdrehen und ihm in die Augen sehen müsste. Das war eine erschreckende, aber gleichzeitig auch belustigende Vorstellung. Immerhin waren sie sich gerade erst begegnet. Zum Glück hörte sie Stimmen hinter der Tür. Pech für Tom, der nun mit seiner Erektion alleine klarkommen müsste. Adele strich sich den Rock glatt und drehte sich um.

Seine Wangen und sein Hals waren voller roter Flecken und die Schweißtropfen auf der staubigen Haut größer und frischer als zuvor. Toms Pupillen waren so sehr geweitet, dass um sie herum nur noch ein kleiner blauer Kreis zu sehen war. An seinen leicht geöffneten Lippen erkannte sie, dass er sich darauf gebissen hatte. Sein hechelnder, dunkelroter Mund mit den weißen Zähnen ähnelte dem eines Raubtieres. Er starrte auf ihren Rock, als wollte er verschlingen, was sich darunter befand. Tom sah ihr in die Augen und lutschte genüsslich seine feuchten Finger sauber.

Als sie ihm dabei zusah, spürte Adele die letzten kleinen lustvollen Schauer, aber das war's, denn Paul betrat den Hof.

»Hi. Tut mir leid«, sagte er. »Ein dringendes Telefonat.«

»Kein Problem«, sagte sie und war selbst überrascht, wie entspannt sie sich anhörte, weil sie sich keineswegs so fühlte. Ihre Knie zitterten und die umständliche und lächerliche Unterwäsche, die sie trug, fühlte sich an, als hätte sie sich zwischen ihren Pobacken verknotet. Außerdem war sie sich sicher, dass sie nach Sex roch.

»Hoffentlich hast du dich nicht gelangweilt«, sagte Paul. Tom errötete.

Adele lächelte: »Nein«, erwiderte sie mit einem Achselzucken. »Jedenfalls nicht allzu sehr.«

3. Kapitel

Die Mädchen sahen aus wie Zwillinge, obwohl die jüngere ein noch armseligerer Abklatsch des Vorbildes war, das die Ältere nachäffte. Beide hatten blonde Haare, blaue Augen und lutschten noch am Daumen. Karina taten die beiden leid, denn richtige Wunschkinder waren sie nicht. Ihr Vater hatte das Alter, in dem man Kinder aufziehen wollte, schon lange hinter sich gelassen, doch ihre Mutter hatte sie unbedingt gewollt. Eigentlich waren sie so etwas wie ein Geschenk, das Suki davon abhalten sollte, auf dumme Gedanken zu kommen. Wenn Suki einen Sportwagen wollte, kaufte Edward ihr einen Sportwagen. Wenn sie schwanger werden wollte, dann schwängerte er sie – allein schon deshalb, weil er den Gedanken nicht ertragen konnte, dass es jemand anderes tat. Und wenn Suki eine Musiklehrerin für die Mädchen wollte, bekam sie eine Musiklehrerin. Sie wollte nicht, dass ihre Kinder genauso unter zerplatzten Träumen leiden würden wie sie. Als sie Edward kennenlernte, war sie gerade auf Promotiontour für ihren Hit, der es zeitweilig sogar bis in die Top 40 geschafft hatte. Allerdings blieb es dabei auch, weil sie kurz darauf das erste Kind bekam.

Ihre beiden Mädchen waren nicht unbedingt musikalischer als andere Neun- oder Siebenjährige. Elisa klimperte auf dem Klavier, während Hannah auf der Sopranblockflöte *Frère Jacques* trällerte, bis Karina kurz vor einem Nervenzusammenbruch stand und am liebsten hysterisch darum angefleht hätte, dass Hannah endlich aufhörte. Sie wusste genau, wie die Mädchen dann reagieren würden – sie würden Karina nur abgestumpft anstarren und enttäuscht die Augen verdrehen. Die kleine Hannah könnte sogar anfangen zu weinen, obwohl Karina das bezweifelte. Die Kinder sahen zwar aus wie ihre Mutter, hatten aber das schwerfällige, leidenschaftslose Temperament ihres Vaters geerbt.

Karina konnte Edwards spießige Art nicht ausstehen. In der Hand trug er eigentlich immer irgendein phallisches Statussymbol wie einen Golfschläger, einen Jagdstock oder zumindest eine gerollte Ausgabe des *Daily Express*. Wenn er zu Hause war, was selten vorkam, verbreitete Edward allein durch seine Anwesenheit eine Atmosphäre unangenehmer Selbstzufriedenheit. Sobald er das Haus betrat, sprang Suki auf und tanzte nach seiner Pfeife. Karina hätte sie dafür am liebsten jedes Mal geohrfeigt. Sie stand auch häufig kurz davor, Edward eine zu verpassen, wenn er sie Mrs. May nannte oder in Anwesenheit der Kinder auf ihre Brüste starrte.

Karina hatte keine Lust, die Kinder zu unterrichten. Hannah interessierte sich mehr für ihre Schildkröte und versuchte, ihr Aprikosenstücke ins Maul zu zwängen. Als das Tier sich in sein Gehäuse flüchtete, schob Hannah es wie ein Spielzeugauto über den geschmacklosen chinesischen Teppich, während ihre Schwester sie anschrie.

»Du machst ihm Angst. Hör auf!«

»Er mag das. Komm schon Schildi – komm, iss!« Hannah presste ihre Wange auf den Boden und schielte in das Loch des Panzers, in dem der Kopf des Tieres verschwunden war.

»Hannah, lass ihn in Ruhe«, sagte Karina genervt. »Er will nicht spielen!«

»Siehst du!«, sagte Elisa zickig.

»Doch, er will!«, erwiderte Hannah mit vorgeschobener Unterlippe. »Er versteckt sich nur.«

»Er hasst dich!«

»Tut er nicht.«

»Oh doch! Weil du ihn quälst! Er ist sowieso meine Schildkröte.«

»Gar nicht! Mami sagt, er gehört uns beiden.«

»Ich passe besser auf ihn auf und ich quäle ihn nicht!«

Karina starrte düster auf die Klaviertasten und fragte sich, warum Frauen überhaupt einen Kinderwunsch hatten. Karina schätzte die Sitation folgendermaßen ein: Erst saugten sie einem neun Monate lang das Kalzium aus den Knochen, dann waren sie achtzehn Monate lang nicht viel mehr als ein schreiendes Elend und verbrachten anschließend ihre gesamte Kindheit damit, ihren Egoismus auszuleben. Es war absurd, dass die Mädchen ausgerechnet von Suki geboren worden waren, deren eigene Kindheit gerade erst vorbei zu sein schien.

»Okay, das reicht«, entschied Karina und schlug mit Nachdruck eine Taste an. »Kommt her und gebt mir eine Tonleiter!«

Die Schwestern stöhnten genervt, während sie schwerfällig zum Klavier zurücktrotteten. Karina brachte es nicht übers Herz, Suki zu sagen, dass der Unterricht reine Zeitverschwendung war. Hannah traf keine einzige Note und Elisa lag spätestens nach der Hälfte eines Liedes daneben. Sie sangen gern, aber selbst Elisa würde niemals auch nur in die Nähe des Talents ihrer Mutter kommen.

Karina begann mit Tonleitern und ging dann zu Hannahs Lieblingsübung über, bei der die Worte »Makkaroni« und »Ravioli« immer wieder gesungen wurden. Dabei ging man schrittweise von einer Oktave zur nächsten über. Danach versuchte sie, ihnen ein Lied für die Atemtechnik beizubringen, aber das war vor allem bei Hannah aussichtslos, der man ihren Hang zur Schnappatmung nicht abgewöhnen konnte. Wenn Karina sich nur auf Elisa konzentrierte, würde die gelangweilte Hannah Schildi wieder als Spielzeugauto missbrauchen, bis ihre Schwester sich letztlich auch von der Quälerei des Haustieres ablenken lassen würde.

Nur Suki zuliebe gab Karina nicht auf. Suki hatte ihre Karriere wegen Edward beenden müssen. Er wollte nicht daran erinnert werden, dass er mit einer Kaugummi kauenden Pop-Prinzessin verheiratet war, auch wenn das weder seine Lust nach ihr vermindert, noch ihn daran gehindert hatte, sich ihretwegen von seiner ersten Frau zu trennen. Mit dem kleinen Erfolg ihrer Single und ihrem ernst gemeinten, aber von anderen belächelten Verlangen, als Künstlerin ernst genommen zu werden, bediente sie das Klischee der jüngeren, zweiten Ehefrau perfekt. Sobald der Ring an Sukis Finger steckte, hatte Edward ihr durch die Blume zu verstehen gegeben, dass sie sich ihre Karriere als Musikerin aus dem Kopf schlagen sollte. Edward und seine Freunde schienen immer peinlich berührt, wenn sie ab und zu mit ihrer leisen, weichen Stimme – die nicht gerade dazu beitrug, ihr Image als Dummchen zu verbessern – davon sprach, dass sie einen selbst geschriebenen Song aufnehmen wollte.

Wie es sich für ein Aschenputtel gehört, fand sich Suki also mit ihrer Rolle als Spielzeug eines reichen Mannes ab. Hochglanzmagazine berichteten mit bunt bebilderten Reportagen über das Paar: »Suzanne Nasmith zeigt exklusiv das wunderschöne Heim, das sie für ihren Ehemann eingerichtet hat.« Da Suki aber keinen Geschmack besaß und aller Wahrscheinlichkeit nach herzförmige, rosafarbene Betten und Whirlpools ausgewählt hätte, stammte die Ausstattung selbstverständlich von einem Innenarchitekten. Das kühle Design war ihr genauso aufgedrückt worden wie die Sammlung von schicken Kostümen und der stets akkurat geschnittene Pagenkopf. Karina wusste aus eigener Erfahrung nur zu gut, wie es war, wenn man etwas darstellen musste, dem man nicht entsprach. Zum Glück hatte sie aber schon bei der ersten Begegnung die echte Suki kennengelernt, als sie von einem mit Edward befreundeten Liebhaber auf eine Party mitgenommen worden war.

»Suzanne hat leider Migräne«, hatte Edward Karina während der Begrüßung mitgeteilt.

»Das heißt, dass sie sich gezofft haben und sie sich weigert, nach unten zu kommen«, erklärte ihr Begleiter flüsternd, während Edward den nächsten Gast willkommen hieß.

Die Party war eine öde Veranstaltung mit Wangenküsschen und endlosen Gesprächen über Aktienpakete und Börsenwerte. Für Karina, die gerade eine ihrer Metamorphosen hinter sich hatte, war eine gute Party jedenfalls etwas anderes. Einmal hatte sie zum Beispiel in Glastonbury ziemlich viel Haschisch geraucht und danach eine Pille geschluckt. Als sie ausgerechnet auf dem Klostergelände wieder zu sich kam, bestand ihre Kleidung aus einer getrockneten Schlammschicht. Bei einer anderen Gelegenheit hatte sie in Thailand auf LSD zwei Tänzer dazu überredet, sich in einer kleinen Bambushütte am Strand die ganze Nacht dabei fotografieren zu lassen, wie sie in jeder erdenklichen Stellung vögelten. Sie erinnerte sich daran, dass sie sich damals vorkam wie eine Starfotografin.

Im Alter von 25 Jahren hatte Karina schon so ziemlich alles hinter sich, was man erleben, schnüffeln, sich einwerfen und ficken konnte. Eines Nachmittags wachte sie dann auf, betrachtete ihre Tränensäcke im Spiegel und beschloss, sie als eindeutige Boten eines Neuanfangs zu deuten. Nachdem sie ihre Sammlung schmutziger Polaroids mit den anderen Erinnerungsstücken verstaut und sich die pinkfarbenen Haare wieder schwarz gefärbt hatte, schwor sie, ihr Leben zu ändern – wenn ihre Nasenscheidewand nicht beim nächsten Niesen herausfallen würde.

Karina war mit 18 bei ihren Eltern ausgezogen und seitdem eigentlich notorisch pleite. Sie reiste und feierte ohne Unterbrechung und ließ kein Abenteuer aus. Aus diesem vernebelten Dämmerzustand, der direkt nach der Schulzeit begonnen hatte, war sie erst fünf Jahre später wieder erwacht. Am Ende dieser Zeit hatte Karina ein schlechtes Gewissen, weil sie zwar genau wusste, dass sie einigen Leuten unglaublich viel Geld schuldete, sich aber beim besten Willen nicht daran erinnern konnte, wem, geschweige denn wie viel.

Für eine erfolgreiche Zukunft, so viel war klar, musste sie finanziell erst einmal auf eigenen Beinen stehen. In einem Second-Hand-Laden kaufte sie sich einen karierten Minirock, der bei günstigem Licht wie ein Teil von Burberry aussehen würde. Dazu besorgte sie sich eine Sammlung aufgemotzter, armfreier Oberteile mit Rollkragen. Auf die Optik kommt es an! Der Plan war, wie die heiße potentielle Liebschaft eines reichen Typen auszusehen. Karina trieb sich also in den entsprechenden Bars in Kensington und am Sloane Square herum, wo sie dann Stunden vor einem kleinen Glas Wasser mit einer Scheibe Zitrone saß, das sie drei Pfund kostete.

Die High Society war nicht, wie sie erwartet hatte. Als Kleinstadtmädchen hatte sie vor allem mit steifen Londoner Börsianern gerechnet, die Tag und Nacht »Kaufen! Verkaufen!« in ihre Mobiltelefone brüllten.

Die Ungezwungenheit der Reichen überraschte sie. Weltberühmte Models liefen rum wie Penner und unverschämt reiche Popstars konnte man leicht mit einem Skater von der Straße verwechseln. Die Männer, die Karina ansprachen, waren dafür in der Regel mindestens 25 Jahre älter als sie, trugen Anzüge und hielten ihren Stil für »klassisch«.

Karina war genau nach ihrem Geschmack mit ihrem alten Rock und den gefälschten Perlen, von denen sie behauptete, sie von ihrer Großmutter geerbt zu haben. Wahrscheinlich erinnerten das karierte Röckchen und ihre Baskenmütze ihre Verehrer an ein Schulmädchen. Karina akzeptierte schnell, dass sie wohl immer ein Sonderling bleiben würde, auf jeden Fall ungeeignet, um Mami und Papi vorgestellt zu werden. Also fand sie sich mit der Rolle als Kurtisane ab. Die Männer, diese Idioten, sahen in ihr so eine Art Geisha und Karina nährte diese Illusion, indem sie

Kimonos statt Bademäntel trug und Geschichten über die Kirschblüte in Kyoto erfand. Sie liebten es.

Irgendwann stellte Karina fest, dass sie sich unabsichtlich in den feuchten Traum alternder Geschäftsmänner verwandelt hatte. Ihre neueste Bekanntschaft, Raymond, war mit Edward Nasmith befreundet, der sie eines Tages zu der Party einlud, auf der sie Suki begegnete.

Raymond war 47, behauptete aber, erst 43 zu sein. In letzter Zeit war er ihr etwas zu sehr auf die Pelle gerückt. Er wollte richtigen Sex, aber Karinas neueste Rolle war die der Unberührbaren. Sie hatte nicht die geringste Ahnung, warum er sie unbedingt vögeln wollte, wo er doch schon nach wenigen Minuten kam, wenn sie ihm nur einen blies. So war es bei den anderen Typen allerdings auch. Es gab eine Art Grundregel bei diesen Männern – alle wünschten sich ein nettes, braves Mädchen zum Heiraten, aber sobald sie eins gefunden hatten, beschwerten sie sich darüber, dass die netten Mädchen nicht versaut genug waren.

»Meine Frau würde das niemals tun. Als ich sie einmal danach fragte, sagte sie, dass sie es ekelhaft fände. Wahrscheinlich weiß sie nicht einmal, wie es geht«, klagte Raymond.

Karina kannte mittlerweile all diese Schlafzimmer-Vorurteile. Es schien, dass »körperliche Liebe« für Männer eines gewissen Alters und aus einer bestimmten Schicht vor allem »Missionarsstellung und Geschlechtsverkehr an jedem zweiten Sonntag« bedeutete, während sie sich Nutten und Stripperinnen suchten, die ihre Schwänze in den Mund nahmen – eine seltsame Form von Liebe.

Sie hatte genügend Schwänze in ihrem Mund gehabt, deren Besitzer sie an den Haaren zerrten und schmutzige Dinge sagten, während sich der Inhalt ihrer Eier auf Karinas Zunge ergoss. Sie fragte sich ernsthaft, warum sie das nicht von ihren Frauen erledigen ließen. Außerdem hätte sie gern gewusst, ob diese Männer jemals ihre Frauen geleckt hatten. Zumindest bei ihr schienen sie nicht einmal auf die Idee zu kommen.

Noch bevor sie Suki traf, war Karina klar, dass sie zu einer anderen Spezies gehörte: Suki war die zweite Frau, also nicht das nette Mädchen, das Edward ursprünglich geheiratet und dann ohne große Umstände abserviert hatte, als die Midlife-Crisis zuschlug und er sich einbildete, etwas Besseres verdient zu haben. Suki war langbeinig, blond und auf den Promi-Seiten von *Hello!* und *OK* zu finden, wo über ihren neuen Lidschatten oder ein maßgeschneidertes Valentino-Kleid philosophiert wurde. Bei den Shootings posierte dann Edward mit seinem Ferrari und Suki saß mit den beiden Kindern lächelnd auf der Designer-Couch. Ihre Rolle in Edwards Leben war unmissverständlich: »Darf ich vorstellen, meine neue Frau: hübscher als die alte *und* sie nimmt ihn in den Mund.«

Edward wollte eine hübschere, jüngere und experimentierfreudigere Frau, obwohl er selbst gar nicht mehr in der Lage war, sein sexuelles Standardrepertoire zu variieren. Da war sich Karina sicher.

Bei Raymond war es genau das Gleiche. Er wollte sie vögeln, hatte aber nicht ein Mal seinem Kopf zwischen ihre Beinen gesteckt. Er war auch nie von seinem Ritual abgewichen, bei dem er erst an der einen, dann an der anderen Brustwarze nuckelte, um dann mit erwartungsvollem Grinsen seinen Hosenstall zu öffnen. Sie gab sich nicht der Illusion hin, dass er sich in einen guten Liebhaber verwandeln würde, wenn sie ihn doch ranließ.

Edward musste man immerhin zugute halten, dass er im Gegensatz zu seinen Freunden wenigstens den Mumm hatte, seine Vorliebe für jüngere Frauen öffentlich auszuleben, während die anderen versuchten, es geheim zu halten. Außerdem war er tatsächlich ein reicher und einflussreicher Mann. Wenn sich hinter seinem Rücken über die unübersehbaren Folgen seiner Midlife-

Crisis lustig gemacht wurde, konnte es passieren, dass die Karriere eines Klatschmauls plötzlich auf mysteriöse Art und Weise beendet war.

Edwards Haus war so riesig wie hässlich – ein geschmackloser Neubau im Feudalstil mit einem Kamin aus Gips, in dem kein echtes Feuer, sondern Gasflammen brannten, die als hygienischer galten. An den cremefarbenen Wänden des Empfangszimmers hingen gerahmte Familienbilder, bei denen die geschiedene Frau Nasmith durch Abwesenheit auffiel. Als Karina das Haus zum ersten Mal sah, taufte sie es in Gedanken auf den Namen »McSchloss«.

Nach der Begrüßung durch Edward gelang es Karina zum Glück, sich Raymond schnell vom Hals zu schaffen. Während ihrer Erkundungstour durch das Haus schlich sie auch die mit dickem Teppich ausgelegte, in grauenhaftem Türkis gestrichene Holztreppe hinauf. In der oberen Etage befanden sich mehrere Schlafzimmer mit Himmelbetten und dazugehörigen Badezimmern. Die verpackten Miniseifen erinnerten Karina an Hotelbäder. Sie fragte sich, wo Suki wohl steckte, denn sie war gespannt darauf, einen echten Popstar zu treffen, selbst wenn ihre Karriere beendet schien. Plötzlich drang aus einem Zimmer am Ende des Korridors ein leises Heulen, das in die etwas schiefe Melodie eines Liedes überging, das Karina aus dem Radio kannte. Es war merkwürdig, diese bekannte Stimme auf einer sterbenslangweiligen Party in Hampstead zu hören – merkwürdig und aufregend. Menschen wie Suki schienen Karina irgendwie doppelt real zu sein. Es gab sie noch einmal in einer Art Paralleluniversum, in dem sie nur aufgrund ihrer Popularität existierten. Karina hätte auch gern eine solche zweite Existenz besessen. Sie folgte den Klavierakkorden und dem Klang von Sukis Stimme. Vorsichtig ging sie den Flur entlang bis zu der angelehnten Tür, hinter der sie die Musik hörte. Suki sang jetzt einen alten Smokey-Robinson-Song.

Eigentlich hörte sich ihre Stimme an wie früher, aber die frühere Geschmeidigkeit wurde durch rauere, nach Weltschmerz klingende Untertöne ergänzt. Es war die Stimme einer talentierten Sängerin, die auf ganz individuelle Art gereift war.

Als Karina vorsichtig durch den Türspalt lugte, wusste sie sofort, dass Suki sturzbetrunken war. Auf dem Klavier stand eine Flasche Johnny Walker und Suki war offensichtlich in ihrer eigenen Welt. Sie trug ein kurzes dunkelblaues Kleid mit Spaghettiträgern. Ihr Gesicht war zum Teil von einer blonden Haarsträhne und einem Filzhut verdeckt. Karina musste an ein kleines Mädchen denken, das sich verkleidet hatte und für niemand anderen als sich selbst auftrat.

Das war wohl der Moment gewesen, in dem Karinas Neugier sich schlagartig in Bewunderung verwandelt hatte. Sie wusste nur zu genau, wie es sich anfühlte, nach Auftrittsmöglichkeiten und Anerkennung zu lechzen, aber nur den Applaus eines imaginären Publikums zu haben. Während ihrer kurzen Karriere war Suki zwar hübsch, aber nie atemberaubend schön gewesen. Aber in diesem Augenblick wirkte sie wie eine verehrte Künstlerin. Die nachlässig geschnürten Sandalen traten schwungvoll im Takt die Pedale, während sie mit brüchiger und trotzdem weicher und ausdrucksvoller Stimme den Höhepunkt von *Tracks of My Tears* erreichte und den Kopf mit so viel Schwung in den Nacken warf, dass der Hut auf den Boden fiel.

Suki war eine echte Diva. In Karinas Augen war sie immer noch ein Star, und sie wünschte ihr den ganz großen Erfolg.

Als die letzte Note verklungen war, öffnete Karina die Tür. Sie konnte gar nicht anders, als zu applaudieren. Suki, stockbesoffen, richtete sich wankend auf und verbeugte sich torkelnd, wobei sie mit einem ihrer hohen Absätze wegknickte und sich stolpernd am Klavierhocker festhielt, um nicht das Gleichgewicht zu verlieren.

»Ups ... danke«, sagte sie kichernd.

Karina ging die wenigen Schritte von der Tür zum Klavier und reichte Suki eine Hand, um sie zu stützen.

»Hallo. Wer bist du?«, fragte sie. Ihr Atem roch nach Alkohol.

»Ein großer Fan«, antwortete Karina mit ernster Miene.

Sukis Gesicht war seit ihrem letzten Auftritt bei *Top of the Pops* zwar älter geworden, besaß aber noch immer die gleichen püppchenhaften Züge. Statt des bonbonfarbenen Make-ups von damals hatte sie nun dunkelviolett umrandete Augen. Die Schminke war verschmiert, wo sie sich achtlos mit dem Ärmel die Tränen aus dem Gesicht gewischt hatte. Ihr Mund war mit goldenem Lippenstift geschminkt. Sie sah verlebt aus – wie eine Frau, die ihre Seele verkauft hatte.

»Schätzchen, das ist wirklich nett von dir«, sagte sie. Mit einem Schluckauf plumpste sie wieder auf den Hocker. »Wo ist denn mein Hut?«

Karina hob den blauen Filzhut vom Boden auf und setzte ihn auf Sukis Kopf, ließ aber die Haarsträhne wieder über ihre Wange fallen. »Danke«, sagte Suki. »Eigentlich müsste ich unten auf der Party sein, glaube ich.«

»Edward sagte, Sie hätten Migräne.«

Suki lachte. »Äh ... nein. Bin nur besoffen. Total besoffen. Wenn ich mich betrinke, fange ich immer an zu singen und mache mich zum Idioten.« Sie setzte sich aufrecht hin und klopfte auf das Bett neben sich. »Setz dich doch. Es ist schön, dass jemand hier ist.«

»Für mich hören Sie sich nicht nach einer Idiotin an«, sagte Karina. »Mehr wie die junge Janis Joplin.«

»Blödsinn! Meine Stimme ist furchtbar. Ich rauche zu viel«, stöhnte Suki. »Apropos, hast du eine Zigarette, Schätzchen? Nimm dir einen Drink, es ist genug da.«

Karina nahm ihre Zigaretten aus der Handtasche. Als sie ihr Feuer gab, schirmte Suki die Flamme gegen imaginären Wind ab und berührte dabei Karinas Hände. Sukis Fingernägel waren lang, goldlackiert und leicht gebogen, wie teure kandierte Mandeln, die manchmal auf Hochzeitsempfängen verteilt werden. Ihre großen blauen Augen leuchteten durch den Zigarettenqualm und sie lächelte. Flirtete sie etwa?!

Karina hatte bisher wenige Frauen getroffen, die noch mehr Vamp sein konnten als sie selbst, aber Suki gehörte ohne Zweifel in die Bergman-/Davis-Liga. Ihr wurde schwindelig, es kribbelte im Magen und ihr Herz schlug bis zum Hals.

»Nimm doch einen Schluck«, sagte Suki und gab ihr die Whiskyflasche. Bevor der scharfe Geschmack des Alkohols ihre Lippen betäubte, schmeckte Karina den Lippenstift am Flaschenhals. So ähnlich musste sich auch Sukis Mund anfühlen, dachte sie.

»Entschuldige, wie war dein Name doch gleich?«, fragte Suki.

»Ich habe ihn noch gar nicht gesagt. Karina. Karina May.«

»Aha«, wunderte sich Suki. »Woher kennen wir uns? Tut mir leid, ich will nicht unhöflich sein, aber Eddy hat so viele Freunde, da verliert man manchmal den Überblick.«

»Sie kennen mich gar nicht«, sagte Karina.

»Doch, tu ich«, sagte Suki lachend. »Jetzt jedenfalls – Karina May also. Und sag ruhig du zu mir!« Sie hatte wieder einen Schluckauf und ließ den Fingernagel ihres Daumens mit einem klackenden Geräusch über die Klaviertasten rattern. »Weißt du was, Karina May?!«

»Was denn?«

Suki beugte sich so nah an Karinas Gesicht, dass sie den Whisky riechen konnte. »Ich verrate dir ein Geheimnis«, flüsterte sie in ihr Ohr. Sukis Atem war feucht und als die satinbedeckten Brüste Karinas Oberarm berührten, bekam sie eine Gänsehaut am ganzen Körper. »Willst du's hören, das Geheimnis?«

Auch Karina beugte sich vor. Solche Gefühlsregungen hatte sie seit über einem Jahr nicht mehr gehabt – eigentlich seit sie begonnen hatte, in den Kneipen nach Goldeseln zu suchen. Davon abgesehen ging es jetzt um eine Frau, was noch viel länger zurücklag. Sukis Brüste, nur spärlich von dem tief ausgeschnittenen blauen Kleid bedeckt, pressten weich gegen Karinas Oberkörper. Im Vergleich zu Männern erschienen ihr Frauen geschmeidig und geheimnisvoll – wie ein Schmuckkästchen, das mit edlem Samt ausgekleidet war und dessen glitzernden Inhalt man wie ein neugieriges Kind plündern wollte. »Sag's mir«, flüsterte Karina.

Suki warf ihre Zigarette auf das Parkett und trat sie nachlässig mit der Sohle ihrer silbernen Sandale aus. Offensichtlich war es ihr egal, wie teuer die Restaurationsarbeiten für das Brandloch in dem edlen Fußboden sein würden.

»Okay«, sagte sie und setzte sich mit gespreizten Beinen auf den Hocker. Sie trug ein klassisches brasilianisches Tangokleid. Es fiel entsprechend locker und hatte tiefe Schlitze an den Seiten. Karina, deren knielanges rotes Cocktailkleid ihre Beine zusammenhielt, drehte sich zu Suki, die gerade hingebungsvoll gähnte. Die Hände hoch über ihrem Kopf verschränkt, dehnte sie dabei ihren grazilen Oberkörper, bei dessen Anblick Karina an ein exklusives, in Satin verpacktes Geburtstagsgeschenk denken musste. Aus den Schlitzen des Kleides ragten ihre gebräunten, weit geöffneten Schenkel, die sie auf dem pinkfarbenen Laufband im Fitnessraum trainierte, in dem sie vergeblich versuchte, der unendlichen Langeweile ihres goldenen Käfigs zu entkommen. Die Blümchenstickerei in der Mitte des Kleides war genau an der Stelle, an der sich Edwards wertvollster Besitz befand: Sukis Muschi, mit der er vermutlich genauso wenig anzufangen wusste wie Suki mit dem edlen Bechstein, auf dem sie gerade gespielt hatte.

Suki schlang ihre Arme um Karinas Hals und seufzte tief. »Also, das Geheimnis: *I think ... I think ... and I may be right, and I may be wrong ...*«

»*But you're perfectly willing to swear?*«, stimmte Karina ein.

Suki lachte und sang leise weiter: »*That when you turned, and smiled at me, a nightingale sang in Berkley Square.*«

Karina drehte sich zum Klavier, begann die Melodie zu spielen und sang: »*The moon that lingered over London town ...*«

»*Poor puzzled moon, he wore a frown*« trällerte Suki euphorisch und umarmte Karina wie ein riesiges Kuscheltier, das sie auf einem Rummel gewonnen hatte. »Sing mit mir, bitte!«

Während Karina Klavier spielte, hielt Suki ihr die Whiskyflasche an den Mund, wobei allerdings nur ein Teil der Flüssigkeit in Karinas Mund floss und der Rest als kleines Rinnsal in ihren Ausschnitt tropfte.

Als Edward den Raum betrat, um nach seiner Frau zu sehen, rauchten die beiden, tranken Whisky, gackerten wie die Hühner und schunkelten im Takt zum Duett. Irgendwann waren sie von klassischem Jazz zu Pop übergegangen und Karina muss auch schon ziemlich betrunken gewesen sein, da sie sich später nicht mehr genau erinnern konnte, ob sie den hereinkommenden Edward einen »Glückspilz« oder ein »Glücksschwein« genannt hatte. Als sie am nächsten Tag in ihrer Wohnung vom schrillen Klingeln des Telefons geweckt wurde, fühlte sich Karinas Kopf an, als würde ihn jemand mit einer Bohrmaschine bearbeiten. Sie versteckte sich unter dem Kissen und hörte erst das gedämpfte Piepen des Anrufbeantworters und dann Raymonds verärgerte Stimme.

»Hallo, ich bin's – das alles wird langsam wirklich kompliziert für mich. Ich hoffe, du verstehst das. Meine Frau wird allmählich misstrauisch – ich glaube, wir sollten uns nicht mehr treffen.«

»Kein Problem, Mr. Einmal«, murmelte sie in die Matratze. Sie hatte ihm diesen Spitznamen verpasst, nachdem sie seine sexuellen Gewohnheiten kennengelernt hatte.

Am frühen Abend bestellte sie einen sündhaft teuren Blumenstrauß und eine Beileidskarte für Raymonds Frau. Ihr Kontostand war ohnehin katastrophal und sie ärgerte sich wieder einmal darüber, dass sie nicht mit Geld umgehen konnte. Mit einer Flasche Baileys bewaffnet kroch Karina ins Bett, starrte verständnislos auf den Moderator im Fernsehen und dachte darüber nach, ob sie Suki und Edward anrufen sollte. Sie überlegte, was sie sagen würde, konnte sich aber nicht einmal daran erinnern, was am vergangenen Abend passiert war. In ihrer Fantasie ging sie die verschiedenen Szenarien durch, die stattgefunden haben könnten. Alle Möglichkeiten, die ihr in den Sinn kamen, wiesen eine Gemeinsamkeit auf – sie waren ziemlich verdorben. Karina hoffte, dass keine von ihnen zutraf, weil sie das seltsame Gefühl nicht loswurde, sich verliebt zu haben. Zur Abwechslung war es kein verheirateter Mann, sondern die Frau eines verheirateten Mannes.

Am Ende war es Suki, die anrief. Als gegen 20 Uhr Karinas Handy die ersten Takte von *Are Friends Electric* spielte, fiel Karina wieder ein, dass sie im Verlauf der Nacht irgendwann Telefonnummern ausgetauscht hatten.

»Können wir uns irgendwo treffen?«, fragte Suki. »Ich muss unbedingt mit dir reden.«

Karina hatte das Gefühl, ihr Herz bliebe stehen und konnte gerade noch einen verzückten Aufschrei unterdrücken, bevor sie antwortete: »Ja ... jederzeit ... überall!« Als Treffpunkt schlug Karina eine U-Bahnstation am Themse-Ufer vor, weil sie nicht im Traum daran dachte, Suki zu sich nach Hause einzuladen. Karina hatte ihre Wohnung noch nie gemocht. Selbst die geschmackvollste Einrichtung hätte nicht darüber hinwegtäuschen können, dass sie nicht mehr als eine schäbige Abstellkammer war.

Als sie sich schminkte, benutzte sie statt des pflaumenfarbenen Lippenstiftes den roten, von dem ihre Liebhaber behaupteten, er verleihe ihr das Aussehen einer Geisha. Sie hatte sich nicht gegen diese kitschige Fantasie gewehrt und sparte sich den Hinweis, dass sie in Brighton geboren worden war. Für Karina symbolisierte der rote Lippenstift Unabhängigkeit, Stärke und Sexyness. Wenn sie ihn trug, fühlte sie sich wie ein Alphaweibchen, das alles im Griff hatte. Sollte Suki allerdings auch jenen Geisha-Wahn entwickeln, würde Karina anders reagieren: Suki war etwas Besonderes und verdiente, dass man aufrichtig zu ihr war.

So nervös wie auf dem Weg zu diesem Treffen war Karina lange nicht mehr gewesen. Die U-Bahn war wie gewöhnlich sonntagsabends fast leer. Und der stickige Geruch von Staub und Unrat kam Karina vor wie ein teures Parfüm. Sie war so aufgeregt wie ein kleines Kind zu Weihnachten. Ungeduldig zählte sie jede einzelne Station, die sie ihrem Ziel näher brachte. Als sie ausgestiegen und die Treppe nach oben gegangen war, stand sie in einer heruntergekommenen, gekachelten Wartehalle. Sie wusste nicht genau, wo sie warten sollte und sah auf den U-Bahn-Plan, um herauszufinden, an welchem Bahnsteig Suki ankommen würde. Karina nahm an, dass sie, wenn sie nicht doch noch in letzter Sekunde gekniffen hatte, die Bakerloo-Linie gewählt hatte.

Während sie noch überlegte, ob sie auf dem Bahnsteig warten sollte, hörte sie schon das Rattern eines einfahrenden Zuges. Wo sollte sie sich am besten hinstellen? Sollte sie Suki mit einem Lächeln oder mit ernster Miene begrüßen? Sie konnte sich nicht entscheiden, blieb einfach stehen und starrte gebannt auf das Ende der Rolltreppe.

Da kam sie, ganz in Schwarz – sie trug schwarze Hosen, hochhackige schwarze Schuhe, eine enge Jacke mit Fellkragen und dazu einen ebenfalls dunkelfarbigen Nerzhut. Suki machte einen fast verlegenen Eindruck, als sie auf Karina zuging und sie lächelnd begrüßte. Ihre Wangen waren rosa und in ihren Ohrläppchen funkelten quadratisch zugeschnittene Diamanten. Sie war kaum geschminkt, bis auf einen Hauch Mascara und helles rosenholzfarbenes Lipgloss. Trotzdem sah man auf den ersten Blick, dass sie sich Mühe gegeben hatte. Der Anblick des Fells und der funkelnden Diamanten erinnerte Karina an eine Märchenkönigin.

»Tut mir leid, dass ich zu spät bin. Es war nicht so einfach, mich loszueisen«, sagte Suki.

Nüchtern schien sie förmlicher zu sein, beinahe affektiert. Auf jeden Fall war das nicht mehr die provokante Verführerin des vergangenen Abends.

»Nach meiner Uhr bist du nicht zu spät«, antwortete Karina.

»Es ist kompliziert«, sagte Suki mit einem leichten Seufzer. »Du weißt ja, dass ich zwei Kinder habe.«

»Ich weiß«, sagte Karina nickend, womit sie meinte, dass es ihr egal war. »Wollen wir eine Runde spazieren gehen?«, fragte sie.

»Sehr gerne.«

Sie verließen die Wartehalle und liefen schweigend am Ufer nebeneinander her, wo zwischen kahlen Winterbäumen die Laternen leuchteten. Karina war kurz davor, in Tränen auszubrechen und Suki auf Knien anzuflehen, sie möge um Himmels willen aufhören so unlocker zu sein.

»Ist das Savoy nicht wunderschön«, fragte Suki mit Blick auf die gepflegten Gärten und die helle Fassade auf der Rückseite des berühmten Hotels. »Warst du dort schon einmal Tee trinken? Wirklich zu empfehlen – köstliche Waffeln und exzellente Petit Fours.«

»Das Savoy ist nicht ganz meine Liga«, antwortete Karina zögerlich und überlegte, ob sie jemals Einlass in die Welt dieser Frau erhalten würde. Auf der anderen Seite der Themse waren das Nationaltheater und die hässlichen Türme des Battersea-Kraftwerks zu sehen. Die Chelsea-Brücke erstrahlte im Licht der Scheinwerfer wie der magische Pfad in das Märchenland der Reichen und Schönen. Karinas Wohnung lag in der South Bank, in einer Nebenstraße unweit der renovierungsbedürftigen Waterloo-Brücke.

Sukis Welt hingegen lag nördlich des Flusses, wo sich die überteuerten Immobilien befanden: Shopping in der Bond Street, Burger mit den Kids in der Piccadilly und Immobilienkäufe in Mayfair.

Suki schniefte und stöhnte auf. »Edward ist stinksauer auf mich«, sagte sie.

Karina wurde aufmerksam und hörte auf, sich selbst zu bemitleiden.

»Stinksauer?«, fragte sie.

Suki blieb stehen und lehnte sich gegen die Mauer. »Hast du eine Zigarette? Danke.«

Wegen des starken Windes brauchte sie einige Versuche, bis es ihr gelang, die Zigarette anzuzünden.

»Er hat mir verboten zu trinken«, sagte Suki. »Wir hatten einen schlimmen Streit nach der Party.«

»Oh«, sagte Karina und wünschte sich, dass sie sich besser an den vergangenen Abend erinnern würde, damit sie zu dem Gespräch etwas Interessanteres beisteuern könnte als *Oh*.

»Wir ...«, begann Suki und blies Rauch in den kalten Winterwind, »wir sind so verschieden. Er will nicht, dass ich singe, auftrete oder irgendetwas Derartiges tue.«

»Warum nicht? Du bist gut, sogar besser als früher.« Sie war erleichtert, dass sich die Gelegenheit für ein Kompliment geboten hatte. Suki lächelte, warf ihre Zigarette weg und hakte sich zu Karinas Freude bei ihr ein.

»Das ist lieb von dir, Schätzchen, aber ich bin nicht mehr dieselbe wie früher.«

»Natürlich nicht. Das ist doch das Gute daran«, sagte Karina euphorisch. »Du hast dich weiterentwickelt. Heute kannst du alles erreichen.«

»Hör auf, das ist mir peinlich«, sagte Suki lächelnd und drückte sanft ihren Oberarm. »Ich bin ein furchtbarer Egomane und brauche nicht noch zusätzliche Komplimente.«

»Du bist wundervoll.«

»Und du bist verrückt. Gott, wie ich verrückte Menschen vermisse!«

»Geht mir nicht anders«, sagte Karina und schlang ihren Arm um Sukis Hüfte. Sie wehrte sich nicht und Karina hoffte inständig, dass es mehr zu bedeuten hatte als eine unverbindlich freundschaftliche Umarmung zwischen Freundinnen.

Suki lachte wieder, legte ihren Kopf auf Karinas Schulter und sagte: »Du weißt, dass das hier verrückt ist, oder?!«

»Ja.«

»Du weißt, dass ich zwei Kinder habe und einen Mann, der mich zu Tode langweilt?«

»Ja.«

»Und du weißt, dass ich Alkoholikerin bin?«

»Jetzt ja«, sagte Karina und streichelte über Sukis Rücken. Als Sukis Arm sich als Antwort um ihre Taille schlang, fühlte Karina, wie ihr Körper sofort reagierte und ihr bei dem Gedanken an mehr buchstäblich das Wasser im Mund zusammenlief.

»Karina May – ich bin die wahrscheinlich unpassendste Person, die man sich für eine Affäre aussuchen kann«, sagte Suki leise. »Und ich bin nicht einmal lesbisch.«

»Das trifft sich gut«, antwortete Karina. »Ich nämlich auch nicht.«

»Wie, bist du nicht?« Suki blieb stehen und sah sie verwirrt an.

»Technisch gesehen – nein!«, sagte Karina. »Ist das ein Problem?«

»Keine Ahnung. Mir soll es egal sein. Jedenfalls suche ich jetzt schon nach einem Weg, dich irgendwie in mein Leben zu integrieren. Verrückt, oder?!«

Karina seufzte und nahm Sukis Hände. »Vielleicht. Egal! Würde es dir was ausmachen, wenn ich nicht bin, wie ich scheine?«

Suki kam einen Schritt auf sie zu. »Jetzt? In diesem Moment? Nein!« Sie lächelte, wobei ihre perlweißen Zähne aufblitzten. Der Wind wehte ihr Haar über die Wange und eine Strähne verfing sich zwischen ihren Lippen. Suki strich sie mit einer verlegenen Geste aus dem Gesicht, was sie unglaublich attraktiv machte.

»Darf ich dich küssen?«

»Darfst du«, sagte Karina und merkte, wie sie rot wurde, weil sie sich so unbeholfen fühlte.

»Darf ich, Miss May?«, fragte Suki kichernd und kam immer näher, bis sich ihre Lippen leicht berührten.

Als sie ihren Mund öffnete, konnte Karina ihren eigenen Puls in den Ohren pochen hören. Dann fühlte sie die kühlen Lippen und wie Sukis heiße Zunge in ihren Mund glitt. Ein tiefes Stöhnen drang aus Sukis Kehle, während ihr Fellkragen wie ein zarter Lufthauch Karinas Wange streichelte. Sie wusste, dass sie sich verdammt viel Ärger eingehandelt hatte, aber es machte ihr nichts aus.

4. Kapitel

Der morgendliche Lärm stellte sich in dieser Gegend sehr früh ein, stellte Paul fest. Müllautos und Kehrmaschinen rumpelten über die Straße, Autotüren wurden geöffnet und wieder zugeschlagen. Auch die Geräusche der Nacht verstummten erst sehr spät und man kam noch lange in den Genuss der schreienden, fluchenden und lachenden Kneipenbesucher, die auf dem Heimweg waren. Für Paul war das ein gutes Zeichen, weil es bedeutete, dass er sein Geld nicht aus dem Fenster geschmissen hatte. Menschen, die von morgens bis abends die Bürgersteige bevölkerten, waren potentielle Kunden, und Kunden waren schließlich die Voraussetzung für den Erfolg seines Vorhabens.

Die Meeresbrise und die aufgehende Sonne waren wunderschön. Paul genoss den Duft, der durch das geöffnete Fenster ins Zimmer strömte. Er mochte es, sich verschlafen in die warme, gemütliche Bettdecke zu kuscheln und an den warmen Körper an seiner Seite. Es gab nur wenige Dinge im Leben, die so schön waren, wie neben einem geliebten Menschen aufzuwachen. Paul streichelte den zarten, knackigen Hintern und erhielt ein tiefes Brummen als Antwort. Seine Lippen umschlossen den kleinen Wirbel am Ende des Nackens, der bisher bestimmt noch niemand anderem jemals aufgefallen war, aber Paul hatte sich schon viel Zeit für die Erkundung dieses Körpers und seiner kleinen Geheimnisse genommen.

Er ließ seine Zunge um den Wirbel kreisen und begann, an der weichen Haut zu saugen. Paul war versucht, so lange weiterzumachen, bis das Blut durch die feinen Hautporen kommen und einen kleinen Fleck hinterlassen würde, von dem nur Ian und er wüssten, dass er sich unter seinem Kragen verbirgt.

»Morgen.«

»Es ist mitten in der Nacht – lass mich in Ruhe.«

»Es ist schon fast sechs.«

Weiterschlafen konnte er sowieso vergessen. Die Handwerker würden in einer Stunde ankommen, um den neuen Fußboden zu verlegen und hoffentlich auch endlich die Bar zu vollenden. Schlaf würde es bei dem Gepolter mit dem Buchenholz und den Dancebeats aus dem Radio für keinen von beiden mehr geben.

Paul wollte die Zeit nutzen, bevor seine angenehme Schläfrigkeit dem Bewusstsein für die anstehenden Aufgaben weichen würde.

»Du verpasst das Beste vom ganzen Tag«, sagte er mit gespielt schmollender Stimme und presste seine Morgenlatte an Ians haarigen Oberschenkel.

»Mmmh.«

Mit seinem Oberkörper dicht an Ians nackten Rücken gedrängt, biss Paul zärtlich in dessen Schulter. »Ich will dich«, flüsterte er und sein Mund fand die weiche Stelle hinter Ians gepiercten Ohr.

»Mmmmh!«

Lächelnd schmiegte sich Paul noch näher an Ian, so dass sich sein Schwanz genau in dessen Arschritze schob. »Haaallo? Rate mal, was ich hier habe!«

»Ein Gewichtsproblem? Du bist zu schwer. Runter von mir!«

»Jaja«, sagte Paul und rollte sich ab.

Ian drehte sich um und gähnte. Er war verschlafen, ungewaschen und seine Achselhöhlen verströmten einen animalischen Geruch – verdammt sexy. Sein dunkler, behaarter Körper bildete einen schönen Kontrast zu der weißen Bettwäsche. Unter seiner dichten Brustbehaarung glitzerte etwas an Ians Brustwarze. Er kniff seine leicht kurzsichtigen blauen Augen zusammen und lugte auf den Wecker auf dem Nachttisch.

»Du Bastard«, murmelte er mit seiner tiefen, vom Schlaf noch kratzigen Stimme. »Es ist viel zu früh!«

»Der frühe Vogel fängt den ...« Paul lugte unter die Bettdecke. Ha! So früh war es dann doch nicht, dass Ians breiter, warmer Schwanz nicht in all seiner morgendlichen Pracht erwacht war. »Ah!«, machte Paul.

»Wurm?«, fragte Ian und räkelte sich im Laken. Sein scharfer, würziger Männergeruch ließ Pauls Schwanz vor Erregung zucken. Er liebte diesen Geruch – diese schwere, moschusartige Mischung aus Schweiß, Bier und Kippen. Es war ein männlicher Geruch, der zwar in Ians Nacken kaum wahrnehmbar war, dafür aber umso kräftiger und obszöner in der Leistengegend und zwischen seinen behaarten Pobacken. Auch sein Bauch war stark behaart und seine obersten Schamhaare verdeckten seinen Nabel. Ians Hüftknochen ragten spitz und blass hervor. Paul küsste Ians Hüfte und schmiegte sich mit der Wange an seinen Bauch. Ian hob sein Hinterteil, so dass Paul seine Arme um ihn schlingen und sich zwischen seine geöffneten Beine legen konnte. Wunderbar willig, wenn man ihn erregte, dachte Paul und kuschelte sein Gesicht an die warme, behaarte Haut.

Paul stöhnte glücklich. Es überraschte ihn immer wieder aufs Neue, wie zerbrechlich ihm Ians schmale Taille in seinen Armen vorkam. »Mmmmh ... schön!« Er schloss seufzend die Augen und atmete genussvoll den Geruch ein.

Ian machte ein leises, ungeduldiges Geräusch und hob seine Hüften wieder, so dass sein Schwanz gegen Pauls Gesicht drückte und ihn wie ein kleiner feuchter Kuss unter seinem Kinn berührte. Paul beugte sich hinunter, um Ians Schwanz einmal von der Wurzel bis zur Spitze abzulecken, bevor er seinen Kopf hob und ihn in den Mund nahm.

Er liebte diese verdorbene Intimität und die Macht, die sie ihm gab. Paul unterdrückte einen leichten Würgereflex und lutschte

Ians Schwanz, während sein eigener dadurch immer härter wurde. Ian streichelte seinen Kopf und zog an Pauls Haaren.

»Komm her, komm schon«, sagte Ian und zog so stark an seinen Haaren, dass es fast schmerzte.

Paul krabbelte nach oben und bot Ian seine Lippen zum Kuss an. Wenn man ihn erst einmal aus seiner morgendlichen Trägheit erweckt hatte, wurde Ian so geil, als würde er seine Lust zum ersten Mal entdecken. Paul ließ sich widerstandslos auf den Rücken drehen und gewaltsam küssen. Dabei schlang er seine Beine um Ians Hüfte und stöhnte lustvoll, als er erst den festen Griff an seinem Penis und dann die geübten Bewegungen spürte. Paul war sich der Geräusche, die er machte, bewusst – das tiefe Stöhnen und Seufzen, das immer wieder von Ians fest auf seinen Mund gepressten, leicht spröden Lippen und der feuchten Zunge erstickt wurde.

Ian hechelte in sein Ohr und Paul griff nach dem Piercing in seiner Brustwarze. Während er daran zog und drehte, wurde Ians Atem immer schwerer und auch er selbst geriet immer mehr in Ekstase. Ihre Hüften rieben aneinander im Rhythmus der immer schneller werdenden Bewegungen von Ians Hand, die Pauls Schwanz fest umschloss. Paul stöhnte lauter, presste seine Hüfte gegen Ians Unterleib, wobei er die schwingenden Hoden und das Kitzeln der Schamhaare spürte. Ians Handbewegungen waren bald so schnell und heftig, dass Paul kurz davor war zu kommen.

Ian war keiner, der einen erst aufgeilte und dann einfach stehen ließ. Paul liebte es, wenn ihm Ian wie jetzt schmutzige Worte ins Ohr flüsterte: »Schlampe … meine Schlampe … meine heiße, geile Schlampe!«

Paul wand sich stöhnend unter ihm und kam dem Höhepunkt immer näher. Die Worte der Lust wurden lauter, während Ian sich immer heftiger an seinem Oberschenkel rieb. »Komm! Komm schon, du Schlampe!«

Paul schloss die Augen und ließ sich völlig gehen, bis sich seine Hüften aufbäumten und seine Hoden sich zuckend entleerten. Dann stöhnte Ian auf und Paul fühlte den warmen Samen auf seinem Oberschenkel. Als sich Ian auf ihn fallen ließ, schloss er ihn fest in seine Arme.

Gott, wie er Morgensex liebte!

Ian rollte sich ab und lächelte. Sein Gesicht war rot und seine kristallblauen Augen funkelten befriedigt hinter den langen Wimpern. Das dunkle Haar war verwuschelt und seine Lippen so rot, dass Paul gar nicht anders konnte, als sie zu küssen. Ians Mund war jetzt warm und weich, die Aggression von vorhin war verflogen.

»Wofür war das denn?«, fragte Ian und küsste vorsichtig Pauls Schulter, wobei seine Bartstoppeln leicht auf der Haut kratzten.

»Die Einweihung des neuen Betts.«

»Das ist kein neues Bett«, sagte Ian und griff nach der Zigarettenpackung auf dem Nachtschrank. »Es hat schon einiges hinter sich.«

»Na dann eben für die neue Wohnung«, sagte Paul und wischte sich mit der Bettdecke ab. Er mochte den Gedanken an die Geschichte dieses Bettes – zappelnde Füße in der Luft, fest in die Matratze gepresste Knie. Die mittlerweile quietschenden Bettfedern bewiesen, dass sie es hier schon in jeder erdenklichen Stellung getrieben hatten – und in einigen, zu denen sie sich von Pornos inspirieren ließen. »Das war schön.«

Ian nickte hustend und der Rauch trieb ihm die Tränen in die Augen.

»Kaffee?«

»Kaffee.«

»Wir haben aber nur Instantkaffee.«

»Egal.«

Ian war die Qualität von Kaffee herzlich egal. Paul hingegen brauchte am frühen Morgen eine ordentliche Dosis Koffein, um wach zu werden. Er liebte es, mit einem befriedigenden Fick und einem guten, starken Kaffee geweckt zu werden und so von Schläfrigkeit direkt in einen flirrenden Rausch mit rasendem Herzen und zittrigem Verstand überzugehen, einen der schönsten Zustände, die es gab. Paul lief splitternackt durch die Wohnung, ohne genau zu wissen, wo sich welche Räume befanden. Die neue Küche, weiß gestrichen wie der Rest der Wohnung, war klein, aber geschmackvoll eingerichtet. Überall gab es Arbeitsflächen aus Marmor. Paul musste über einige Kisten steigen, um zum Herd zu gelangen.

Neben dem Herd stand zwar ein Karton, auf dem mit großen Buchstaben »Kaffeemaschine!!!« geschrieben stand, aber er würde erst später Zeit haben, ihn auszupacken. Koffein brauchte er trotzdem. Er stellte den Teekessel auf den Herd und ging ins Badezimmer. Das Bad war doppelt so groß wie die Küche. Es war typisch für sanierte viktorianische Häuser – alle Räume hatten die falschen Maße.

Die Maler hatten, ohne ihn zu fragen, ihre Farbrollen und Eimer im Bad abgestellt. Paul nahm sich vor, sie darauf hinzuweisen, dass er morgens duschen wollte, ohne vorher auch noch das komplette Bad putzen zu müssen. Es reichte vollkommen, dass er sich auf der Suche nach Duschbad und Shampoo bereits durch etliche Kisten wühlen musste. Er hasste Umzüge!

Er stand bereits mit seinem Schwanz in der Hand vor der Toilette, als er bemerkte, dass es kein Toilettenpapier gab. Offensichtlich hatte sich Ian am Vorabend auch nicht die Mühe gemacht, es zu suchen und einfach die Schüttelmethode angewendet. Kein Wunder, dass er gerade so animalisch gerochen hatte. Jeder weiß, dass man so viel schütteln konnte, wie man wollte – der letzte Tropfen ging trotzdem immer in die Hose.

Paul ging zurück in die Küche. Er stellte sich an den Herd und lächelte, ohne sich umzudrehen, als er den Zigarettenqualm roch und das noch ungewohnte Knarren der Dielen hörte. Als er dann Ians Hand auf seinem Hintern fühlte, lehnte er sich dagegen und fühlte den durchtrainierten, haarigen Körper an seinem Rücken, während rauchig-warme Küsse seine nackten Schultern berührten.

»Hi.«

»Morgen«, sagte Ian, an seinem Ohrläppchen knabbernd.

»Die Maler haben ihr ganzes Zeug im Bad gelassen.«

»Ja, ich habe die Farbe gerochen.«

Paul schüttete kochendes Wasser auf das Instantpulver. Der Geruch erinnerte nur sehr vage an seine gewohnte Kaffeekreation, die eigentlich viel stärker war. »Sie haben ihre Rollen und Eimer im Bad abgestellt. Da muss ich mich später drum kümmern.«

Er nippte an dem faulig riechenden Gebräu und spürte, wie das gute Gefühl nach dem Sex bereits nachließ und durch eine unterschwellig schlechtlaunige Stimmung ersetzt wurde, die sich kaum vermeiden ließ, wenn einem eine halbfertige Bar, ein Restaurant, ein halbeingerichtetes Zuhause und eine halbgeschiedene Frau im Nacken saßen. Die hätte ihn eigentlich schon vor zwei Tagen anrufen müssen. Außerdem wurde Ian unentspannt und eifersüchtig, wenn es um sie ging. Paul vermutete, dass er schon mal wegen einer Frau verlassen worden war. Das passierte relativ häufig bei den Jungspunden, die in einer Woche schwul und in der nächsten – Abrakadabra – wieder Heteros waren. Wenn er es sich aussuchen könnte, hätte sich Paul auf eine Variante festgelegt, da es zweifellos weniger Verwirrung bedeuten würde. Wahrscheinlich auch weniger Spaß, aber deutlich weniger Chaos.

»Kommst du wieder ins Bett?«, fragte Ian.

»Keine Zeit«, antwortete Paul, dessen Geschmacksnerven noch immer mit dem grauenhaften Kaffee kämpften. Er kippte den Rest in das Spülbecken. »Um zwölf kommt diese Frau wegen der Stellenausschreibung.«

»Aber die Küche ist doch noch nicht einmal fertig.«

»Ja, ich weiß. Ist mir auch schon aufgefallen«, seufzte Paul. »Außerdem muss ich die Elektriker anrufen. Der beschissene Rauchabzug ist nicht repariert worden.«

»Aber warum führst du ein Bewerbungsgespräch, wenn du keine Küche hast?«

Paul schüttelte den Kopf: »Weil es sofort losgehen soll, wenn alles fertig ist«, erklärte er genervt. »Nachdem der Kauf sich schon ewig hingezogen hat, wird es langsam zu einem regelrechten Millionengrab. Ich habe jetzt schon die Hälfte der Saison verpasst.« Er lehnte sich gegen die Arbeitsplatte, stützte den Kopf an einen Hängeschrank und schloss die Augen. »Warum habe ich mich bloß schon wieder auf so etwas eingelassen?!«

Ian beugte sich über Paul und küsste ihn auf den Mund. »Irgendwas wegen deinem Hass auf London, soweit ich mich erinnere.«

»Stimmt. Das war's«, murmelte Paul, griff nach Ians Hinterteil und erwiderte den Kuss.

»Gute Luft wollte ich …«

»Mmmh.«

»Weniger Stress …«

Paul lachte. »Was zur Hölle habe ich mir nur dabei gedacht?!«

»Hey, du bist derjenige, der um sechs aufsteht.«

»Aber immerhin entspanne ich mich auch noch.«

»Sieht nicht so aus, als hätte es funktioniert.«

»Nicht wirklich.«

»Wahrscheinlich will Gott dir damit sagen, dass du mehr dreckigen Sex haben solltest.«

»Gut möglich.«

Ian wäre wohl direkt in der Küche zur Sache gekommen, wenn Paul nicht darauf bestanden hätte, keine Zeit mehr zu haben.

Der kleine geile Bastard mit seinen gerade einmal 23 Jahren war unersättlich, dachte Paul, als er unter der Dusche stand und sich anschließend in dem nach Lösungsmittel stinkenden Bad rasierte. Er selbst stand verdammt kurz vor der bedrohlichen 40 – und das in einer Welt, in der die meisten mit 17 ihre erste Million zu verdienen schienen, ganz zu schweigen von ihren blendend weißen Zähnen und knackigen Adonis-Ärschen, die einen ständig im Fernsehen verfolgten.

Er streckte seinem Spiegelbild die Zunge raus, putzte sie sorgfältig mit seiner Zahnbürste und machte sich danach mit übertriebenem Eifer an die leicht verfärbten Vorderzähne. Paul fragte sich, warum er einen 23-Jährigen vögelte, mit dem er keine einzige Gemeinsamkeit hatte, wenn man von der Vorliebe für heißen, schmutzigen Sex absah.

Kurz darauf realisierte er kopfschüttelnd, dass die Antwort aus den letzten drei Wörtern dieser blödsinnigen Frage bestand: heißer, schmutziger Sex!

Ian hatte nicht den geringsten Sinn für Haute Cuisine oder wenigstens für guten Kaffee. Pauls Versuche, einen Gourmet aus ihm zu machen, hatten damit geendet, dass Ian sich besoffen hatte und Fellatio mit einer Flasche Chablis betrieb, während seine Zehen Pauls Schritt bearbeiteten. Das Abendessen war zwar eine einzige Katastrophe, aber der Sex danach gigantisch – heiß, impulsiv und exzessiv. Paul hatte sich damit abgefunden. Selbst wenn er Ian nicht davon überzeugen konnte, dass Fish & Chips nichts mit Meeresspezialitäten zu tun hatten und Calamares kein Abführmittel waren, blieb er dankbar für die sexuellen Genüsse, die ihm Ian bescherte.

Paul war mit dem Zähneputzen fertig und entschied, dass das alles gar nicht so schlimm war. Er sah wie keine 35 aus, das Restaurant würde auf jeden Fall laufen und selbst wenn dieses Fräulein Western keine perfekte Köchin sein sollte, würde er ihr vielleicht schmackhaft machen können, sich mit dem Säubern des Obergeschosses einen kleinen Obolus zu verdienen.

Wofür man sie einsetzen könnte, war noch nicht klar, aber Paul war sich sicher, dass sie Ian ein Dorn im Auge sein würde.

Den Morgen verbrachte er mit endlosen Diskussionen über die Elektroanlage. Er war sauer, dass Big Dave die Leitungen in der Küche noch immer nicht verlegt hatte. Außerdem konnte er das Telefon nicht eine Sekunde aus den Augen lassen. Ian war ohnehin schon eifersüchtig, seit er mitbekommen hatte, dass Paul wieder Kontakt zu seiner Ex hatte. Die Ankunft von Adele Western machte die Sache nicht unbedingt einfacher.

Das Wort, das Paul bei ihrem Anblick sofort in den Kopf kam, war »Vollweib«. Sie entsprach einem Frauenideal, das irgendwann in den frühen sechziger Jahren aus der Mode gekommen war. Auch die Männer waren dadurch indirekt von dem damals einsetzenden Diätwahn betroffen und der Ärsche und Titten beraubt worden, die sie, wenn man es evolutionär sah, eigentlich anzogen. Sogar Ian starrte sie an, als sie mit ihren offensichtlich ungewohnt hohen Absätzen im Marilyn-Monroe-Stil über den mit Sägespänen bedeckten Fußboden wackelte.

Man sah, dass sie sich sorgfältig vorbereitet hatte, was den Zustand des Restaurants nur noch peinlicher machte. Paul bat dafür um ihre Entschuldigung und fragte nach ihrem Lebenslauf. Der französische Vorname Adele gefiel Paul, auch wenn er fand, dass er nicht zu ihr passte. Für ihn sah Adele mehr wie eine Latina als eine Französin aus: eine kräftige, matriarchalische Frau mit gelocktem schwarzen Haar und einem vollen roten Mund. Seiner Meinung nach würde ihr ein Name wie Maria, Rosa oder Carmen besser stehen.

Ihrem Lebenslauf zufolge konnte sie italienisch, mexikanisch, französisch, thailändisch, japanisch, kreolisch, nahöstlich und traditionell englisch kochen. Anscheinend gab es nichts, was sie nicht konnte. »Beeindruckend«, sagte er und versuchte unauffällig Ians Hand zu entfernen, die an seinem Hintern fummelte.

Er gab ihr eine Flasche Bier. »Oh.« Sie lächelte verlegen, als wäre es ihr unangenehm, in der Gegenwart von Männern einen Flaschenhals an ihre Lippen zu legen.

Ihre leichte Nervosität wurde dadurch gesteigert, dass Ians Hand mittlerweile unter seinem Hemd steckte. »Mein Gott, komm wieder runter – ich werde sie schon nicht ficken«, hätte er am liebsten gesagt.

Gereizt schüttelte Paul Ians Hand ab. Das musste ja nun wirklich nicht sein. Wenn sie in dem Lebenslauf nicht geschummelt hatte, war sie eine großartige Köchin. Sollte er sie einstellen, war das Letzte, was er gebrauchen konnte, ein eifersüchtiger Freund, der ihm womöglich jedes Mal hinterherlief, wenn er in die Küche ging, um nach dem Rechten zu sehen. Was dachte sich Ian eigentlich dabei?! Paul brauchte nun wirklich keine weitere Frau in seinem Leben. Eine reichte ihm vollkommen. Er vermutete, dass Sarah sogar ihren neuen Status als Frau genoss, deren abtrünniger Ehemann jetzt Männer vögelte. Es würde ihn nicht wundern, wenn sie ihren ausgeprägten Männerhass dazu nutzte, anderen Frauen das angeblich starke Geschlecht madig zu machen, um sich selbst den Weg in deren Höschen zu ebnen.

»Hier entlang«, sagte Paul und steckte sein Hemd wieder in die Hose. »Tom, hast du mal einen Moment Zeit für uns?«

»Klar«, murmelte Tom.

Adele sah Tom an, als wäre sie gerade dem Leibhaftigen begegnet. Als ob der kleine Mistkerl noch eine zusätzliche Ablenkung von seiner Arbeit bräuchte.

Da Ian darauf bestand mitzukommen, stellte Paul die beiden einander vor. Ian ließ auch nicht von ihm ab, als Paul Adele die Küche zeigte und versuchte, an Adeles Gesichtsausdruck abzulesen, was sie von ihr hielt. Als Ian ihn um ein kurzes Gespräch unter vier Augen bat, hätte er ihm am liebsten eine Ohrfeige verpasst. Widerwillig ließ er Adele mit dem nichtsnutzigen Tom zurück und führte Ian eilig zu den halbfertigen Männertoiletten.

»Was?!«, fragte Paul ungeduldig.

Statt einer Antwort stürzte sich Ian sofort auf ihn. Paul ließ sich sogar für einen kurzen Moment darauf ein, bevor er seufzend seinen Kopf wegdrehte.

»Ian, könntest du bitte ... nein! Okay ... nein, lass das! Nicht jetzt!«

»Warum nicht?«, fragte Ian und küsste Pauls Hals. »Komm schon, es wäre heiß.«

»Es ist nicht der richtige Zeitpunkt.«

»Sag ich doch!«

Paul schüttelte den Kopf und befreite sich. »Nein ...«, erwiderte er und verkniff sich mit Mühe die Bemerkung, dass es hierbei offensichtlich nur um Ians Paranoia im Bezug auf Frauen ging. Wenn er das Thema jetzt anschnitt, würde es endlose Diskussionen geben und für einen Streit hatte er noch weniger Zeit als für einen Fick.

Das Klingeln seines Handys rettete ihn.

»Lass die Mailbox rangehen!«

»Nein«, sagte Paul auf dem Weg zur Tür. »Kann ich nicht. Ich habe auf diesen Anruf gewartet.« Ian verdrehte die Augen. »Oh Gott – das ist *sie*, stimmt's?!« »Geht dich gar nichts an«, antwortete Paul ungeduldig und schloss sich in der Besenkammer ein, um wenigstens das Telefonat in Ruhe führen zu können.

»Wo zur Hölle warst du?«, giftete Paul sofort, während er einen Besenstiel auf den Boden warf, der ihn in den Rücken stieß, als er sich anlehnen wollte. »Du solltest mich schon vor zwei Tagen anrufen.«

Aus dem Hörer drang ein in aller Ruhe ausgestoßenes Gähnen. »Ja, ich weiß. Ich hatte leider zu tun. Edward und Suki hatten einen ihrer Abende. Du weißt schon, einen von denen, bei dem Suki sauer wird und sich weigert runterzukommen.«

»Ah ja«, sagte er. Er war es leid, auch nur so zu tun, als würden ihn seine inzestuöse, psychotische Familie und deren lächerliche Streitigkeiten interessieren. »Du hast zwei Tage gebraucht, um mit einer Bagage aus untalentierten Golfspielern und hirnlosen Anwälten Gin-Tonics zu trinken?«

»Nein, aber ich brauchte so lange, um meine Selbstmordabsichten in den Griff zu bekommen, nachdem mir Onkel Neds bekloppte Freunde den Hintern tätschelten, mich eine süße Muschi nannten und ich von ihren degenerierten Anhängseln dafür bemitleidet wurde, dass ich *Single* bin.«

»Wo wir gerade davon sprechen ...«, warf Paul ein, da sie offensichtlich vergessen hatte, worum es ihm eigentlich ging.

»Oh, fang bloß nicht damit an! Es war scheußlich. Wie kommen diese Fünfziger bloß darauf, dass irgendjemand sie noch ernst nehmen kann, wenn sie Zwanzigjährige heiraten? Weißt du was?! Ich werde mir zu meinem Geburtstag einen Achtzehnjährigen schenken.«

»Sarah!«

»Würde doch Sinn machen. Den Statistiken zufolge bin ich im besten Alter für Sex, also ist es nur logisch, dass ich mit jemandem vögele, der auch auf seinem sexuellen Höhepunkt ist.«

»Wie geht's denn deinem Fick-Freund?«, fragte sie übergangslos.

»Dem Fick-Freund geht's gut, danke der Nachfrage.«

»Fickt er auch noch?«

»Sehr sogar.«

»Hast also immer noch nicht geschnallt, dass er ein Idiot ist?«

»Er ist kein Idiot«, sagte er und versuchte nicht an Ians verständnislosen Gesichtsausdruck zu denken, als Paul vor einigen Tagen das Wort »sanguinisch« verwendet hatte. »Nicht jeder hat das Privileg einer teuren Ausbildung.«

Er konnte Ian seine intellektuellen Defizite vergeben. Wahrscheinlich war es dabei nicht unerheblich, dass er sogar einen Golfball durch einen Gartenschlauch saugen konnte, wenn er wollte.

»Ich frage mich, was er eigentlich will«, grübelte Sarah.

»Du bist unerträglich, weißt du das?! Nicht jeder Mensch auf Erden führt sexuelle Beziehungen, um daraus einen Nutzen zu ziehen. Du kannst nicht alle nach deinen Kriterien beurteilen, bloß weil dein persönliches Vorbild offensichtlich die Kaiserin Messalina ist.«

»Meine Güte, da ist aber jemand empfindlich heute.«

»Und nicht ohne Grund. Du weißt, wie sehr ich Umzüge hasse. Vier Wochen und noch immer ist der ganze Scheiß in irgendwelchen Kisten.«

»Hoffentlich hast du ihm ein paar Luftlöcher reingeschnitten, sonst gibt's eine unangenehme Überraschung.«

»Du kranke Kuh!«, erwiderte er wütend und konnte sich gerade noch dazu zwingen, nicht aufzulegen. »Ich weiß genau, dass du alles nur hinauszögerst, weil du Ian nicht leiden kannst!«

»Ich habe ihn doch noch nie getroffen«, sagte Sarah betont unschuldig. »Wie könnte ich ihn so verachten, wie du behauptest? Tue ich nämlich gar nicht. Ich erwarte nur gegenseitige Offenheit, Paul. Wir hatten nie Geheimnisse voreinander und plötzlich heißt es, dass es keine Details gibt, weil du verliebt bist und er dadurch zu einem Heiligen wird. Das ist einfach nicht fair.«

Paul trat wütend gegen eine Packung Bodenreiniger. Eigentlich war es wirklich an der Zeit, dass er ihr endlich sagte, wie gestört ihre Beziehung war. Wenn er das allerdings täte, würde auch sie nicht mehr von ihren Abenteuern berichten. Aber egal welche moralischen Bedenken er zu diesem Erfahrungsaustausch haben mochte – sein Schwanz war da anderer Meinung. »Okay. Ich müsste eigentlich gerade ein Bewerbungsgespräch führen«, sagte er.

»Oh«, antwortete sie enttäuscht. »Und ich habe deinetwegen ein extrem teures Mittagessen abgesagt, das man mir ausgeben wollte.«

»Das sind die besten«, sagte Paul. »Komm schon, hör auf. Wenn du zur verabredeten Zeit angerufen hättest, hätten wir dieses Problem gar nicht.«

»Kannst du eigentlich noch herablassender sein, Paul?«

Er grinste. »Ich könnte es sicher versuchen, aber darüber solltest du dir dein hübsches Köpfchen nicht zerbrechen.«

»Fick dich.«

»Okay, ich ruf dich später zurück.«

»Nein, warte!«

»Im Ernst, Sarah – wenn ein Gentleman so etwas von einer Lady gesagt bekommt, richtet er sich auch danach.«

»Mach doch, was du willst«, antwortete sie resigniert.

»Werde ich auch. Tschüss.«

Fast hatte er das Gefühl, sie zu vermissen, als er aus der Besenkammer trat und sich den Bodenreiniger von den Schuhen wischte. Er hatte nicht nur ihre Wutanfälle gemocht, sondern vor allem, wie leicht sie sich von ihm reizen ließ. Gesund war es trotzdem nicht, wie sie gegenseitig ihren Frust aneinander ausließen, aber es blieb dabei: Er hatte nie eine großartigere Zicke getroffen als sie. Selbst die fieseste Märchenkönigin konnte ihr nicht das Wasser reichen.

Ian war nirgends zu sehen und Paul vermutete, dass er schmollte. Eigentlich schmollte er schon, seit er begriffen hatte, dass das Nachtleben in ihrer neuen Heimat vor allem darin bestand, sich vor dem Fernseher die Birne wegzukiffen, sich in dem einzigen Pub mit nächtlicher Ausschankerlaubnis bis zur Besinnungslosigkeit zu betrinken oder das Tanzlokal zu besuchen, was an unfreiwilliger Komik kaum zu überbieten war.

Paul fand Adele und Tom auf dem Innenhof, wo sie scheinbar den überall wuchernden Blauregen bewunderten. Den frischen

Zigarettenkippen auf dem Boden zufolge hatte Tom ihr keineswegs das Gebäude gezeigt, sondern ihr eine Lektion in seiner Spezialität, der ausgedehnten Zigarettenpause, erteilt.

»Hi. Tut mir leid«, sagte er. »Ein dringendes Telefonat.«

Als sie lächelte, sah sie für einen kurzen Moment so aus wie eine Frau, die man in flagranti erwischt hatte. »Kein Problem«, antwortete sie unbekümmert und strich sich den Rock glatt.

Tom starrte auf den Boden.

»Hoffentlich haben Sie sich nicht gelangweilt«, sagte Paul. Irgendetwas lag hier in der Luft.

»Nein, nein. Jedenfalls nicht zu sehr.«

Klarer Fall von Langeweile. Er verstand die Doppeldeutigkeit erst, als er bemerkte, dass Toms Gesicht so rot wie seine Haare war.

Paul musste sich ein Lachen verkneifen. Tom, das kleine geile Stück, hatte sich offensichtlich übernommen. Der gerade mal Siebzehnjährige begegnete Frauen wie ein Schwanz auf Beinen, erstickte aber fast vor gespieltem Desinteresse und Machogehabe, wenn Männer in seiner Nähe miteinander anbändelten. Paul fand ihn amüsant. Er hatte schon genügend Jungs wie ihn kennengelernt, um zu wissen, dass eine kleine Kostprobe seiner Zungenkünste an ihren Arschlöchern ausreichte, damit sie sich für den Rest der Nacht die Knie wund rieben, um ihre tiefe Dankbarkeit zu beweisen.

»Kommen Sie mit«, sagte Paul. »Danke, Tom.«

Tom nickte untertänig und ging zurück ins Haus, allerdings nicht ohne vorher noch einen verstohlenen Blick auf Adele geworfen zu haben, die sich anscheinend nicht entscheiden konnte, ob sie nervös oder extrem selbstzufrieden aussehen wollte. Als sie hineingingen, nahm Paul neben dem kräftigen Geruch des Blauregens auch noch einen anderen Duft wahr, der von ihr auszugehen schien.

»Tut mir leid, dass Sie warten mussten«, sagte er, als er sie in das kleine Hinterzimmer führte, das leider noch nicht einmal annähernd an ein Büro erinnerte. »Setzen Sie sich.«

»Danke.« Sie setzte sich und schlug die Beine übereinander. Ihr Rock rutschte nach oben und für einen Augenblick waren ihre Strapshalter zu sehen. Sie schien es nicht zu bemerken. Er wünschte sich zwar, dass er es nicht roch, aber der Geruch von Sex ließ sich in der Hitze des sommerlichen Nachmittags einfach nicht ignorieren. Zum Glück gab es wenigstens einen Schreibtisch, hinter dem er sich verschanzen konnte.

»Das tut mir alles wirklich leid«, sagte Paul. »Es gab hier einige Probleme. Es soll sich nicht so anhören, als würde ich jemanden schlechtmachen, aber ... na ja ... die Handwerker ...«

»... kommen nicht aus dem Knick«, sagte sie nickend. »So ist das eben. Wissen Sie, dass hier früher ein Juwelier war?«

»Habe ich gehört.«

»Früher gab es hier einen Smaragd«, sagte sie und schien sich endlich zu entspannen. »Als ich noch ein kleines Mädchen war ... na ja, Sie wissen schon – kleine Mädchen und Glitzerzeug. Von der einen Seite sah er nur aus wie ein riesiger Stein, aber wenn man auf die andere Seite ging, war er voller Smaragde. Er stammte aus Brasilien.«

»Nie davon gehört. Der muss ja richtig wertvoll gewesen sein.«

»Er war wunderschön«, antwortete sie nur und zuckte mit den Schultern, als interessiere sie der finanzielle Wert nicht. Wahrscheinlich war sie auch wieder so ein Opfer der Hippiekultur in dieser Gegend. Hier gabe es viele Leute, deren Körper es zwar geschafft hatten, wieder das Festland zu erreichen, die aber ansonsten auf dem Festivalmodus der Isle of Wight hängengeblieben waren.

Er versuchte, sich wieder auf das Bewerbungsgespräch zu konzentrieren, was ihm schwerfiel, seit er nicht mehr daran zweifelte, dass sie im Innenhof etwas mit Tom angestellt hatte, als er telefonierte. Die Geschichte wäre perfekt für Sarah und wenn sie gut wäre, würde sie sich sicherlich revanchieren. Und da Ian tabu war … egal. Ihr Lebenslauf war beeindruckend, vor allem wenn man bedachte, dass die bisherigen Bewerber höchstens Erfahrungen im Burgerbraten hatten.

»Okay«, sagte er seufzend. »Wollen Sie den Job?«

»Ja, natürlich«, entgegnete sie. »Darum bin ich doch hier.« Ihr schien die Scharade eines Bewerbungsgespräches genauso unangenehm zu sein wie ihm, aber sie lächelte.

»Das hier ist Blödsinn, oder?!«

»Was meinen Sie?«, fragte sie in einem Therapeutentonfall.

»Na das hier. Wahrscheinlich wäre es leichter, Sie einfach einzustellen.«

Sie hob ihre Augenbrauen. »Erwarten Sie jetzt bloß keine Einwände.«

Paul seufzte erleichtert. »Okay. Wann können Sie anfangen?«

Adele lächelte und legte ihren Kopf schräg, als müsse sie ernsthaft darüber nachdenken. »Tja, vielleicht, wenn die Küche fertig ist?«

»Ach so, ja, natürlich.«

5. Kapitel

Ein weiterer Initiationsritus ist geschafft«, freute sich Kim. »Alles unter Dach und Fach. Haben wir noch Zeit für einen Joint, bevor dein Vater kommt?«

»Oder bevor deine Eltern eine Vermisstenanzeige aufgeben?«, antwortete Adele.

»Entspann dich. Sie wissen ja nicht einmal etwas davon.«

»Sie wissen es nicht? Wie hast du das denn geheim gehalten?«

»Einfach so«, sagte Kim und lehnte sich aus dem Fenster. »Hast du etwas, das man als Filter benutzen kann?«

Sie riss einen kleinen Streifen Pappe von einer Packung Haarnadeln. »Hier.« Adele reichte ihm den Streifen, konnte aber ihre Augen nicht von den Gegenständen auf dem Nachttisch abwenden – dem Radiowecker, dem Bonbonpapier, dem kleinen Spiegel und dem alten Schmuckkästchen, das früher ihrer Mutter gehört hatte und in dem jetzt Adeles Modeschmuck lag. Mit Abstand betrachtet, war eigentlich alles nutzloser Müll, Dinge, über deren finanziellen oder persönlichen Wert sie bisher nicht einmal nachgedacht hatte. Bald würde sie alles in Kisten verpacken und ein neues Leben beginnen. Kurz bevor ihr großer Traum endlich wahr werden sollte, fühlte es sich an, als lastete das Gewicht der ganzen Welt auf ihren Schultern. Es war zwar etwas beängstigend, aber sie war jung genug, um fest daran zu glauben, dass sie Berge versetzen konnte. Außerdem bestätigten ihre Prüfungsergebnisse schwarz auf weiß, dass sie den ersten Schritt geschafft hatte – in drei Wochen würde sie ausziehen und eine richtige Studentin sein.

»Irgendwie trotzdem eine Enttäuschung«, murmelte Kim und starrte abschätzig auf den braunen Umschlag, der den Computerausdruck mit seinen Prüfungsergebnissen enthielt.

»Na ja, ist es ja auch auf gewisse Weise«, stimmte sie zu. »Eigentlich hat man die ganze Zeit nur darauf hingearbeitet und dann steht man vor diesem großen Nichts. Im Grunde genommen hat sich nichts verändert und gleichzeitig doch alles ... keine Ahnung, wie man das beschreiben soll.«

»Sieht jedenfalls nicht so aus, als wäre es etwas Besonderes. Es ist nichts weiter als ein Stück Papier. Und das nach all der Arbeit.«

»Geht mir genauso ... irgendwie deprimierend. Man sieht sogar noch die Perforation, an der der Ausdruck von den anderen getrennt wurde, die alle gleich aussehen.«

»Wie eine Fahrkarte«, sagte Kim. »Sie sehen zwar gleich aus, aber wie man sie benutzt, muss man selbst entscheiden.«

»Guter Vergleich«, sagte Adele nickend. »Sehr treffend.«

»Ich mache einen Song draus«, nuschelte Kim, während er die Klebefläche des Joints mit der Zunge anleckte. »Zwischen den Ballettstunden.«

Er schob das Fenster etwas nach oben und zündete den Joint an. »Schätzchen, wir sind jetzt offiziell Studenten. Wir müssen uns heute Abend komplett wegschießen und so viele verrückte, bescheuerte Sachen machen wie noch nie zuvor!«

»Was denn zum Beispiel?«, fragte sie und nahm Kim den Joint aus der Hand.

»Hey, ich habe erst einmal gezogen!«

Sie nahm einen tiefen Zug und gab ihn Kim wieder zurück.

Er inhalierte und dachte, dass es auf jeden Fall zu heftigen Ausschweifungen kommen müsse.

»Ich habe zum Beispiel noch nie Pilze genommen«, stellte er fest. »Kürzlich hat mir so ein Typ welche angeboten. Ich glaube, das wäre genau das Richtige für mich.«

»Was für *mich* auf keinen Fall genau das Richtige wäre, ist, dass ich dich vor den Bullen retten muss, weil du dir bei ihrem Anblick vor Lachen in die Hose pinkelst und mit ausgestrecktem Zeigefinger brüllst, sie hätten sich in die Simpsons verwandelt.«

Er lachte. »Das wäre wirklich witzig. Stell dir nur ihre Gesichter vor.«

»Genau das ist mein Problem. Du würdest komplett ausflippen.«

»Gar nicht!«

»Oh doch! Du kannst dich ja nicht einmal beherrschen, wenn du trinkst.«

»Stimmt gar nicht!«

»Hallo?! Guten Morgen! Jemand zu Hause bei Herrn Oh-wie-wunderschön-sieht-der-Kneipentisch-von-unten-aus?«, erwiderte sie.

Kim kicherte und gab ihr den Joint. »Okay«, sagte er und blies den Rauch aus. »Ich bin ein armseliger, unschuldiger, schwuler chinesischer Junge. Zufrieden? Ich habe in meinem ganzen Leben noch keine echten Titten gesehen.«

Sie grinste und spürte, dass sie bereits angenehm breit war. »Wozu denn auch?«

»Was weiß ich«, sagte Kim kopfschüttelnd. »Mich würde einfach nur interessieren, wie sie aussehen. ... Wie sehen sie denn aus?«

»Sie sehen aus wie, na ja, wie Titten halt aussehen«, sagte Adele und bekam einen Lachkrampf.

»Würdest du?«, fragte er mit schüchterner Stimme, die so überhaupt nicht zu ihm passte, dass sie noch mehr lachen musste.

»Würde ich was? Dir meine Titten zeigen?« Sie setzte sich aufrecht hin.

»Ja«, antwortete Kim leise, zog auf dem Bett sitzend seine Knie bis an sein Kinn und umfing sie mit seinen Armen. »Ich bin doch schwul, also ist es doch egal.«

»Nix egal!«, sagte Adele prustend und unterdrückte den Reflex, ihren Oberkörper mit ihrer Strickjacke zu bedecken.

»Warum?«

»Weil sie mir gehören«, sagte sie und fand diese Begründung irgendwie extrem lustig. Ihre Brüste fühlten sich schwer an und die Brustwarzen juckten wegen der Spitze ihres BHs. Sie sah ihn an und fragte sich, was er reagieren würde, wenn sie es tatsächlich täte. Würde er wegsehen, kichern oder sie berühren und an ihnen saugen? Das alles schien zwar ziemlich unwahrscheinlich, aber ihr gefiel der Gedanke, dass er ausnahmsweise einmal aus dem Konzept gebracht würde. Weil seine gewohnte Selbstsicherheit plötzlich verschwunden war, fühlte sie sich ihm noch näher als sonst und begriff, dass er ihr tatsächlich vertraute.

Sie stand kurz davor, es wirklich tun. Adele fühlte sich ähnlich verdorben und erregt wie damals, als sie mit ihrem Handspiegel einen Blick zwischen ihre Beine geworfen und sich das erste Mal ihren Finger reingesteckt hatte.

»Kein Problem«, sagte Kim mit einem Achselzucken. »War ja nur eine Frage.«

Adele drückte sorgfältig den Joint im Aschenbecher aus und ließ ihn in einer Schublade verschwinden.

»Du würdest dich sowieso nicht trauen«, sagte Kim halb lachend, halb ernst.

»Doch, würde ich«, entgegnete sie ihm und versuchte zu verstecken, wie sehr ihre Hände zitterten, während sie sich an dem Verschluss ihres BHs zu schaffen machte. Ihre Schenkel fühlten sich warm an unter dem Rock und sie bemerkte den angenehmen Druck, von dem sie bisher nur ahnte, dass er Erregung bedeutete. Sie hatte das Gefühl, in ihrem Inneren so etwas wie einen flüssigen Hitzekern zu spüren – irgendwo in der Tiefe ihres Beckens, geschützt von dem Käfig aus Hüftknochen. Sie spürte förmlich, wie die feuchte Hitze von den geschlossenen Lippen von der Außenwelt abgeschottet wurde. Sie hatte nicht gewusst, dass sich ihr Körper so anfühlen konnte und war dermaßen aufgewühlt, dass sie den BH am liebsten in Strippermanier von sich geworfen hätte. Stattdessen streifte sie ihn langsam von ihren Schultern und ließ ihn in ihren Schoß fallen.

»So«, sagte sie und präsentierte ihren nackten Oberkörper. »Titten!«

Kim starrte und nickte. »Sie sind sehr schön«, sagte er höflich. Er starrte weiter.

»Man kann sie übrigens auch anfassen«, sagte Adele ungeduldig.

»Ähm ... danke.«

Unsicher bewegten sich seine Hände auf ihre Brüste zu. Kurz davor hielten sie für einen Moment inne. Als seine Hände sie dann ganz leicht berührten, machte er ein zischendes Geräusch, als hätte er sich verbrannt und als er sie mit seinen Handflächen umschloss und vorsichtig drückte, schloss er seine Augen. Als Kim sie wieder öffnete, schien er angenehm überrascht und unglaublich nervös zu sein. Adele glaubte, einen sechsten Sinn entwickelt zu haben, mit dem sie seine Erregung erfühlen konnte, die, so schien es, direkt aus seinen Poren kam. Sie hatte ihm sowieso nie geglaubt, dass er so schwul war, wie er behauptete.

Er berührte ihre Brüste immer noch, als wären sie aus Glas. Seine federleichten Berührungen und der kühle Luftzug auf ihrer nackten Haut ließen ihre Brustwarzen hart werden und pochen.

»Mein Gott«, murmelte Kim ungläubig. Mit den Augen fragte er sie, wozu sein Mund nicht mehr in der Lage war.

Sie nickte atemlos und lehnte sich ein wenig vor. Er nahm ihre Brüste und presste seine Wange an sie. Seine Lippen berührten die Spitze einer Brustwarze und sie hielt den Atem an, weil sie befürchtete, dass er ein Geräusch als Nein interpretieren könnte. Als sein feuchter Mund sich um ihren Nippel legte, konnte sie sich nicht mehr beherrschen, aber das Geräusch blieb ihr im Halse stecken und wurde zu einem leisen Krächzen.

Er saugte wie ein Baby und Adele fühlte sich, als träfen alle ihre Nervenenden genau an den Stellen zusammen, die gerade von seinem Mund geküsst und von seiner Zunge geleckt wurden. Sie stöhnte, schlang einen Arm um ihn und fuhr ihm mit der Hand durch sein Haar. Dann verloren sie die Balance, fielen rücklings auf das Bett, aber urplötzlich war Kim über ihr und küsste sie auf den Mund.

So hatte sie noch nie geküsst. Besonders nicht in einer Situation, in der so viel Haut im Spiel und keine Eltern in der Nähe waren. Noch nie hatte ein Junge an ihren Nippeln gesaugt, noch nie hatte sie einen Kuss erlebt, bei dem die Innenseiten ihrer Oberschenkel so locker wurden, der sie schwindeln ließ und bei dem ihre Möse so voller Lust juckte und schmerzte.

Und wie er küssen konnte! Seine raue, rauchige Zunge fühlte sich in ihrem Mund feucht und schmal an und der Kuss war so, wie Filmküsse immer aussahen – ihre Zungen berührten sich mit immer schneller werdenden Bewegungen und die Lust ließ ihnen buchstäblich das Wasser im Mund zusammenlaufen. Sie öffnete ihre Beine unter dem langen Rock und wünschte sich, dass er sie berührte. Er verstand den Hinweis nicht, aber als er sich enger an sie presste, nahm sie plötzlich seinen Schwanz an ihrem Innenschenkel wahr – seinen harten Schwanz. Bei anderen Jungs war es ihr peinlich gewesen, wenn sie sich an ihr rieben, aber das hier war anders. Das Einzige, woran sie dachte, war, wie es sich anfühlen würde, wenn er in ihr wäre. Sie wünschte es sich so sehr, dass sich ihre Scheidenmuskeln unwillkürlich zusammenzogen. In ihrem Slip spürte sie eine nasse Stelle, als bekäme sie ihre Periode, aber das war es nicht. Sie war nur feucht vor Lust.

Kim atmete schwer in ihr Ohr und begann wieder, an ihren Brustwarzen zu saugen. Er biss vorsichtig zu, woraufhin Adele so laut stöhnte, dass Kim sofort aufhörte, weil er glaubte, er hätte ihr wehgetan.

»Noch mal!«, sagte sie und konnte weder glauben, dass diese Schlafzimmerstimme aus ihrem Mund kam, noch dass ihr Körper diese Dinge tat. Wenn er nicht bald seine Hand zwischen ihre Beine legte, würde sie es selber tun – ein Gedanke, der sie noch mehr erregte.

Was würde er tun, wenn sie vor seinen Augen masturbierte? Adele glaubte, sie würde diesmal wirklich kommen. Sie war sich nicht sicher, ob sie bisher schon einen richtigen Orgasmus gehabt hatte, aber so wie sie sich gerade fühlte, war es eher unwahrscheinlich. Ihr Körper hatte nie zuvor ein so eindeutiges Verlangen gehabt. Sie hatte nicht gewusst, dass er Lust erzeugen konnte, die wie Elektrizität war. Kim stöhnte, während er ihre Brüste knetete und weiter ihre Nippel biss. Sie stemmte sich seinen Berührungen entgegen und er drückte seinen Schwanz durch seine Jeans fest an ihren Schenkel.

»Willst du noch etwas sehen?«, fragte sie und wurde sofort rot, überrascht, dass sie es überhaupt geschafft hatte, so was auszusprechen. Ihr gesamter Körper brüllte »fick mich«, aber ihre Stimmbänder schienen dazu leider derzeit nicht in der Lage zu sein.

»Ja«, keuchte er. »Bitte. Bitte ...«

Sie setzte sich hin und zog den Slip unter ihrem Rock aus. Kim atmete schwer und starrte auf das kleine Stoffknäuel, das sie über ihre Füße zog und wegwarf. Adele fragte sich, ob es tatsächlich passieren würde, aber sie war gleichzeitig so berauscht von dieser neuen Macht, dass sie überzeugt davon war, es dieses Mal zu schaffen. Es war so weit. Sie legte sich auf den Rücken, hob ihren Rock und spreizte die Beine.

»Oh Gott«, sagte Kim. »Ohgottohgott.«

Ihr war, als könnte sie seinen Blick fühlen, der auf ihr offenes Geschlecht gerichtet war. Adele hob ihre Hüften, spreizte ihre Schenkel – und wäre beinahe vom Bett gefallen, als sie das vertraute Zufallen der Wohnungstür hörte.

»Scheiße!« Panisch zog sie sich das T-Shirt über den Kopf. Kim stopfte den verräterischen BH unter die Matratze und stieß den Slip mit dem Fuß unter das Bett. Sie kam sich plötzlich saublöd vor und rannte in das Badezimmer auf der anderen Seite des Flurs, um sich zu beruhigen.

An den Schritten auf der Treppe, die langsam lauter wurden, erkannte sie ihren Vater.

»Oh, hallo. Wo ist denn Adele?«, hörte sie ihn fragen.

»Auf der Toilette«, antwortete Kim.

»So schlimm?«

»Nein, sie war richtig gut.«

Sie saß auf dem Badewannenrand. Der unheimliche Instinkt ihres Vaters machte ihr Angst. Offensichtlich hatte er gewusst, dass sie sich vor ihm versteckt hatte, allerdings ohne zu ahnen, dass es nicht, wie er glaubte, um schlechte Prüfungsergebnisse ging. Sie versteckte sich, weil sie vor wenigen Augenblicken ihrem besten Freund nicht nur tiefe Einblicke gewährt hatte, sondern um ein Haar in ihrem Kinderzimmer entjungfert worden wäre.

Wie zur Hölle hatte es denn dazu kommen können, fragte sie sich. Der tiefe, weiche Lustschmerz war noch nicht abgeklungen. Ohne Unterwäsche fühlte sich ihr Körper unter dem Rock irgendwie ungeschützt an. Nur um zu sehen, wie es sich anfühlt, ließ sie eine Hand unter ihren Rock gleiten. Die Feuchtigkeit überraschte sie und augenblicklich war sie wieder erregt. Es fühlte sich nass und glitschig an. Mit ihrem Zeigefinger berührte sie ihre Klitoris, die so geschwollen war, dass Adele es kaum fassen konnte. Die Intensität des wohlige Schauers, den schon diese leichte Berührung in ihr auslöste, erschreckte sie fast. Adele drückte fester und es fühlte sich so gut an, dass sie einen Seufzer unterdrücken musste. Aber das reichte noch nicht. Sie brauchte mehr.

Nebenan sprachen ihr Vater und ihr bester Freund über Prüfungsergebnisse. Eine ungünstigere Situation hätte sie sich nicht einmal ausdenken können, aber ihre Finger ließen sich davon nicht beirren. Sie biss die Zähne fest aufeinander, damit sie nicht laut schrie, als sie sich langsam und genussvoll zwei Finger einführte. Wenn Kim wüsste, was er verpasste …

In ihr war es glitschig, samtweich und heiß. Sie schob ihre Finger tiefer und begann, ihr Becken zu bewegen. Es war fantastisch. Die gleichzeitigen Bewegungen von Hand und Hüften waren unbeschreiblich und sie hätte jetzt nicht einmal aufhören können, wenn sie gewollt hätte. Fast hätte sie tatsächlich laut aufgestöhnt, als sie mit ihrer anderen Hand die Klitoris berührte und begann, sie zu reiben. Sie rieb und stieß, sich selbst mit ihren Fingern fickend, bis sie zufällig einen Winkel fand, der sich noch besser anfühlte und ihre Hüften automatisch zu noch heftigeren Bewegungen brachte. Ihre Wangen glühten, ihr war heiß und ihre Möse schmerzte auf eine Art und Weise, wie Ekstase schmerzen musste – so herrlich, dass es kaum auszuhalten war. Sie biss sich fest auf ihre Lippen, während ihre Hüften sich wie von selbst immer heftiger bewegten. Dann schien es, als explodiere etwas in ihrem Unterleib und die glitschigen Seitenwände zogen sich kräftig um ihre Finger zusammen.

Sie verschluckte das wimmernde Geräusch, das aus ihrer Kehle kommen wollte, ließ aber ihre Finger, wo sie waren, weil es sich so gut anfühlte. Es war warm und klitschnass, als die Zuckungen allmählich schwächer wurden. Das war es! So viele Türen schienen sich gleichzeitig zu öffnen – unendlich viele neue Möglichkeiten leuchteten am Horizont. Adele ahnte, zu was ihr Körper fähig war und wusste genau, was sie mit Kim machen würde, sobald sich eine Gelegenheit dazu böte.

Sie hatte aber keine Zeit, länger darüber nachzudenken. Sie betätigte die Spülung, damit ihr Vater glaubte, dass sie tatsächlich auf der Toilette gewesen war. Dann wusch sie sich die Hände und ging zu ihrem Vater, um ihm die Prüfungsergebnisse mitzuteilen.

Sie fühlte sich unanständig, als sie mit ihrem Vater sprach – ohne Unterwäsche und immer noch triefend von der Selbstbefriedigung. Außerdem zweifelte sie nicht daran, dass ihr Gesicht puterrot war und sie nach Sex roch.

»Gut gemacht«, sagte ihr Vater zu Kim, als sie ins Zimmer kam. »Ausgezeichnet. Da ist sie ja. Na los, zeig her.«

Sie nahm den Umschlag vom Schminktisch und gab ihn ihrem Vater. Er öffnete ihn und las. »Mannomann, gepfuscht hast du offensichtlich nicht.«

Sie lächelte. »Ach na ja, schon ein bisschen. Kennst mich doch.«

Er grinste und küsste ihr die Wange. »Genau die Mutter. Sie wäre stolz auf dich gewesen, weißt du das?«

»Ich weiß.« Sie wusste nur wenig über ihre Mutter, die zähe irische Sozialistin und Akademikerin, die irgendwann genug von intellektuellen Männern hatte und sich in Adeles Vater verliebte, dessen Arbeit darin bestand, eine unkontrollierbare Naturgewalt zu zähmen. Adele hatte sich oft vorgenommen, so brillant zu werden wie ihre Mutter. Aber jetzt war sie sich sicher, dass sie es tatsächlich schaffen würde, aus dem Schatten ihrer Eltern zu treten. Sie würde einfach nur leben – ohne die Zwänge der Schule, dafür mit dem neu erlangten Wissen über Sex. Sie würde in ihren eigenen vier Wänden wohnen, sich Liebhaber halten und nebenbei Vorlesungen besuchen.

Am liebsten wäre sie vor Freude jubelnd auf und ab gesprungen und war unendlich gerührt, als ihr Vater sie das erste Mal in ihrem Leben richtig umarmte. Sie drückte ihn so fest an sich, wie sie konnte, und hoffte dabei inständig, ihre Hände gründlich genug gewaschen zu haben, um sie von dem Odeur zu befreien. Andererseits war der Geruchssinn ihres Vaters zum Glück so gut wie nicht mehr vorhanden, weil er in seinem Leben so viel Rauch eingeatmet hatte. Manchmal rumpelte er sogar nachts wie ein

Schlafwandler durch das Haus und wenn Adele nach unten ging, um zu sehen, was los war, behauptete er, einen Brand riechen zu können – es waren die Feuer seiner Träume, die es selbst im Schlaf bis in sein Bewusstsein schafften. Er gab ihr einen Kuss auf die Stirn und sagte: »Unser Mädchen – ich bin stolz auf dich!« Fast hätte sie begonnen zu weinen, als sie daran dachte, dass er nachts bald allein Feuer riechend durch das Haus laufen und um vier Uhr morgens zuckrigen Tee trinken würde.

»Ich werde mal nachsehen, ob dein Bruder bei der Station ist«, sagte ihr Vater und ging nach unten. Chris, ihr älterer Bruder, war auch Feuerwehrmann.

Kim krabbelte über das Bett und riss das Fenster hoch. »Es muss doch total nach Dope riechen. Glaubst du, er hat etwas bemerkt?«

»Du weißt doch, dass er nichts riecht«, antwortete Adele. »Und lenk gefälligst nicht ab!«

»Na gut.« Kim saß auf dem Rand des Bettes und grinste sie mit einem schuldbewussten und gleichzeitig schmutzigen Lächeln an. »Weißt du, was wir beinahe getan hätten?«

»Ich weiß«, sagte sie und biss sich auf ihre Lippen, um nicht laut über ihre eigene Verwegenheit lachen zu müssen. »Du bist angeblich schwul – übrigens der einzige Grund, warum du überhaupt in meinem Zimmer sein darfst.«

Kim zuckte mit den Schultern. »Die perfekte Tarnung, oder?!«

Sie musste daran denken, wie oft sie gemeinsam auf diesem Bett eingeschlafen waren. Auch die Übernachtungen versprachen von nun an interessanter zu werden – viel interessanter! »Und darauf kommen wir nun also genau drei Wochen, bevor wir auf unterschiedliche Unis gehen?!«, sagte sie und schüttelte den Kopf. »Murphys Gesetz ...«

»Dann sollten wir bis dahin das Beste draus machen«, antwortete Kim grinsend.

»Ja, sollten wir.«

Adele fühlte sich vom Schicksal geküsst, weil ihre erste sexuelle Erfahrung tatsächlich den Beschreibungen romantischer Romane ähnelte. Na ja, fast jedenfalls. In erotischen Büchern war der Hauptheld relativ selten davon überzeugt, schwul zu sein und kam auch nicht bereits nach wenigen Stößen. Kim und Adele hatten sich immer kichernd über solche Romane und ihre blumige Sprache amüsiert.

»Warum spricht er sie eigentlich immer mit ihrem vollen Namen an, wenn er sie umarmt und ihr sagt, dass er sie liebt?«, wunderte sich Kim, während etwas Zigarettenasche zwischen die Seiten des rosafarbenen Heftchens fiel, das sie für ein bisschen Kleingeld am Kiosk gekauft hatten, um sich darüber lustig zu machen. »Er sagt immer: ›Ich liebe dich, Jonquil Elizabeth Markamthwait Smythe, wie ich nie jemand anderen geliebt habe.‹ Da kann man nur hoffen, dass ... wie heißt er?!« Kim blätterte einige Seiten zurück, um den Namen der männlichen Hauptperson herauszufinden. »... dass Clive Stehvermögen besitzt, weil das wirklich ein extrem langer Zungenbrecher ist, um ihn auszurufen, wenn man kommt.«

Adele schüttelte sich und drehte sich auf dem Bett auf den Rücken. »Ich glaube wirklich nicht, dass ich mit jemandem vögeln könnte, der Clive heißt.«

»Nein?«

»Natürlich nicht. Stell dir das doch mal vor: oh Gott, ja, ja, ja, JAA, CLIIIIVE!«

Kim nickte zustimmend. »Okay, aber andererseits rufst du ja auch sonst keine Namen, wenn du kommst, abgesehen von ›Jesus‹, obwohl ich wirklich nicht einsehe, was der mit deinem Kitzler zu tun haben soll.«

»Ich weiß, das ist seltsam«, antwortete sie. »Zumal ich mich immer für eine Agnostikerin gehalten habe.«

In der kurzen Zeit, die ihnen noch blieb, nutzten sie ihre jugendliche Energie, um möglichst viel Sex zu haben. Sie bemühten sich, weiterhin so zu tun, als wären sie lediglich Freunde, was Adele nicht leicht fiel. Kims Schönheit war immer begehrenswert für sie gewesen. Jetzt, da sie ihn haben konnte, wollte sie ihn am liebsten bei jedem seiner verstohlenen, wissenden Blicke an sich reißen und verschlingen.

Am Tag nachdem sie ihre Zeugnisse erhalten hatten, kam Kim mit einer Flasche Wein vorbei, die er aus dem Restaurant seiner Eltern geklaut hatte. Eigentlich mochten sie Wein nicht besonders. Außerdem war er nicht einmal besonders gut und schmeckte säuerlich. Aber es ging ja auch nicht um den Geschmack, sondern um die Wirkung, und als Adele bemerkte, dass sie nicht besonders drauf stand, hatte sie bereits ein ganzes Glas in sich hineingeschüttet. Am erstaunlichsten war das Zögern, bevor sie sich endlich küssten und den hemmungslosen Ausbrüchen der Instinkte freien Lauf ließen. Meistens war es Adele, die sich erbarmte und mit gierigem Gesicht und großen Augen den ersten Schritt machte.

Adele hatte bis dahin noch nicht sehr viele Jungs geküsst, und wenn, dann waren es meist weniger angenehme Erfahrungen mit aufeinanderprallenden Zähnen und unbeholfenen Zungen. Beim ersten Mal hätte sie sich fast in letzter Sekunde noch von dem scheinbar gähnenden Raubtiergebiss abgewendet, das auf sie zusteuerte. Erst, als sie das ungewohnte Gefühl seiner viel zu feuchten Zunge in ihrem Mund fühlte, realisierte sie, dass es ihr erster echter Kuss war und spürte so etwas wie Aufregung. Sie war 17 und hatte die Hand des Jungen aus ihrem Schritt entfernt, aber ihm erlaubt, ihre von einem T-Shirt bedeckten Brüste zu kneten. Wirklich rebellisch kam Adele sich vor, als sie ihm dann erlaubte, seine Finger in ihren BH schlüpfen zu lassen. Beim zweiten Mal war es ein älterer Mann – der Barkeeper der Kneipe, in die Adeles Brüder sie manchmal mitnahmen. Sie hatte sich schon früher öfter mit ihm unterhalten, dabei aber immer nur an ihrer Cola genippt, während er sein Bier trank. An ihrem 18. Geburtstag, als sie sich das erste Mal legal betrinken durfte, bekam sie einen Drink nach dem anderen spendiert. Nach drei großen Cidres war sie aufs Klo geflüchtet, um zu kotzen. Als sie wieder herauskam, stand dort Paddy der Barkeeper und murmelte mit seinem verführerischen westirischen Akzent: »Komm her, du …« Adele protestierte und sagte ihm, dass sie sich gerade die Eingeweide aus dem Leib gewürgt habe. Dass es ihm nichts ausmachte, fand sie ziemlich abstoßend.

Kim zu küssen, war vollkommen anders. Sein Mund war frisch und sauber und seine Lippen weich. Er hatte so wenig Bartwuchs, dass seine Küsse samtig weich waren und seine spitze Zunge wunderbar flink. Kim machte auch immer ganz spezielle Geräusche, wenn sie etwas tat, das ihm gefiel, so zum Beispiel das tiefe Einatmen, wenn sie ganz zart mit ihren Zähnen auf seine Unterlippe biss. Schon allein bei diesem Geräusch spielten die Schmetterlinge in ihrem Bauch verrückt. Ihre Hände zitterten, wenn sie vorsichtig mit ihrer Handfläche zwischen seinen Beinen rieb, auf der Suche nach dem eindeutigen Zeichen, dass sie es richtig machte. Er stöhnte leise, wenn sie seinen Schwanz durch den dicken Jeansstoff berührte.

Als er das erste Mal seinen Hosenstall öffnete, bekam Adele für einen kurzen Moment Panik, aber als er seine Jeans über seine Hüften nach unten gleiten ließ, und dann auch die Boxershorts auszog, blieb nur Faszination. Sie traute sich nicht nach unten zu sehen und ließ die Augen geschlossen, während sie ihn küsste. Er nahm ihre Hand und führte sie langsam an seinen Schwanz. Kim schluckte und flüsterte etwas, als sie ihn mit ihrer Hand umschloss. Er war warm, erstaunlich hart, aber die Haut war sehr weich. Sie streichelte ihn vorsichtig und rang sich dazu durch, nach unten zu sehen, als Kims Hand über ihren Schenkel streichelte und den Rock nach oben schob. Als der Rock hoch genug war, spürte sie, wie ein sanfter Luftzug die feuchten Stellen kühlte. Seine Hand fummelte nervös an ihrer Unterwäsche und ihre Hand streichelte sanft die Wurzel seines Schwanzes, während ihre Münder miteinander zu verschmelzen schienen.

Es war Zeit, dass sich Adele auszog. Mit einer schnellen Bewegung entledigte sie sich ihres Slips und warf dabei einen kurzen Blick auf Kim. Der saß auf seine Ellenbogen gestützt auf dem Bett. Er war nackt von den Hüften bis zu den Knien, in denen seine Jeans hingen. Sein steifer Schwanz ragte aus seinem buschigen Schamhaar und sah weicher aus, als sie erwartet hatte. Er war nicht von Adern durchzogen, wie die gezeichneten Penisse in öffentlichen Toiletten. Kims Augen waren groß und schwarz, sein Mund glitzerte feucht vom Küssen. Sie sehnte sich danach, ihn endlich in sich zu fühlen.

Adele setzte sich wieder neben ihn auf das Bett. Die Küsse wurden zügelloser und als sie nach seinem Schwanz griff, war seine Hand blitzschnell unter ihrem Rock. Seine Fingerspitzen streichelten vorsichtig durch ihr Schamhaar, bis sie es nicht länger aushielt und einen Fuß auf das Bett stellte und ihre Beine spreizte. Sie glaubte, vor Erregung platzen zu müssen. Unsicher bewegte er seine Finger am oberen Ende ihrer Muschi und sie zuckte zusammen, als er versehentlich ihre Klitoris berührte.

»Habe ich dir wehgetan?«

»Nein, nein. Im Gegenteil.«

»Darf ich ... meine Finger ...«, fragte er scheu.

Sie nickte mit klopfendem Herzen, erleichtert, dass er endlich gefragt hatte. Sie hatte noch nie zuvor etwas Ähnliches gespürt, nicht einmal beim Masturbieren. Ihr Geschlecht fühlte sich an wie ein pulsierendes, lebendes und eigenständig empfindendes Wesen, dem sozusagen das Wasser im Mund zusammenlief. Sie lotste seine Hand zum Eingang und erzitterte, als einer seiner Finger hineinglitt. Sie wollte mehr.

Sie nahm wieder seinen Schwanz und bewegte ihre Hand auf und ab, weil sie annahm, dass es war, was Kim wollte. Er stöhnte und die Bewegungen seines Fingers in ihr ließen ihren Atem immer schwerer werden.

»Nimm zwei Finger«, sagte sie zu ihm.

Er war so nervös. »Ich will ... also, wenn du auch willst ...«

Adele nahm eine Packung Kondome aus der Schublade ihres Nachttischs. Sie vermutete, dass auch Kim welche gekauft hatte. »Weißt du, wie ...?«, fragte sie ihn.

»Natürlich weiß ich das«, unterbrach er sie leicht gereizt und nahm ein Kondom aus der Packung. Sie hatten früher in der Schule zur allgemeinen Belustigung Kondome über Salatgurken gestülpt, aber es hier und jetzt zu tun, war eine ernstere Angelegenheit. Sie war viel zu aufgeregt, um sich komplett auszuziehen.

Adele legte sich auf den Rücken, schob ihren Rock hoch und spreizte die Beine. Diese Stellung erregte sie noch mehr. Sie wollte ihre eigenen Finger ins Spiel bringen, da sie sich nicht der Illusion hingab, dass sie beim ersten Mal einen erdbebenartigen Orgasmus haben würde. Andererseits hatte sie das Gefühl, dass es auch nicht unmöglich war, als Kim sich mit einer Hand abstützte und mit der anderen versuchte, seinen Schwanz in die richtige Position zu bringen. Sie seufzte tief, als seine Kuppe die richtige Stelle gefunden hatte und hob ihr Becken, wobei sie ihre eigenen, blassen Schenkel dabei beobachtete, wie sie sich um seine Hüften schlangen und ihre Füße von hinten gegen sein Becken pressten, so dass sie wie ein lebendiges Puzzle ineinanderglitten. Er sah überrascht aus und wie von selbst begannen ihre Hüften den Rhythmus zu suchen, der sie zum Höhepunkt führen würde.

»Oh Gott«, ächzte er. »Oh Gott ... ach du Scheiße.«

Er zog sich zurück, stieß wieder hinein und sie stöhnte laut auf vor Lust. Gott im Himmel – das war wunderbar, dieses Rein-und-Raus, diese glitschigen, schwungvollen Bewegungen. Sie konnte fühlen, wie sich ihr Körper immer mehr hingab. Kim biss sich mit fest geschlossenen Augen auf die Lippen. Offensichtlich genoss er es genauso wie sie und das Beste daran war, dass sie selbst der Grund dafür war!

»Ohh shit ...«, stöhnte Kim. Adele wusste sofort, was passiert war. Schwer atmend glitt er aus ihr.

»Scheißescheißescheiße. Tut mir leid!«

Sie fühlte sich geschmeichelt und lachte.

»Das ist nicht lustig!«

»Natürlich nicht«, sagte sie, »auch wenn ich mich geschmeichelt fühle, eine solche Wirkung auf dich zu haben.«

Er sah sie einige Sekunden ernst an, bevor er sich wieder über sie beugte und sie auf den Mund küsste. »Ach du ...«, sagte er, unterbrach sich aber und begann stattdessen, wieder an ihren Brüsten zu saugen, während er seine Hand zwischen ihre Beine schob. Als seine Finger wieder in sie hineinglitten, nahmen auch Adeles Hüften automatisch die unterbrochenen Bewegungen auf. Sie wollte kommen.

»Wie fühlt es sich an?«, fragte er.

»Oh Gott.« Es tat fast weh, so schön war es, was nicht nur an der körperlichen Empfindung lag, sondern vor allem an der verrückten, schwindlig machenden Aufregung über das, was sie gerade getan hatten. Er hatte seinen Schwanz in ihr gehabt, wo seine Finger jetzt waren. Es musste einfach darauf hinauslaufen, dass auch sie kam, auch wenn schon der Gedanke daran, die eigene Hand zwischen ihre Beine zu führen und sich selbst zum Höhepunkt zu bringen, ihre Hände zittern und ihre Wangen noch röter werden ließ.

»Gut fühlt es sich an«, antwortete Adele, obwohl ihr klar war, dass es eine armselige Beschreibung dieser sensationellen und gleichzeitig frustrierenden Sinneseindrücke war. Vorsichtig bewegte er seine Finger und sie realisierte, dass sie Kim zeigen musste, was er tun sollte.

Wortlos griff sie nach seinem Handgelenk, zog seine Finger heraus und führte seine feuchten Fingerspitzen an ihren Kitzler. Er guckte etwas perplex. Sie lächelte ihn an und fühlte sich großartig, weil es ausnahmsweise sie war, die besser Bescheid wusste.

»Ist das …?«, murmelte Kim.

»Oh ja!« Sie presste ihren Unterleib seiner Berührung entgegen und biss sich auf die Lippen.

»Genau da?«

»Genau da!«

6. Kapitel

Bei verheirateten Liebhabern tauchte immer wieder das gleiche Problem auf. Sobald Ehepartner dieses Gut-gefickt-Funkeln in den Augen des anderen bemerkten, erhoben sie wieder Ansprüche. Karina wusste genau, dass Edward Suki vom Fenster aus beobachtete, als sie den grasbewachsenen Hügel hinaufging und mit dem Hintern hin und her wippte wie eine Frau, die genau wusste, was sie wollte. Edward hatte bereits mehrmals versucht, seinen Anteil an Sukis wieder belebter Sexualität einzufordern. Er hatte sie wegen ihrer häufigen Kopfschmerzen sogar schon zu einer Computertomographie geschickt. Wenn er von seinen Geschäftsreisen zurückkehrte, schnüffelte er um sie herum wie ein notgeiler Hund. Karina hatte sich mehr als einmal vorgestellt, wie er auf seinen Knien rutschend versuchte, seine Nase unter Sukis Rock zu stecken.

Karina mochte Edward vom ersten Augenblick an nicht besonders, aber mittlerweile hasste sie ihn leidenschaftlich. Jedes noch so kleine Detail an ihm erschien ihr widerwärtig – von den haarigen Handrücken über seine Tischmanieren (wie die eines Rindviehs) bis zu der Art und Weise wie er mit seinen blassen Fischaugen gierig Sukis Körper beglotzte.

Sie waren auf dem Landsitz in Suffolk. Edward besaß selbstverständlich zwei Häuser, was aber auch nur ein kläglicher Versuch war, über seine Mittelmäßigkeit hinwegzutäuschen. Sukis Töchter planschten vergnügt mit Lotte, dem deutschen Au-pair-Mädchen, im Pool, während Karina schmollend am Rand saß und nähte. Ein bisschen kam sie sich vor wie in einem Roman von Jane Austen. Mütter, Töchter, Dienerinnen – lauter unterschiedliche weibliche Geschöpfe und sie, Karina, war die schlecht gelaunte Gouvernante. Lotte stieg aus dem Pool. Mit ihren gleichmäßigen feinen Gesichtszügen, den Sommersprossen und der Stupsnase hätte man sie problemlos für die ältere Schwester der beiden Mädchen halten können. Ihre Beine waren unrasiert, mit feinen blonden Haaren bedeckt und in dem engen Badeanzug erinnerten ihre Brüste an zwei plattgedrückte Tennisbälle. Wenn Lotte nicht so von Enrique Iglesias besessen gewesen wäre, hätte Karina sie vielleicht sogar als Bedrohung empfinden können, aber Lottes sexuelle Vorlieben waren mehr als eindeutig. Wenn sie in ihrem Zimmer war, hörte sie ununterbrochen die Enrique-CD und wenn er auf MTV zu sehen war, flippte sie völlig aus. Hannah und Elisa, die noch in dem Alter waren, in dem man Jungs doof findet, konnten das überhaupt nicht nachvollziehen.

Suki kam gerade vom Reiten zurück. Als sie den kleinen Hügel in ihren engen Reithosen und weißem Seidenhemd hinaufstolzierte, sah sie aus wie ein Filmstar. Sukis Leidenschaft für sorgfältig ausgesuchte Kleidung beschränkte sich keineswegs nur auf das Schlafzimmer, weshalb sie auch nie auf die Idee gekommen wäre, wie eine echte Aristokratin in einem alten Sweater und Gummistiefeln reiten zu gehen. Sie kleidete sich vielmehr so, wie sie sich reiche Leute vorstellte, die reiten gingen. Dementsprechend trug sie immer das locker sitzende Seidenhemd und eine blaue Weste, wenn sie ausritt. Bei jeder anderen Frau hätte dieses Outfit absurd gewirkt, aber bei Suki, die schon so viele Fantasien verkörpert hatte, sah es unglaublich sexy aus. Obwohl es auch einen maskulinen Touch hatte, betonte es jede einzelne ihrer Kurven. Die Ärmel des Hemdes waren geschmeidig und weit. Die kurze geraffte Weste betonte ihre schmale Taille in den khakifarbenen Reithosen. Außerdem trug sie enge Lederstiefel, die bis zu den Knien reichten und hatte auch die Peitsche dabei, deren Anblick bei Karina wohlige Schauer auslöste. Sie hatte Suki den Ledergriff der Peitsche in ihre warme, weiche Möse gesteckt und ihn mit immer größer werdender Erregung in ihrem sich lustvoll windenden Körper hin und her bewegt. Danach sagte Suki, dass sie nicht glaube, jemals wieder eine Reitpeitsche benutzen zu können, ohne an dieses Erlebnis erinnert zu werden. Karina wusste genau, was sie meinte. Jedes Mal, wenn Suki reiten ging, hatte sie die gleichen verdorbenen Fantasien und stellte sich vor, wie Suki dann mit dem von ihren eigenen Säften getränkten Griff ihren Kitzler im Rhythmus der Pferdehufe gegen den Sattel presste.

»Gut geritten?«

»Nicht schlecht«, antwortete Suki und winkte zum Pool, von dem schrille »Mami, Mami«-Rufe kamen. »Ich muss aber unbedingt den Schmied anrufen. Ich glaube, einer der Hufe hat sich gelockert.«

»Mami, Mami! Guck mal, ich kann Purzelbaum!«, rief Hannah aus dem Wasser.

»Gleich, mein Schatz«, antwortete Suki. »Mami muss nur noch schnell jemanden anrufen.«

»Ich helfe dir«, sagte Karina hastig. Sie hatte noch nie verstanden, warum Mütter ihren kleinen Kindern gegenüber immer in einer grammatikalischen Konstruktion von sich sprachen, die Karina »Dritte Person mütterlicherseits« getauft hatte.

»Ich brauche keine Hilfe, um ein Telefon zu bedienen«, sagte Suki spöttisch.

»Ich bin jedenfalls da, wenn du mich brauchen solltest.« Karina folgte ihr ins Haus, wo es im Vergleich zum Garten kühl und dunkel war – kühl und dunkel wie ein Loch in der Erde oder wie die Unterseite eines Steins, unter dem Kröten wie Edward hausten. Dieser beschissene Edward. Angewidert stellte sie sich seinen Penis als einen blassen einäugigen Wurm unter der Bettdecke vor und fragte sich, wie Suki ihn jemals in sich hatte ertragen können. Edward war, wie Karina richtig vermutet hatte, ein erbärmlicher Liebhaber. In zehn Jahren Ehe hatte er Suki nicht ein einziges Mal oral befriedigt. Daher war es nicht weiter verwunderlich, dass sich Sukis Dankbarkeit ohrenbetäubend ausnahm, als Karinas Zunge das erste Mal vorsichtig ihre Schamlippen geöffnet hatte. Karina hatte gelernt, dass Suki mit ihrer Stimme nicht nur leidenschaftlich singen konnte …

»Komm mit nach oben«, flüsterte Karina verschwörerisch.

»Ich kann jetzt nicht, die Kinder warten auf mich«, sagte Suki.

»Sie haben es bestimmt schon wieder vergessen.« Karina machte eine kurze Kopfbewegung zur Treppe. »Na los, komm schon.«

Suki blickte für einen Moment mit ihren schwarzen Augen in die Richtung, aus der das Planschen und Schreien der Kinder gedämpft in das Haus drangen. Sie leckte sich kurz über die Unterlippe und sagte dann lächelnd: »Du bist furchtbar.«

»Bin ich nicht«, antwortete Karina. »Ich bin großartig. Außerdem muss ich mit dir reden.«

Suki runzelte die Stirn. »Nicht schon wieder«, stöhnte sie.

»Wir müssen reden«, sagte Karina und stieg die Treppe hinauf. Bevor Karina Suki getroffen hatte, hatte sie nicht daran geglaubt, dass es jemanden mit mehr Problemen geben könnte als sie selbst. Sie betraten das Schlafzimmer und Karina schloss die Tür. Suki setzte sich auf ihr Bett mit der goldenen Satinbettwäsche. Es machte Karina rasend, dass Suki dieses Bett mit Edward teilte.

»Gestern Abend …«, begann Karina.

»Kopfschmerzen«, fuhr Suki dazwischen. »Ich hatte Kopfschmerzen!«

»Und heute?«

»Ich kann nicht schon wieder meine Regel haben«, seufzte Suki. »Schatz, er glaubt jetzt schon, dass ich einen Gehirntumor habe. Wenn ich jetzt auch noch zweimal im Monat meine Regel bekomme, wird er irgendwann meinen Gynäkologen anrufen und wissen wollen, was da los ist.«

»Hat er dich gestern nackt gesehen?«

»Er ist mein Ehemann.«

Karina warf ihr einen wütenden Blick zu. »Ich glaube nicht, dass ich das aushalte«, sagte sie.

»Ach nein?« Suki erhob sich blitzartig. Wie immer wenn sie mit etwas nicht zufrieden war, zeigte sich die kleine Falte oberhalb der Nasenwurzel. »Und nun? Trennst du dich von mir?«

»Nein«, sagte Karina und entschied, dass es jetzt oder nie sein musste. »Ich bitte dich, ihn zu verlassen.«

Suki schüttelte den Kopf. »Oh Gott, ich bitte dich, Schatz. Du weißt genau, dass ich das nicht tun kann. Ich habe zwei Kinder und wir beide hätten vor Gericht nicht die geringste Chance. Der Richter würde uns zermalmen!«

Karina kam einen Schritt näher und strich über Sukis Seidenärmel. Sie fühlte Gänsehaut unter dem Material und nahm Suki in den Arm.

»Vielleicht sollte ich dich im Zeugenstand lecken. Jeder von diesen perversen alten Richtern würde dann für uns entscheiden!«

Suki seufzte lächelnd. »Du bist schlimm«, murmelte sie und berührte Karinas Ohr mit ihren Lippen.

»Deshalb liebst du mich doch«, antwortete Karina und nahm sie noch fester in den Arm. Sie spürte, wie Sukis Schambein sich mit fast unmerklichen Bewegungen an ihrem Oberschenkel rieb. Sukis Hüften waren fast das Schönste an ihr. Seit Beginn ihrer Affäre bewegte sich Suki irgendwie anders, und besonders die Hüften hatten einen ganz neuen Schwung bekommen. Früher war Suki mit einem seltsamen Marilyn-Monroe-Wackeln gelaufen, aber jetzt schien sie sich mit einer fast schlangenhaften Eleganz fortzubewegen, die das frühere Gewatschel als gekünstelt und albern entlarvte. Bei ihrem neuen, weiblichen Gang schien es einen beinahe tantrischen Gleichklang zwischen Wirbelsäule, Bauch und dem Rest des Körpers zu geben. Ihre Hüften schwangen, als würden unsichtbare Strippen die Bewegungen des restlichen Körpers übertragen. Und wenn Suki und Adele sich liebten, taten diese Hüften die erstaunlichsten Dinge. Sie rieben, rollten, hoben und senkten sich und federten dynamisch auf der Matratze auf und ab.

Jede noch so leichte Bewegung von Sukis Hüften erinnerte Karina an Sex und wenn sie sich, wie jetzt, an ihr rieben, konnte sie gar nicht anders, als mit beiden Händen fest zuzupacken, um jede dieser Bewegungen spüren zu können.

Suki roch nach Schweiß und Stall. Ihr Gesicht war noch immer gerötet von den Anstrengungen des Reitens. Davon abgesehen schminkte sie sich auch anders, wenn sie auf dem Land war und verzichtete auf die goldenen und violetten Farben, die sie in London bevorzugte. Wenn sie die Rolle der verwöhnten Ehefrau und sorgsamen Freiluft-Mutti spielte, trug sie nur eine sehr zarte Grundierung, einen Hauch brauner Mascara auf den üppigen Wimpern und einen weich schimmernden Lipgloss. Sie faszinierte Karina nicht nur, weil sie jünger erschien, sondern auch weil sie sich in ihrer Vermutung bestätigt sah, dass Suki eine verwandte Seele war. Auch Karina war ein chamäleonartiges Wesen, das sein Gesicht immer dem anpasste, wer oder was gerade darzustellen war.

Karina liebte es, Suki zu schminken und ihr wie einer Puppe ihre schönen, teuren Kleider anzuziehen, um sie dann zu fotografieren. Sukis begehbarer Kleiderschrank war mindestens so groß wie die Strandhütten, in denen Karina in Thailand übernachtet hatte. Suki besaß neben ihren Kleidungsstücken auch viele Bänder, Schleifen, Federn, Pelze, kleine duftende, silberne Schachteln mit buntem, raschelndem Seidenpapier für ihre Hüte. Außerdem gab es unendlich viele Dessous und Stöckelschuhe. In der Regel waren ihre Schuhe teure, wunderschöne Folterinstrumente. Einige waren, von weitem betrachtet, unsichtbare, mit Juwelen besetzte Wunderdinge, die Sukis Füße wie durch Zauberei in eine Barbie-

Position brachten. Erst wenn man genau hinsah, konnte man erkennen, dass sie aus durchsichtigem Kunststoff gefertigt waren, wie er meist bei billigen Prinzessinnenschuhen für kleine Mädchen verwendet wird. Bei anderen waren zwischen den ersten beiden Zehen funkelnde Diamantenketten, die sich um den Knöchel wanden. Der Knaller war ein Paar rosafarbener, glitzernder Pantoletten mit Gänseblümchen aus Plastik am Absatz. Nicht ein einziges Paar von Sukis Schuhen sah bequem aus, aber Karina hatte sich schon lange daran gewöhnt, dass Schönheit und Unbequemlichkeit zusammengehörten. Nichts auf der Welt machte einen Bauch schöner, betonte die Hüften besser und hob die Brüste verlässlicher als ein Korsett. Es gab zwar gleichzeitig auch nichts Ungemütlicheres, aber der Schmerz trug auf ebenso wundersame Art und Weise zum Vergnügen bei, wie das schwer beschreibbare, erregende Gefühl, dass trotz des brutal in Korsettstäbe und Satin eingezwängten Oberkörpers die Geschlechtsorgane frei blieben.

Suki besaß auch Mieder, trug sie aber nicht, weil die Spitze sie angeblich kratzte. Sie mochte weiche, fließende Unterkleider mit wenig Stoff, aus denen ihre Brüste leicht herausfallen konnten. Zu ihren Lieblingsteilen, die sie zum Schlafen trug, zählte auch ein austerfarbenes Seidenunterhemd, das aus solch feinem Material gefertigt war, dass man sofort erkennen konnte, was sie darunter trug, beziehungsweise meistens nicht trug. Wenn sie nichts darunter anhatte, zeichneten sich ihre Brustwarzen deutlich ab und wenn sie sich auf eine bestimmte Art bewegte, sah Karina, wie sich die Schamhaare in dem feinen Stoff verfingen.

Als Karina eines Nachts in Sukis Zimmer kam, saß sie, nur mit jenem Unterhemd bekleidet, an ihrem Schminktisch und war gerade dabei, sich einen Lippenstift auszusuchen. In ihrer Sammlung gab es die unterschiedlichsten Farbtöne – von Gold und Kirschrot über Silber und Pink bis zu Ockerfarben. Zu Beginn hatte Karina immer über die Lippenstiftspuren lachen müssen.

»Ist es nicht merkwürdig, wenn man beim Küssen den Lippenstift einer anderen Frau schmeckt? So müssen sich die Männer immer fühlen«, sagte sie.

Suki besaß einen roten Lippenstift, der nach Schattenmorellen schmeckte. Karina borgte ihn sich häufig, weil ihr Rot nicht nur am besten stand, sondern ihr außerdem Glück zu bringen schien. Rot war einfach ihre Farbe. Suki war Waage, weshalb Pastellfarben besonders reizend an ihr aussahen. Wenn sie roten Lippenstift benutzte, wurde ihr Gesicht zu hart – zu viel Drama. Immerhin passte es zu ihren etwas schrulligeren Auftritten.

Als Suki an jenem Abend von ihrem Schminktisch aufstand, bemerkte Karina, dass sich das geliebte Unterhemd irgendwie anders auf Sukis Körper bewegte. An manchen Stellen, an denen es normalerweise hakte, schien es fast wie eine Flüssigkeit über die Haut zu gleiten. Als sie sich umdrehte, war der Schatten, der sonst hinter der Seide zwischen ihren Beinen schimmerte, verschwunden.

»Was hast du getan?«, fragte Karina, die sich irgendwie betrogen fühlte. Sie liebte Sukis Busch – die feinen weichen Haare, die wie Moos die fleischigen äußeren Schamlippen umwuchsen und sich scheu über ihrem Kitzler lockten.

»Willst du es sehen?«, fragte Suki und hob das Unterkleid mit einem verschmitzten Lächeln um einige Zentimeter.

»Was hast du getan, Suki??«

»Ich wollte unbedingt mal dieses Wachs ausprobieren«, erwiderte Suki. »Es tat höllisch weh, aber, Gott im Himmel, es ist unglaublich. Man sieht jetzt *alles*!« Sie summte verführerisch, während sie mit den Händen an den Seiten ihre Hüften schwang und ihr Unterkleid dabei Zentimeter für Zentimeter lüftete, als wäre es der Vorhang einer Bühne. Karina konnte das Blut in ihren Ohren rauschen hören. Ihre Kehle war vor Erregung wie zugeschnürt und das Gehirn wie vernebelt vor lauter Lust.

»Zeig's mir«, sagte sie. Ihre eigene Stimme klang, als käme sie von sehr weit weg.

Suki hob ihr Kleid höher und höher. Die Glätte ihrer Oberschenkel war perfekt. Von den beiden Schwangerschaften waren nur sehr feine, silbrig schimmernde Risse auf Hüften und Bauch zurückgeblieben, aber ihre Möse hatte sich in eine tiefe, weiche Höhle verwandelt, in die auch Karinas kleine Faust passte, wenn Suki vor Lust triefte.

Mittlerweile hatte Suki das Kleid so hochgeschoben, dass der feine Saum über die spannendste, muschelgleiche Wölbung glitt.

»Oh mein Gott!« Was dort zu sehen war, sah essbar aus – als ob man es lecken könnte wie eine Süßigkeit. Die Lippen waren geschlossen, aber Karina wusste instinktiv, dass Suki schon feucht war. Suki liebte es, sich zu zeigen. Ihre Hand glitt wie eine Schlange über den Körper, bis sie letztlich wieder den Seidenstoff über die bloßgelegte Scham schob.

»Es fühlt sich unglaublich an, Rina«, flüsterte Suki. »Es ist so nackt und weich.«

Als sie ihre Hand wegnahm, fiel das Kleid wie ein zarter Schleier bis zu den Knien herab. Wo Suki den Seidenstoff kurz an sich gepresst hatte, war ein kleiner feuchter Fleck geblieben, der Karina schwindeln ließ. Automatisch begannen sich ihre Hüften zu bewegen, so dass der enge Slip an ihrer Möse sich beinahe anfühlte wie der Griff eines Liebhabers.

Als sich Suki auf das ockerfarbene Boudoir-Höckerchen setzte, konnte Karina sich nicht länger beherrschen. Karina schob das Unterkleid über Sukis Schenkel und hockte sich vor sie, um alles genau betrachten zu können. Sukis Erregung war nicht zu übersehen. Ohne das Haar sah man alles. Die Feuchtigkeit, die sonst von den feinen Locken aufgesaugt worden war, glitzerte auf ihren äußeren Schamlippen, und die inneren waren so durchnässt wie glänzende Blütenblätter geschwollener Fleischeslust. Sie stöhnte leise und Karina sah, wie sich ihre Muskeln kurz an- und gleich darauf wieder entspannten, was ihre Möse wie eine Fleisch fressende Pflanze aussehen ließ. Sie roch auch anders. Der schwache, weibliche Duft, der eigentlich immer da war, wurde nirgends mehr aufgesogen. Sie roch einfach nur nach Sex, nach purem, salzigem Sex. Sie flüsterte unablässig »bitte, bitte, bitte«, bis Karina endlich ihren Kopf zwischen Sukis Beine schob und ihren Atem zwischen ihre weit geöffneten Beine blies, ohne Suki dabei zu berühren.

Karina inhalierte Sukis Geruch und berührte ihren Kitzler mit der Zungenspitze für den Bruchteil einer Sekunde. Suki reagierte, als hätte man ihr einen Elektroschock versetzt: Ihr gesamter Körper zuckte bebend zusammen und sie schrie kurz auf.

»Psst.« Karina nahm ein Stück Zellstoff vom Schminktisch. »Du weckst sonst die Mädchen auf.«

Suki hielt sich eine Hand vor den Mund und kicherte atemlos. »Entschuldige. Was machst du da?«

Karina rieb sie mit dem Tuch trocken. »Wirst du gleich sehen.« Sie nahm den kirschroten Lippenstift, der nach Schattenmorellen schmeckte. Da es für Karina unbequem war, vor dem Stuhl zu hocken, sagte sie Suki, dass sie sich mit angewinkelten gespreizten Beinen auf das Bett legen solle, und begann, sie zu schminken. Sie startete an den Ecken, wo sich die Lippen über dem Damm und am Kitzler trafen. Dann ging sie langsam an den äußeren Lippen entlang. Suki stöhnte und stammelte vor Lust, wobei Karina sie mehr als einmal bitten musste, ihre offensichtlich selbstständig agierenden Hüften unter Kontrolle zu bringen.

Als Karina fertig war, hatte Suki zwischen ihren Beinen einen vertikal verlaufenden Mund. Wenn sie ihre Beine schloss, ähnelten sie einem Schmollmund, dessen Lächeln zum Teil zwischen den Schenkeln verschwand. Spreizte sie die Beine, sah es bizarr, monströs und exotisch aus – wie der zahnlose Mund eines Aliens, bei dem nichts am richtigen Fleck war, ein Monstrum, das sich hinter einem Mädchenlächeln verbarg. Das folgende Spiel bestand darin, Suki zum Höhepunkt zu bringen, ohne dabei den Lippenstift zu verschmieren, aber obwohl sie es dreimal hintereinander probierten, hatten sie keinen Erfolg. Karina fand sich am Ende eines jeden Versuches in einem nach Schattenmorellen riechenden Schlamassel aus Speichel und Sukis Säften wieder. Ihr Gesicht und ihre Finger sahen so aus, als wäre sie ein gieriges Kind, das sich gerade sein Gesicht mit rosafarbener Zuckerwatte verschmiert hatte.

Das Spiel hatte auch auf dem Bett seine Spuren hinterlassen, die sie anschließend versuchten, vor der Putzfrau zu verstecken. Beide hatten sich bei diesem Spaß köstlich amüsiert. So viel war klar: Suki konnte Edward nicht *nicht* verlassen. Sie musste es einfach tun.

»Du wirst verrecken, wenn du hier bleibst«, sagte Karina entschieden, nachdem der Pferdegeruch sie wieder in die Gegenwart und zum Gespräch mit Suki zurückgeholt hatte.

»Es geht nicht um mich.« Suki drehte sich weg und war offensichtlich genervt, dass Karina nicht locker ließ. »Du verstehst das nicht, Rina. Man kann es gar nicht verstehen, wenn man keine Kinder hat.«

»Tja, da ich in allzu naher Zukunft wohl kaum in den Genuss der Freuden einer Mutterschaft kommen werde, werde ich es wohl nie verstehen«, antwortete Karina verbittert. »Hör zu, ich weiß, dass Hannah und Elisa eine wichtige Rolle spielen, aber du bist auch noch da! Hör auf, immer das zu tun, wovon du glaubst, dass man es von dir erwartet. Tu einfach, was *du* willst. Offensichtlich tut es dir gut …«

»Tut es das?«, seufzte Suki mit den ersten Tränen in den Augen. Zerstreut begann sie, das Bett zu glätten, als ob sie damit demonstrieren wollte, dass sie eine gute Ehefrau und Mutter war. Karina liebte sie, aber manchmal nervte sie Sukis Hang zur Theatralik. Sobald es um ernste Entscheidungen ging, wurde sie zu einem weinenden kleinen Mädchen mit ach-so-gebrochenem Herzen.

»Ja, es macht dich glücklich!«, sagte Karina nachdrücklich. »Schau dich doch an – seit vier Monaten hast du keinen Tropfen Alkohol getrunken. Ich bin so stolz auf dich. Aber glaubst du, er hätte auch nur einmal bemerkt, dass du nicht mehr von morgens bis abends besoffen bist? Wohl kaum!«

Suki klopfte ein Kopfkissen in die richtige Form, auch wenn es offensichtlich nicht nötig war, weil die Haushälterin das bereits am Morgen erledigt hatte. »Ich weiß«, sagte sie seufzend.

»Dann hör gefälligst auf, dich selbst zu belügen. Jeder Mensch mit einem letzten Funken Verstand kann vorhersagen, dass du, sobald du wieder Mrs. Stepford spielst, dich einfach nur im Eiltempo totsaufen wirst. Lesbischsein bedeutet nicht automatisch, eine schlechte Mutter zu sein!«

»Aber ich bin gar nicht ...« Suki unterbrach sich und zog etwas unter dem Kissen hervor. Es war eine Taschenbuchausgabe von *Der Spaß am Sex*. »Gehört das dir?«, fragte sie verdutzt.

»Nein«, sagte Karina. »Ich glaube, dass ich das Buch schon als Schülerin auswendig kannte. Wieso? Gehört es dir auch nicht?«

In diesem Augenblick öffnete sich die angelehnte Badezimmertür. »Nein, es gehört mir«, sagte Edward mit versteinertem Gesicht, wobei er kaum merklich zitterte. Er sah aus, als hätte er geweint und Karina starrte ihn erschrocken an, weil sie begriff, dass er sich dort die ganze Zeit versteckt hatte, nachdem er seiner Frau seinen alten Sex-Ratgeber unters Kopfkissen gesteckt hatte, um den Funken zwischen ihnen wieder zu entfachen.

»So eine Scheiße«, sagte Karina, als sie seine feuchten Augen und die zitternden Schultern sah. »Sag nichts. Du schmeißt mich raus, stimmt's?!«

*

Das Mädchen machte ein Hohlkreuz. Ihre Brüste, die sie der Kamera entgegenhielt, waren eindeutig zu groß, um echt zu sein. Sie quakte und hechelte, als wäre die Kameralinse die Hand ihres Liebhabers. Jemand schien ihr offensichtlich den Floh ins Ohr gesetzt zu haben, dass sie die seltene Gabe besaß, »Liebe mit einer Kamera zu machen«. Dieser Jemand hatte, als er das sagte, mit Sicherheit schon seine Hände an ihren Titten oder in ihrem Slip. Die gute alte Casting-Couch.

»Verpiss dich, du blöde Schlampe«, schimpfte Karina und schmiss eine Handvoll Kartoffelchips gegen den Bildschirm. Naturgemäß hörte das Mädchen sie nicht, aber Karina hatte bereits eine halbe Flasche Wodka intus und kümmerte sich nicht mehr um nebensächliche Angelegenheiten wie die Wirklichkeit. Sie lebte von Alkohol, Chips, Gras und Softpornos, über die man sich herrlich aufregen konnte. Karina verspürte nämlich nicht das geringste Bedürfnis danach, gerade über irgendetwas anderes in ihrem Leben nachdenken zu müssen.

Die Schauspielerin war nicht gerade hübsch, aber mit der notwendigen Grundausstattung versehen – sie konnte Sexgrimassen schneiden und hatte so gut wie keine Hemmungen, was Nacktheit anging. Ihre Silikonbälle sahen aus, wie nachträglich an den dürren Körper gehängt. Karina hatte den erbärmlichen Plot des Films unaufmerksam verfolgt. Das Mädchen sollte das Opfer eines Spanners darstellen, der ihr Haus mit Kameras und Mikrofonen überwachte. Allerdings schien es sie weder sonderlich zu beunruhigen, noch abzustoßen, dass der Typ sie ständig beobachtete, um sich dabei einen runterzuholen. Im Gegenteil – sie begann Männer und Frauen in Bars abzuschleppen, um das Vergnügen ihres liebenswerten Nachbarschafts-Perverslings noch zu erhöhen. Karina hatte sich damit abgefunden, Frauen nicht so gut verstehen zu können, wie sie vielleicht sollte, aber selbst in ihren wildesten Zeiten hätte sie so eine Situation zumindest irritiert.

Karina presste gefrorenen Orangensaft aus der Packung in ein Glas und gab einen ordentlichen Schuss Wodka hinzu. Der Saft begann augenblicklich zu schmelzen. Draußen waren mindestens 30 Grad – es war einer dieser typischen stinkenden Londoner Sommertage, an dem die Stadt so abgasverseucht war, dass man nicht einmal das Fenster öffnen konnte, um frische Luft hereinzulassen. Daher saß sie schwitzend hinter geschlossenen Vorhängen in einer Rauchwolke, gegen die auch der Ventilator nichts ausrichten konnte, wobei ihre Boxershorts sich anfühlten, als wären sie bereits mit ihr verwachsen.

Die Schauspielerin spielte Ekstase: Sie stöhnte und rieb theatralisch an ihren Brustwarzen. Karina zog die Stirn in Falten, berührte kurz einen ihrer Nippel und fragte sich, ob sie da vielleicht etwas verpasst hatte. Nein, nichts. Nur das Gefühl, ihre eigene Brust in der Hand zu halten. Eine Titte blieb eine Titte – genug der Tiefsinnigkeiten.

Karina fragte sich, wo die alte Videokassette mit *Casablanca* stecken mochte. Ein wenig Herzschmerz wäre jetzt genau das Richtige, aber sie vermutete, dass der Film bei einem ihrer vielen Umzüge über Bord gegangen war. Sie liebte *Casablanca*. Alles wäre ganz einfach, wenn man sich dazu überreden könnte, Laszlo zu hassen, aber er war so edel und mutig. Bei der Szene, in der in Rick's Café die *Marseillaise* gesungen wurde, kamen Karina immer die Tränen. Sie fühlte sich wie Humphrey Bogart. Suki war selbstverständlich Ingrid Bergman, und die Kids Laszlo. Die Kinder mochten zwar ein Faktum darstellen, aber man kam auch nicht umhin, dass sie für die Trennung von ihrer großen Liebe verantwortlich waren.

Liebe stinkt zum Himmel. Sie stinkt wie ein Berg verfaulter Fische; wie ein zugeschissenes Dixi-Klo, das tagelang in der Sommerhitze brütet; wie die Unterwäsche eines Penners, der seit Monaten kein Wasser mehr gesehen hat. So sehr stank Liebe und noch mehr! Mit ihrem Lippenstift hatte sie in Großbuchstaben »Liebe ist Scheiße« auf ihren Spiegel geschrieben, ihre Einrichtung zertrümmert, sich bis zur Ohnmacht betrunken und fünfzigtausend Mal vor sich hin gemurmelt, was sie versäumt hatte, Suki zu sagen. Außerdem hatte sie zu jedem schmalzigen Liebessong auf das Tuten des Telefons gehört, das am anderen Ende nicht abgenommen wurde. Nichts war diesmal so, wie sie es von dem Ende einer Beziehung gewohnt war – diesmal litt sie mit ganzem Herzen.

Suki hatte einmal angerufen. Einmal reichte. In dem Moment, als Karina ihre Stimme hörte, wusste sie, dass Suki sie im nächsten Augenblick verlassen würde.

»Es ist kompliziert«, sagte Suki seufzend ins Telefon.

»Ach nee …«, antwortete Karina sarkastisch.

»Es gibt keinen Grund dafür, so zu sein. Du weißt genau, dass es vor allem um die Kinder geht und dass ich geliefert wäre, wenn wir so weitermachten. Er würde sie mir einfach wegnehmen. Karina, es sind meine Kinder! Ich kann ohne sie nicht leben und Edward gibt mir eine zweite Chance.«

»Du wirst unglücklich sein!«, orakelte Karina.

»Kann sein«, stimmte Suki zu und seufzte wieder. »Aber – Hannah hat wieder angefangen, ins Bett zu machen.«

»Sie weiß, dass was im Busch ist. Kinder spüren so etwas – sie haben einen sechsten Sinn dafür. Du schuldest ihnen, dass du glücklich bist!«

»Ich kann nicht. Und wenn ich Edward verlasse, würde er mir niemals das Sorgerecht überlassen«, schluchzte Suki. »Dieser Bastard. Er wollte sie nicht einmal wirklich. Nur weil ich sie behalten will, will er sie auch.«

Karina fand Sukis Schwäche genauso unerträglich wie die Tatsache, dass sie verlassen wurde. Blut schien tatsächlich dicker als Wasser zu sein – oder jede andere Körperflüssigkeit, die man sich für diesen Vergleich aussuchen wollte. Mutterliebe war beängstigend. Selbst wenn sie aufgehört hatten, mit ihren kleinen Zähnen in deine Brüste zu hacken, zogen sie ein Leben lang an den Strippen deines Herzens. Verdammte Brut! Es war vollkommen egal, wie sehr Suki sich verbog, um eine perfekte Mutter zu sein, am Ende würden sie trotzdem ihre Neurosen bekommen. Das war bei Kindern immer so, ganz egal wie viel Mühe man sich gab.

Karina dachte an ihre eigene Mutter und fragte sich, ob sie jemals in ihrem Leben glücklich gewesen war. Jedenfalls hatte sie nie glücklich ausgesehen, wenn sie mit ihren riesigen Hüften und teilnahmslosem, plattem Gesicht über das Schneidebrett gebeugt in der Küche stand. Karina hatte Angst, so zu werden wie sie, glaubte aber fest daran, dass sie mehr nach ihrem Vater kam. Ihr Vater war ein kleiner feingliedriger Mann, der eine Woche brauchte, um sich auch nur einen Bartansatz wachsen zu lassen. Unter dem Druck seiner matronenhaften Frau war er zu einem greisenhaften Kind geworden, obwohl er sich trotzdem sein lebhaftes Temperament bewahrt hatte und immer schlagfertig geblieben war – zumindest diese beiden Eigenschaften hatte Karina von ihm geerbt.

Es war verblüffend, dass dieses ungleiche Paar tatsächlich ein so schönes Kind bekommen hatte. Es war eines der wenigen Dinge, denen Karina sich wirklich sicher sein konnte – sie war schön! Ihre Haut war makellos, ihre kleine Nase gerade und ihre Wangenknochen hoch und markant. Sie hatte schöne dunkle Augen und ihre Unterlippe war kleiner als die Oberlippe, weshalb manche Leute behaupteten, dass sie an eine Puppe erinnere, wenn sie roten Lippenstift trug. Ihr geschminkter Mund erinnerte an das alte Kyoto: Er schien ernst, geheimnisvoll und luxuriös.

Sie nahm außerdem fast nie zu, was auch daran lag, dass sie so zapplig und rastlos war. Sie schien Kalorien schon zu verbrennen, wenn sie nur daran dachte, zumal sie oft einfach vergaß, überhaupt etwas zu essen. Sie hätte gerne breitere, kurvigere Hüften gehabt, aber wenn sie genug aß, dass ihr Hintern mit einem kleinen Polster belohnt wurde, bekam sie auch ein Doppelkinn dazu. Also blieb sie lieber zu dünn.

Karina wusste, dass Alkohol sie aufschwemmte, weshalb ein Teil von ihr den restlichen Wodka in das Spülbecken schütten wollte. Der andere, selbstzerstörerische Teil jedoch wollte, dass sie sich zu Tode trank. Auf ihrer Suche nach Geld hatte sie Liebe gefunden und sich dabei die Finger verbrannt.

»Ich muss diesem ganzen Scheiß auf den Grund gehen«, murmelte sie vor sich hin und schaltete den Fernseher aus. Sie wollte wissen, warum alles vor die Hunde ging, was mit ihr zu tun hatte. Alles wäre viel leichter, wenn sie eine feste Grundlage für ihr Leben hätte – irgendetwas, das sie mit absoluter Sicherheit von sich behaupten könnte, abgesehen davon, dass sie hübsch war. Hübsch zu sein, half nämlich in solchen Situationen überhaupt nicht.

Karina war nicht umsonst viel gereist. Es war so viel einfacher, in ein Flugzeug zu steigen und vor seinen Fehlern davonzulaufen. Immerhin hatte sie eine Art Tagebuch geführt, womit man nachvollziehen konnte, wo sie gewesen war und was sie getrieben hatte. Es war kein gewöhnliches Tagebuch, sondern ein heruntergekommener, herzförmiger, roter Koffer, der prall gefüllt war mit Briefen, Postkarten, schmutzigen Polaroids und anderem Kram. Kaum etwas aus dem Koffer würde ein Fremder begreifen können, obwohl einige der Polaroids nicht ganz ohne waren. In dem Koffer fanden sich Streichholzschachteln, etwas Heidekraut, ein kleiner Stein von einem Strand auf Korfu, auf dem mit Filzstift der Kopf eines griechischen Kriegers gemalt worden war, Postkarten aus Bangkok, eine Voodoo-Puppe, die jemand aus einer Eisverpackung gebastelt hatte, Liebesbriefe, Hassbriefe, Gepäckscheine, Zigarettenkippen mit Lippenstiftspuren und sogar einige Flugtickets mit exotischen Zielen. Ihr Leben: ein Koffer voller unbezahlbarem Müll.

Mit einer Zigarette im Mundwinkel blickte sie in den Koffer, ein Auge zugekniffen wegen des aufsteigenden Rauches. Das Erste, was sie sah, war eines der Polaroids aus Bangkok – die beiden Jungs in der Strandhütte. Sie nahm das Bild in die Hand und betrachtete es lächelnd. Der eine war blond, der andere dunkel. Ihre Münder waren fest aufeinander gepresst und ihre Körper wurden von einer rosafarbenen Federboa umschlungen. Die Hand des Blonden umschloss mit festem Griff den großen, harten Schwanz des anderen. Karina hatte ihre Namen vergessen, aber es war eine unglaubliche Nacht gewesen.

Sie waren nette, sehr zuvorkommende Jungs und so dankbar, jemanden gefunden zu haben, der mit solch außergewöhnlichen Gelüsten wie Karina gesegnet war, dass sie alles taten, was sie wollte. Hände und Zungen glitten über Haut, zwischen Beine und in Münder und verhakten sich ineinander, bis Karina nicht mehr wusste, wer jetzt eigentlich wen penetrierte oder wessen Zunge letztlich über und dann in ihren Hintern glitt.

In dem Koffer gab es auch einige Bilder von ihr. Als das Geld mal wieder knapp gewesen war, hatte sie sich für ein Magazin ablichten lassen – nichts besonders Verdorbenes. Sie hatte dem Fotografen gesagt, dass sie weder Bilder mit gespreizten Beinen machen, noch ihren Slip ausziehen würde. Nur Titten. Die Bilder gefielen Karina. Der Fotograf hatte sie gefragt, ob sie unter dem knappen Leder-Minirock ein wenig Hintern durch eine Netzstrumpfhose zeigen wolle und sie hatte zugestimmt. Unter der Strumpfhose trug sie dann doch nichts.

Auf dem Bild stand sie vorgebeugt an einem Waschbecken. Ein Spiegel hinter dem Waschbecken reflektierte ihre nackten Brüste. Zwischen ihren Titten baumelte eine mit kleinen, verdammt schmerzhaften Klammern an ihren Nippeln befestigte Kette. Unter dem Lederrock schaute ihr Hintern hervor und zwischen den leicht geöffneten Beinen sah man ihre eine Hand, mit der sie sich berührte, während die andere lässig ihre Lippen im Spiegel schminkte.

Der Fotograf hatte die Netzstrümpfe zerrissen, als er sie fickte, weshalb es noch einige Bilder gab, die es nicht in die Zeitschrift geschafft hatten. Auf einem waren die Strumpfhosen an den Oberschenkeln zerfetzt und der Lippenstift über ihre Wangen verschmiert. Ihr Hintern war leicht angehoben und wegen der weit gespreizten Beine hatte man einen freien Blick auf ihr frisch geficktes Arschloch. Es hatte ihr nichts ausgemacht. Sie war selbst so erregt von ihren Posen, dem Outfit und dem Schmerz an ihren Brustwarzen, dass sie fast dankbar war, als er sagte, dass er sie vögeln wolle. Männer wollten immer mit ihr vögeln, vermutlich, damit sie es danach ihren Freunden erzählen konnten.

Sie hatte genug davon, ein Spielball zu sein. Selbst Suki hatte mit ihr gespielt und ihre eigene Verdorbenheit genossen, obwohl sie nie zugegeben hatte, dass sie eine Lesbe war. Karina wühlte lange in dem Koffer, bis sie endlich fand, wonach sie gesucht hatte: das große, eingerahmte Porträt ihrer Freundin. Ihr dunkles Haar wehte im Meereswind und wenn man genau hinsah, konnte man auf ihrem roten Mund winzige Salzkristalle erkennen. Auf dem breiten weißen Bilderrahmen war der Abdruck eines Kussmundes.

»Da bist du ja wieder, Schatz«, sagte Karina laut und presste ihre Lippen auf die Fotografie.

7. Kapitel

Umziehen war ohnehin nicht ihre Lieblingsbeschäftigung, aber mit dieser restalkoholisierten Wehleidigkeit war es die Hölle. Adele stolperte mit Kisten beladen die Treppe hinauf, um gleich wieder kehrtzumachen und die nächste zu holen. Es schien einfach kein Ende zu nehmen. Da Tom ihr half, wurde es zwar allmählich weniger, aber wenn sie ihn im Eiltempo wie eine Bergziege die Treppen rauf und runter flitzen sah, fühlte sie sich wie ein altes Wrack. Sie sagte sich zwar immer wieder, dass er körperliche Arbeit gewohnt war, aber das änderte nichts an dem erbärmlichen Zustand ihrer nikotinverseuchten Lungen und ihres untrainierten Körpers. Sie wollte aber nicht ins Fitnesscenter. Nichts war schlimmer als der Gedanke, der Müslifraktion beizutreten, deren notorisch selbstzufriedene Mitglieder auch noch stolz darauf waren, regelmäßig mit Pulsmesser behängt Ausdauersport zu betreiben. Andererseits wäre es hilfreich, wenn man nicht gleich wegen ein paar Treppen Schweißausbrüche bekäme. Sie war sich sicher, dass ihr heutiger Schweiß hauptsächlich aus Rum-Cola bestand.

»Betrunken« hätte als Beschreibung ihres gestrigen Zustands nicht ausgereicht. Noch am Morgen war sie bereits zweimal zum Klo gehastet. Tom hingegen schien der Alkohol nichts weiter auszumachen, aber er war es wohl auch gewöhnt. Adele hatte sich seit mindestens zwei Jahren nicht mehr betrunken. Auf halber Höhe der Treppe ging sie in die Knie und ließ die Kiste auf die Stufe plumpsen.

»Scheiß drauf!«

Diese Kiste würde sich keinen Zentimeter mehr bewegen, es sei denn, irgendjemand anderes übernahm es für sie. Ihr war schwindlig und sie war vollkommen nassgeschwitzt.

Von unten kam Tom mit einer großen Pflanze im Arm die Treppe herauf. »Bist du in Ordnung?«, fragte er sie.

»Ja. Ich brauch' nur eine kleine Pause.«

Er nahm die Kiste scheinbar mühelos unter seinen sehnigen, muskulösen Arm und tänzelte die Treppen nach oben. »Das ist sowieso der Rest.«

»Echt?«

»Ja.«

»Oh.« Adele erhob sich vorsichtig, weil sie spürte, dass sie bei jeder überhasteten Bewegung sofort wieder zum Bad rennen müsste. »Danke.«

»Kein Problem«, erwiderte Tom. »Tut mir leid, dass ich schon wieder weggehe, aber ich muss zur Arbeit.«

»Ja«, antwortete sie und hoffte, er würde nicht versuchen, sie zu küssen. Noch nie in ihrem Leben hatte sie sich weniger küssbar gefühlt als jetzt. »Vielen, vielen Dank für deine Hilfe!«

Tom zuckte mit den Achseln und fuhr sich durch sein feuchtes Haar. Ihre empfindliche Nase roch nichts anderes mehr als seinen Schweißgeruch. »Kein Problem. Danke für gestern Abend. Hat Spaß gemacht«, sagte Tom.

»Mmmh. Ja.« Bier, Pool und Toms Freunde, die um die Wette in Aschenbecher spuckten. Super Abend …

Die Haustür wurde geöffnet und Adele hörte ein Husten, das von Paul stammen musste.

»Also, bis bald?«, fragte Tom, wobei er sie so sehr an ein Hundebaby erinnerte, dass sie für einen Moment tatsächlich daran glaubte, dass man ihn stubenrein bekommen, bilden und von seinen grauenhaften Freunden befreien könnte. Solche realitätsfernen Illusionen schien jede Frau manchmal zu haben. Fast hätte sie bei diesem Gedanken laut aufgestöhnt. Genau auf diesem bescheuerten Optimismus basierten Millionen inkompatibler Beziehungen. Die Grundlage dieser Illusion war die Vorstellung, einen anderen Menschen verändern zu können. So ein Schwachsinn, dachte sie.

Paul sah mit dem Schlüssel in der Hand die Treppe hinauf. »Na Frau Western, schön gefeiert?!«

»So ähnlich«, antwortete sie zurückhaltend. »Und es war nicht, wonach es aussieht.«

Paul legte den Kopf schräg. »Nein? Warum nicht? Wäre ich gern dabei gewesen.«

»*Er* wollte nicht. Und ich habe auch kein Interesse«, sagte sie und bemerkte, dass er es missverstehen und auf sich beziehen könnte. »Ich meine, wenn du nicht … also theoretisch, ich meine. Oh, fuck!« Ihr Gehirn, besonders das Sprachzentrum, war hoffnungslos überlastet.

Paul lächelte sie unverschämt freundlich und offen an, während er den Schlüsselbund auffing, den er ohne hinzusehen in die Luft geworfen hatte. »Nein, nur keine Hemmungen. Es gibt kaum etwas Unterhaltsameres als eine Lady, die in einem Fettnapf badet.«

Sie hustete und begann noch einmal von vorn. »Ich meine, er ist nicht mein Typ.«

»Und was ist mit mir?«, fragte er mit hochgezogenen Augenbrauen.

Adele applaudierte sarkastisch. »Das Kriegsgebrüll der Schwanzträger …«

Er lächelte freundlich und zeigte ihr seinen Mittelfinger. »Du bist zum Schreien komisch heute Morgen. Gib es doch einfach zu, dass du es auch willst.«

»Paul!«

»Hey, lass mich doch ausreden«, sagte er. »Dass du auch einen Kaffee willst, meine ich.«

Adele warf einen kurzen Blick auf die Kisten und Tüten am Absatz der Wendeltreppe. Bevor sie weitermachte, sollte sie tatsächlich erst einmal etwas trinken, weil sie ansonsten wohl dehydrieren würde. »Das ist nicht, was du sagen wolltest, aber ja, gerne«, antwortete sie.

»Wusste ich's doch«, sagte er hämisch grinsend.

»Bin gleich wieder unten. Ich mach nur noch schnell zu.«

»Wie freudianisch«, sagte er und lachte.

Als sie sich die Treppen nach oben schleppte, um die Eingangstür zu verschließen, realisierte Adele, dass Paul und sie gerade geflirtet hatten. Während es bei Tom den ganzen Abend nicht gefunkt hatte, gingen Paul und sie miteinander um, als würden sie sich schon seit Jahrzehnten kennen. Wahrscheinlich konnte sie mit ihm flirten, weil zwischen ihnen sowieso nie etwas geschehen würde. Er war zweifellos so schwul, wie man überhaupt nur sein konnte.

Als sie die Treppe hinunterging, hörte sie schon Patti La Belles *Lady Marmelade*. »Schwul wie die Nacht«, murmelte sie leise vor sich hin und lächelte.

Paul, der seine verchromte Kaffeemaschine in Gang setzte, war barfuß. Seine Sandalen hatte er achtlos in eine Ecke geworfen.

»Hey. Setz dich doch.«

»Danke«, sagte sie und ließ sich erschöpft auf einen Küchenstuhl fallen.

»Alles fertig?«, fragte er.

»Im Großen und Ganzen schon. Jetzt muss alles nur noch an den richtigen Fleck.«

Paul verzog angewidert das Gesicht. »Kenne ich – das kann dauern. Ich weiß immer noch nicht, wo ich Ian hinpacken soll, damit er sich nicht mit der Couch beißt.«

»Wo ist Ian eigentlich?«, fragte Adele.

»Auf Jobsuche.«

»Was arbeitet er denn?«

»Das errätst du nie!«, sagte Paul ironisch. »Er ist Piercer.«

»Er ist was?«

»Ein professioneller Piercer. Er sticht Löcher in Menschen.«

»Interessant ...«

Paul schüttelte den Kopf. »Es ist grauenhaft. Er versucht ständig, mich zu überreden, meinen Schwanz piercen zu lassen. Und ich versuche ständig, ihm zu erklären, dass er mich damit in Ruhe lassen soll.«

Sie schüttelte sich. »Ja, kann ich verstehen.«

»Andererseits ist das Ergebnis ziemlich überzeugend«, sagte er mit einem leicht anzüglichen Unterton, bei dem Adele sich automatisch fragte, welche Körperteile Ian neben seinen Ohren und Augenbrauen noch gepierct hatte. »Aber der Schmerz ... Er schafft es nicht einmal, mich zu einer Brustwarze zu überreden.«

»Autsch!«

»Genau«, antwortete Paul und lehnte sich mit dem Rücken gegen die Arbeitsfläche. Die obersten drei Knöpfe seines blauen, kurzärmeligen Hemdes waren geöffnet. Dazu trug er knielange Khakis. Pauls Waden waren sonnengebräunt und behaart, aber seine Brust war glatt. Sie wusste nicht, ob er absichtlich immer ein kleines bisschen Haut sehen ließ, aber auf jeden Fall war Toms aufdringliches Gepose dagegen einfach nur peinlich. »Also, was ist denn nun mit dir und Tom?«, fragte Paul.

»Nichts weiter«, sagte sie. »Wir waren gestern zusammen aus. Mehr nicht.«

»Mmmh. Da hatte ich mir etwas mehr von unserem neuen ›Mädchen von nebenan‹ versprochen. Wenigstens ein bisschen Schmutz.«

Sie lachte. »Tut mir leid. Nicht mein Typ!«

»Scheiß auf ›nicht mein Typ‹. Er ist heiß.«

»Ich bin ja nicht blind. Natürlich ist er attraktiv, aber er ist auch ...« Sie überlegte, wie man es nett ausdrücken sollte, merkte aber, dass es nicht möglich war. »Ich sollte meine Klappe halten. Immerhin hat er mir gerade beim Umzug geholfen – freiwillig.«

»Von wegen freiwillig«, sagte Paul die Stirn kräuselnd. »Er versucht, dich flachzulegen und dafür würde er alles tun. Kannst du einem Mit-Glied ruhig glauben.«

Sie schüttelte den Kopf. »Sagen wir, er ist nicht gerade ... der Hellste.«

Paul nickte und nahm seine Zigaretten aus der Hemdtasche. Die Kaffeemaschine rumpelte und zischte und schwängerte die Luft mit schwerem, angenehmem Kaffeeduft. »Dumm fickt gut. Und?«, fragte er und bot ihr eine Zigarette an, von der ihr vermutlich schlecht werden würde. Schon der starke Geruch des Kaffees ließ sie schwindeln.

»Er ist einfach nicht, wonach ich suche«, sagte sie kopfschüttelnd. »Er mag Witze über Titten, Billard und seine Freunde halten es für witzig, in Aschenbecher zu spucken.«

Er machte ein schmatzendes Geräusch. »Richtige Jungs – wie ich sie liebe! Echte Straßenköter.«

»So etwas in der Art, ja.«

Paul lachte auf. »Ich liebe sie wirklich. Sie sind voller Testosteron, aber ohne Verstand. Es ist immer wieder lustig, wenn ein Typ, der aussieht wie King Kongs hässlicher Bruder, glaubt, dass man nur, weil man Männer vögelt, auch an seinem Arsch interessiert sei. Nein danke, nicht für mich! Nicht solange ich die richtige Kontaktlinsenstärke und Ansprüche habe.«

Sie mochte Pauls Zickigkeit und lachte. Er erinnerte sie an Kim.

»Warum sind heterosexuelle Männer solche Flachzangen?«, fragte sie. »Ich bitte dich, oh du Mit-Glied, enthülle mir dies Geheimnis.«

»Ganz einfach«, antwortete Paul und blies den Rauch aus. »Eigentlich sind sie gar nicht alle so schlimm, aber die, die es sind, bräuchten eigentlich nur einen guten Arschfick.«

»Ach komm, hör auf«, sagte sie und musste so sehr lachen, dass sie befürchtete, sich übergeben zu müssen.

»Das ist ein Fakt. Oder sie hatten bereits einen und verkraften nicht, dass sie dabei so heftig gekommen sind, dass ihnen fast die Nase geblutet hätte. Das Zauberwort heißt Verleugnung.« Er seufzte. »Nichts täte ich lieber, als Tom mit seiner Prostata bekannt zu machen.«

Sie lachte noch mehr. »Oh, hör auf. Er ist dumm wie ein Brot.«

»Mi-au!«, antwortete Paul und begann zu kichern.

»Er glaubt, Billie Holiday sei ein Mann.«

Pauls Kichern geriet außer Kontrolle.

»Und er wusste nicht, dass sie bereits tot ist.«

Er heulte. »Ist nicht wahr, oder? Bitte sage jetzt nicht, dass er auch noch glaubt, dass sie weiß war. Das würde ich nicht verkraften.«

»Ich hab dir doch gesagt, dass er nicht gerade ein Genie ist.«

»Als ob das was ausmachen würde«, sagte Paul. »Die Jungs müssen weder die Verfassung auswendig kennen noch wissen, was $E=mc^2$ bedeutet. Es reicht vollkommen, wenn sie drei Wörter kennen.«

»Ich liebe dich?«

»Nein! Härter, schneller, tiefer.«

Sie lachten beide und bemerkten erst gar nicht, dass Ian hereinkam und die beiden misstrauisch anblickte.

»Hallo, Baby«, rief Paul fröhlich und gab ihm einen Kuss. Kein Begrüßungsküsschen, sondern einen echten Kuss. Ians Körper versteifte sich zwar, aber er legte besitzergreifend den Arm um Pauls Hüfte.

»Und, Glück gehabt?«

»Nein, die suchen jemanden, der auch tätowiert. Hallo Adele!«, sagte er mit einem kurzen Lächeln und goss sich ein Glas Wasser ein.

»Na ja, hast du darüber nachgedacht?«

»Über was? Tätowieren?! Ich bin kein Künstler.«

Paul zuckte mit den Schultern. »Alles eine Frage der Übung, oder?!«

»Erklär das mal jemandem, bei dem du gerade ein Tattoo versaut hast.«

Er schien alles andere als gut drauf zu sein und Adele hatte das Gefühl, es sei besser, wenn sie die beiden alleine ließ. »Ich werde mich dann mal um meine Wohnung kümmern.«

»Oh. Doch keinen Kaffee?«, fragte Paul.

»Nein danke, davon würde mir wahrscheinlich nur übel werden. Viel zu viel getrunken gestern.«

Paul hob die Augenbrauen: »Du tröstest dich jetzt schon mit Alkohol wegen ihm?«

Sie zog eine Grimasse, lachte und ging in ihre Wohnung, um Ordnung zu schaffen. Da Adele ohnehin lieber Tee als Kaffee trinken wollte, packte sie als Erstes den Teekessel aus. Es gab so viel zu tun, dass sie komplett die Zeit vergaß, während sie ihre Sachen einräumte.

Als das Bett aufgebaut war, musste sie sich augenblicklich hineinlegen. Es war zwar erst 22 Uhr und noch nicht einmal dunkel, aber für den Umzug hatte sie alles aus sich herausholen müssen. Eine seltsame Phrase: »alles aus sich herausholen«. Was war damit gemeint? Kraft, Willen, beides? Außerdem gab es kein Pendant dazu, also etwas wie »alles in sich hineinstecken«. Wahrscheinlich wäre das aber zu doppeldeutig, besonders für die Männer, die Paul zufolge Probleme hatten, wenn Dinge in sie hineingesteckt wurden.

Der schwere, süße Geruch des Blauregens, der vom Hof durch das geöffnete Fenster kam, schläferte sie ein. Das starke Aroma vermischte sich mit den üblichen Gerüchen eines Sommerabends. Ganz leicht konnte sie sowohl das Meer als auch die Lagerfeuer und Barbecues riechen. Es war die Gesamtheit dieser Gerüche, die Adele an die schönen Zeiten erinnerte, die sie am Meer verbracht hatte – an gewittrige Sommernächte und kühlen Wein. Sie stellte fest, dass sich für sie eigentlich alles zum Guten gewendet hatte, wenn man es sich genau ansah. Sie hatte einen Job, eine neue Wohnung und neue Nachbarn. Was machte es da schon, dass Toms Freunde nervten und er nicht gerade der Hellste war? Paul hatte recht – wählerisch zu sein, bringt nichts. Wählerische Menschen werden höchstens verbittert und zickig und ihr Körper wird oft zu einer Maschine, die lediglich Befehle des Verstandes ausführt. Da konnte man in der Zwischenzeit auch die Gelegenheiten nutzen, die sich einem boten. Wenn man stattdessen auf die nächste große Liebe wartete, bestand nicht nur die Gefahr, dass man sie nie treffen würde, sondern dass sie womöglich nicht einmal existierte. Tom war jung, sexy und unkompliziert. Sein Körper war ein Traum – geschmeidig, glatt und gut gebaut. Wenn sein Atem manchmal nach Alkohol stank und sein Schweiß zu stark roch, lag das wohl eher an ihren eigenen übertriebenen und verkaterten Ansprüchen.

Nackt sah Tom wirklich gut aus. Sein Körper war hart und bleich, bis auf seinen Schwanz, der sich wegen des hineinschießenden Bluts pink färbte. Bei der Kombination von Pink und Weiß musste sie an Eiscreme denken, vor allem wenn er auf seine Ellenbogen gestützt mit leicht geöffnetem Mund auf dem Rücken lag und zwischen seinen leicht gespreizten Beinen sein Schwanz in die Luft ragte. Am liebsten hätte sie seine Oberschenkel dann nach oben gedrückt, bis sie seine Brust berührten und sich alles genau angesehen. Sie hatte allerdings die Erfahrung gemacht, dass Männer sich fast nie so zur Schau stellten. Aber sie würde wirklich gerne sehen, wie der harte Schwanz auf seinem Bauch läge, darunter die Eier und dann die zwei, drei Zentimeter zarter, glatter Haut, die sich um sein Arschloch herum zusammenzog. Sie würde eine Fingerkuppe dagegenpressen und abwarten, was er dann täte. Vielleicht würde es genauso zucken wie ihre Rosette jetzt, da sie mit ihrem spuckefeuchten Finger das kleine Loch streichelte und drückte, während sie mit dem Zeigefinger ihrer anderen Hand ihren Kitzler rieb.

Sie war selbst überrascht darüber, wie wach sie plötzlich wieder war. Ihre Augen waren trocken, aber da, wo ihre Finger rieben, war es feucht. Sie stellte sich vor, wie sie einen Mann mit ihren Fingern fickte, bis er kam, und wie er danach zugeben würde, dass er es genossen hatte. Dann würde er mehr wollen und beim nächsten Mal würde sie noch tiefer gehen.

Sie atmete flach und stöhnte leise. Im Halbschlaf hing sie dem Gedanken nach. Es war eine warme Nacht und die Hitze schien sich in ihren Hautporen zu sammeln. Ihre Achseln hatten sich in animalisch duftende Büsche und ihr Schamhaar in triefendes, schlüpfriges Moos verwandelt. Bei Hündinnen sprach man von »Hitze haben«. Sie mochte diese Beschreibung.

Scheiß auf spendierte Getränke, Kinobesuche und Knutschereien. Scheiß auf diese ganzen Paarungstänze. Ein Song kam ihr in den Kopf: »*You and me, baby, we ain't nothing but mammals, so let's do it like they do on the Discovery Channel.*« Genau das war es – einfach nur vögeln! Warum zur Hölle denn nicht?! Wenn man jemanden trifft, den man attraktiv findet, sollte man einfach nur mit leicht gespreizten Beinen seinen Rock heben und ihm die roten Lippen als Signal zeigen – wie es ein geiler Pavian mit seinem feuerroten Arsch tut. Komm und hol es dir: Ich will es, du willst es – los geht's!

Sie wusste, dass sie sofort kommen könnte, aber sie hatte das unwiderstehliche Verlangen, Tom anzurufen. Sie wollte nicht mit ihm ausgehen. Dieses langweilige Herumgestehe am Billardtisch und seine Freunde, die Adele geifernd von oben bis unten musterten. Was für eine Zeitverschwendung! Sie mochte seine

Freunde nicht und es war ihr egal, ob sie für eine hochnäsige Tussi gehalten wurde. Sie gehörten zu jenen Menschen, denen sie am liebsten sagen würde: »Wenn nach einem Atomkrieg nur ich, ihr und ein paar Kakerlaken übrig blieben, würde ich die Kakerlaken ficken, oder mich zu Tode masturbieren.« Es war Tom, den sie wollte. Genauer gesagt, sein Schwanz.

Dann ging es allerdings erst einmal in der Wohnung unter ihr zur Sache. Adele war bisher noch nicht aufgefallen, dass die beiden Schlafzimmer durch den Schornstein des Kamins verbunden waren. Vor ihrem Kamin stand lediglich eine dünne Spanplatte, die den Schall aber genauso wenig dämpfte wie die Pflanzen und Plastiken, die vor Pauls Kamin standen.

Das erste Stöhnen klang so dramatisch, dass sie zuerst dachte, unter ihr würde ein Tier geschlachtet. Sie hielt den Atem an und lauschte. Das nächste Stöhnen war ein eindringlicherer Ton, aus dem man undeutlich die Worte »Oh mein Gott« heraushören konnte. Als es mit einem tiefen Ächzen erwidert wurde, realisierte sie erst, dass die Geräusche von Paul und Ian stammten.

Die Geräusche waren dermaßen laut, dass Adele glaubte, die beiden vögelten direkt vor dem Kamin, aber sie hörte auch deutlich das rhythmische Quietschen der Bettfedern. Paul fickte Ian offensichtlich nach allen Regeln der Kunst – zumindest hörte es sich nicht so an, als handele es sich dort unten um kuscheligen Blümchensex! Adele wusste, dass sie nicht lauschen sollte, aber es hatte sie schon immer interessiert, welche Geräusche andere Pärchen machten. Mit angehaltenem Atem lauschte sie der unfreiwilligen Vorstellung ihrer Nachbarn.

Das nächste »Oh Gott« war diesmal laut genug, dass sie Pauls Stimme erkennen konnte. »Ohh, jaaaahhhh.«

Ihr Mund war trocken. Adele fühlte sich schuldig und verdorben, aber unglaublich erregt, wenn sie sich Paul vorstellte, wie er schweißgebadet hinter Ian kniete und sich die Lippen leckte, während er seine Hüften umfasste und zustieß. Vielleicht lag er aber auch unter Ian, der mit weit gespreizten Beinen wie der gefangene Schmetterling eines Botanikers auf Pauls Schwanz aufgespießt war.

Von Ian hörte man kaum etwas bis auf gelegentliches Stöhnen und Ächzen. Paul war lauter: »Oh Gott … ja … fick mich … härter, härter verdammt … ja, mach's mir!«

Paul wurde also gefickt. Das war eine Überraschung für Adele. Überraschend und ein wenig verwirrend. Es war seltsam für sie, sich vorzustellen, wie Paul gevögelt wurde, aber trotzdem auch erotisch, wenn sie daran dachte, wie er unter Ian liegend trotzdem alles im Griff hatte. Vielleicht stieß er seine Fersen in Ians Rücken, um ihn anzutreiben wie ein Reiter sein Pferd.

»Oh ja … oh jaaaah … oh Gott … oh … mein … Gott!!«

Die Geräusche, die Paul machte, wurden immer abgehackter, bis sein letztes Stöhnen in einem heiseren Schrei gipfelte. Kurz darauf heulte Ian auf wie ein abgestochenes Tier. Adele stellte sich vor, wie Paul sich unter Ian liegend ausgelaugt und sprachlos den Nachbeben des Höhepunktes hingab.

»Herzlichen Glückwunsch«, murmelte sie.

Wer nicht wagt, der nicht gewinnt. Die beiden lagen jetzt wahrscheinlich schwer atmend, küssend und schwitzend ineinander verschlungen auf dem Bett. Ihnen zuzuhören hatte Adeles Appetit nur noch verstärkt. Sie dachte nicht einmal im Traum daran, wie ein armseliger Geräusch-Voyeur ihren Nachbarn zu lauschen, wenn sie sich selbst nehmen konnte, was sie brauchte.

Sie stand auf, wühlte in einer Kiste mit Kleidungsstücken und nahm das Erste, was ihr in die Hände fiel – ein kurzes rotes Unterkleid, das sie für die Hochzeit ihres Bruders vor drei Jahren gekauft hatte. Dass es beinahe nuttig aussah, wenn sie es trug, ohne noch etwas überzuziehen, war ihr egal. Auf der Straße gab es Mädchen mit deutlich weniger Stoff auf der Haut. Außerdem war Adele auf der Jagd. Sie würde ihn sich einfach schnappen, wie Kim sich ausdrücken würde.

Sie fühlte einen kleinen Tropfen die Innenseite ihres Schenkels herabrinnen, was sie wieder daran erinnerte, wie feucht sie war. Aber sie wollte weder einen Slip tragen, noch sich abtrocknen, so erregt war sie. Allein schon die Treppe mit ihren Keilabsätzen und ohne Unterwäsche hinunterzulaufen, war ein echtes Erlebnis. Wenn sie sich mit Kim traf, hatte sie auch oft ihren Slip zu Hause gelassen.

Er hätte es geliebt, wie Adele jetzt über die Straße zur Telefonzelle stolzierte. Ihre einzigen Kleidungsstücke waren ihre Schuhe und das knallrote Kleid. Sie schwitzte und ihre Möse war triefend und hungrig.

Als sie mit der Hüfte schwingend aus der Haustür trat, war sie sich bewusst, dass man alles sehen könnte, wenn sie sich nur ein klein wenig zu weit vorbeugen würde. Viele Mädchen, die auf dem Weg in die Kneipen und Clubs waren, trugen Oberteile mit Spaghettiträgern und kurze Röcke, aber Adele wusste, dass die meisten von ihnen Stringtangas und BHs trugen oder zumindest Nippelklebeband benutzten. Ihr gefiel der Gedanke, dass sie weiter ging als die anderen – unter dem roten Kleid trug sie nichts als Haut.

Sie fühlte sich fantastisch. Überall auf den Straßen wimmelte es von Menschen. Das typische Urlaubsgefühl einer heißen Sommernacht lag in der Luft und aus den Kneipen drang der pulsierende Bass, lautes Rufen und Gelächter. Als sie hastig auf die Telefonzelle zuging, fühlte sie sich noch erotischer – wie ein unersättliches Frauenzimmer aus einem französischen Arthouse-Film. Die personifizierte Lust – nur Haut und Haar. Ungeduldig wählte sie Toms Nummer.

»Hallo?«, sagte er und versuchte die lauten Hintergrundgeräusche zu übertönen.

»Hi. Wo bist du?« Der beinahe zaghafte Klang ihrer Stimme nervte sie.

»Bei Clarry. Kommst du her?«, antwortete er.

Vermutlich war sie ihm in diesem Augenblick lästig. Adele konnte sich lebhaft vorstellen, was er zu seinen Freunden sagen würde. Die Psychotante will jetzt schon, dass ich mit ihr Hochzeitskataloge ansehe. Wenn sie jetzt sagte, was sie wollte, würde er wahrscheinlich allen seinen Freunden sagen, was für ein toller Hengst er sei. Egal! Sie wollte nicht seinen Respekt, sie wollte seinen Schwanz.

»Tom, ich *hasse* das Clarendon.«

»Oh«, antwortete er etwas verwirrt. »Ähh ... und gestern Abend?«

»War grauenhaft. Genau!«, sagte Adele. »Heute bin ich dran.«

Er lachte. Wahrscheinlich glaubte er, sie leide an PMS, aber er würde seinen Ton noch früh genug ändern. »Na gut«, sagte er. »Was würdest du denn gerne tun?«

»Um genau zu sein, möchte ich, dass du dich zu mir in Bewegung setzt, damit ich dir das Gehirn wegficken kann. Wie klingt das?« Es war so verdorben, dass Adele selbst kaum glauben konnte, was sie gerade gesagt hatte, aber es fühlte sich verdammt gut an.

Am anderen Ende der Leitung war es plötzlich sehr still geworden.

»Oder du besäufst dich weiter und ich muss die Sache selbst in die Hand nehmen.«

Die Hintergrundgeräusche hatten sich verändert. Er musste die Kneipe bereits verlassen haben. »Na ja«, sagte er lachend. »Diesen Tag werde ich mir rot im Kalender anstreichen.«

»Ich glaube, dass es uns beiden einigen Ärger erspart«, sagte sie und warf einen Blick in Richtung Clarendon.

»Da hast du nicht unrecht«, erwiderte er.

Adele lachte ermutigt auf. Sie hatte Tom bereits entdeckt, der mit dem Handy am Ohr auf der anderen Straßenseite an ihr vorbeilief.

»Tom!«

»Ja?«

»Dreh dich um.«

»Was?«

»Ich bin genau hinter dir.«

Sie lehnte sich gegen die Glasscheibe der Telefonzelle und spürte das kühle Glas durch den dünnen roten Satinstoff. Als er sich überrascht umdrehte, lachte sie noch lauter und winkte. »Haaallo!«

Er zeigte auf sie und winkte zurück. Adele hängte den Hörer auf. Als die Münzen noch durch den Kasten ratterten, überquerte sie schon mit eingezogenem Bauch und vorgeschobener Brust die Straße, als wäre ihr Kleid das rote Tuch eines Toreros.

»Was für eine Überraschung«, sagte Tom scheu, auch wenn man deutlich merkte, wie geil er war.

»Ja, was für ein Zufall«, antwortete sie.

Tom lehnte sich vor und gab ihr einen sanften Kuss auf die Lippen. Er schmeckte nach Pfefferminze. Anscheinend hatte er schnell noch einen Kaugummi gekaut, als er die Kneipe verließ. Adele vermutete, dass ihr eigener Atem wohl kaum so frisch sein dürfte, während seine Zunge bereits drängelnd über ihre Unterlippe fuhr. Sie öffnete den Mund und ihre Zungenspitzen berührten sich. Während seine Hüfte leicht gegen ihren Unterleib presste, massierte er mit den Händen ihren Hintern, so dass der rote Rock gefährlich weit hochzurutschen drohte. Sie wollte ihn zurückhalten, aber das unterdrückte Stöhnen aus seiner Kehle wurde augenblicklich von einem stechenden Lustgefühl in ihrem Schritt beantwortet und ihre Hüften begannen automatisch, sich an ihm zu reiben.

»Wir sollten reingehen«, sagte Adele. Sie öffnete die Eingangstür und ließ sie zufallen, als sie drin waren. Die Tür hatte zwar noch kein Schloss, aber es sollte trotzdem reichen. In dem schummrigen Licht des Hausflurs erschienen Toms Augen wie verwandelt. Seine Zähne schimmerten bleich und scharf, während er ganz nah an ihrem Gesicht schwer durch seine leicht geöffneten Lippen atmete. Er schloss die Augen und sein Mund öffnete sich gierig, als er sich vorbeugte, um sie zu küssen. Sie lehnte sich an die Wand neben dem Treppenabsatz und spürte den kalten Stein an ihrem Rücken, während Tom seinen warmen, harten Körper an sie presste. Adele genoss das langsame Pulsieren zwischen ihren Beinen und war sich sicher, neben dem Geruch von Schweiß, Putz und Minze auch ihren eigenen, salzig-schweren Duft wahrzunehmen.

Als Tom wieder das kehlige Geräusch von sich gab, presste sie ihre Brüste gegen seine massierenden Hände und spreizte die Beine. Ihre Muskeln waren angespannt wegen der von der Schuhmode aufgezwungenen, unnatürlichen Pose. Man konnte von Tom halten, was man wollte – auf jeden Fall war er nicht aufdringlich. Sie musste seine Hand selbst unter ihren Rock führen.

»Oh Gott«, seufzte er schier überwältigt vor Lust. »Nichts drunter ...«

»Nein, nichts«, flüsterte sie, bevor sie leise aufstöhnte, als seine Finger endlich in sie eindrangen. Adele hörte ihr Echo und fragte sich, ob Paul sie hören konnte, oder ob er schon träumend in der nackten Umarmung seines Liebhabers schlief.

Tom stöhnte und flüsterte begeistert, dass sie vollkommen durchnässt sei und schob ihr Kleid bis über die Brustwarzen. Fast kniend begann er, an ihnen zu saugen, während seine rauen Finger immer tiefer in das dunkle Nest zwischen ihren Beinen eindrangen. Sie war sich nicht sicher, ob er sie mit zwei oder drei Fingern fickte. Auf jeden Fall rieb währenddessen seine raue Fingerkuppe ihren glitschigen, geschwollenen Kitzler. Die Wände warfen immer wieder das sanfte Echo der leisen schmatzenden Geräusche zurück. Adele versuchte zwar, möglichst nicht zu laut aufzustöhnen, aber der Widerhall ihres hechelnden Atems und seiner Sauggeräusche war nicht zu überhören.

Ein leichter Stoß gegen die angelehnte Eingangstür, hinter der sich eine Straße voller Menschen befand, hätte genügt, um den Blick auf Adele freizugeben. Ihr Kleid war bis zu den Achseln hochgeschoben und jeder würde sofort ihre Titten, ihren Bauch, die Hüften, Oberschenkel und alles andere sehen können. Als sie daran dachte, wurde ihr nicht weniger schwindlig als bei dem Anblick ihres eigenen Körpers, der so gut wie nackt auf Toms Fingern wippte. Der Gedanke daran, dass man sie entdecken könnte, wie sie sich aufgespießt auf seinem Schwanz gegen die Wand ficken ließ wie eine Hure, machte sie noch geiler und sie flüsterte atemlos: »Um Gottes willen. Fick mich. Bitte …«

Tom zog seine Finger aus ihr, wobei sie bedauernd aufstöhnte. Mit beiden Händen drückte er ihre Brüste aneinander und leckte ihre Brustwarzen. Seine Hand verteilte ihren Geruch über der rechten Brust. Es kam ihr vor, als würde sie wie ein läufiges Tier riechen. »Bitte!«

Tom schüttelte lächelnd den Kopf und ging auf die Knie. »Ich will dich lecken«, murmelte er und küsste ihren Oberschenkel.

Sie zuckte zusammen, als seine spitze Zunge ihren Kitzler berührte und seine Finger sie öffneten. Adele raffte ihr Kleid und steckte sich den roten Satinstoff in den Mund, weil sie sich sicher war, dass sie gleich schreien würde. Er grunzte zufrieden zwischen ihren Beinen, als genieße er eine ausgezeichnete Mahlzeit – ohne jegliche Tischmanieren, aber voller unbändiger Lust. Sie biss hechelnd auf den Stoff und ihre Hüften pressten wie von selbst ihr weit geöffnetes Geschlecht gegen sein Gesicht. Seine Finger streichelten die Innenseiten ihrer Schenkel und glitten wieder in sie, während er weiter an ihrem Kitzler leckte und saugte. Adele nahm ihr eigenes tiefes Schluchzen wahr. Er unterbrach sich, um Luft zu holen und blickte mit feuchtem Kinn und funkelnden Augen zu ihr hinauf.

»Komm schon. Komm auf mein Gesicht!«

Versautes kleines Miststück. Ihre Hüften zuckten heftig, als sein Gesicht wieder zwischen ihren Beinen verschwand. »Ja … genau da …« Er leckte, saugte und bewegte seine Finger in ihr, bis es kein Zurück mehr für sie gab. Sie schloss die Augen und biss fest auf den Stoff zwischen ihren Zähnen, der ihr wildes Stöhnen dämpfte. Sie konnte fühlen, wie der Schweiß ihre Pospalte entlangfloss. Als sie kam, war sie still und gab sich genussvoll den Zuckungen ihres bebenden Körpers hin.

»Hör auf … bitte … pssst.« Sie nahm seinen Kopf in ihre Hände und schob ihn vorsichtig weg. Er lachte leise und küsste die Innenseite ihres Schenkels.

»Das magst du wohl?«

Sie leckte über ihre Lippen und nickte atemlos. »Mmmh.«

8. Kapitel

Adele beobachtete den schlafenden Tom. Sein störrisches Haar war auf einer Seite plattgedrückt und auf der anderen verwuschelt. Sein bleicher Arm, der über der Bettdecke lag, war mit vielen feinen Sommersprossen übersät. Sie liebte rote Haare und die Blässe, die dazugehörte. Vor allem die Hautpartien an den Hüften und Schenkeln waren unglaublich weiß – wunderschön und verletzlich, auch dort, wo seine untersten Bauchmuskeln von den mahagonifarbenen Locken seines Schamhaares bedeckt wurden. »Rotblondes Schamhaar. Lach nicht!«, hatte er mit einem selbstironischen Lächeln gesagt, als er sich das erste Mal vor ihr auszog. Toms Schwanz war der zweitschönste Schwanz, den sie jemals gesehen hatte. Er war dünn, unbeschnitten und hatte eine herzförmige Kuppe in Altrosa. Wenn Tom nackt neben dem Bett stand, erinnerte er mit seinem kerzengeraden Schwanz und den Bauchmuskeln an einen griechischen Jüngling auf einer antiken Vase.

Er lag auf der Seite. Sein Knie war in die Matratze gedrückt und sein Oberschenkel verdeckte seinen Schwanz. Als sie ihn vorsichtig in die Seite stupste, räkelte er sich verschlafen, aber seine Hände suchten automatisch nach ihren Brüsten. Kurz darauf saugte er wieder an ihren Brustwarzen, während er eine Hand wieder zwischen ihre Beine schob, wo er begann, ihren schmerzenden Kitzler zu reiben, was er, vermutete Adele, für den Beweis seiner sexuellen Raffinesse hielt, obwohl sie allmählich genervt war. Er weigerte sich, sie zu ficken. Gelegenheiten hatte es mehr als genug gegeben, aber er weigerte sich, ein Kondom überzuziehen. Angeblich konnte er Kondome nicht ausstehen und als Adele einmal versucht hatte, ihm eins überzustreifen, hatte sein Schwanz sich zusammengerollt wie ein verängstigter Igel.

»Tut mir leid. Kann ich nichts gegen tun. Er hat seinen eigenen Kopf.«

Wenigstens hatte er aber nie behauptet, dass er nicht in ihr kommen würde. Diese Versprechungen gehörten für Adele zu den dreistesten Lügen, die es gab und lieferten sich ein Kopf-an-Kopf-Rennen mit »das Geld ist unterwegs« und »es ist nicht so, wie du denkst«. Wenn jemand versuchte, Adele zu versprechen, dass er aufpassen würde, flog er augenblicklich aus ihrem Bett. Es nervte sie wirklich, dass er sein Problem nicht in den Griff bekam. Sie hatte seit drei Jahren keinen Schwanz mehr in sich gehabt. Weder Finger noch Oralsex konnten dieses Verlangen stillen. Außerdem stellte Adele fest, dass sie ihn eigentlich nur ertrug, wenn sie so geil wurde, dass er ihr egal war, oder wenn er schlief. »So eine Scheiße«, dachte sie.

Seine Bartstoppeln hatten die Innenseiten ihrer Schenkel wund gerieben. Sie hatte genug. Egal wie aufregend seine aggressive Technik manchmal sein mochte – nach einer Weile wurde sie nur wund. Tom war selbstverständlich überzeugt davon, dass er richtig gut war. »Ich liebe Muschilecken. Es gibt nix Besseres, als eine Frau so schreien zu hören!«

Was Adele wollte, war Sex, wie sie ihn bei Paul und Ian gehört hatte. Sie wollte jeden Stoß mit den Beinen in der Luft genießen und das Bett sollte gegen die Wand poltern. Nach allen Regeln der Kunst gevögelt werden – das wär's. Es fühlte sich an wie eine Beleidigung, dass Tom es nicht tat. War das nicht angeblich, was alle Männer wollten?

Es klopfte an ihrer Tür. »Mach nicht auf«, sagte Tom mit seinem Gesicht zwischen ihren Brüsten. »Du bist beschäftigt.«

»Das geht nicht«, antwortete Adele und suchte auf dem Fußboden nach einem Kleidungsstück, fand aber nur das rote Kleid, das ihr im grellen Tageslicht absurd vorkam. »Es könnte Paul sein«, sagte sie.

»Hmmh«, erwiderte Tom und deckte sich zu, während sie sich eine Leggins und ein T-Shirt aus einer Kiste nahm. »Soll ich aufmachen?«, fragte er.

»Nein«, entgegnete sie, obwohl sie es wollte, aber sie konnte sich Pauls Sag-ich-doch-Blick genau vorstellen, wenn er herausfände, dass Tom bei ihr übernachtet hatte. »Bleib einfach hier … ähm … bin gleich wieder da.«

»Cool.« Was für eine Trantüte. *Scheiße*. Was hatte sie sich bloß dabei gedacht?!

Das Klopfen an der Tür wurde lauter. »Komme!« Hastig streifte sie sich die Leggins über die Beine und ging zur Tür. Als sie öffnete, klappte ihr vor Überraschung die Kinnlade herunter.

Da stand sie – Hände ineinander verschränkt, immer noch überwältigend schön und offensichtlich extrem nervös. »Hallo Schatz – ich bin wieder zu Hause«, versuchte sie zu witzeln.

Adele wusste nicht, was sie sagen sollte: »Gott im Himmel …«

»Nein. Ich bin's. Erinnerst du dich?«

»Was zur Hölle tust du hier?«

»Ich war in der Gegend. Darf ich reinkommen?«

Adele schüttelte ihren Kopf. »Das ist kein besonders guter Moment.«

»Den gibt es sowieso nie«, sagte Karina, und schlüpfte unter Adeles an den Türrahmen gelehntem Arm in die Wohnung. Adele hätte sie aufhalten können, aber sie tat es nicht.

»Leicht bist du jedenfalls nicht zu finden«, sagte Karina und legte ihre Taschen ab. »Schöne Wohnung. Ich dachte, du würdest in so einer Art Kommune leben.«

»Bin gerade erst eingezogen«, antwortete Adele und blickte sie mürrisch an. Karina war so zierlich und schlank wie eh und je. Sie trug einen rosafarbenen Lack-Mini und ein enges schwarzes T-Shirt, unter dem sich ihre Brüste deutlich abzeichneten. Mit ihren hochhackigen Schuhen, den roten Strähnen im schwarzseidenen, verwuschelten Haar und dem mit Nieten besetzten Halsband sah sie aus, als stammte sie aus einem Musikvideo.

»Was willst du?«

Karina verzog schmollend den Mund, indem sie ihre scharlachrote Unterlippe vorschob und dazu die Stirn über den perfekten schwarzen Augenbrauen in Falten legte. Ob genervt oder nervend – jedenfalls gelang es ihr trotzdem immer, charmant auszusehen. »Ich dachte, es wäre schön, dich mal wieder zu besuchen.«

Adele breitete die Arme aus. »Hier bin ich.« Gefällt dir, was du siehst, fügte sie im Kopf hinzu. Ihr Haar war zerzaust, ihre Brüste baumelten unter dem T-Shirt und über ihrem Schritt war deutlich die Naht der Leggins zu erkennen. Sie hatte sich niemals so sehr wie die Personifizierung einer enttäuschenden, hässlichen Frau gefühlt, und sie wollte es Karina spüren lassen. Karina hatte immer geglaubt, dass es verdammt toll sei, eine Frau zu sein. Es wurde Zeit, dass man sie endlich eines Besseren belehrte – manchmal konnte man als Frau zänkisch, boshaft und verletzlich sein.

»Schön für uns beide oder nur für dich?«, fügte Adele hinzu, die ein primitives, aber umso angenehmeres Kribbeln der Vorfreude bei dem Gedanken spürte, dass sie sich in Kürze ihren ganzen Zorn von der Seele schreien können würde, ohne Angst vor den Konsequenzen haben zu müssen, weil diese Geschichte auch so schon lange beendet war.

Karina schüttelte ihren Kopf. »Pass auf, ich erkläre dir gleich, warum ich hier bin. Versprochen! Aber lass mich erst einmal ankommen.«

»Willst du mich verarschen? Du erwartest doch wohl nicht, dass du hier wohnen kannst?«

»*Du* hast ein Problem, Süße«, giftete Karina. »Nicht ich.«

Adele konnte es kaum glauben. Es war typisch für Karina. Keinerlei Reflexion, keine Ahnung von möglichen Konsequenzen – nichts. Sie war sich sicher, dass Karina eine der gestörtesten Personen war, die sie kannte – und Adele war schon einigen wirklich schrägen Individuen begegnet. »Okay«, sagte sie. »Das war's dann auch schon. Raus aus meiner Wohnung.«

Tom hatte sich ausgerechnet diesen Moment ausgesucht, um aus dem Schlafzimmer in den Flur zu kommen. Wahrscheinlich hatte er mitgehört und glaubte, als männlicher Beschützer auftreten zu müssen, ganz davon abgesehen, dass er offensichtlich sein Revier markieren wollte. Dabei hatte er das mit seinen Körperflüssigkeiten schon ausreichend im Schlafzimmer getan. »Bist du … oh.« Der Anblick von Karina verschlug ihm für einen Augenblick die Sprache.

»Ups«, sagte Karina mit einem wissenden Lächeln. »Du hättest mir ruhig sagen können, dass es gerade nicht so recht passt.«

»Als ob es dir was ausgemacht hätte«, fauchte Adele. »Gibt's ein Problem, Adele?«, fragte Tom und zog sich sein T-Shirt über. Am liebsten hätte sie ihm gesagt, er solle sich verpissen. »Ich werde uns Tee machen«, sagte Adele. Tom nickte. »Gute Idee.«

Karina folgte ihr in die Küche. »Wer ist das denn«, flüsterte sie beeindruckt. »Erzähl schon, Süße!«

»Tom. Und das geht dich nichts an!«

»Wie lange seid …«

»Hörst du schlecht?«, sagte sie und schubste Karina zur Seite, damit sie an die Milch herankam. »Es geht dich einen Scheißdreck an!«

Karina hob entschuldigend die Hände und ging beiseite. »Oookay … langsam bekomme ich das Gefühl, dass du dich gar nicht freust, mich zu sehen.«

»Und was für eine schnelle Auffassungsgabe sie hat … «, antwortete Adele sarkastisch.

»Hör mir doch zu«, sagte Karina. Sie legte Adele ihre kleine Hand mit den perfekten, falschen Fingernägeln mit den glänzend weißen Spitzen auf die Schulter. Adele sah auf und blickte in dunkle, wunderschöne Augen. Karina hatte einfach kein Recht, so verdammt gut auszusehen.

»Bitte …«, bat Karina, deren Augen zu viele Erinnerungen an gute Zeiten weckten, die von einem auf den anderen Tag mit einem großen Streit geendet hatten. Bei dem Gedanken hätte Adele am liebsten losgeheult.

»Okay«, sagte sie. »Na gut.«

»Danke sehr.«

Adele starrte auf den Teelöffel in ihrer Hand. »So eine Scheiße.«

»Was?«

»Ich habe keine Ahnung, wie viel Zucker er im Tee will.«

Karina starrte sie für einen Augenblick verwundert an und begann dann zu kichern. »Du kleines Luder!«

»Halt die Klappe. Man muss den Leuten ja schließlich keinen Tee machen, bevor man mit ihnen schläft. Sehe ich etwa aus wie Madame Butterfly?«

»Haha«, sagte Karina, ihre Augen verdrehend.

Adele bemerkte, dass sie darüber lächeln musste, wie schnell sie wieder miteinander redeten, als wäre nie etwas geschehen. Das war das Problem, wenn man jemanden erst einmal so gut kannte, dass man seine Sätze zu Ende führen konnte: Keine Zeitspanne, räumliche Entfernung oder Meinungsverschiedenheit konnte dieses wechselseitige Wissen auslöschen. Alte Freunde würden sich immer wieder durchschauen und jede kleine Macke des anderen erkennen können.

»Geh und frag ihn.«

»Ich doch nicht. Er ist schließlich dein … was auch immer er sein mag.«

»Nein, geh!«, sagte Adele. »Ich will wissen, ob du ihn schon verarscht hast.«

Karina schnaufte kurz. »Das hat nichts mit Verarschen zu tun. Was sie sehen, bekommen sie auch.«

»Inklusive bestehender Beziehungen?«, fragte Adele lauernd.

»Das geht dich nichts an«, antwortete Karina schnippisch.

»Ach nein?«

»Nein.«

»Ich glaube, dass du irgendwann verstehen wirst, dass du dich irrst. Ich habe dir doch gesagt, du sollst dich von Casablanca fernhalten.«

»Ich war nicht einmal nah dran an Casablanca«, sagte Karina und lachte bitter auf. »Ich habe nicht einmal das Video gefunden.«

»Was?«

Karina rührte in ihrem Tee und sang leise: »*You must remember this … a kiss is still a kiss …*«

Adele seufzte und beschloss, diese vertraute Art der Konversation voller seltsamer Assoziationen und musikalischer Einschübe sofort zu beenden. Sie blickte aus der Küchentür in den Flur, wo Tom etwas unbeholfen in der Gegend herumstand. Er war auf eine typisch männliche Art verwirrt und hatte nicht einmal einen Funken von Karinas unerschütterlichem Selbstvertrauen.

»Milch? Zucker?«

»Ja, beides. Zwei Stück Zucker bitte.« Er sah auf seine Uhr. »Ich muss sowieso gleich los. Bin spät dran.«

»Kein Problem.«

»*… the fundamental things apply, as time goes by*«, zwitscherte Karina und reichte ihm tänzelnd seine Teetasse. »Hier, bitte schön.«

»Danke«, sagte Tom und sah gleich noch verwirrter aus. »Ist alles in Ordnung?«, fragte er.

»Alles gut«, antwortete Adele. Er brauchte sie nicht zu beschützen, außerdem wollte sie, dass er endlich verschwand.

Ihr war keineswegs entgangen, wie er seinen Blick über Karina schweifen ließ – ihre Hüften, Beine und Brüste. Wahrscheinlich hätte er am liebsten seine Nase wie ein schnüffelnder Hund unter ihren nuttigen, rosafarbenen Minirock gesteckt.

»Eigentlich muss ich jetzt schon gehen«, sagte er.

»Okay«, sagte Adele und akzeptierte seinen kurzen Abschiedskuss auf die Wange. »Ruf mich an.«

»Mach ich. Bis dann«, verabschiedete er sich und ging die Treppe hinunter.

»Wirst du nicht«, sang sie, als er außer Hörweite war.

»Nein, wird er nicht«, stimmte Karina zu. »Du hast kein Telefon.«

*

Paul sah auf den ersten Blick, dass sie Ärger bedeutete. Bei manchen Frauen war es von Anfang an klar. Man wusste sofort, dass sie einen Rucksack voller Probleme mit sich herumschleppten, auf Knopfdruck Tränen vergießen konnten und ihre Partner ohne erkennbare Logik an sich heranlassen und wieder wegstoßen würden. Das komplette Chaos! Es hatte nicht einmal etwas mit dem Aussehen zu tun, auch wenn Schönheit tatsächlich ein zusätzlicher Faktor sein konnte. Aber es waren nicht der anmutige Schwung eines Wangenknochens oder die Beinlänge, die eine Frau zu einem düsteren Engel des Herzschmerzes und Chaos werden ließen. Manche jener Frauen waren auf den ersten Blick sogar unattraktiv, aber sie besaßen das gewisse Etwas, das ihnen die Macht verlieh, einem unter die Haut zu gehen und nicht wieder loszulassen.

Das war genau der Grund, warum er Adele mochte. Sie schien normal, verlässlich, intelligent und nur begrenzt anfällig für tränenreiche Szenen und hinterhältige Manipulation mit nackter

Haut. Jedenfalls war sie das komplette Gegenteil zu jenem Wesen, das ihm am Morgen auf der Treppe begegnete. Als Erstes sah Paul einen herzförmigen Hintern in einem rosafarbenen Lackrock, aus dem schlanke, gleichmäßig gebräunte Beine ragten. Darunter sah er den kleinen dunkelroten, mit Glitzersteinen bedeckten Slip, an dem sein Blick sofort hängen blieb. Paul betrachtete die leichte Wölbung unter dem feinen Stoff, die am besten zu sehen war, wenn sie sich etwas vorbeugte.

Während sie gebückt ihren Kampf mit den Einkaufstüten beendete und sich aufrichtete, fragte er sich, wie sie wohl von vorne aussähe. Wenn man nach dem Minirock ging, war es gut möglich, dass es sich um eine bereits in die Jahre gekommene Nutte handelte, die von hinten zwar noch recht ansehnlich aussah, aber von vorne aussah wie eine gealterte Bette Davis – inklusive blonder Haarsträhnen und geschmackloser Schleifen. Aber von hinten schienen ihre Schenkel glatt und fest. Auf jeden Fall war es eine merkwürdige, wenn auch schwindelerregende erste Begegnung. Man konnte in ihren Schritt sehen und sie stellte ein Paar Beine zur Schau, die jeder Mann am liebsten sofort spreizen würde.

Als sie sich aufgerichtet hatte, sah Paul, dass sie eine schwarze Bobfrisur mit scharlachroten Strähnen trug. Für eine genauere Beobachtung blieb allerdings keine Zeit, weil sie plötzlich die Arme auf Höhe ihrer Taille kreuzte und ihr T-Shirt auszog. Dann drehte sie sich um. Sie war zierlich, schön und in dem mit Spitze besetzten BH konnte man ihre kleinen, perfekten Brüste erkennen.

»Ich will ja nicht unhöflich wirken«, sagte sie mit einem Dialekt, der ihm seltsam bekannt vorkam. »Aber du könntest mir ruhig helfen. Ich schwitze schon.«

»Kar … ja … natürlich. Du … schwitzt.«

Tatsächlich glitzerten kleine Schweißperlen auf ihrem Oberkörper. Sie war offensichtlich Asiatin, denn ihre Haut war von einer delikaten Reinheit – blass kupferfarben und beinahe porenlos. Ihre Brüste schienen zart und verletzlich zu sein und ihr wunderschönes Gesicht erinnerte Paul an eine Katze. Während er folgsam und geistesabwesend die Einkaufstüten nahm, zog er ihr im Kopf die restlichen Kleidungsstücke aus. In seiner Fantasie hatten ihre Brustwarzen eine blasse Pflaumenfarbe, ihr Hintern war jungenhaft, ihre Hüften schmal und ihre Vagina würde klein, eng und feucht sein.

»Das ist schon besser«, sagte sie und zeigte ihm mit einem kurzen Kopfnicken, dass sie nach oben wollte.

Paul, der ihr wie ein Idiot folgte, wusste genau, dass es egal war, ob er jetzt schon aufgab oder erst später. Sie gehörte zu jenen ganz besonderen Frauen. Sie war eine Frau, für die man seine Seele verkaufen würde. Eine Frau, die sich dessen verdammt bewusst war. Wieder mal eine Sarah. Dass Paul in der vergangenen Nacht ordentlich gevögelt worden war, interessierte seinen Körper überhaupt nicht. Es schien höchstens den Appetit angeregt zu haben – einen Appetit, den Paul besser für sich behielt. Das Mädchen stakste auf ihren hochhackigen Schuhen die letzten Stufen hinauf, ging direkt auf Adeles Wohnung zu, stieß die Tür auf und nahm ihm die Einkaufstüten ab. »Danke«, sagte sie. Als sie die Tür schloss, wäre sie Paul fast gegen den Schädel geknallt.

Paul blinzelte und musste sich kurz an dem schmalen Treppengeländer abstützen, weil ihm schwindelte. Da stimmte doch etwas nicht. Sie hatte doch sicher auch diese Verbindung zwischen ihnen beiden gespürt. Es ging gar nicht anders. Ihm war ihretwegen fast die Luft weggeblieben. Nein, nein, nein! Das konnte alles nicht wahr sein. Paul versuchte sich daran zu erinnern, dass nur wenige Meter entfernt sein angebeteter Liebhaber im Bett auf ihn wartete. Aber was zur Hölle trieb diese Person überhaupt in Adeles Wohnung? Da dies ihm eine berechtigte Frage für einen Hausbesitzer zu sein schien, klopfte er an die Tür.

Als Adele öffnete, sah sie irgendwie verquollen und müde aus. Ohne ihren dunkelroten Lippenstift war ihr Gesicht blass. Trotzdem schimmerten ihre Lippen noch rosafarben, als hätte sie das tägliche Auftragen des Lippenstifts dauerhaft verfärbt. »Tag«, sagte sie, ohne die Tür mehr als nur einen Spaltbreit zu öffnen.

»Morgen. Da war eben eine … Freundin von dir?«

Adele schürzte die Lippen. »Ja, Karina. Gibt's ein Problem?«

»Nein, nein«, sagte Paul und lugte verstohlen über ihre Schulter in die Wohnung. »Wenn ich … ähm … also vielleicht müssen wir uns über sie unterhalten.«

»Was hat sie denn nun schon wieder angestellt?«, fragte Adele mit verärgerter, resignierter Stimme, als käme so etwas bei Karina öfter vor.

»Nichts«, erwiderte Paul.

»Ich habe wirklich nichts gemacht!«, rief Karina von innen.

»Es ist nur …«

Adele zog die Stirn in Falten. »Kein Grund zur Sorge. Ich werde die obere Etage nicht in eine Kommune verwandeln, wenn es das ist, was dich nervös macht. Es wird auch in näherer Zukunft keine größere Party auf dem Dach stattfinden.«

»Nein«, sagte Paul kopfschüttelnd. »Nein, natürlich nicht.«

»Es ist nur etwas … kompliziert. Okay?«, sagte sie.

»Okay«, antwortete Paul, dachte aber in Wirklichkeit nur daran, dass sie vermutlich in diesem Augenblick ihre verschwitzten Kleidungsstücke auszog.

»Und außerdem eine Privatangelegenheit.«

»Oh, entschuldige.« Jetzt erst realisierte Paul, dass er immer noch über ihre Schulter starrte. »Dann verschwinde ich mal.«

»Danke. Ich komm nachher vorbei.«

»Gut.«

Paul ging wieder nach unten und wusste genau, dass er sich zum Idioten gemacht hatte. Seine Probleme mit Frauen waren irgendwann so groß geworden, dass er glaubte, sie dadurch lösen zu können, dass er sich Probleme mit Männern beschaffte. Dabei war ihm erst klar geworden, dass er bisexuell war und später, dass er sich nun auch von der ehemals abgelehnten Hälfte der Menschheit zum Affen machen ließ. Paul gehörte zu jener ganz besonderen Spezies englischer Mittelklasse-Typen, die zwar von der Norm abwichen, sich aber irgendwie dafür schämten.

Ihm war vollkommen bewusst, dass derart konservative Wertvorstellungen falsch, dumm und oberflächlich waren. Aber obwohl er sich dagegen auflehnte, blieb immer ein gewisses Schuldgefühl, wenn er daran dachte, dass er nicht einfach ein nettes Mädchen heiratete und eine Familie gründete. Paul hatte es zwar versucht, aber seine Frau war nicht besonders nett gewesen und seine Familie von Anfang an dagegen.

Ian lag immer noch im Bett und schlief tief und fest. Paul beschloss, dass es das Beste wäre, wenn er heute ausnahmsweise im Bett bliebe und die Pfuscherei der Handwerker ignorierte. Er zog sich aus, warf seine Klamotten auf den Boden und legte sich wieder ins Bett. Das Bettzeug roch nach Sex, Schweiß, Sperma und den Überresten des würzigen, erdigen Dufts der Lust. Sein Penis zuckte und wuchs an Ians warmem Oberschenkel. Paul kuschelte sich an den warmen Körper und legte seine Fingerspitzen in die kleine Vertiefung, wo Ians Pospalte begann. Sesam, öffne dich, dachte Paul lächelnd, als Ians Beine sich leicht spreizten, während er langsam seinen Unterkörper bewegte und dann sein Hinterteil ein wenig anhob.

Paul schlug die Bettdecke zurück und ließ seine Zunge über Ians Rücken gleiten. Der Geschmack der salzigen Haut war das beste Gegenmittel gegen weitere Verirrungen. Er konnte treu sein, und er würde treu sein! Vergiss die Frau von oben, sagte er sich – wahrscheinlich war sie ohnehin lesbisch. Ian war alles, was er brauchte: Er war sexy, hemmungslos und verfügbar.

Paul wollte sich für die erwiesenen Liebesdienste des gestrigen Abends revanchieren. Er befeuchtete seine Finger mit Gleitmittel und drang vorsichtig in Ians enge Öffnung ein. Von innen war Ian, der auf die Berührung sofort reagierte, weich wie Samt. Paul nahm einen zweiten Finger hinzu und dehnte vorsichtig die weichen Innenwände. Ian stöhnte auf, und als er mit vorsichtig stoßenden Bewegungen nach hinten drängte, drangen Pauls Finger noch tiefer in ihn ein. Paul neckte ihn, indem er Ian nicht sein ganzes Gewicht spüren ließ, sondern seinen Rücken mit zarten Küssen bedeckte und absichtlich mit seinen Bartstoppeln rieb, wo Ians Haut am empfindlichsten war. Gleichzeitig bewegte Paul seine Finger absichtlich nur sehr langsam, die von Ians Muskeln umschlossen wurden. Paul stöhnte und seine Bewegungen wurden heftiger. Er wusste, wie gut es sich anfühlen würde, wenn er Ian gleich vögelte und nahm einen dritten Finger zu Hilfe. Ian antwortete mit einem halb erstickten Stöhnen, spreizte seine Beine noch weiter und presste seine Knie noch tiefer in die Matratze. Pauls leicht geöffneter Mund war fest auf Ians Schulter gepresst und er begann, die blasse Haut zu lecken und dann zu beißen und zu saugen, während er mit der anderen Hand Ians Hüfte gegen seinen harten, tropfenden Schwanz zog.

»Willst du das?«, fragte er und blies sanft gegen die feuchten Stellen auf Ians Rücken.

Ian presste sein Gesicht ins Kissen, verschränkte die Arme über dem Kopf und stöhnte. Das reichte noch nicht.

Paul, dessen Finger immer schneller und heftiger in ihn drangen, fragte noch einmal. »Willst du es?«

Ein animalisches Geräusch drang aus Ians Kehle, und er hob seinen Kopf. »Ja ... verdammt ... tu es!«

»Was?«, flüsterte Paul, während er bereits ein Kondom vom Nachttisch nahm, vorsichtig eine Ecke der Verpackung abbiss und den Rest auf den Fußboden neben das Bett spuckte.

»Fick mich.«

»Bist du dir sicher?«

»Ja!«

Ian war so weit. Paul zog seine Finger heraus, streifte sich gekonnt das Kondom über und drang in ihn ein. Von außen war Ian haarig und fest, innen weich und warm. Paul wischte seine glitschige Hand an Ians Hüfte ab und hielt ihn fest, während er begann zuzustoßen. Ian wand sich zuckend. Paul hörte auf sein Stöhnen und beobachtete sich selbst dabei, wie er immer tiefer in seinen Liebhaber eindrang.

»Ist es das, was du wolltest?«, flüsterte er und spürte, wie die Hitze durch seine Venen floss und in seinen Eiern pulsierte.

»Gefällt dir das?«, fragte Paul und stieß mit einer schnellen kreisenden Bewegung zu, zog sich wieder zurück, um dann wieder mit harten, ruckartigen Stößen in ihn einzudringen. Ian, der wie ein Tier auf allen vieren kniete, machte ein Hohlkreuz und ächzte beinahe schluchzend. Paul hielt seine Hüften noch fester und seine Stöße wurden heftiger. Genug herumgespielt! Er wollte kommen.

Ian kommen zu lassen, war leicht. Man musste nur seine Hüften etwas anheben, seine Beine spreizen und nach dem harten Schwanz greifen – und voilà! Ian, der sich jetzt mit beiden Händen am Bettgestell festhielt, schrie heiser auf, als er schon bei der zweiten oder dritten Bewegung von Pauls Hand kam. Seine Muskeln zogen sich zusammen und brachten auch den schnell und hart zustoßenden Paul zum Höhepunkt.

Paul hielt Ian noch weiter in dieser Position fest, während er seinen erschlaffenden Schwanz langsam in Ian bewegte und langsam dessen feuchte, übersensible Schwanzspitze streichelte. Ian sackte in sich zusammen. »Genug«, stöhnte er. Paul ließ ihn los und wickelte das gebrauchte Kondom in ein Taschentuch. Eine wohlige Erschöpfung überkam ihn und er überlegte, ob sie nicht den gesamten Tag so verbringen sollten – kuscheln, schlafen, vögeln.

Ian drehte sich auf den Rücken. Sein Gesicht war puterrot, der schwitzende Körper zitterte und das dunkle Schamhaar auf seinem Bauch war voller kleiner weißer Tropfen. Paul konnte nicht anders, als seinen Kopf zwischen Ians Beine zu legen, seinen Schwanz zu lecken und in den Mund zu nehmen, bis er langsam erschlaffte. Ian schloss seine Beine und drehte sich weg.

»Hör auf … mein Gott … versuchst du, mich umzubringen?«

Paul lachte und beugte sich über Ian, um ihn zu küssen. »Könnte man sich einen schöneren Tod wünschen?«

Ian stöhnte genüsslich, während sie sich küssten. Paul wusste aus Erfahrung, dass es Ian kickte, wenn er den Geschmack seines Schwanzes an Pauls Mund schmecken konnte. Ian brach den Kuss ab und rang immer noch nach Atem. »Du wirst mich noch zu Tode ficken, wenn du so weitermachst«, sagte er. »Was ist nur in dich gefahren?«

Paul legte sich räkelnd auf den Rücken. »Keine Ahnung. Muss an der frischen Meeresluft liegen.«

»Dir ist schon klar, dass Vergiften schneller geht, oder?!«, fragte Ian und zündete sich eine Zigarette an.

Paul beugte sich wieder über Ian und küsste seine Schulter, seinen Nacken und seine rauchigen Lippen. »Du bist selbst schuld.«

»Ja, ja.« Ian richtete sich auf, lehnte sich über den Bettrand und griff nach den Boxershorts, die auf dem Boden lagen.

»Wohin gehst du?«

»Ich brauch' ne Dusche. Ich stinke.«

»Ich liebe es, wenn du stinkst«, erwiderte Paul, um ihn zum Bleiben zu überreden und streichelte, gleichzeitig an seinem Ohrläppchen knabbernd, über Ians Rücken. »Komm zurück und lass uns kuscheln. Ich dachte, jetzt kommen Nachspielzeit und Verlängerung?!«

Mit einem Seufzer ließ Ian sich wieder auf das Bett fallen und zog an der Zigarette. »Na gut.«

»Du musst ja nicht«, sagte Paul, verwirrt von Ians ablehnender Haltung.

»Ich bin nur müde ... und genervt«, gab er zu.

»Von mir?«

»Nein«, seufzte Ian und blies den Rauch aus seinen Lungen.

»Sondern?«, fragte Paul besorgt und streichelte seinen Bauch. »Was ist denn los?«

»Keine Ahnung. Dieser Ort hier ...«

»Du willst zurück nach London?!« Paul konnte nicht verstehen, warum man dahin zurück wollte. Er selbst hatte sich schon jetzt in dieses kleine Städtchen verliebt – die saubere Luft, das entspannte Tempo. Wahrscheinlich war er einfach nur älter. Ja, das musste es sein: Er war älter. Ian konnte noch mit Luftverschmutzung, Stress, Prügeleien, U-Bahn-Verspätungen und all den anderen Nervereien umgehen, weil er einfach jünger war. Ian zog zugedröhnt um die Häuser und lehnte alles gnadenlos ab, was er als uncool empfand.

»Ach, komm schon, Paul – du kennst das Nachtleben hier doch selbst. Es ist stinklangweilig!«

»Ja«, antwortete Paul gereizt. »Und London ist eine Kloake mit guten Clubs und netten Museen. Was zur Hölle willst du?«

»Es ist einfach ... langweilig«, antwortete er. »Ich gehe jetzt duschen. Musst du vorher aufs Klo?«

»Nein«, sagte Paul und blickte starr auf Ians festen Hintern, bis er hinter der Badezimmertür verschwand, die so fest zugeworfen wurde, dass die Wände zitterten und im Kamin hörbar der Putz bröckelte. Dieses alte, verfallene Haus hatte zwar den Charme der Vergangenheit, aber modernen Ansprüchen schien es offensichtlich nicht zu genügen.

9. Kapitel

Das Wiedersehen mit Adele gestaltete sich problematischer, als Karina erwartet hatte. Um ihren guten Willen zu beweisen, hatte sie, als sie feststellte, dass der Kühlschrank leer war, im gegenüberliegenden Lebensmittelgeschäft Bagels und Frischkäse gekauft. Trotzdem rechnete sie damit, dass Adele sie nicht wieder hereinlassen würde. Karina war so nervös, dass sie unwirscher geworden war, als sie wollte, als dieser merkwürdige Typ aus der unteren Etage plötzlich hinter ihr aufgetaucht war und ihr unter den Rock gestarrt hatte.

Zum ersten Mal seit Jahren begriff Karina, dass man sie wahrscheinlich für überheblich hielt, aber irgendwie konnte sie nichts dagegen tun. Die Bremsen für schlechtes Benehmen waren schon zu verrostet, weil sie so lange nicht benutzt worden waren. Zu lange hatte sie immer genau das getan, was sie wollte. Der charmante Schleier eines starken Selbstbewusstseins glich mittlerweile eher einer Rüstung. Wie schwierig konnte es denn schon sein, sich zu entschuldigen oder »Ich liebe dich« zu sagen?! Sehr schwierig! Umso schwieriger, wenn man es mit Adele, diesem weiblichen Macho, zu tun hatte. Sie war so wütend geworden, dass man sich für eine Sekunde sogar vorstellen konnte, wie sie aussähe, wenn die Anmut ihrer Augen und Lippen tatsächlich für immer verschwänden. Karina verstaute die Einkäufe in der Küche und versteckte den roten Koffer hinter der Sperrholzplatte, die vor dem unbenutzten Kamin in Adeles Schlafzimmer stand. Dann zog sie sich ein gemütlicheres T-Shirt und Tarnhosen an, die Karina das perfekte Outfit für die anstehende Auseinandersetzung zu sein schienen. Als sie aus dem Schlafzimmer kam, sprach Adele an der Wohnungstür mit dem Mann von unten.

»Was hat sie denn jetzt schon wieder angestellt?«, fragte Adele in einem Ton, der Karina tief verletzte.

»Ich habe nix gemacht!«, rief Karina trotzig und ging in das kleine, unaufgeräumte Wohnzimmer, in dem eine braune Couch, einige Topfpflanzen und unausgepackte Kisten standen. Aus einer der Kisten ragte etwas heraus, das sie wiedererkannte – das alte Poster von Kurt Cobain. Karina fragte sich, wie es bis heute überleben konnte.

Adele kam zurück in das Zimmer, offensichtlich mit einer gehörigen Portion Wut im Bauch. Karina rückte ein wenig auf der Couch zur Seite, damit Adele sich neben sie setzen konnte, aber Adele setzte sich auf eine der ungeöffneten Kisten in der anderen Ecke des Zimmers.

»Kurt ist ja immer noch da.«

»Ja«, erwiderte Adele, wischte sich eine Haarsträhne aus dem Gesicht und kratzte sich an der Nase.

Sie hätte auch etwas antworten können, worauf man ein Gespräch hätte aufbauen können, dachte Karina.

»Es ist schön, dich zu sehen.«

»Ich wünschte, ich könnte das Gleiche behaupten«, sagte Adele. »Wo hast du gesteckt?«

»Wo habe ich *nicht* gesteckt?!«, sagte sie und versuchte dabei charmant zu wirken.

Adele schüttelte den Kopf. »Vergiss es! Verschone mich mit der alten Leier. Ich bin müde, gestresst und habe den ganzen Quatsch heute wirklich nicht nötig.«

»Ich weiß«, sagte Karina. Sie musste einfach fragen. »Wer war denn der Junge vorhin?«

»Wenn du danach fragst, was er mir bedeutet – keine Ahnung«, antwortete Adele achselzuckend und fügte gehässig hinzu: »Jedenfalls noch nicht!« Die Messer waren gewetzt. »Du wolltest mit mir sprechen. Na dann: Sprich!«

»Okay«, sagte Karina. »Ich verstehe ja, dass du mich nicht sehen willst.«

»Da hast du schon mal recht.«

Sie biss sich auf die Lippe. »Es tut mir leid.«

»Es tut dir leid?«, fragte Adele mit einem durchdringenden Blick. »Es tut dir *leid*?!«

»Ja.«

»Na dann ist ja alles super!« Adele verschränkte die Arme vor der Brust – eine klassische Geste, mit der man seinem Gesprächspartner Distanz signalisiert. »Dir tut es leid und damit ist also alles geklärt? Herzlichen Glückwunsch – da hast du tatsächlich mal eine Gefühlsregung gehabt und sogar korrekt identifiziert. Und jetzt? Jetzt willst du einen beschissenen Orden, oder was?!«

Karina seufzte und wünschte sich, dass Adeles Worte sie weniger verletzen würden. »Ich hatte gehofft, dass ich dir einige Dinge erklären könnte. Aber dazu wird es wohl nicht kommen, wie es aussieht.«

Adele schüttelte den Kopf. »Acht Jahre lang habe ich versucht, mir das Ganze zu erklären und keine befriedigende Antwort gefunden – also schieß los!«

Karina atmete tief ein und aus und räusperte sich. »Ich weiß, dass ich dich verletzt habe ... und das tut mir leid. Ich wünschte, ich könnte es wiedergutmachen, wirklich! Ich ... mir ist klar geworden, dass ich mein ganzes Leben lang Menschen wie Dreck behandelt habe und es wird Zeit, dass ich einige Dinge in Ordnung bringe.«

»Was ist passiert?«, fragte Adele unbeeindruckt. »Hat etwa zur Abwechslung mal jemand *dich* wie Dreck behandelt?«

Karina musste sofort an Suki denken und zuckte zusammen. »Na toll – versuch du es doch!«, schrie sie. »Versuch du es doch mal mit einer Familie wie meiner und meinem Leben, und dann beweise mir, dass du dabei nicht als emotionaler Krüppel enden würdest.«

»Den Psychoscheiß kannst du dir echt sparen«, konterte Adele, die ebenfalls lauter wurde. »›Oh, ich Ärmste, meine Eltern haben mich nie geliebt‹ – was soll ich denn sagen?! Meine Mutter ist an Krebs verreckt, als ich sechs war – und hast du jemals erlebt, dass ich deshalb das verlassene Waisenkind gespielt habe?«

»Nein«, erwiderte Karina. »Aber dafür hast du schon dein ganzes Leben lang jede einzelne Träne versteckt und bist dabei zu einer verklemmten, verbitterten Zicke geworden.«

Adele sprang auf und ließ mit wutrotem Gesicht ihrem Ärger freien Lauf. »Ach ja? Vielleicht bin ich tatsächlich eine blöde Ziege. Aber dafür hast *du* überhaupt keine Ahnung. Du täuschst immer alles nur vor. Glaubst du etwa, dass es ausreicht, sich wie ein billiges Flittchen zu kleiden und ein bisschen Make-up aufzutragen, um plötzlich wie eine Lady behandelt zu werden? Hör zu, Karina – du hast nicht die geringste Ahnung davon, was es heißt, eine Frau zu sein. Du hast keine Hormonschübe, bei denen man sich am liebsten das Haar ausreißen will, du kennst die Schmerzen nicht und musst nicht befürchten, dass irgendetwas von dem ganzen Scheiß in deinem Körper plötzlich einfach so zu Krebs wird. Du spielst nur ein Spiel, bei dem man so tut als ob. Du willst nur die Schokoladenseite.«

»Oh, mir kommen gleich die Tränen«, brüllte Karina wutentbrannt. »Du hast nicht die geringste Ahnung, wie es ist, ein Freak genannt zu werden.«

»Hallo?! Schule? Schon mal was von ›Fischlippe‹ gehört?«

»Du Ärmste. Man hat dich halt ein bisschen verarscht. Und jetzt musst du das dein ganzes Leben mit dir rumschleppen?«

»Ja, und du hast deinen Teil dazu beigetragen. Einen großen!«, fuhr Adele sie mit ausgestrecktem Zeigefinger an. Ihr ungewaschenes, wirres Haar stand ihr vom Kopf ab und ihre grauen

Augen waren fast schwarz. Sie sah aus wie ein Frau, die man früher gehenkt oder verbrannt hät

»Es war nicht meine Schuld, dass du es nicht aus laden rausgeschafft hast«, giftete Karina zurück.

»Schubladen?«, schniefte Adele. »Es ging nie um Schublad

»Oh doch! Es geht immer um Schubladen. Schwul, hetero, bi - vollkommen egal. Alles muss immer fein säuberlich kategorisiert werden, oder etwa nicht?!«

Adele sah aus, als ob sie gleich anfangen würde zu heulen. »Du blöde Kuh!«, kreischte sie. »*Du* hast ein Geheimnis vor mir gehabt! Und was für eins! Eins, in dem es um Grundsätzliches geht! Nie hast mir davon erzählt, obwohl du immer geschworen hast, dass du mich liebst!«

Jetzt gab es kein Zurück mehr. Sie fing an zu weinen und ließ sich auf eine halbleere Kiste plumpsen, die sofort unter dem Gewicht zusammenbrach. Wütend stieß sie mit dem Fuß dagegen. Tagebücher und getrocknete Blumen purzelten aus der Kiste heraus. Adele setzte sich auf den Boden und schluchzte. Sie schluchzte so herzerweichend, wie Karina es nie zuvor gehört hatte, weil sich Adele früher immer in der Mädchentoilette eingeschlossen hatte, wenn sie weinte.

Überrascht und gerührt ging Karina auf Adele zu, um sie in den Arm zu nehmen und zu trösten. Adele zitterte am ganzen Leib und ihre Hände waren zu Fäusten geballt, mit denen sie verzweifelt, aber kraftlos auf Karina einschlug, als sie Adele umarmte. Sie war einfach nur hilflos.

»Es tut mir leid«, sagte Karina, ohne dass es irgendeine Wirkung zeigte. »Es tut mir so leid!«

»Du blöde Kuh.«

»Ich weiß. Ich weiß, Schatz.«

»Du hättest es mir sagen können!«, schluchzte Adele verzweifelt, ihre Hände immer noch zu Fäusten geballt, obwohl sie jetzt

Umarmung schon erwiderte. Karinas Haar roch noch immer ıch Räucherstäbchen und Gewürzen.

»Wozu?«, fragte Karina. »Um dich zu verlieren? Warum, glaubst du, habe ich es dir nicht erzählt? Ich konnte einfach nicht.«

»Du hättest es wenigstens versuchen können!«

»Und du hättest es verstanden?«

Adele schob Karina weg und sah sie mit tränenüberströmtem Gesicht an. »Dann hätte ich eine Chance gehabt, es zu versuchen, anstatt einfach nur verstoßen zu werden.«

»Ich wollte wirklich nicht, dass es so ausgeht«, entschuldigte sich Karina. »Nichts davon sollte so schiefgehen. Das passiert mir immer wieder.«

»Weil du nicht nachdenkst!«

»Oh doch. Ich hatte einfach keine Wahl, weil ich so oft nur ein bescheuertes Statusymbol war. Und wenn ich's versucht habe, hat man mir die Seele aus dem Leib geprügelt.«

Adele schaute sie erschrocken an. »Oh mein Gott ... nicht wirklich, oder?«

Karina nickte. »Doch, mehr als einmal. Es ist unmöglich zu erklären, was passiert, wenn man Männer in den Testosteronwahn treibt. Wenn man sich dann wehrt, kracht es erst richtig – weil sie sich in ihrer Männlichkeit angegriffen fühlen.«

»Das tut mir leid«, sagte Adele geschockt. »Ich hatte ja keine Ahnung.«

Karina setzte sich auf den Fußboden und seufzte. »Genauso wenig, wie ich wusste, dass ich dich so verletzt habe. Dabei wollte ich dich nie verletzen.«

Adele schüttelte ihren Kopf. »Du blöde Zicke. Komm her!«

Karina sank dankbar in Adeles Arme. Sie genoss die Berührung mit Adeles großen wunderschönen Brüsten. Sie war unendlich erleichtert, dass es vorbei war und froh, sie wiederzusehen. Dass sie eine blöde Zicke genannt wurde, bedeutete in Adeles Sprache so viel wie »schön dich zu sehen«.

»Ich wollte dich wirklich nie verletzen«, sagte Karina.

»Ich weiß …«, seufzte Adele. »Das habe ich jetzt verstanden.« Dann schlug sie vorsichtig mit der flachen Hand auf Karinas Rücken. »Trotzdem bin ich noch sauer!«

»Na ja, hast ja recht.«

»Ich werd's verkraften«, antwortete Adele. »*Tout comprendre c'est tout pardonner* … und so weiter.«

Adele lachte lautlos über den schlechten Witz. »Hör bloß auf. Es ist schon Jahre her, als ich das letzte Mal französisch gesprochen habe.«

Adele setzte sich wieder auf den Teppich. Ihre Augen waren gerötet und ihr Gesicht fleckig, aber sie sah jetzt weicher und entspannter aus. Sie atmete langsam und tief aus, wodurch ihre Lippen noch weicher erschienen. »Weißt du, was ich will?«, fragte sie und schob sich die dunklen Locken aus dem Gesicht.

»Im Lotto gewinnen?«

»Das auch, aber das meine ich nicht«, erwiderte Adele. »Es hört sich bestimmt komisch an, aber ich brauche jetzt dringend eine gute Tasse Tee.«

Karina lachte. »Du hast dich überhaupt nicht verändert.«

»Ganz im Gegensatz zu dir.«

»Da hast du allerdings recht«, antwortete Karina stolz und nahm ihre Brüste in die Hände.

Adele schüttelte ungläubig ihren Kopf. »Kaum zu übersehen.«

»Aber nicht so groß wie deine.«

»Für eine Doppel-C bist du zu schmächtig. Das würde lächerlich aussehen.«

Wie auf das geheime Zeichen eines Dritten standen sie gleichzeitig auf. Karina folgte Adele in die Küche. Vertraute Frauengespräche wie diese hatte sie vermisst.

»Welche Größe hast du?«, fragte Adele, während sie den Wasserkessel füllte. Die Küche war klein und vollgestellt mit Kisten, die jetzt ständig im Weg waren.

»80 C«, antwortete Karina. »Größer wollte ich nicht.«

»Hat es wehgetan?«

»Ja – unglaublich! Am Anfang waren sie riesig und ich befürchtete, sie hätten sie größer gemacht, als ich wollte, aber als die Schwellung verschwand, war alles in Ordnung.«

Adele schüttelte den Kopf. »Du bist verrückt. Wie viel hat es gekostet?«

»Zwei Riesen pro Brust«, antwortete Karina, und Adele begann unweigerlich zu lachen.

»Viertausend-Pfund-Brüste?«

»Und jeden Penny wert!«

Adele lehnte sich gegen den Fensterrahmen und schaute mit zur Seite geneigtem Kopf einige Sekunden schweigend auf Karinas Brust. »Sehen gar nicht schlecht aus. Irgendwelche Narben?«

»Keine, die man sieht. Kurz danach gab es riesige, rot glänzende Narben, aber die sind gut verheilt.« Die Erinnerung ließ sie schmunzeln. »Ich war das Lieblingsspielzeug des Chirurgen. Er sagte, ich hätte die perfekte Haut. Angeblich ist asiatische Haut robuster und heilt besser.«

»Echt? Das wusste ich nicht.«

»Ist aber so«, sagte Karina. »Willst du mal sehen?«

Adele zuckte mit den Schultern, als wollte sie sagen, dass sie zwar nicht übermäßig interessiert war, aber einen Blick riskieren würde, wenn man es ihr anbot. »Warum nicht.«

Karina zog ihr T-Shirt aus und stand in ihrem BH vor Adele. »Voilà!«

»Wow«, sagte Adele mit gehobenen Augenbrauen. »Das sind ja …«

»Brüste!«

Adele lachte nervös auf. »In der Tat. Abgefahren!«

Karina streckte ihre Brüste raus. »Willst du mal anfassen?«, fragte sie verführerisch.

»Darf ich?«, fragte Adele, die versuchte, ihre kaum zu übersehende Aufregung zu verbergen. »Weil ... du weißt schon. Silikon und so. Fühlen sie sich echt an?«

»Probier es doch einfach«, antwortete Karina einladend.

Adele kicherte kurz und mit angehaltenem Atem umschloss ihre Hand Karinas linke Brust. Vorsichtig berührten ihre Finger den freiliegenden Teil über dem BH »Oh mein Gott«, sagte sie. »Ich habe zwar nicht besonders viel Erfahrung mit Brüsten anderer Frauen, aber für mich fühlt sich das verdammt echt an.«

»Nun drück schon richtig zu«, seufzte Karina. »Oder versuchst du nur, meinen Puls zu fühlen??«

»Okay.« Adele atmete tief ein und griff zu. »Wow! Die ist ja ...«

»Ja«, freute sich Karina. »Weich!«

Sie lachten beide. Adele zog ihre Hand zurück. »So – wieder ein erstes Mal! Außer meiner eigenen habe ich noch nie eine Brust berührt – ganz zu schweigen von einer Silikonbrust.«

»Super, oder?!«, sagte Karina, sprang auf ihren Zehenspitzen auf und ab und freute sich darüber, wie ihre Brüste wackelten.

»Meinst du, ich sollte meine auch machen lassen?«

»Ähm ... nein. Die sind ja nun wirklich groß genug, Schätzchen«, sagte Karina. Sie konnte es nicht ausstehen, wenn Frauen bei solchen Dingen übertrieben. Sie hatte schon genügend schlechte Brustvergrößerungen gesehen – unnatürlich wabernde melonenartige Bälle, die wie Fremdkörper auf verknöcherten Brustkörben saßen. »Es sei denn, du planst noch, Stripperin zu werden.«

»Würde ich ja, aber mit meinem Job als Küchenchefin habe ich schon genug zu tun. Und was ist mit dir?«

»Mit mir?«

»Ja, mit dir! Wenn du hierbleiben willst, wirst du ein bisschen Geld brauchen. Ich bin pleite und wenn Pauls Business nicht läuft …«

»Paul?«

»Der Chef. Der Mann, den du vorhin auf der Treppe genervt hast.«

»Ich habe ihn nicht genervt. Er hat mir unter den Rock gestarrt.«

»Er ist *schwul*!«

»Weil er mir unter den Rock sieht?«

»Nein«, seufzte Adele. »Er hat einen Freund, mit dem er Sex hat, der sich für mich ziemlich schwul anhört.«

»Woher willst du das überhaupt wissen. Sie könnten auch nur gut befreundet sein.«

»Glaub mir«, sagte Adele. »Sie sind mehr als nur gute Freunde!«

10. Kapitel

Fräulein Ärger war auf Hochtouren. In Armeehosen und einem engen schwarzen T-Shirt tänzelte sie die Treppe herunter und fragte Paul, ob sie ihm irgendwie behilflich sein könnte. Paul kamen augenblicklich tausend verschiedene Dinge in den Sinn – die meisten liefen aber darauf hinaus, dass ihre kleine schmale Hand in seine Hose glitt und sie sich hinkniete, um seinen Schwanz in ihren rot geschminkten Mund zu stecken. Die Lippenstiftspuren wären genau das Richtige, um Ian zu ärgern.

»Ich stelle im Moment leider niemanden ein«, sagte Paul, der hoffte, dass es ihr nicht um Geld ging.

»Nein, ist schon okay.« Karina lehnte sich gegen die Bar und verwirrte allein schon durch ihre Anwesenheit die Handwerker. Auch Tom konnte seinen lüsternen Blick kaum von ihren festen Bauchmuskeln wenden. Paul warf ihm einen vernichtenden Blick zu. Dieser kleine Schwanz auf Beinen spekulierte anscheinend auf eine ménage à trois mit Adele und ihrer Freundin. Tom erwiderte seinen Blick achselzuckend, wodurch sich Paul aber nicht beirren ließ. Älter zu sein, hatte auch Vorteile. Paul zweifelte nicht daran, ein besserer Liebhaber als dieses Hetero-Jüngelchen zu sein. Wenn er die Gelegenheit bekäme, würde er Tom in ein jammerndes Nervenbündel verwandeln.

Paul bekam eine Gänsehaut, als er sich bildlich vorstellte, wie das ablaufen würde: Tom mit auf dem Rücken verbundenen Händen. Seine Lippen vor lauter Lust zu einem perfekten O geformt. Tränen der Scham laufen über seine Wangen, sein Schwanz aber ist hart und will erlöst werden. Dich könnte ich jederzeit haben, dachte Paul. Gar kein Problem!

Tom war derselbe Typ wie Ian. Ein aggressiver Junge mit zu viel Energie. Tom war der Erste, der den Blick abwendete. Er setzte die Atemschutzmaske auf und widmete sich der Teppichleiste, die er gerade bearbeitet hatte.

»Kann ich nicht doch irgendwie helfen?«, fragte Karina und reckte sich mit im Nacken verschränkten Armen, so dass Paul für einen kurzen Augenblick eine ihrer zimtfarbenen Brustwarzen und die Unterseite einer ihrer kleinen runden Brüste sehen konnte. Es war wirklich kein Wunder, dass es ihm schwerfiel, sich zu beherrschen.

»Du musst wirklich nicht helfen«, antwortete Paul.

»Ich würde aber gern!«

»Du kannst in der Küche beim Aufräumen helfen, wenn du unbedingt willst«, erwiderte er mit den Achseln zuckend.

»Großartig!«, erwiderte sie und hüpfte auf ihren Fußballen auf und ab, wobei man wieder die Unterseite ihrer Brüste unter dem Saum des verrutschenden Tops sah. »Hier entlang, stimmt's? Danke.«

Paul blickte ihr leise seufzend hinterher. Das konnte nicht gut gehen! Ihn überkam schon wieder dieses Verlangen, seine alte Beziehung aufzugeben und sich einfach auf eine neue einzulassen. Es nervte ihn, dass Ian ihm ständig sein Alter unter die Nase reiben musste. Der sehnte sich wahrscheinlich nach einem neunzehnjährigen Knackarsch, der sich für Klamotten, Clubs, Drogen und Piercings interessierte – irgendeine kleine Schlampe, vor der er dann mit Pauls Schlafzimmertricks angeben könnte. Es war ihm anscheinend egal, dass Paul besser im Bett war. Ian ging es nur um die Erfüllung seines jugendlichen Hedonismus – genau wie allen anderen!

Er setzte sich hinter die Bar und warf heimliche Blicke in die Küche, während er an seinem Kaffee nippte. Ob Karina und Adele ein Paar waren? Bisher hatte Adele nichts dergleichen angedeutet.

Manche Menschen hatten große Probleme damit, sich ihre Bisexualität einzugestehen – davon konnte Paul ein Lied singen. Es war alles andere als leicht, mit dieser Situation umzugehen, besonders, wenn man noch nicht so genau wusste, wer man wirklich war. Jedenfalls hatte Paul noch nie jemanden getroffen, der so viel Unsicherheit ausstrahlte wie Adele, obwohl ihm aufgefallen war, dass sie seit Karinas Ankunft regelrecht aufgeblüht war.

Sie war wie verwandelt. Paul hatte das Gefühl, dass sie irgendwie glücklicher war, und es machte ihm Spaß, ihr dabei zuzusehen. Bevor Karina aufgetaucht war, hatte Adele sich bewegt, als wären ihre Kurven eine Behinderung. Jetzt, da sie zu den Klängen von Nickelback tanzend die Küche putzte, sah sie aus wie eine Fremde.

»*... are we having fun yet*«, sang Adele.

»*Yet, yet, yet no no*«, stimmte Karina ein.

Während der Strophen schwangen die Hüften der beiden Mädchen im Takt hin und her. Beim schnelleren Refrain hingegen schrubbten sie beide wild mit den Schwämmen die Arbeitsplatte. Adele lachte laut auf und bespritzte Karina mit Schaum.

So war sie also wirklich. Adele, deren Haar voller kleiner Schaumspritzer war, war gar nicht so zugeknöpft und vernünftig, wie Paul gedacht hatte. Sie wackelte mit dem Hintern und begann mit hoch erhobenen Händen zu der lauten, rockigen E-Gitarre im Kreis zu hüpfen.

Dann wurde Paul, der sich das Spektakel an den Türrahmen gelehnt ansah, von Karina entdeckt. »Oh fuck!«, sagte sie lachend.

»Guten Tag, Ladys.«

Adele stoppte abrupt ihren wilden Wischmoptanz und brach in peinlich berührtes Gelächter aus. »Scheiße. Wie lange stehst du da schon?«

»Lange genug, dass ich mich schon gefragt habe, ob deine Mutter vielleicht irgendwann mal Mick Jagger getroffen hat.«

Karina lachte. »Hey Del. Hast du oben nicht noch eine Stones-CD? Das wär gerade genau das Richtige für mich.«

»Tanzt du dann weiter?«, fragte Paul gegen den Türrahmen gelehnt.

»Nur, wenn du anfängst, mir Zehner in mein Höschen zu stecken«, antwortete Karina und warf ihm einen Handkuss zu.

»Provozier mich nicht!«, sagte Paul lächelnd, obwohl er es insgeheim ziemlich ernst meinte.

»Du bist echt versaut«, sagte Adele zu Karina, während sie versuchte, ihre Frisur zu ordnen. »Also wirklich ...«

»Ach, komm schon her, du ...«, sagte Karina seufzend, als sie sah, dass Adele mit ihren Haaren nicht zurechtkam. Als Karina mühevoll das Haargummi und die Spangen aus den wirren schwarzen Locken entfernte, standen Karina und Adele so dicht bei Paul, dass er den berauschend femininen Schweißduft der beiden riechen konnte. Karina musste auf den Zehenspitzen stehen, um an den Kopf ihrer geduldig ausharrenden größeren Freundin heranzureichen. Während sie mit Spangen in ihrem Mund Adele die Haare hochsteckte, warf sie Paul aufreizende Blicke zu. Adele hingegen schaute schüchterner und leckte mit ihrer Zunge über die scharlachrote Unterlippe. In Karinas tiefdunkle Augen blickend, fragte er sich vergeblich, was genau es war, das sie so verdammt sexy machte. In diesen Augen waren keine Eifersucht und keine Zurückhaltung. Alles an Karina war eine einzige Einladung. Er fragte sich erneut, ob Adele diese Einladung bereits angenommen hatte.

»Du bist genauso schlimm wie deine Mutter«, sagte Adele.

»Hygiene, Schatz. Hygiene!«

»Hier wird doch noch nicht mal gekocht.«

Karina nahm die letzte Haarnadel aus ihrem Mund und steckte sie in Adeles Haar. Ihre Lippen hatten die gleiche leuchtend rote Farbe wie Adeles voller roter Mund, aber Karinas Lippen waren so schmal, dass sie Paul an die zarten Münder von Geishas erinnerten.

»Was hat eigentlich der rote Lippenstift zu bedeuten?«, fragte Paul.

Die beiden lächelten sich geheimnisvoll an. »Nichts Besonderes«, war alles, was Adele achselzuckend sagte.

»Nichts Besonderes?«

»Nein«, sagte Karina. »Nichts Besonderes.«

Paul fühlte sich ausgeschlossen von dieser Welt der weiblichen Intimität. Er verabschiedete sich und ging in seine Wohnung.

Da Ian auf Jobsuche war, nahm Paul das Telefon und setzte sich auf die Couch. Dieser Anruf war überfällig, auch wenn das hieß, dass er sie in ihrem Büro anrufen musste. Ihre Sekretärin machte es wieder einmal extra kompliziert.

»Ich befürchte, dass Miss Forrester momentan beschäftigt ist.«

»Sie meinen damit, dass sie keine Lust hat zu telefonieren?«

»Ich befürchte, sie ist beschäftigt. Wollen Sie eine Nachricht hinterlassen? Wen darf ich melden?«

»Paul Eades. Und sagen Sie ihr, sie soll sich gefälligst beeilen.«

»Gerne, Mr. Eades«, erwiderte die Sekretärin. Sie spuckte seinen Namen geradezu aus, so als hätte sie »Pferdeficker« oder »Minischwanz« gesagt. Gut so – sie würde sich auf jeden Fall beschweren.

Erwartungsgemäß klingelte drei Minuten später sein Telefon.

»Hallo?«

»Steck dir dein Hallo sonstwohin! Wie kannst du es wagen, so grob mit Cheri zu reden?«

»Taktik, mein Schatz. Ich bin davon ausgegangen, dass Frauen gerne tratschen. Ich liebe es, dass du so berechenbar bist.«

Sie wurde noch wütender. »Wer ist hier berechenbar? Ich *wusste*, dass du anrufen würdest. Wie geht's deiner erbärmlichen, hirnlosen Schlampe?«

»Ich nehme an, du weißt noch, dass ich diese erbärmliche, hirnlose Schlampe liebe?«

Sarah lachte boshaft. »Oh – jetzt sind wir schon bei Liebe?! Oder meinst du damit die Überbleibsel der Lust?«

»Ich habe keine Ahnung, warum ich dich überhaupt angerufen habe«, seufzte Paul und lehnte sich zurück. In Wirklichkeit wusste er genau, warum er sie angerufen hatte. Schon ihre markante Stimme ließ seinen Schwanz in der Jeans anschwellen. Sie klang kultiviert, wenn man von der Betonung der Zischlaute absah. Er wusste, dass sie als kleines Mädchen im Zahnlückenalter gelispelt hatte und diese Angewohnheit später nie wirklich losgeworden war.

»Ich aber«, sagte Sarah. »Es ist der gleiche Grund, aus dem du immer anrufst: Du langweilst dich.« Sie hustete und Paul stellte sich vor, wie sie sich in ihrem Bürosessel zurücklehnte und ihren Slip auszog – wenn sie überhaupt einen trug. »Aber du hast Glück. Ich langweile mich auch gerade zu Tode. Was hast du so getrieben?«

»Die meiste Zeit habe ich mit Ian gevögelt«, antwortete Paul. Dann seufzte er. »Okay, ich gebe es zu – es funktioniert nicht.«

»Du Ärmster«, säuselte sie, aber er konnte deutlich den zufriedenen Unterton des »hab ich's doch gesagt« in ihrer Stimme wahrnehmen. »Und jetzt? Willst du wieder eine Frau?«

»Ich will dich«, sagte Paul und beschloss, gleich zur Sache zu kommen. »Ich vermisse dich.«

Sarah seufzte. »Schatz, du weißt doch, dass es gerade unpassend ist, auch wenn ich deine Geschichten vermisse. Abgesehen davon wird es aber auch keine neuen Geschichten geben, wenn du kein neues Material sammelst.«

»Oh, darüber mach dir keine Sorgen. Ich habe eine lebhafte Fantasie.«

Sie gluckste ins Telefon. »Stimmt. Du hattest schon immer nichts als Flausen im Kopf.«

»Und was ist mit dir?«, fragte Paul neugierig. »Triffst du dich mit jemandem?«

»Nur beruflich«, sagte Sarah mit ungewöhnlicher Zurückhaltung.

»Wen?«

»Kann ich dir nicht sagen«, erwiderte sie. »Ab und zu nutze ich meine Position aus, aber du weißt, dass ich darüber nichts Genaueres verraten kann.«

Paul seufzte. Langsam wurde er ungeduldig. »Und die intimen Details? Ach komm – erzähl schon!«

»Und dann du?«, fragte sie. Ihre tiefer klingende Stimme erinnerte Paul an die gemeinsamen Bettspiele der Vergangenheit. Er stellte sich vor, wie sie ihren Rock über ihre Schenkel schob und ihren Kitzler berührte. Er hatte nicht gelogen, als er sagte, dass er sie vermisst.

»Höchstwahrscheinlich.« Als Paul seine Jeans aufknöpfte, atmete er erleichtert auf. Dann öffnete er den kleinen Knopf seiner Unterhose und nahm seinen Schwanz heraus.

»Wirst du für mich kommen?«, fragte Sarah verführerisch.

»Das weißt du doch. Was ist mit dir? Was machst du gerade?«

»Ich bin in meinem Büro. Ich sollte die Jalousien herunterlassen, obwohl mich eigentlich niemand sehen kann – höchstens der Fensterputzer, wenn er in seinem komischen Käfig vorbeikommen sollte.«

»Sag's mir.«

»Ich trage heute sowieso keinen Slip. Ich hatte einen Termin in der Londoner City Hall – du weißt schon: der Wolkenkratzer mit den durchsichtigen Böden. Ich dachte, ich amüsiere mich ein bisschen, indem ich die Leute dabei beobachte, wie sie versuchen, mir unter den Rock zu sehen.«

Paul stockte der Atem. »Oh Gott ... Sarah. Hat es jemand versucht?«

»Ich weiß nicht. Ich wurde abgelenkt, aber feucht war ich trotzdem. Gut, dass ich die brasilianische Variante gewählt habe, sonst hätte ich bestimmt nach Sex gerochen.«

»Brasilianisch«, stöhnte Paul und drückte mit den Fingerspitzen seine Peniswurzel zusammen, um sein Vergnügen so lange wie möglich auszukosten. Sarah war eindeutig in Bestform. Er hätte alles dafür gegeben, wenn er sie von einem der unteren Stockwerke dabei hätte beobachten können, wie sie über ihm lief und zwischen ihren Schenkeln der glatt rasierte Schritt aufblitzte. »Alles ab?«

»Alles«, bestätigte sie. »Wenn jetzt also der Fensterputzer vorbeikommt, hat er einen ganz besonders guten Ausblick. Ein Bein hängt über der Sessellehne und mein Rock ist aufgeknöpft. Du würdest diesen Rock lieben, Paul. Er ist wirklich edel. An der Seite hat er eine lange Reihe von Knöpfen, aber jetzt sind sie alle geöffnet, damit ich leichter rankomme.«

Paul erschauerte, streckte sich auf der Couch aus und machte es sich bequem – voller Vorfreude auf ein wirklich angenehmes Gespräch. Niemand konnte Sarah das Wasser reichen. Ihr einziger Makel war, dass sie keinen Schwanz hatte, auch wenn sie sich liebend gerne einen umschnallte, wenn er sie darum bat.

»Du bist *ekelhaft* … aber auf eine wunderbare Art.«

»Ich weiß«, sagte sie hauchend.

»Bist du feucht?«

»Vollkommen durchnässt. Feucht und willig – ganz genau wie du es liebst. Wenn du jetzt hier wärst, würdest du vor mir knien und mich auslecken.«

»Das wäre schön«, sagte Paul und war sich der maßlosen Untertreibung dieses Satzes bewusst. Er würde es lieben. Wenn sie sich rasierte, erinnerte ihn ihre Möse an eine seidige weiße Kalla. Ihn hatte das leichte Kratzen ihrer Haare zwar nie gestört, wenn er in sie eindrang, aber ohne war es noch besser. Sie zu lecken, ohne dass die Haare seine Zunge kitzelten, war einfach und wunderschön. Paul wünschte sich, dass er jetzt unter ihrem Schreibtisch zwischen ihren Beinen sitzen könnte, um sie zu lecken und mit seinen Fingern die salzige Feuchtigkeit aus ihr zu holen.

»Ich kann in zwei Stunden bei dir sein«, sagte er.

»Vergiss es!«, erwiderte Sarah streng. »Ich habe dir schon oft gesagt, dass wir nicht gut füreinander sind.«

»Bitte«, stöhnte er. »Uns fällt schon etwas ein.«

»Nein, wir würden wieder zu weit gehen. Du brauchst jemanden, der einen guten Einfluss auf dich hat. Ein nettes Mädchen.«

»Ich würde vor Langeweile umkommen, Sarah.«

»... weshalb sie gleichzeitig auch verdorben sein sollte. Darum bist du ja ein hoffnungsloser Fall. Soll ich dir jetzt von meinem letzten Kunden erzählen?«

»Wenn's sein muss«, schmollte Paul beleidigt.

»Sei nicht so bockig.«

»Bin ich doch gar nicht.«

»Doch, bist du. Wahrscheinlich schiebst du gerade deine Unterlippe so vor, als würdest du ...«

Er biss sich auf die Unterlippe.

»Zu schmollen bringt nichts bei mir, Schatz. Du weißt doch, dass ich mir das nicht bieten lasse.«

Ja, das wusste er. Wenn sie sauer war, hatte sie auch nie lange gezögert, ihm eine zu verpassen, egal ob ins Gesicht, auf den Hintern oder wo auch immer sie heranreichte. Mehr als einmal hatte er von solchen Auseinandersetzungen blaue Flecken davongetragen, mindestens jedoch die Kratzer ihrer Fingernägel.

»Also«, sagte Sarah, die offensichtlich das Gespräch wieder aufnehmen wollte. Aber für Paul war es vorbei. Er war jetzt abgelenkt und hatte die Lust verloren. Außerdem hätte sie gewonnen, wenn er jetzt käme. Paul ließ seinen Schwanz wieder in seiner Boxershorts verschwinden und knöpfte die Jeans zu. Es nervte ihn, dass es ihr nach all der Zeit immer noch gelang, über ihn und seinen Schwanz zu bestimmen. Im Grunde genommen hatte er nur deshalb angefangen, so viele Männer zu vögeln, wie er nur konnte, weil keine Frau an Sarah heranreichte. Und wenn er doch mal eine fand, bekam er einen Korb.

»Und, wer ist dieser Kunde?«, fragte er gereizt. Er wollte wieder nach unten, wo Adele wartete. Ihre Gegenwart würde ihn trösten.

»Das darf ich dir leider nicht sagen«, antwortete sie. »Aber ganz im Vertrauen und ohne Namen zu nennen – das wird dir gefallen –, sie war meine Inspiration für das brasilianische Experiment.«

»Oh«, sagte Paul, dessen Interesse trotz der schlechten Laune schlagartig wieder geweckt wurde.

»Ja. Sie kam wegen eines wirklich hässlichen Sorgerechtsproblems zu mir. Das Ehemännlein lässt sich von ihr scheiden, weil er glaubt, sie sei eine Lesbe.«

»Tatsächlich? Und, ist sie eine?«

»Weiß nicht genau. Als sie mich leckte, hätte ich schwören können, dass sie es noch niemals mit einer Muschi zu tun hatte.«

Paul seufzte. »Du bist ein Miststück, weißt du das eigentlich?«

»Natürlich. Glaubst du etwa, ich hätte es mit Nettigkeit so weit gebracht? Aber egal – es wird noch besser. Sie gab zu, dass sie es nicht konnte, weil ihre letzte Freundin einen Penis hatte.«

»Ihre Freundin hatte einen Schwanz?«

»Einer dieser Ladyboys aus Bangkok oder so. Kannst du dir das vorstellen?«

»Lebhaft, ja.«

»Das wär genau das Richtige für dich, stimmt's?!«, schnurrte Sarah, und hatte wieder einmal einen seiner lang gehegten sexuellen Wünsche erraten. »Ein wunderschönes Mädchen mit einem schönen langen Schwanz, den sie dir in den Arsch schiebt?«

Paul hörte Schritte auf der Treppe und wie die Wohnungstür geöffnet wurde. Es konnte nur Ian sein und Paul war heilfroh, dass er bereits seine Jeans wieder zugeknöpft hatte. Er spannte die Muskeln in seinem Hintern an und rieb erregt seinen Rücken an der Sofalehne, wobei er sich einen schlanken weiblichen Körper vorstellte, dessen harter Schwanz in ihm steckte. Sarah würde ihn nie so vögeln können – aber Ian konnte, wollte und tat es auch.

Ian lugte durch den Türspalt. Paul musste sich etwas einfallen lassen. Wenn er jetzt überhastet mit schuldbewusstem Gesicht auflegte, wüsste Ian sofort, dass er mit Sarah telefonierte und bekäme sofort einen Wutanfall.

»Ich rufe Sie zurück«, sagte Paul mit seiner Business-Stimme. »Ich werde die Preise mit unseren anderen Lieferanten abgleichen und dann werden wir sehen, ob wir uns auf einen Tarif einigen können, okay?«

»Du kleiner Bastard!«, giftete Sarah ins Telefon, die genau verstand, warum er sie abservierte. »*Du* hast *mich* angerufen!«

Ian hob fragend seine Augenbrauen. Er sah verschwitzt und verdammt lecker aus. Paul zwinkerte ihm zu, knöpfte sein Hemd auf und streichelte seine Brustwarzen. Dann glitt seine Hand an seinem Körper herunter und öffnete den obersten Knopf seiner Jeans. Er konnte auch aus der Entfernung erkennen, wie Ians Augen immer dunkler wurden und sein anschwellender Penis die Jeans ausbeulte. Hastig näherte sich Ian der Couch.

Tonlos formte er mit seinen Lippen ein »komm her« und sagte dann mit überfreundlicher Stimme in den Telefonhörer: »Vielen Dank für Ihren Anruf und einen schönen Tag noch!« Dann grinste er und legte auf. Am meisten freute ihn, dass Sarah jetzt in London kochte wie ein Dampfkessel kurz vor der Explosion.

Ian begann neckend an Pauls Ohr zu lecken. Dann kamen Nacken, Brustwarzen und Lippen an die Reihe. Sein Mund schmeckte nach Pfefferminz und war, im Gegensatz zu seinen spröden Lippen, aufreizend feucht und glatt.

»Wer war dran?«, fragte er und bewegte seine Hüften wie ein Stripper zwischen Pauls Händen.

»Ein Vertreter«, sagte Paul und musste lächeln. Er sah Ian an. »Und, wie geht es dir? Immer noch gelangweilt?«

»Na ja«, murmelte Ian, neigte seinen Kopf und leckte über Pauls Unterlippe. »Immer noch mitgenommen von der Meeresluft?«

»Sie ist mir zu Kopf gestiegen«, antwortete Paul arglos.

»Wohl eher ein paar Etagen tiefer ...«

»Stimmt.«

»Kann natürlich auch sein, dass du dich von Call-Center-Mitarbeitern aufgeilen lässt«, sagte Ian. »Was wollte er dir denn verkaufen?«

»Doppelverglasung.« Paul war selbst erstaunt, mit welcher Leichtigkeit die Lüge aus ihm herausgekommen war. Er küsste Ian, damit er nicht noch mehr Fragen stellen konnte. Wenn Ian glaubte, Paul sei alt und langweilig, hatte er sich gewaltig geirrt. Um einem Liebhaber zu zeigen, dass man noch immer der Richtige für ihn war, gab es nichts Besseres als ein kleines lustvolles Freudenfest am Nachmittag. »Komm ins Bett mit mir!«

»Jetzt?«

»Nein, nächsten Sonnabend ...« Paul setzte sich auf, zog erst sein eigenes, dann Ians Hemd aus und begann, an seinem Brustwarzenschmuck herumzuspielen. Plötzlich befreite sich Ian aber aus Pauls Umarmung und stand auf.

»Bin gleich wieder da«, sagte er. »Ich muss vorher nur noch schnell pinkeln.«

Paul nickte, stand auf und ging ins Schlafzimmer. Er zog sich aus und kroch unter die Bettdecke. Sein Schwanz war schon hart vor freudiger Erwartung. Vielleicht hatte er ja eine verfrühte Midlife-Crisis: Er schwelgte am Telefon in seiner sexuellen Vergangenheit, fantasierte darüber, wie die beiden jungen Mädchen in der oberen Wohnung stöhnend miteinander schliefen und vögelte gleichzeitig mit einem komplett gepiercten 23-Jährigen. Ziemlich erbärmlich.

Seufzend räkelte Paul sich im Bett und wartete auf Ian. Warum konnte er sich nicht einfach mit dem zufrieden geben, was er hatte? Mit einem lauten Knall flog die Schlafzimmertür auf. Ian kam hereingestürzt und schmiss das Telefon samt Feststation und aus der Wand gerissenem Kabel nach Paul.

»Aua!«

»Doppelglasfenster?!«, schrie Ian. »Für wie bescheuert hältst du mich eigentlich?«

»Komm runter.« Paul fegte mit der Hand das Telefon vom Bett. »Ich hab's nur nicht gesagt, weil ich genau wusste, dass du so reagieren würdest. Sie ist immerhin noch meine Frau.«

Ian starrte ihn wutentbrannt an, seine Augen funkelten und seine Hände waren zu Fäusten geballt. »Ach ja? Und warum rufst du sie an? Etwa wegen des Sorgerechts für euren Riesendildo?!«

»Es ist einfach besser, wenn man sich während einer Scheidung nicht gegenseitig die Köpfe einschlägt, sondern befreundet bleibt«, antwortete Paul, obwohl er schon wusste, das Ian ihm das nicht abkaufen würde. Schließlich war er Sarah schon begegnet. »Außerdem hast du mir nachspioniert.« Er war froh, dass ihm dieses Argument noch eingefallen war. »Vielen Dank für dein Vertrauen, Baby.«

»Ich bitte dich! Nicht einmal Mutter Teresa wäre vor dieser Frau sicher.«

»Kein gutes Argument! Mutter Teresa ist schon seit 1997 tot ... Sarah ist zwar kein Unschuldslamm, aber definitiv auch nicht nekrophil.«

»Ich sage dir, was sie ist«, stieß Ian wütend hervor und riss auf der Suche nach einem neuen Hemd einige Schubladen auf. »Sie ist die weibliche Inkarnation eines schwarzen Lochs. Als ob ihre Möse so eine Art Magnet ist, der nicht zur Ruhe kommt, bis er die ganze Welt verschlungen hat!«

»Nur zu deiner Information – das ist einer der Gründe, warum ich mich von ihr scheiden lasse.«

»Na sicher«, wütete Ian. »Deshalb wirst du wohl auch plötzlich notgeil, wenn sie dich anruft. Pass auf: Wenn du eine Frau vögeln willst, tu dir keinen Zwang an, aber mich kannst du dann aus deinem Leben streichen!«

»Kein Problem«, rief Paul, der keine Lust mehr hatte, mit Ian zu diskutieren. »Du meckerst sowieso die gesamte Zeit nur und heulst rum, dass du dich langweilst.«

»Weil es hier langweilig ist!«

»Nein, mein Herzblatt. Was es langweilig macht, ist das Vakuum zwischen deinen Ohren! Ich hab mich schon immer gefragt, wie du die Schmerzen beim Piercen aushältst. Jetzt weiß ich's – dein Nervensystem ist einfach nicht weit genug entwickelt, um Schmerz zu empfinden.«

Ian sah ihn voller Missachtung an. Vielleicht hatte Ian recht, möglicherweise behandelte er ihn von oben herab, aber früher oder später hätte Paul sich nicht mehr zurückhalten können. Und jetzt fühlte er sich einfach nur erleichtert.

Mit einem lauten »Fick dich!« drehte Ian sich um und verschwand.

Als er Schlafzimmer- und Wohnungstür krachend zuwarf, rieselte Putz durch den Kaminschacht. Zitternd vor Wut schlug Paul auf die Matratze. Was war er doch für ein Idiot! Außerdem wurde der bröckelnde Kamin allmählich zu einem Problem. Die Verkäufer und Gutachter hatten ihm zwar versichert, dass er in Ordnung sei, aber den Geräuschen nach zu urteilen, schien das Teil kurz davor zu stehen, vor Pauls Augen zusammenzubrechen. Er zog sich schnell wieder an. Ein Streit mit Ian war noch lange kein

Grund, sich von einem altersschwachen viktorianischen Kamin erschlagen zu lassen.

»Da siehst du mal, womit ich mich abgeben muss«, sagte er laut in die Richtung des verschwundenen Ian. »Unfähige Handwerker, bröckelnde Kamine, tanzende Köchinnen und notgeile Zimmermänner.« Er kniete sich vor den Kamin und warf vorsichtig einen Blick in den Schacht. Die Geräusche waren verstummt. »Und was weißt du überhaupt vom Leben?! Du denkst doch höchstens darüber nach, welchen Körperteil du dir als nächstes piercen lässt.«

Paul stellte eine der Topfpflanzen und die afrikanische Holzplastik beiseite, um einen besseren Blick in den Kamin werfen zu können. »Was für ein Scheißjob«, murmelte er. »Versetz dich ruhig mal in meine Lage – wie ich hier auf dem Boden krieche, meinen Kopf in einem beschissenen Kamin … so eine Scheiße!«

Es roch rußig und irgendwie muffig. Paul fragte sich, ob irgendwo in dem Schornstein vielleicht ein paar tote Vögel verwesten. Er murmelte verärgert vor sich hin, als es plötzlich in dem Kamin laut krachte. Erschreckt von dem Geräusch zog er seinen Oberkörper zurück, wobei er sich den Kopf an dem Kamin stieß. Benommen stolperte er gegen das Bettgestell.

Seine Reaktion kam keine Sekunde zu früh. Mit einem lauten Knall donnerten Mauersteine, Putz und Metall auf den Boden des Kamins und augenblicklich breitete sich eine riesige Staubwolke im Zimmer aus. Hinzu kam ein ekelerregender Geruch, der vermuten ließ, dass mindestens ein Schwarm toter Möwen mit dabei war.

Paul blickte sich ungläubig um. Überall war Staub. Sein Schlafzimmer war vorher zwar auch nicht blitzblank gewesen, aber jetzt sah es aus wie nach einem Raketenangriff. »So eine Scheiße«, flüsterte er, als befürchtete er, ein weiteres Geräusch könnte das gesamte Haus zum Einsturz bringen. Entgeistert beobachtete er, wie sich die Staubschicht langsam auf die Möbel und den Teppich senkte. Es würde Tage dauern, um dieses Chaos zu beseitigen. Außerdem würde er heute hier noch übernachten müssen, wenn er nicht auf die Couch umziehen sollte: Nimm du ruhig das Bett, Schatz – ich schlafe auf dem Sofa, so wie es sich für ein Arschloch wie mich gehört.

Bei dem Gedanken daran huschte unweigerlich ein Lächeln über sein Gesicht. Paul glaubte nicht daran, dass Ian und er noch lange zusammenbleiben würden. Jetzt war es auch egal, ob sie sich stritten. Erfahrungsgemäß war es sogar besser, solche Beziehungen ohne langes Hin und Her zu beenden.

Er musste daran denken, dass Ian gesagt hatte, es sei ihm hier zu langweilig. Diesen Ort als langweilig zu bezeichnen, war vollkommen bizarr. Wildfremde Frauen ließen sich unter den Rock sehen, Köchinnen tanzten mit Wischmops wie Gogo-Tänzerinnen an ihren Stangen und obendrein wurde man um ein Haar von einem zusammenstürzenden Kamin erschlagen. Paul schüttelte den Kopf und lachte laut auf. Weil er spüren konnte, wie der Staub sich auch in seinen Lungen ausbreitete, öffnete er das Fenster und stieg auf das Bett. Von oben hatte man einen guten Überblick über das Ausmaß der Bescherung.

Sein Schlafzimmer sah aus, als wäre der Weihnachtsmann diesmal fünf Monate zu früh gekommen, und zwar nicht mit einem Schlitten, sondern einer Rakete. Paul vermutete, dass der Boden des Kamins in der Wohnung über ihm eingestürzt war und befürchtete, dass es nicht lange dauern würde, bis er auch in seiner Wohnung unter dem zusätzlichen Gewicht zusammenbrechen würde.

Er hielt sich ein T-Shirt vor das Gesicht, als er vorsichtig den schweren Eisenrost aus dem Schuttberg zog, der von oben heruntergefallen sein musste. Er traute seinen Augen kaum, als er im Dreck eine Fotografie entdeckte, auf der trotz einer Staubschicht viel nackte Haut zu erkennen war. Paul wischte das Bild an seinem T-Shirt ab und starrte verwundert auf das nackte Mädchen.

Es war Karina, die sich auf ihren Händen und Knien abstützte, während ein junger blonder Mann sie von hinten nahm. Ihre Oberschenkel und die Hand des Mannes verdeckten ihren Schritt, aber ihre Brüste hingen wie zwei Früchte zwischen ihren Armen. Ihr Mund war leicht geöffnet, die Augen geschlossen und ihre Haut leuchtete hell in dem Blitz der Polaroid-Kamera.

Das Bild glich keinem der anderen Schmuddelbilder, die Paul jemals gesehen hatte, weil es irgendwie trotzdem nicht nach Porno aussah. Da war kein Silikon-Mädchen mit einem Künstlernamen wie Cherry Reddor Candy Walls, die angestrengt ihr Gesicht verzog und angeekelt an den Einlauf dachte, den sie noch vor der großen Analszene über sich ergehen lassen müsste. Es war einfach die Abbildung zweier Menschen, die wirklich miteinander vögelten, und daher viel erregender als Pornographie.

Paul fragte sich, wo zur Hölle dieses Bild herkam. Er ruckelte so lange an dem verkeilten Kamingitter, bis es sich löste. Dabei purzelte ein ramponierter roter Koffer aus dem Kamin. Die Briefe, Bilder, getrockneten Blumen und anderen Dinge, die jetzt vor seinen Füßen lagen, waren voller Dreck, Putz und Asche. Unter den Fotos waren noch weitere Bilder von Karina. Auf einem lehnte sie mit dem Rücken zur Kamera auf dem Waschbecken eines versifften Badezimmers. Ihre Netzstrümpfe waren zerfetzt und ihre Rosette sah aus, als ob sie gerade erst penetriert worden wäre. Interessant war auch ein Foto, das in klassischerem Stil inszeniert war und auf dem Karina beinahe scheu mit einer Perlenkette über den nackten Brüsten und einer Hand vor ihrem Schritt posierte.

Paul sammelte die verstreuten Gegenstände auf und verstaute sie wieder in dem Koffer, wobei er es sich nicht nehmen ließ, die Aktaufnahmen genauer zu betrachten. Ein Bild erregte seine besondere Aufmerksamkeit – es war das Foto einer rasierten Vagina, deren Lippen sorgfältig mit rotem Lippenstift bemalt worden waren. Obwohl er im Dreck saß, erregte der Anblick Paul sehr, und er dachte daran, dass sich so etwas über ihm abspielte.

Um sicherzugehen, dass er nichts vergessen hatte, wühlte Paul noch weiter im Schutt. Wenn er den Koffer zurückgab, sollte wenigstens nichts fehlen. Es war schon peinlich genug, dass er nach oben gehen und diese intime Sammlung persönlich aushändigen musste. Er fand tatsächlich noch ein Bild, das schon bis zur Hälfte in einem Schlitz im Mauerwerk verschwunden war.

Das erste Gefühl von Peinlichkeit und Erregung wich einem Schock, als er die blonde Frau auf dem Polaroid erkannte. Sie lächelte barbusig auf dem Bett liegend in die Kamera. Ihre Haare waren wirr und ihr gerötetes Gesicht verriet tiefe Befriedigung. Die Person auf dem Bild hatte viele Spitznamen in seiner Familie: von »Die kleine Nutte« und »Miss Midlife-Crisis« bis zu »Das Miststück«. Paul erkannte sie auf Anhieb, was allerdings kein Kunststück war, weil jeder sie erkannt hätte, an dem die Popmusik der vergangenen zehn Jahren nicht vollkommen vorbeigegangen war.

Jetzt war er sich sicher, dass Sarah bei der ganzen Sache ihre Finger im Spiel haben musste.

11. Kapitel

Er hat dich angemacht.«

»Nicht mehr als vorhin.«

»Du bist ja ein richtiges kleines Flittchen!«

»Tja, wer von den Besten lernt …«, erwiderte Adele und zeigte Karina den Mittelfinger. »Ach komm – um Liebe geht es hier wohl kaum«, fuhr sie fort und machte eine wegwerfende Handbewegung in die Richtung der Tür.

»Ach nein?«

»Er ist ganz in Ordnung, aber nicht wirklich mein Typ.«

»Was ist denn dein Typ?«, fragte Karina. »Ich wusste nicht einmal, dass du einen hast.«

»Keine Ahnung«, sagte Adele genervt. »Er ist es jedenfalls nicht. Und jetzt hör auf mit den Eifersüchteleien. Solange du die beste Freundin spielst, kannst du nicht eifersüchtig sein.«

»Ich und eifersüchtig?! Wohl kaum«, sagte Karina, auch wenn sie genau wusste, dass sie log. Tom hatte einfach kein Recht auf Adele. Er war noch ein kleiner Junge und hatte nicht das geringste Bewusstsein für seine feminine Seite. Adele mochte keine Männer, die sich wie testosterongesteuerte, notgeile Hunde benahmen. So gesehen gab es für Adele immerhin einen Typ Mensch, den sie nicht mochte: Tom war nicht nur unfähig, die Kloschüssel zu treffen, sondern entsprach auch sonst einfach nicht ihrem Typ.

»Du vergisst, wie gut ich dich kenne. Er ist einfach nur … ein bisschen Unterhaltung, okay?!«

»Sicher. Er ist bestimmt der größte Scherzkeks aller Zeiten.«

»Er kann lustig sein.«

»Dann bin ich aber Nancy Reagan«, antwortete Karina. »Ich kenne dich. Du brauchst jemanden, der dich zum Lachen bringt und kein Möchtegern-Alphamännchen, das nicht mal stubenrein ist.«

»Du kennst ihn doch gar nicht!«

»Du aber schon, ja?«

»Ich muss ihn nicht kennen«, sagte Adele, die sich angegriffen fühlte. »Es ist nichts Ernstes.«

Karina beruhigte, dass es »nichts Ernstes« war. Adele hatte recht – sie war eifersüchtig. Das hatte sie in der Zeit mit Suki gelernt, wo ihr jedes Mal der Atem stockte und sich ihre Hand um den Griff des Küchenmessers krampfte, wenn Edward ihre Freundin auch nur berührte.

Karina schien dazu verdammt, anderen Frauen erklären zu müssen, dass ihre Männer nicht gut genug für sie waren.

Tom kam in die Küche geschlurft, seine Jeans halb über seinen Hintern gerutscht, und starrte Karina an. Sie erwiderte stur und feindselig seinen Blick – wehe, er würde Adele zu nahe kommen! Adele drehte sich um und begrüßte ihn in einer albernen, mädchenhaften Tonlage. Karina wusste nicht einmal, dass Adele so sprechen konnte.

»Alles klar?«, fragte Tom. »Bist du beschäftigt?«

»Fast fertig«, sagte Adele und verstaute Wischmopp und Eimer. »Wieso?«

»Lust auf ein Bier?«

Sag nein, sag nein, sag nein, dachte Karina.

»Ja. Okay.«

Scheiße!

Karina kochte innerlich vor Wut. Adele sah sie an und schüttelte seufzend den Kopf. Tom, der bemerkte, dass irgendetwas nicht stimmte, bewegte sich keinen Zentimeter. Dieser Vollidiot. Sein dumpfer Gesichtsausdruck erinnerte Karina an ein eingesperrtes Tier. Sie fragte sich, was in seinem Kopf vorgehen mochte – wenn sich da überhaupt etwas ereignete. Viel älter als zwölf konnte er ja kaum sein. Tom ging zu Adele und flüsterte ihr etwas zu. Karina wurde immer wütender. Scheiß drauf – das hatte sie nun wirklich nicht nötig, dachte sie.

»Ich bin dann oben«, verabschiedete sie sich. Sie verließ die Küche, ging durch die Bar auf die Straße und zu der Tür, die zu den Wohnungen führte. Erst als sie die Treppe hinaufstieg, bemerkte sie, dass Adele den einzigen Schlüssel hatte. Sie setzte sich auf die Treppe und beschloss zu warten. Scheißmänner! Es war genau das Gleiche wie bei Suki. Alle schienen sich früher oder später solchen Arschlöchern zu unterwerfen – spätestens, und dann für immer, wenn sie Kinder von ihnen bekamen.

Nach einigen Minuten kam Adele die Treppe herauf.

»Also?«

»Also was?«

»Na was wohl?!«, sagte Adele. »Warum hast du dir den Schlüssel nicht geholt?«

»Weil ich nicht stören wollte«, sagte Karina. »Ich dachte, du wolltest ausgehen?«

»Mach ich auch«, erwiderte Adele und schloss die Wohnungstür auf. »Ich muss nur noch schnell mein Portemonnaie holen.«

»Wenn er ein richtiger Gentleman wäre, bräuchtest du kein Portemonnaie«, stänkerte Karina.

Adele stöhnte genervt. »Ja ja. Er sagte, wir müssten reden, also werde ich ihn abservieren.«

Karina bot Adele ihr Handy an. »Dann ruf ihn doch an.«

»Nein, das wäre unfair. Er verdient es, dass ich wenigstens persönlich mit ihm Schluss mache.«

»Warum?«

»Weil ich ein netter Mensch bin.« Adele nahm die Spangen aus dem Haar und schüttelte den Kopf.

»Bist du nicht. Du bist ein großartiges Miststück. Erkenne dich selbst – sagt Sokrates.«

»Ja. Und genau deswegen haben sie den Bastard vergiftet«, sagte Adele. »Bis später.«

»Ja. Viel Glück.«

Seufzend blickte Karina Adele hinterher. Sie fragte sich, warum die besten Frauen scheinbar immer bei den schlimmsten Männern endeten. Sie hatte es satt, gegen Menschen zu verlieren, die ihr Glück gar nicht verdienten. Mit aller Macht hatte sie versucht, Suki zu vergessen, aber sie schaffte es einfach nicht. Manche Liebhaber brannten sich so tief ein, dass man niemals vergaß, wie ihre Stimmen klangen oder wie sich ihre Haut anfühlte.

Nachdem Karina jahrelang vor der Liebe davongelaufen war, hatte sie endlich begriffen, was sie wirklich bedeutete. Adele erinnerte Karina daran, wie dumm sie sich selbst verhalten hatte und was für ein hoffnungsloser emotionaler Krüppel sie gewesen war – genau wie ein Mann ...

Plötzlich piepten aus ihrer Handtasche die ersten Takte von *Are Friends Electric*. Sie erschauerte, als sie die unbekannte Londoner Festnetznummer auf dem Display sah.

»Hallo?«

»Guten Tag. Ich versuche, eine Frau Karina May zu erreichen«, sagte eine vornehm klingende Frauenstimme.

»Am Apparat.«

»Ah, Frau May. Mein Name ist Sarah Forrester. Ich rufe Sie wegen meiner Klientin Suzanne Nasmith an ...«

Karina stockte der Atem. Scheiße! Was war denn das jetzt? »Ja?«, fragte sie nervös.

»Ich vertrete Frau Nasmith in ihrem Scheidungsprozess und möchte Sie fragen, ob Sie etwas dagegen hätten, wenn ihr Name dort auftaucht.«

»Scheidungsprozess?«, flüsterte Karina mit trockener Kehle. Ihr Herz hämmerte wild und das plötzliche Gefühl der Hoffnung ließ sie schwindeln. Anscheinend hatte Suki sich endlich durchgerungen, diesen Trottel Edward zu verlassen. Das waren gute Neuigkeiten, aber noch nichts gegen die Möglichkeit, Suki zurückzubekommen. »Wann ist das denn passiert?«

»Nun ja, *Sie* dürften bereits darüber informiert sein, dass die Ehe der Nasmiths schon seit einiger Zeit … nicht perfekt lief.«

Karina verschluckte sich beinahe, als sie verstand, worauf die Anwältin anspielte. Edward schrieb wahrscheinlich ihren Namen auf die Tontauben, die er in die Luft schleuderte und abschoss. »Ähm, ja. Natürlich.«

»Dann wissen Sie auch, dass es sich um eine sehr delikate Angelegenheit handelt. Wir sind bemüht, die ganze Sache so schmerzlos wie möglich abzuwickeln – besonders wegen der Kinder – aber ich befürchte, dass der Fall nicht ganz unkompliziert ist. Ich habe Sie kontaktiert, weil es nur eine Frage der Zeit ist, bis Edwards Anwalt ihre Anwesenheit vor Gericht einfordert.«

»Klar.« Karina nahm eine Zigarette und zündete sie an. »Scheiße!«

»Darf ich das so interpretieren, dass ich auf Sie zählen kann, Frau May?«

Arrogante kleine Schlampe, dachte Karina, aber ihre Antwort lautete: »Kein Problem.« Ganz so einfach war die Situation allerdings nicht. Als sie aufgelegt hatte und ihr bewusst wurde, dass sie in Kürze Edward in einem Gerichtssaal gegenübersitzen könnte, fragte sie sich automatisch, wann wohl der nächste Flieger von Gatwick nach Bangkok ging.

Nein! Die Zeiten waren vorbei. Sie musste sich endlich dem Chaos stellen, das sie angerichtet hatte. Dazu gehörte auch Adele, obwohl es bisher keineswegs so schlecht lief, wie Karina befürchtet hatte. Jetzt bestand plötzlich sogar die Chance, dass Suki sie immer noch liebte. Sie hatte Sukis Nummer zwar aus ihrem Telefon gelöscht, aber die müsste sich noch irgendwo in ihrem Koffer finden lassen.

Als sie hinter der Sperrholzplatte im Kamin nach dem Koffer sah, war er verschwunden. Im Schlafzimmer war außerdem ein seltsam staubiger Geruch. Karina glaubte, dass man ihren Koffer gestohlen hatte, bis sie feststellte, dass der Boden des Kamins samt Gitterrost verschwunden war. Dass es überhaupt einen Boden gegeben hatte, ließ sich nur erahnen. Voller Angst um ihre wertvollsten Besitztümer rannte Karina die Treppe hinunter. Während sie wild an Pauls Wohnungstür klopfte, hörte sie von oben das Geräusch der zufallenden Tür – sie hatte sich ausgeschlossen. Karina fluchte und hoffte, dass Paul zu Hause war.

Paul öffnete die Tür – zumindest vermutete Karina, dass es sich um Paul handelte. Sonst war er Karinas Meinung nach ein wenig zu sehr herausgeputzt, ganz zu schweigen von seinem Faible für geschmacklose Hemden. All das hatte jedoch nichts mit dem Menschen zu tun, der ihr die Tür geöffnet hatte. Vor ihr stand ein halbnackter, vollkommen verdreckter und allem Anschein nach wirklich schlecht gelaunter Typ. Karina starrte ihn verblüfft an und war sich sicher, dass sie die Zeugin einer mystischen Verwandlung war. Auf jeden Fall bestätigte sich wieder einmal, dass sie keineswegs lesbisch war. Sein freier Oberkörper, der sich wegen seiner hechelnden Atmung schnell senkte und hob, war wirklich schön. Die dunklen lockigen Haare waren staubig und die gebräunte Haut seines Körpers wurde von einem Schmierfilm aus Dreck und Schweiß bedeckt.

Als sie einatmete, nahm sie seinen animalischen Geruch wahr. Ihre Brüste hoben sich, als würde ihr Körper sich Paul wie von selbst entgegenstrecken, um seine Aufmerksamkeit zu erregen.

»Kann es sein, dass es ein kleines Problem mit dem Kamin gibt?«, fragte sie.

»Ein kleines?!«, antwortete er und wischte sich mit dem Unterarm den Schweiß von der Stirn. Das Haar unter seinem Arm war schwarz, weich und feucht.

»Na ja ...«, sagte Karina zögerlich. Beim Klang der Stimme dieses verdammt heißen männlichen Tiers war ihr Blut sofort in tiefere Körperregionen gewichen. Sie spürte Hitzewallungen in ihrer Leistengegend und im Bauch. »Der Kamin ... äh ... da ist was raus ... äh ... reingefallen.«

»Ich weiß«, sagte er und breitete seine Arme aus, um seinen Zustand zu präsentieren. »Glaubst du etwa, ich sehe so aus, weil ich das Bad geputzt habe? Komm rein.«

»Danke«, sagte Karina und folgte ihm. Die Wohnung schien größer als Adeles zu sein, weil sie weniger zugestellt war. Man sah ihr an, dass die Einrichtung sich nicht über Jahre hinweg entwickelt hatte, sondern sorgfältig geplant worden war. Die Küche war voller Ablageflächen aus Marmor und glänzendem Chrom.

»Kaffee?«, fragte er in einem Ton, bei dem man vermuten konnte, dass er ihr lieber Zyankali angeboten hätte. »Würdest du gerne einen Kaffee trinken?«

»Ähm ... danke, gern«, sagte sie und begriff, dass seine Gastfreundschaft nichts mit dem Chaos zu tun hatte. An dieser Stelle hätte sie nach dem Koffer fragen müssen, aber die Worte blieben ihr im Hals stecken. Wenn Paul den Inhalt gesehen hatte, saß sie in der Patsche. Karina hatte schon öfter erleben müssen, wie Männer ausgeflippt waren, als sie herausfanden, dass sie nicht das war, was sie glaubten. Viele fühlten sich in ihrer Männlichkeit angegriffen und rasteten komplett aus bei dem Gedanken, dass sie eine Erektion wegen eines Mannes bekommen hatten. Aber Paul hatte doch selbst einen Freund. Was war sein Problem?

Ihm schien es auch nicht leichtzufallen, von dem Koffer zu sprechen. Vorerst beschäftigte er sich ausführlich mit der großen blitzenden Kaffeemaschine. »Milch, Zucker?«

»Nur Zucker.« Vielleicht würde Zucker helfen. Karina hatte sich noch nie besonders für Nahrung interessiert. Manchmal vergaß sie einfach zu essen. Die Hitzewallungen und das flaue Gefühl im Magen lagen sicher an einem zu niedrigen Blutzuckerspiegel. Sie würde sich beruhigen, aufhören zu zittern und vollkommen entspannt sein, sobald sie etwas Süßes in ihrem Magen hätte. Außerdem wollte sie eine Zigarette rauchen, aber ihre Packung hatte sie in Adeles Wohnung gelassen. Paul stellte die Kaffeetasse vor Karina ab und setzte sich an die andere Seite des Tisches, die Arme abweisend über die nackte Brust verschränkt. »Der Boden von Adeles Kamin muss eingekracht sein«, sagte er.

»Ja, scheint so.« Karina schwindelte von dem starken, aromatischen Geruch des tiefschwarzen Kaffees. »Wir haben es gar nicht mitbekommen, weil wir in der Küche waren.«

Seine Augen hatten heute eine ungewöhnliche Farbe. Normalerweise waren sie grün, aber jetzt sahen sie aus wie unreife Äpfel in der Abendsonne. Seine Wimpern waren lang und klebten spitz zulaufend aneinander. Karina vermutete, dass er sich wegen des Staubes die Augen gerieben hatte. Mit seiner geraden Nase und den sinnlichen Lippen sah er so verdammt hübsch aus, dass es Karina für einen Moment vollkommen egal war, wie wütend er sein mochte. Er nickte. »Ich habe etwas gefunden, was dir gehört, glaube ich.«

»Oh«, sagte sie aufgeregt. »Ja?«

»Jedenfalls gehe ich davon aus, dass es dir gehört.«

»Meinen Koffer, ja.«

Sie hätte schwören können, dass Paul errötete. Peinlich berührt? Hatte er sich ihre Fotos angesehen, seine Hand in die Jeans gesteckt und masturbiert? Überrascht dachte sie, dass sie gern dabeigewesen wäre. Instinktiv öffneten sich ihre Beine und Karina spürte, wie ihr enger Slip verrutschte und angenehm zwischen ihren Beinen und an ihrem Arschloch rieb.

Karina versteckte ihr Gesicht hinter dem Kaffeepott und nahm einen großen Schluck der süßen, starken Flüssigkeit. Der Kaffee schmeckte sehr gut und sie trank gieriger, als sie wollte.

»Das Schloss muss kaputtgegangen sein«, sagte er. »Ich habe alles wieder hineingelegt.«

»Hast du es dir auch genau angesehen?«, fragte sie, und bemerkte, wie sich in ihrem Kopf alles zu drehen begann, wahrscheinlich wegen des Koffeins.

»Ich weiß, was du bist«, sagte Paul einfach mit einem leicht provokanten Unterton in der Stimme.

»Ach?«

»Ja. Ich weiß, was ich wissen muss.« Er war eindeutig beleidigt.

»Was ist denn dein beschissenes Problem?«, konterte Karina. »Es ist ja wohl kaum so, dass du noch nie einen Schwanz gelutscht hast.«

»Entschuldigung?«, erwiderte Paul und runzelte die Stirn, aber Karina ignorierte ihn. Sie war wütend und würde sich nicht davon abhalten lassen, ihm die Meinung zu sagen.

»Was ist bloß los mit den Leuten? Alles muss in eine Schublade passen, nicht wahr?! Entweder das eine oder das andere – beides geht nicht! Wenn ich mich so kleiden und so leben würde wie ein Mann, würdest du dann auf die Knie gehen und mir einen blasen? Na klar würdest du es tun! Nur weil ich für euch weder das eine noch das andere bin, spult ihr euch alle so auf. Von den Frauen kommt immer das ›Oh Gott, macht mich das jetzt zu einer Lesbe?‹ und bei Männern heißt es ›Du Freak, ich bin doch nicht schwul.‹«

»Tut mir leid ... ich wusste nicht ...«, stammelte Paul. Er sah vollkommen verwirrt aus.

»Was verstehst du denn nicht?«, blaffte Karina ihn an. »Du hast die Bilder doch gesehen, oder?! Du hast gesagt, du wüsstest, dass ich keine Frau bin. Pass gut auf: Ich bin eine Frau, ich habe nur rein zufällig auch einen Penis. Ich habe mir das nicht ausgesucht.«

Paul konnte sie nur noch anstarren. »Du ... oh mein Gott ... du ... bist ...«

»Eine Frau mit einem Schwanz«, sagte sie. »Ja. Komm klar damit.« Sie seufzte, weil sie wusste, dass sie sich um Kopf und Kragen geredet hatte. »So. Das ist jetzt der Moment, in dem ich normalerweise aus der Wohnung stürme. Ausgerechnet jetzt musste ich mich auch noch aussperren. Fuck!«

»Oh«, sagte Paul und schüttelte den Kopf. »Tut mir leid, ich habe leider keinen Ersatzschlüssel. Und ich hatte keine Ahnung, wenn dich das irgendwie trösten sollte.«

»Wirklich?«, fragte Karina irritiert und setzte sich wieder.

»Woher denn? Ich wäre niemals darauf gekommen. Ich meine, du siehst aus wie ... äh ... du bist schließlich eine wunderschöne Frau.«

Die kleine böse Stimme in ihrem Hinterkopf sagte ihr, dass sie ihn haben konnte. Vielleicht wollte Suki eine feste Bindung. Das war okay, aber vorher brauchte sie noch ein letztes Liebesabenteuer – selbst wenn es nur die Rache für all die Nächte wäre, in denen Suki ihren ehelichen Pflichten nachgekommen war. »Oh, wirklich?«, sagte sie und stützte sich mit den verschränkten Armen auf die Tischplatte, so dass er einen guten Blick auf ihre Brüste werfen konnte, die von dem engen Top aneinandergepresst wurden.

»Naja, ich würde sagen, dass es eine weitverbreitete Männerfantasie ist«, sagte Paul mit merkwürdigem Unterton. »Dildos zum Umbinden werden sicher nicht nur an Lesben verkauft.«

»Brauch ich nicht«, sagte Karina schlagfertig. »Ich habe ja einen echten.«

Sie hatte gewonnen. Pauls Augen glänzten und mit seiner Zunge befeuchtete er seine volle Unterlippe. »Kann man ...«, fragte er.

»Ihn benutzen? Oh ja, und wie! Ich muss glücklicherweise nicht jeden Tag bergeweise Hormone schlucken, weil ich von Anfang an schon ziemlich feminin aussah. Von der Hüfte abwärts bin ich ein ganzer Mann, Schätzchen.«

Er lehnte sich vor, so dass ihre Ellbogen sich berührten. »Unglaublich«, flüsterte er.

»Und was ist mit dir?«, fragte Karina und streckte verwegen ihre Hand aus, um die zarten Härchen auf seinem Oberarm zu streicheln. »Ist das eine deiner heimlichen Fantasien? Hast du schon immer davon geträumt, von einem Mädchen gefickt werden?«

Paul nickte, ohne sie aus den Augen zu lassen. Sein Blick war ruhig, aber intensiv. Seine Pupillen hatten sich vor Erregung so geweitet, dass kaum noch etwas von der Farbe seiner Iris zu sehen war. Seine Hand nahm Karinas Finger und führte sie an seine Lippen. Als er ihre glatten Fingernägel über seine Lippen streichen ließ, schloss er genießerisch die Augen. Was Paul da mit ihrer Hand tat, war so unglaublich erotisch, dass ihr die Luft wegblieb. Er biss zärtlich auf ihre Fingernägel und berührte mit seiner Zungenspitze behutsam die Fingerkuppen. Paul hielt Karinas Hand so vorsichtig, als wäre es eine zerbrechliche Delikatesse aus Schlagsahne und Zuckerwatte, die Paul sich genüsslich auf der Zunge zergehen lassen wollte. Karina wurde überwältigt von einer heftigen Erregung. Zwar hatte ihr schon oft irgendwer die Hände geküsst und an ihren Fingern gesaugt, aber niemand war so zärtlich wie Paul gewesen und hatte sich so viel Zeit gelassen.

Es war wie ein sanftes Ringen, bei dem es nur eine Frage der Zeit war, bis einer von ihnen die Kontrolle verlieren und sie übereinander herfallen würden. Sie waren ungestört, alles war gesagt, aber es war noch nicht so weit. Noch nicht ganz. Karina wollte, dass Paul zuerst aufgab.

Sie liebte diese Verzögerung – jene erotischen Momente, in denen beide wussten, dass man sich gegenseitig wollte und darauf wartete, dass es endlich losging. Man hatte den Schlüssel schon gefunden und genoss noch für einige Augenblicke, bevor man die Tür öffnete und das geheimnisvolle, vielversprechende Körperreich eines neuen Liebhabers betrat. Karina wusste, dass es Paul genauso ging. Er tat nichts weiter, als seine Wange mit ihrem Handrücken zu streicheln. Sie fühlte die Wärme seines Gesichts, die Nasenspitze, das Kitzeln seiner Wimpern. Sie streckte ihre Finger und ließ sie vorsichtig über seine Augenlider und den Nasenrücken streichen und dann an der Wange entlang bis hinunter zu seinem Kinn. Als ihr Daumen sanft seine Lippen berührte, hob er sein Kinn und schürzte seine Lippen zu einem Kussmund. Seine Augen waren glasig und hungrig, die schmollenden Lippen entspannt. Sie wusste genau, dass alle Dämme in dem Moment brechen würden, in dem sie seinen Mund berührte, weil sie ihm dann sofort die Jeans vom Leib reißen, nach seinem Schwanz greifen und so lange daran saugen würde, bis er darum bettelte, dass sie ihn kommen ließ.

Ihre Lippen fühlten bereits den Kuss, den sie noch nicht einmal bekommen hatte.

»Willst du es?«, fragte sie leise. »Willst du, dass ich dich ficke?«

Er nickte wieder. »Bitte … bitte … ich will ihn sehen …«

»Eins nach dem anderen«, sagte sie, obwohl sie sich selbst kaum noch zurückhalten konnte. Ihr Schwanz schmerzte, so hart war er. Sie war genauso heiß darauf, sich ihm zu zeigen. Paul sollte vor ihr auf die Knie gehen, auf Augenhöhe mit ihrem Schwanz, den sie ihm in den Mund stecken wollte, bis ihr Sperma auf seine schönen, weichen Lippen spritzte.

Sie ließ ihre Hände über seine Brust gleiten und kniff in seine Brustwarze, wobei sie ihn absichtlich mit ihrem Fingernagel kratzte. Paul schloss stöhnend die Augen. Als er sie wieder öffnete, schienen sie zu glühen. Er blickte Karina mit feurigem Blick an, als hätte sie ihn jetzt endgültig zu weit getrieben – bis zu dem Punkt, an dem er ein Nein nicht mehr akzeptieren würde.

»Komm her«, sagte er, griff über den Tisch hinweg nach ihrem Top und zog sie zu sich. Seine Hand schob das Oberteil nach oben, bis es nur noch ein ringförmiges Stoffbündel oberhalb ihrer Brüste war. Er ließ Karina wieder los, um sie anzusehen. Sie zog das Oberteil über den Kopf, warf es achtlos weg und genoss seinen Blick.

»Du verarschst mich«, sagte Paul und schüttelte den Kopf. »Das ist ein Witz. Du bist eine Frau!«

»Bis auf einen kleinen Unterschied.« Sie stieg auf die Tischplatte und rutschte auf ihrem Hintern bis zu ihm herüber, so dass sie breitbeinig vor ihm saß – genau da, wo bei normaler Benutzung des Tisches ein Teller stehen würde.

Er hätte seiner Neugier nachgeben und ihr sofort in den Schritt greifen können, aber Paul schien genug Selbstkontrolle zu besitzen, um die Erfüllung seines Verlangens küssend hinauszuzögern. Karina hatte nichts dagegen. Seine vollen Lippen waren wunderbar weich. Am Anfang war es nur das Aufeinanderpressen zweier leicht geöffneter Münder, dann kamen einzelne, vorsichtige Zungenschläge hinzu. Weil Karina auf dem Tisch saß, musste er seinen Hals strecken, um an ihren Mund zu gelangen. In dieser unwiderstehlich demütigen Pose lockerte sich sein Kiefer und tief aus seiner Kehle drang ein ersticktes Stöhnen. Sie erwiderte das Geräusch. Paul gehörte zu den umwerfenden, unbefriedigten Küssern, die nur ein klein wenig Zunge spüren mussten, um sich sofort in eine hemmungslose Schlampe zu verwandeln.

»Oh mein Gott«, flüsterte Paul und hielt einen Moment lang inne, um Luft zu schöpfen. Er atmete schwerer und seine mittlerweile fast pinkfarbenen Lippen waren vom Küssen schon leicht geschwollen und glänzten feucht. Karina fuhr mit ihren Händen durch seine dunklen, schmutzigen Locken und zog seinen Kopf wieder zu sich hinauf. Pauls Zunge schmeckte so intensiv nach Kaffee, dass sie beinahe einen Koffeinkick bekommen hätte. Am liebsten hätte sie laut über diese idiotische Situation gelacht. Sie kam sich vor wie jemand, der auf einen Kaffee beim Nachbarn vorbeigeht – und ihn sich als Nachtisch gleich mit genehmigt.

Genug gespielt – Karina wollte kommen. Sie lehnte sich zurück und zog an seinen Haaren, um ihm zu zeigen, was sie wollte; aber um Sex zu haben, war der Tisch zu schmal und zu hoch. »Fußboden!«, keuchte Paul und half ihr herunter, wobei er ihre Brustwarzen küsste und zärtlich zubiss, was sie leise aufstöhnen ließ.

»Fußboden«, wiederholte sie nickend und sie sanken fest umschlungen auf das Linoleum – ein perfekter Untergrund, um richtig die Sau rauszulassen. Karina wusste, dass sie nicht dazu kommen würde, ihn zu ficken, egal wie sehr sie es auch wollte. Allein die durch die Hosen aneinander reibenden Schwänze waren schon fast genug, um Karina kommen zu lassen. Es war sehr lange her, seit sie das letzte Mal mit einem jungen, begehrenswerten Mann geschlafen hatte. Außerdem war Karina sich nicht sicher, ob sie jemals nüchtern genug gewesen war, um es wirklich zu genießen.

Sie küsste ihn und presste ihn mit ihren auf seinem Rücken gekreuzten Beinen fest an sich, weil sie sein ganzes Gewicht spüren wollte. Sie liebte es, jemanden so fest zu umschlingen, als wollte sie in ihn hineinkriechen. Er roch sensationell – es war genau das kräftige männliche Aroma, das sie so sehr vermisst hatte. Ihre Hände wanderten wie von selbst über seine haarlose Brust und den seidigen Rücken, was sich so gut anfühlte, dass sie ihm sanft auf die Lippe biss. Pauls Hände griffen nach ihrem Hintern und sie hob ihr Becken. Paul atmete tief ein und aus, als er die harte Wölbung unter ihrer Hose spürte.

»Oh mein Gott«, flüsterte er und lachte ungläubig, als er mit seiner Hand ihren Schritt fühlte. »Das war kein Witz, oder?!«

»Warum sollte ich über so etwas Witze machen?«, fragte sie und öffnete ihre Hose. Die Schmerzen ihres geschwollenen Schwanzes waren kaum noch auszuhalten.

Er half ihr, die Hose bis zu den Knöcheln herunterzuziehen. Dann war der enge Slip an der Reihe. Karina atmete erleichtert auf, als der Druck endlich nachließ und ihr Schwanz hervorschnellte.

Paul starrte wie hypnotisiert in ihren Schritt, wobei sein offener, kreisrunder Mund aussah, als wäre er ausschließlich zum Blasen da. In diesen Mund wollte sie ihren Schwanz stecken. Damit er verstand, schob Karina ihm ihre Hüften entgegen. Er verstand sofort – braver Junge.

Als sie die intensive feuchte Hitze seines Mundes spürte, stöhnte sie laut auf, was ihn zu ermutigen schien. Er nahm ihren Schwanz noch tiefer in seinen Mund, während er seine Zunge flink und geübt um ihn kreisen ließ. Sie umklammerte ein Tischbein, als würde sie sonst ertrinken oder womöglich durch den Fußboden fallen. Dumpfe, gierige Geräusche kamen aus seiner Kehle, während er saugte und leckte, wobei sich sein Körper wand, der in einer merkwürdigen Stellung zwischen ihren Schenkeln kauerte. Sie sah nach unten, wo Paul sich ohne aufzuhören bemühte, seine Jeans auszuziehen. Als er den Gürtel gelöst, seinen Hosenstall geöffnet und mit festem Griff seinen geschwollenen Schwanz in die Hand genommen hatte, stöhnten Paul und Karina gleichzeitig auf.

Paul blickte sie kurz an. Ihr Schwanz steckte tief in seinem Mund. Karina schrie auf, vergrub ihre Finger in seinem staubigen Haar und stieß in seinen Mund. Sie hatte vollkommen vergessen, wie gut schwule Männer blasen konnten, war aber dankbar dafür, dass sie daran erinnert wurde. Sein Mund war nass und seine weichen Lippen umschlossen ihren Schwanz mit perfektem Druck, während sein Kopf sich im Rhythmus der Hand bewegte, die seinen eigenen Schwanz rieb. Karina lehnte sich zurück. Sie spürte das harte Linoleum an ihrem Schädel und an ihrem Hintern, aber das war egal. Die Wahrnehmungen, die in ihr Bewusstsein vordrangen, schienen sich auf Lustempfindungen zu beschränken, auf ihren Schwanz in Pauls unwiderstehlichem, gierigem Mund. Dass es nicht lange dauern würde, wusste sie vorher, aber nicht, dass er so verdammt gut sein würde. Als sie ihre Hüften anhob, legte er einen feuchten Finger zwischen ihre Arschbacken und fand die Rosette. Die Berührung war schon fast genug, um sie kommen zu lassen, aber dieser herrlich versaute Bastard hatte noch immer ein Ass im Ärmel. Sein Finger glitt in sie und fand zielsicher genau die richtige Stelle.

Sie war kurz davor und würde es auf keinen Fall noch länger zurückhalten können. Während sich ihre Hüften wie von selbst immer schneller bewegten, drangen seine Finger immer wieder in sie ein. Sie kam mit einem lustvollen Schmerz und Paul stöhnte, als sich sein Mund mit ihrem Sperma füllte. Dann hörte Karina nur noch sein Schlucken und ihre eigenen animalischen Laute.

Schwer atmend auf dem Rücken liegend, starrte Karina auf die Unterseite des Tisches. Paul krabbelte zu ihr hinauf und wischte sich mit dem Handrücken den Mund ab, bevor er sich neben ihr auf den Rücken plumpsen ließ.

Sie warf einen kurzen Blick auf seinen Schwanz, der voller Sperma war. Offensichtlich hatten alle Beteiligten ihren Spaß gehabt.

»Fuck«, ächzte sie benommen.

»Oh ja«, sagte Paul tief ausatmend. »Oh Gott.«

»Hmm.«

»Na ja.«

»Postkoitale Konversation ist also nicht so deine Sache?«, fragte Karina.

Paul lachte. »Was hattest du denn erwartet? Ein Sonett von Shakespeare?«

»Punkt für dich«, sagte Karina, blickte wieder auf die Unterseite des Tisches und fragte sich, was sie hier eigentlich tat. Irgendetwas mit einem Kamin. Ob sie genug Zeit hatten, es gleich noch einmal zu tun?

»Ich muss zugeben, dass das ...« Paul richtete sich mit einem Ellbogen auf dem Boden abstützend auf und schüttelte den Kopf. »... der beste Sex meines Lebens war.«

»Danke.«

»Wahnsinn«, sagte er und streichelte mit seiner Hand über ihren Körper. Er starrte auf ihre Brüste und sie beobachtete ihn dabei, wie seine Augen fasziniert den Bewegungen seiner Hand folgten – von den Brustwarzen über Bauch und Hüften bis zu ihrem Schwanz, den er mit so viel Raffinesse gelutscht hatte. Paul lehnte sich über sie und küsste ihr sorgfältig frisiertes Schamhaar. »Ich würde es nicht glauben, wenn ich es nicht mit eigenen Augen gesehen hätte«, sagte er, ihren Bauchnabel mit seinem Atem kitzelnd.

»Nein«, sagte sie und fühlte sich plötzlich unendlich müde. Sie erinnerte sich an ihren Koffer. Paul war vielleicht eine angenehme, aber auch sinnlose Ablenkung, ganz abgesehen davon, dass Karina sich nicht gerade darauf freute, Suki diesen Vorfall erklären zu müssen.

Er umfasste ihre Hüften und schaute sie reumütig an. »Also, äh ...«

»Hmm ... ja ... tja.«

Als er Karina einen weiteren Kuss auf den Mund gab, erwiderte sie ihn instinktiv. Er stöhnte leise auf und umarmte sie fest, während seine seidige Zunge in ihren Mund drang. Sie sollte nicht unfair sein, dachte sie – er war gut gewesen. Besser als gut!

Er sprach zuerst. »Pass auf, es tut mir wirklich leid ...«

Karina hätte am liebsten laut losgelacht, so vorhersehbar schien ihr, was jetzt kommen würde. »Ja, alles klar. Verstehe, du willst, dass ich gehe, bevor dein Freund nach Hause kommt.«

»Nein«, erwiderte er und streichelte ihre Wange. Seine Stimme war ihr zu nett. Lügner, Lügner, schallte es wie ein Kinderreim in ihrem Kopf.

»Nein, darum geht es nicht«, sagte er. »Ich habe nicht die geringste Ahnung, ob er überhaupt wiederkommt. Es ist vorbei – schon lange. Ich hatte es mir nur noch nicht eingestanden.«

Karina blinzelte. »Wow. Da kommt gerade so viel Scheiße aus deinem Kopf, dass deine Augen eigentlich braun sein müssten. Ist dir das klar?«

Er lachte und küsste sie. So einfach würde er sich nicht zurückweisen lassen. »Ja, habe ich auch schon manchmal gedacht. Lass uns einfach verschwinden, irgendwo ein Zimmer mieten und eine ganze Nacht draus machen. Muss ja nicht gleich kompliziert werden. Du musst nichts tun, wozu du keine Lust hast.«

»Das soll natürlich bedeuten, dass es möglichst nichts werden soll, wozu *du* keine Lust hast.«

Paul seufzte. »Wenn es um Männer geht, bist du so zynisch wie Adele.«

»Habe ich ihr ja schließlich alles beigebracht«, antwortete Karina, strich ihr T-Shirt glatt und zog sich dann die Hose hoch. Paul sah plötzlich verlegen aus und zog sich ebenfalls seine Jeans wieder an. Als er aufstand, fiel das Abendlicht auf seinen Bauch, auf dem weiße Spritzer glitzerten. Er fuhr sich mit der Hand durch seine Haare. Offensichtlich frustrierte ihn, dass seine nette Plauderei nicht den gewünschten Effekt gezeigt hatte.

»Eigentlich bin ich ja wegen meines Koffers hier«, sagte Karina ohne Umschweife.

»Ich weiß«, sagte er und legte seine Hand auf ihren Arm. »Wir holen ihn gleich. Aber höre mir vorher bitte noch kurz zu, okay?«

»Also?«

Er versuchte immer noch, den Charmeur zu geben, während Karina es sich nicht verkneifen konnte, mit ihm zu spielen. Es amüsierte sie, wie er nach den richtigen Worten rang.

»Ich finde dich großartig. Du bist einfach … unglaublich. Noch nie war ich so heiß auf jemanden und ich … ich brauche … unbedingt mehr von dir. Weil das gerade wirklich etwas Besonderes war und ich will ...« Er seufzte und machte tatsächlich den Eindruck, als käme es von Herzen. »Ich will mehr, Karina.«

Karina ging einen Schritt auf ihn zu und legte ihre Hand in seinen Nacken. Sie genoss es, wieder in ihrem Element zu sein. Sie genoss es so sehr, dass sie darüber sogar ihre Reue vergessen konnte. »Ach ja?«, fragte sie und berührte vorsichtig mit ihren Lippen seine nackte Schulter. »Was willst du denn?«

»Mehr«, flüsterte er und versuchte, sie auf den Mund zu küssen, aber sie wich ihm neckend aus.

»Da musst du schon genauer werden«, reizte Karina ihn. »Was willst du?«

Paul war offensichtlich nicht auf den Kopf gefallen und verstand das Spiel sofort. Er küsste ihr Ohrläppchen und blies mit langem, vorsichtigem Hauch auf die vom Küssen feuchte Stelle. »Fick mich!«, flüsterte er heiser.

»Na siehst du«, sagte sie weich. »Sag's doch einfach.«

12. Kapitel

Adele hatte Tom zwar gesagt, dass sie das Clarendon nicht ausstehen könne, aber er ließ sich nicht von dem Laden abbringen. Als Kneipe hatte es sicher schon bessere Zeiten erlebt, als Club war es eine einzige Katastrophe. Die Toiletten, in denen es weder Klopapier noch Mülleimer gab, waren vollkommen versifft. Das Publikum bestand vor allem aus Fünfzehnjährigen mit gefälschten Ausweisen. Es wimmelte nur so von seltsamen Haarfarben, Netzstrumpfhosen, Nieten und Piercings. Adele fragte sich ernsthaft, ob die Eltern wussten, wie ihre Kinder in ihrer Freizeit rumliefen. Tagsüber sah man sie in den braven Schuluniformen der besten Privatschule der Gegend. Karina würde diese kleinen Pseudo-Rebellen allesamt in die Tasche stecken, dachte Adele. Sie mochte in ihrem Leben viele Dinge vorgetäuscht haben, aber Rebellion gehörte mit Sicherheit nicht dazu. Die Wände erzitterten wegen der grauenhaften Nu-Metal-Musik, die im Laufe des Abends noch ohrenbetäubender werden würde. Adele fühlte sich alt, weil sie sich nach einem Ort sehnte, an dem man in Ruhe etwas trinken und ein Gespräch führen konnte, ohne sich jedes verdammte Wort direkt ins Ohr brüllen zu müssen. Sie nippte leidenschaftslos an ihrer Rum-Cola und fragte sich, wann sie Tom die schlechten Neuigkeiten offenbaren sollte.

Er verhielt sich genau so wie alle zukünftigen Expartner, bei denen man sich zu der Entscheidung durchgerungen hatte, sie abzuservieren: Er war nett. Anstatt mit seinen Freunden an der Bar herumzustehen und von ihr zu erwarten, dass sie sich danebenstellte, hatte er festgestellt, dass sie den ganzen Tag auf den Beinen gewesen war und sie zu einem Tisch begleitet. Die heruntergekommene Tischplatte war zwar schon jetzt voller verschüttetem Bier und Zigarettenasche, aber es war immerhin ein Sitzplatz. Auf jeden Fall war es angenehmer, als an der Bar zu stehen, wo seine widerwärtigen Freunde über Klatschblätter gebeugt vermeintlich fachmännische Kommentare über die präsentierten Titten abgaben oder wieder einmal darüber diskutierten, welche Spielerfrau versaut genug war, um sich in den Arsch ficken zu lassen.

»Wie soll das denn überhaupt gehen?«, hatte Adele sich eingemischt, als sie die Diskussion das letzte Mal mitanhören musste. »Es sieht nicht so aus, als ob sie überhaupt einen Verdauungstrakt besitzt, ganz zu schweigen von einem Arschloch.«

Toms Freunde hatten sie daraufhin entgeistert angestarrt. Normalerweise schienen sie es nicht einmal wahrzunehmen, wenn Adele etwas sagte.

»Ja ja, genau – so ist es«, hatte sie sarkastisch hinzugefügt. »Ich bin bloß neidisch.«

Tom hatte darüber gelacht, was gut tat – oder zumindest gut getan hätte, wenn sie ihm nicht gerade die Rolle des Arschlochs zugewiesen hätte, von dem man sich ohne schlechtes Gewissen trennen konnte.

Während sie das Publikum des Clarendons beobachtete, fragte sie sich, warum Frauen und Männer sich außerhalb von Schlafzimmern anscheinend nicht ausstehen konnten. Wenn sie in einer Gruppe von Männern etwas Lustiges sagte, reagierten sie, als hätte sich ein Schimpanse zu ihnen gesellt und plötzlich zu plappern begonnen. Frauen wurden, wenn ein Mann etwas zu ihnen sagte, entweder feindselig oder begannen zu flirten, je nachdem, ob sie einen Frauenabend genießen wollten oder auf der Jagd waren. Die Geschlechtergrenzen schienen so festgefahren, dass Sex eigentlich von vorneherein ausgeschlossen schien, ganz zu schweigen von Heirat. Adele war sich mittlerweile sicher, dass heterosexuelle Menschen ein grundlegender evolutionärer Irrtum waren.

Andererseits erinnerte sie sich an eine Sexstudie, in der stand, dass Frauen tendenziell bisexuell seien, Männer hingegen potenziell unflexibler, was ihre sexuelle Orientierung anbelangte. Heutzutage schienen sich Frauen so häufig zu outen, dass man sich nicht mehr sicher sein konnte, ob es vielleicht nur eine Modeerscheinung war. Vielleicht war es ja nie anders gewesen und häufte sich jetzt nur, weil es nicht mehr so verpönt war.

Adele konnte sich nicht mit Tom unterhalten, weil es zu laut war. Sie hatte sich damit abgefunden, einfach nur dazusitzen und zu trinken. Er tanzte nicht. Mit Karina, die jetzt auf jeden Fall tanzen würde, hätte sie sich besser amüsiert. Alte Liebe schien tatsächlich nicht zu rosten. Karina konnte sie zum Lachen bringen, sie aufheitern und wütend machen. Sie war einfach eine Klasse für sich. Niemand war wie sie, und vor allem gab es keinen Mann, der auch nur annähernd so interessant, schlagfertig, aber auch so nervtötend war wie Karina.

Diese blöde Kuh. Adele machte sich keine Illusionen. Ihr Gefühl sagte ihr, dass Karina früher oder später wieder von der Bildfläche verschwinden würde – ohne Vorwarnung oder Erklärung. Sie würde sich einfach aus dem Staub machen, ohne auch nur einen Gedanken an irgendjemanden zu verschwenden. Karina bildete sich ein, dass so etwas geheimnisvoll wirkte. In Wirklichkeit führte es dazu, dass sie andere nervte und verletzte. Am meisten frustrierte Adele, dass ausgerechnet einer der Menschen, die sie am liebsten hatte, so ein persönlichkeitsgestörter Schwachkopf sein musste. Obwohl, vielleicht hatte sich Karina ja wirklich verändert. Dass sie sich entschuldigte, war jedenfalls untypisch. Sollte sie mit ihren 26 Jahren doch noch erwachsen werden? Gab es eine Karina, die wirklich erwachsen sein konnte, anstatt nur dafür gehalten zu werden? Adele stand auf. »Noch ein Getränk?«, rief sie Tom zu und hielt ihr leeres Glas in die Luft. Als Antwort hob er nickend sein fast leeres Bierglas in die Luft.

Sie schlug sich bis zur Bar durch und warf einen kurzen Blick auf die Tanzfläche. Einige Kids tanzten Pogo zu einer Speed-Metal-Version von Michael Jacksons *Smooth Criminal.* Sie fühlte sich gleich noch älter, weil sie sich an das Original erinnern konnte, das irgendwann in den Achtzigern veröffentlicht wurde. Die meisten, die jetzt danach tanzten, wurden damals gerade erst geboren. Karina hielt es für einen himmelweiten Unterschied, ob jemand in den Siebzigern oder den Achtzigern geboren worden war. Selbst wenn sie nur wenige Jahre auseinander lagen, waren die Leute aus den Siebzigern immerhin Babys der Prog-Rock- und Punk-Jahre. Sie alle waren mittlerweile selbst über dreißig und erzählten ihren zehn Jahre jüngeren Zeitgenossen, wo sie waren, als Kurt Cobain sich das Hirn wegblies.

Die Kids auf der Tanzfläche waren etwas zu wild geworden und irgendwie war der improvisierte Moshpit kollabiert und sie lagen übereinander auf dem Boden. Bei dem Anblick lachte Adele zu laut, woran sie merkte, dass sie schon angetrunkener war, als sie glaubte. Die Frau an ihrer Seite lachte auch. Sie hatte einen silbernen Ring in ihrer Nase und eine leuchtend grüne Strähne in ihrem langen blonden Haar. Sie sagte etwas, das Adele nicht verstand.

»Wie bitte?«, versuchte Adele die Musik zu übertönen.

Die Frau lehnte sich zu ihr hinüber und brüllte in ihr Ohr. »Ich sagte, Michael Jackson hat sich wahrscheinlich geschmeidiger bewegt als die da.«

Adele lachte. »Oh ja«, rief sie, obwohl es etwas Peinliches hatte, einer fremden Person ins Ohr zu brüllen. »Gut zu wissen, dass ich nicht die Einzige bin, die sich an das Original erinnert.«

»Scheint so, als würden nur beschissene Songs gecovert«, sagte die Frau, die nach Patchouli und Cannabis roch. Ihre unauffällige Kleidung, ein schwarzes T-Shirt und Jeans, unterschied sich von den aufdringlichen Outfits der Stammgäste.

»Du bist nicht von hier, oder?«, fragte Adele.

Die Frau schüttelte den Kopf. »Nee. Cornwall. Auf dem Weg nach Reading. Ich heiße Kate«, antwortete sie und gab Adele ihre trockene, etwas raue Hand, deren Finger voller billigem Silberschmuck waren.

»Adele.«

»Du bist von hier?«

»Ja. Ich wohne um die Ecke.«

Cornwall-Kate nickte zustimmend und sah sich um, als würde sie eine Bestandsaufnahme machen. »Das Nachtleben hier ist ... interessant. Überhaupt nicht, was ich erwartet hatte.« Adele lachte und musste an Karina denken. »Aber was ist schon so, wie man es erwartet?«

»Was?«, rief Kate und hielt sich eine Hand an ihr Ohr.

»Ich sagte: Ist irgendetwas jemals so, wie man es erwartet?«

»Stimmt!«, pflichtete Kate lächelnd bei. Auf einem ihrer Zähne war ein kleiner silberner Sticker, was ihrem Lächeln einen verwegenen Touch gab. Mit dem Zahnsticker, dem Ring in der Nase und dem auffälligen Schmuck ähnelte sie einer Piratenbraut.

Einer von Toms Freunden trat an ihn heran, um sich mit ihm zu unterhalten. Adele fragte sich, ob die Freunde ein gutes Alibi waren, um Tom loszuwerden.

»Du hast *mich* gefragt, ob wir miteinander ausgehen, und nicht deine bescheuerten Freunde!« Sie konnte sich genau vorstellen, wie sie klingen würde – zänkisch und gereizt. Adele befürchtete allerdings, dass sie sich einen solchen Satz selbst nicht abnehmen würde. Andererseits wäre es ein perfektes Szenario für Tom. Wenn Adele das tatsächlich sagte, würde sie ihm damit die perfekte Vorlage liefern, um Schluss zu machen. Er könnte sich dann bei seinen Saufkumpanen darüber beklagen, dass sie einfach zu viel von ihm erwartet hatte.

Und doch hatte Adele diese ganzen Spielchen mit den Vorwürfen und Gegenvorwürfen satt, auch wenn sie sie früher einmal für witzig und spannend gehalten hatte. Es war Karina, die Adele daran erinnert hatte, dass sie eine richtige Zicke sein konnte. Außerdem war es wohltuend, wenn man nicht immer versuchte, ein weiblicher Gutmensch zu sein. Kein Wunder, dass es in der Vergangenheit immer Frauen gegeben hatte, die gegen die Normen rebelliert hatten und damit die etablierte Gesellschaft gegen sich aufgebracht hatten. Sie riskierten ihr Leben, weil sie an die Heilkraft der Kräuter glaubten und sagten und taten, was ihnen gefiel. Am Ende entwickelte man sogar spezielle Folterinstrumente für sie. Die Tauchstühle, Schandmasken und anderen Geräte wurden erfunden, um Frauen zum Schweigen zu bringen, die den Mut besaßen, eine andere Meinung zu vertreten als der duckmäuserische Rest ihres Geschlechts.

Cornwall-Kate ließ keinen Zweifel daran, wie sie sich selbst sah. Sie stand an der Bar wie ein Mann. Neben ihrem lässig auf die Theke gestützten Arm stand ein großes Bier und ein Bein stand angewinkelt auf der goldfarben glänzenden Stange am unteren Teil der Theke. Die hexengrüne Haarsträhne leuchtete im Schwarzlicht. Adele hatte Kate vom ersten Augenblick an gemocht. Man sah sofort, dass sie sich nicht davor scheute, verrucht, zynisch und direkt zu sein.

Neben Tom hatte jetzt noch ein weiterer seiner Freunde Platz genommen. Adele zahlte Toms Getränk, ließ es aber auf der Bar stehen. Sollte er es sich doch selbst holen. Sie würde ihm sein Bier jedenfalls nicht bringen und sich von diesen kleinen Wichsern auf die Titten starren lassen, wenn sie sich dabei über den Tisch beugte.

»Was ist das denn? Der Nachtisch?«, fragte Kate und pochte mit einem ihrer Ringe gegen Adeles Glas mit Rum-Cola.

»Nein. Das Bier ist für ihn. Wenn er es will, dann soll er seinen Arsch gefälligst in Bewegung setzen.«

Kate hob die Augenbrauen. »So ist das also?«

Adele rümpfte die Nase und winkte ab. »Ja. Er ist sowieso nur ein Zeitvertreib – nichts Ernstes. Könnte von mir aus auch noch weniger ernst sein. Ich weiß ja selbst nicht einmal, was ich von einem Mann eigentlich will.«

»Vielleicht willst du ja gar keinen Mann …«, sagte Kate zwinkernd.

»Vielleicht«, sagte Adele. Sie versuchte, sich nicht anmerken zu lassen, wie geschmeichelt und geschockt sie sich fühlte, als sie bemerkte, dass Kate mit ihr flirtete. Das aufregende Gefühl erinnerte sie an das Herzklopfen früherer Tage, an die Angst und die Aufregung, wenn sie merkte, dass und warum ein Mann sie anstarrte. Schon lange hatte Adele sich nicht mehr so gefühlt. Zu oft hatte sie erlebt, wie freundschaftliches Geplänkel früher oder später zu einer Anmache wurde. Mittlerweile nahm sie die Berechenbarkeit von Männern nur noch resigniert und höchstens amüsiert zur Kenntnis. Von einer Frau angebaggert zu werden, war ein angenehm überraschendes Erlebnis. Adele war sich allerdings nicht sicher, ob es nicht vielleicht mehr war als nur das. Als sie das Silikon in Karinas Brüsten gefühlt hatte, hatte sie sich gefragt, ob die Brustwarzen auch hart würden, wenn man sie berührte. Vielleicht war es aber auch nicht mehr als eine ganz natürliche Neugierde, die alle Frauen für Brustoperationen hatten. Selbst Frauen wie sie, die niemals eine Schönheits-OP machen lassen würden, interessierten sich brennend dafür, wie sich Silikonbrüste anfühlten.

Sie hatte das Gefühl, etwas sagen zu müssen. Vielleicht hatte Kate ihr ja auch nur ein Kompliment gemacht. »Habe ich noch nie drüber nachgedacht«, sagte Adele vage. »So ein typisches Ding.«

»Was für ein typisches Ding?«

»Na ja … eins von denen, über die man eben nicht nachdenkt.«

Kate nickte und ließ ihren Blick über Adele schweifen. »Ja. Hetero. Ganz eindeutig.«

»Aber vielleicht ja auch nicht«, sagte Adele. »Keine Ahnung. Ich hab einfach noch nie drüber nachgedacht.«

»Dann bist du definitiv nicht lesbisch.« Kate nahm einen großen Schluck Bier.

»Wenn man lesbisch ist, denkt man kaum über etwas anderes nach. Vor allem in der Pubertät. Oh Mann, diese beschissenen Hormone! Und ununterbrochen versucht man sich einzureden, dass es bestimmt nur eine Phase ist, die bald wieder vorbei ist.«

»Wahrscheinlich«, sagte Adele und zuckte mit den Achseln. »Aber glaubst du nicht, dass Frauen offener für Neues sind als Männer?«

Kate grinste mit ihrem funkelnden Silbersplitter auf dem Zahn. »Ich denke, dass Frauen offener für Moden sind.«

»Moden?«

»Es ist doch total angesagt, oder?! Wochenend-Lesben ... Lippenstift-Lesben. Die Hälfte von ihnen tut es doch nur, um Männer abzukriegen, die meisten stehen da nun mal drauf. Versprich ihnen zwei Frauen und sie rennen nackt durch die Brennnesseln, um zugucken zu düfen. Alles Vollidioten!«

»Ja, aber das ist Schwachsinn«, brüllte Adele und beugte sich zu Kate. »Dabei geht es ja nicht um Frauen, die etwas über ihre Sexualität herausfinden wollen, sondern um Frauen, die genau dem entsprechen, was die Männer von ihnen wollen.«

»Amen, Schwester«, sagte Kate, hielt Adele ihr Glas hin und sie stießen an.

Während sie sich zuprosteten, reichte die Barkeeperin einem jungen Mädchen zwei winzige Plastikbecher, die aussahen wie Medizinbecher im Krankenhaus. Sie waren mit einer durchsichtigen Flüssigkeit gefüllt und hatten kleine blaue Kunststoffdeckel. Weil Adele nicht eine Sechzehnjährige fragen wollte, was sie da trinkt, fragte sie stattdessen die Barfrau.

»Vanilleschnaps«, rief die gestresste Barfrau.

»Dann nehme ich zwei ... nein, vier.«

Die Shots wurden auf der Bar aufgereiht. Adele bezahlte und schob zwei davon zu Kate.

»Das nenne ich einen Nachtisch«, sagte Kate. »Danke. Wofür ist das denn?«

»Um betrunkener zu werden.« Adele nahm den Deckel von einem der Schnäpse, wobei sie ihre Finger bekleckerte, die sie dann ableckte. Es roch nach einer seltsamen Mischung aus Nagellackentferner und Vanillinaroma und erinnerte sie an Eiscreme.

»Auf ex?«, fragte Kate und hob ihren Becher.

»Auf ex!«

Das Zeug brannte zwar wie Tequila, schmeckte aber besser. Nach dem zweiten wollte Adele gleich noch mehr bestellen, aber Kate bestand darauf, die nächste Runde zu übernehmen. Nachdem Adele vier Schnäpse getrunken hatte, spürte sie die Wirkung und wurde immer durstiger. Sie begann, Toms Bier zu leeren, das immer noch vor ihr auf der Bar stand. Tom sprach immer noch mit seinen Freunden, die in Adeles Richtung sahen. Offensichtlich wurde über sie geredet. Aus dem Augenwinkel sah Adele, wie sie aufstanden und zur Bar kamen.

»Alles klar?«, fragte Tom und legte seine Hand auf ihren Hintern, während einer seiner Freunde Kate ansprach.

»Vergiss es«, erwiderte Kate. »Ich bin lesbisch.«

Toms Freund trat einen Schritt zurück und hob die Hände, als würde er mit einer Waffe bedroht. »Kein Problem, Schatz. Ich kann dir doch trotzdem einen Drink ausgeben, oder?! Außerdem bin ich auch lesbisch.«

Adele musste lachen, als sie Kates zu einer gelangweilten Grimasse verzogenes Gesicht sah. »Noch was?«, fragte sie.

»Dachte ich's mir doch«, seufzte Kate so tief, dass sie mit ihrem Atem beinahe den Inhalt des Aschenbechers über der Bar verteilte.

»Was läuft denn so?«, fragte Tom.

»Bis vor kurzem habe ich mich köstlich amüsiert«, antwortete Adele ermutigt vom Alkohol.

Sein bescheuerter Freund applaudierte. »Super! Bleib dran, Tommy. Sieht aus, als gäbe es heute noch ein bisschen Girlie-Action für dich.«

Adele verschluckte sich fast an ihrem Bier. »*Girlie-Action*?«, prustete sie angewidert und gleichzeitig amüsiert.

Kate lachte. »Ja sicher. Lesben existieren nur, um Männer aufzugeilen. Ich will wirklich nicht unhöflich sein, aber – verpiss dich!«

Tom wurde immer wütender, während Adele nicht aufhören konnte zu lachen.

»Was ist denn hier überhaupt los, Adele?«, fragte er fordernd und sah plötzlich aus wie ein kleiner, bockiger Schuljunge.

Keine Chance. Sie konnte einfach nicht aufhören zu lachen. Es war zu absurd. »Oh Gott«, sagte sie. »Pass auf, Tom. Es tut mir leid, aber wir wissen beide, dass es mit uns nicht funktioniert. Ich …«

»Kein Problem!«, unterbrach Tom sie wütend. Er drehte sich um und stapfte von seinen Freunden verfolgt davon.

»Ups«, sagte Kate mit gespielter Unschuldsmiene.

»Macht nix. War schon lange fällig. Ich hatte sowieso keinen Bock mehr auf die wunden Stellen von seinen Bartstoppeln.«

Kate krümmte sich vor Lachen. »Okay, ich nehme alles zurück. Könnte sein, dass du lesbischer bist, als du dachtest.«

*

Sarah würde vor Ärger platzen, wenn er es ihr erzählte. Noch schlimmer wäre es allerdings, wenn er es nicht tat. Paul wusste ganz genau, was hier gespielt wurde. Dass die transsexuelle Liebhaberin, oder was sie auch sein mochte, von Onkel Edwards zweiter Frau plötzlich auftauchte, konnte einfach kein Zufall sein. Jedenfalls nicht, nachdem Sarah erst kürzlich so auf Pauls Fantasien herumgeritten war. Diese kleine Schlampe versuchte, sexuelle Abenteuer für Paul zu organisieren, bei denen nicht nur ihr der Mund wässrig wurde. Er hatte sich entschieden – für Sarah würde es ab jetzt statt der Geschichten nur noch einen mit allen zur Verfügung stehenden Mitteln geführten Scheidungsprozess geben. Er hatte die Schnauze voll von ihren Manipulationen und wusste nun, was für ein Spiel sie spielte. Sarah hatte eindeutig ein Verhältnis mit seiner Stieftante Suki.

Ihn verwunderte, dass Suki Affären mit operierten Transsexuellen haben sollte. Aus Karina einen »Ladyboy aus Bangkok« zu machen, war eine für Sarah typische Verdrehung der Fakten, die nur bewirken sollte, dass die Geschichte noch spektakulärer klang. Dabei kam Karina ursprünglich aus Brighton. Paul lauschte auf die Geräusche aus dem Bad des Hotelzimmers und fragte sich, ob Karina sich auch beigebracht hatte, im Sitzen zu pinkeln.

Er würde Sarah mit ihren eigenen Waffen schlagen. Paul war sich sicher, dass Karina von Sarah zu ihm geschickt worden war, damit er Ian mit ihr betrügt. Gleichzeitig hoffte Sarah sicher darauf, dass Paul ihr dann brühwarm die Einzelheiten dieses rein sexuellen Abenteuers berichten würde.

Sein Sieg war noch befriedigender, weil er nicht einmal fremdgegangen war. Für ihn war die Geschichte mit Ian aus und vorbei. Davon abgesehen, wusste er von den Fotos in Karinas Koffer und hatte somit das Ass im Ärmel, um das Spiel mit Sarah ein für allemal zu beenden. Und Karina? Karina war seine ultimative, fleischgewordene Fantasie, sie war phänomenal. Er konnte noch immer kaum glauben, dass sie das Angebot angenommen hatte, die Nacht in einem Hotel zu verbringen. Die Idee hatte vor allem praktische Gründe. Karina hatte nur Adeles winziges Sofa zur Verfügung und

Pauls eigenes Bett lag seit dem Kamineinsturz unter einer dicken Schicht aus Schutt, Staub und Asche begraben. Schon der Weg zum Hotel war sehr unterhaltsam gewesen. Karina schien die Nummer auf dem Küchenfußboden keineswegs zu bereuen. Während der Fahrt über die kurvigen Landstraßen hatte sie rauchend und im Sitzen tanzend heftig mit ihm geflirtet. Es war ein wunderschöner Abend. Der verschwimmende, gleißende Sonnenuntergang wurde vom Summen der Insekten begleitet und vergoldete die akkurat geschnittenen Heckenränder am Wegesrand. Es versprach eine schwüle und heiße Nacht zu werden – eine jener Sommernächte, in denen Spannung und Sünde in der Luft lagen. Paul tat genau das, was er nicht tun sollte, und er fühlte sich großartig dabei.

Die Aussicht auf noch mehr Vergnügen war deutlich in Karinas funkelnden Augen zu sehen. Paul war fasziniert von ihren geschwungenen Wangenknochen und dem kleinen Streifen nackter Haut ihres Bauches. Er war bereits vollkommen fixiert auf den Geschmack ihrer glatten Haut, die granatapfelrunden Brüste und den wunderschönen Schwanz zwischen ihren Beinen. Als er sie streichelte, hatte er sich gefragt, wie sie wohl als Mann gewesen sein mochte – wahrscheinlich war Karina früher ein feingliedriger Jüngling, der nie älter als siebzehn ausgesehen hatte. Paul stellte sich seine Brust vor, wie sie früher gewesen war – flach, unbehaart und mit zierlichen Brustwarzen.

Als sie im Auto fuhren, war ihre Hand schnell in seinem Schritt gelandet, wo sie versucht hatte, seinen Hosenstall zu öffnen. Paul hatte gelacht und gesagt, dass er nicht gleichzeitig Auto fahren und kommen konnte. In Wirklichkeit befürchtete er lediglich, dass sein Stehvermögen nicht mehr das eines Zwanzigjährigen war. Die Zeiten, in denen er fünfmal pro Nacht konnte, lagen fünfzehn Jahre oder länger zurück.

Paul hatte keinen Schimmer, wie alt sie eigentlich war. Wenn sie das Alter höchster sexueller Leistungsfähigkeit schon hinter sich gelassen hatte, dann merkte man es ihr jedenfalls nicht an. Ihr Körper war eine einzige Aufhebung der Naturgesetze, einschließlich der ewigen Regeln der Zeit und des Alterns, jenen unerbittlichen Herrschern der Welt. Paul konnte beim besten Willen weder ihrem Gesicht noch ihrem Körper ein Alter zuordnen.

Kichernd wie Teenager waren sie die Treppe im Hotel hinaufgegangen. Sie hatten sich nicht einmal die Zeit genommen, das Zimmer anzusehen, weil sie viel zu beschäftigt damit waren, sich sofort wild küssend die Kleider vom Leib zu reißen. Mit nacktem Oberkörper sah sie aus wie eine Frau. Ihre kleinen Füße mit den staubigen Sohlen wurden noch erregender durch den abplatzenden blauen Nagellack. Sie hatte schlanke Beine, eine kaum vorhandene Hüfte und einen anbetungswürdigen Schwanz. Es war der perfekteste Schwanz, den Paul jemals gesehen hatte – schlank, zartrot und genauso köstlich, wie es die Himbeerfarbe der runden Kuppe versprach. Er wollte gar nicht mehr aufhören, so sehr hatten ihn das schwere Aroma ihrer Schamhaare und die rasierten Eier aufgegeilt, die wie ein Weltwunder zwischen den mädchenhaften Schenkeln hingen. Ein echter Hermaphrodit!

Er war viel zu liebeshungrig für irgendwelche Förmlichkeiten und hatte schon innerhalb von Sekunden auf dem Rücken gelegen. Sobald sein nackter Hintern das Bettzeug berührte, begann er sich zu winden, streckte die Beine in die Luft und bettelte sie an, ihn zu vögeln. Er hatte schon immer eine Vorliebe für Hotelzimmer gehabt.

Irgendwie war es erotischer, in einem Bett zu vögeln, das nicht das eigene war. Vielleicht lag es auch daran, dass man wusste, dass das Zimmermädchen unweigerlich herausfände, was sich abgespielt hatte, wenn sie das Bettzeug am nächsten Morgen wechselte. Sie würde Haare und Flecken finden, die als stumme Zeugen den animalischen Duft der Lust ergänzten, den man mit einem eigentümlichen Stolz zurückließ.

Er war kaum bei Sinnen, als er ihren zierlichen, eingeschmierten Finger an seinem Hintern spürte. Als der Mittelfinger an der richtigen Stelle war und in ihn eindrang, hatte sie sich auf die Lippe gebissen, ihre Augen geschlossen und ein pubertäres »oh ja, Baby« gestöhnt. Schon das allein hätte eigentlich gereicht. Er hob trotzdem seine Hüften und ließ sie tiefer in sich eindringen. Dann fickte sie ihn, als hätte sie seit Ewigkeiten keinen Sex mehr gehabt. Als sie danach rauchend neben ihm lag und mit ihrem Zeigefinger alle Sommersprossen seines Körpers einzeln berührte, gab sie zu, dass es tatsächlich Jahre her war, dass sie es mit einem Mann getrieben hatte.

»Die angeblichen Heteros behandeln mich wie ein Paar Titten, einen Mund und ein Arschloch. Die Schwulen sagen, sie stünden nicht auf Frauen und die Frauen behaupten immer, sie seien nicht lesbisch, weil ich ja immerhin einen Schwanz habe. Ich kann gar nicht gewinnen.«

»So ist es, wenn man nicht exakt in eine Schublade passt«, sagte Paul mitfühlend.

»So geht es doch allen. Adele zum Beispiel – ich glaube, sie wäre lieber ein Mann. In Wirklichkeit ist sie ein richtiger kleiner Macho. Du wirst schon sehen. Sie ist nicht umsonst ein Drachen.«

»Ein was?«, fragte Paul lachend.

Karina drückte ihre Zigarette aus und schmiegte sich mit ihrem warmen weichen Körper an ihn. »Ein Drachen – das ist chinesische Astrologie. Je nachdem in welchem Jahr man geboren wurde, bekommt man ein Tierkreiszeichen. Adele wurde im Jahr des Drachens geboren und bei mir war es das Jahr der Schlange.«

»Und was ist mit mir?«, fragte Paul.

»Wann bist du geboren?«

»Zweiundzwanzigster Dezember, genau an der Grenze von Schütze und Steinbock.«

»Nein, das ist das westliche System. Davon abgesehen ist das chinesische Neujahrsfest erst im Februar. Welches Jahr?«

»Jahr? Oh ... 1966.«

Karina hob die Augenbrauen. »Ein Pferd!«

»Danke. Bisher gab es auch noch keine Beschwerden«, antwortete Paul mit einem Blick unter die Bettdecke.

Sie lachte. »Das hat nichts mit deinem Schwanz zu tun. Mehr mit deinem Yang.«

»Yang?«

»Und dem Yin. Sechsundsechzig macht dich zu einem Pferd mit dem Element Feuer. Komplizierter Typ.«

»Mmmh. Ein Pferd und dann noch kompliziert«, antwortete er mit gespielter Nachdenklichkeit.

Sie verdrehte die Augen und verschwand unter der Bettdecke. Ihr Mund war weich, ihre Finger pressten an die Wurzel seines Schwanzes und ließen ihn noch härter werden. Ihre Lippen und Zunge bewegten sich gekonnt, bis er langsam kam, wobei der Orgasmus weniger heftig war als die letzte ekstatische Explosion. Dann schlief er ein.

Als er aufwachte, hörte er sie im Bad auf und ab gehen. Sie schien mit jemandem zu telefonieren, aber weil sie sehr leise sprach, verstand Paul nur einzelne Wörter.

»Schatz ... bitte ... muss ... kann nicht ... brauche ...«

Während Paul im Bett auf Karina wartete, telefonierte sie offensichtlich mit ihrem beschissenen Liebhaber. Paul konnte sich nicht darüber freuen, dass er recht behalten hatte, da man offensichtlich glaubte, ihn verarschen zu können. Er hatte von Anfang an gewusst, dass Karina Trouble bedeutete. Das Problem mit Frauen, die mit einem auf dem Küchenfußboden vögelten und in Hotelzimmern abstiegen, ohne auch nur mit einer Silbe zu erwähnen, dass sie eigentlich liiert waren, war immer das Gleiche: Wenn sie es hinter dem Rücken von jemand anderem taten, würde es einem selbst auch nicht besser ergehen. Verärgert steckte sich Paul eine Zigarette an, obwohl die Hausordnung des Hotels das Rauchen im Bett strengstens untersagte. Er fühlte sich furchtbar. Vielleicht hatte er ja doch Mist gebaut und würde Ian vermissen, der ihn wenigstens geliebt hatte. Eigentlich hatte er es verdient, jetzt hier zu liegen und sich zu quälen, während Karina mit ihrem Liebhaber sprach, aber diese Erkenntnis machte es auch nicht leichter.

Karina schaltete das Licht im Bad aus und schlich auf Zehenspitzen auf das Bett zu. Im schummrigen Licht der Laternen vor dem Hotel konnte Paul erkennen, wie Karina ihr Gesicht verzog, als sie den unerwarteten Zigarettengeruch wahrnahm.

Er schaltete das Licht auf dem Nachttisch ein. Karina schlüpfte unter die Decke und blickte gierig auf die Zigarette.

»Alles okay?«, fragte er und gab ihr eine Zigarette. Sie setzte sich auf. Er betrachtete sie. Ihre Brüste waren nackt und eine breite Haarsträhne fiel vor ihre Wange wie ein schwarzer Vorhang mit einem scharlachroten Streifen. Sie war exotisch und scheinheilig – eine echte Frau.

»Ja. Warum denn nicht?!«, antwortete sie gereizt, bemüht heiter klingend.

»War ja nur eine Frage.«

»Mir geht's gut.«

Karina drehte sich auf den Bauch. Sie schien schlecht gelaunt, nervös und hatte offensichtlich ein schlechtes Gewissen. Aber selbst wenn das stimmen sollte, würde Paul nichts dazu sagen. Es war letztlich ihr Problem, und wenn es nur bei einem One-Night-Stand bleiben sollte, würde es wenigstens keine Komplikationen geben. Paul hatte sowieso nicht vorgehabt, sich Hals über Kopf in die nächste Beziehung zu stürzen, nachdem erst wenige Stunden vergangen waren, seit seine letzte implodiert war. Ihm war klar, dass er eigentlich zu alt für Trennungen, One-Night-

Stands, Exfrauen und die Jagd nach der Verwirklichung sexueller Fantasien war. Die einzigen Dinge, denen seine Altersgenossen hinterherzujagen pflegten, waren Beförderungen und Kleinkinder, die auf watschelnden Gummibeinen wegrannten. Seiner Meinung nach war es Schwachsinn, wenn behauptet wurde, dass nur Frauen ihre biologische Uhr ticken hörten. Bei Paul schien sogar Big Ben Alarm zu schlagen, wenn er seine ehemaligen Schulkameraden traf, die ein Babyfoto nach dem anderen aus ihren Brieftaschen zauberten – glückliche Familien, egal wen man fragte. Er fragte sich dann immer, ob er Glück gehabt hatte oder doch nur der Verlierer in seiner Midlife-Crisis war.

Er warf wieder einen kurzen Blick auf Karina, deren Schulter im Schein der Nachttischlampe wie Bronze schimmerte. Wenn man das Wechseln von Windeln und den Sex mit Karina als Maßstab nahm, zählte Paul sicherlich zu den Gewinnern. Er drückte die Zigarette aus und schlug die Bettdecke über ihrem Rücken zurück. Karinas Po war rund, süß und glänzte. Der von einigen glatten schwarzen Haarsträhnen bedeckte Nacken war zart und wunderschön. Paul streichelte ihren Hals, beugte sich über Karina und ließ seine Hand küssend bis zu den festen Rundungen ihres Hinterns gleiten.

»Das ist mir bis jetzt noch nie passiert.«

»Was denn?«, fragte sie desinteressiert.

»Na die Sache mit dem Nacken. In Japan sind sie ganz verrückt danach. Ich hatte nicht gewusst, wie sexy es sein kann.«

»Ich bin *Chinesin*, wenn dich das überhaupt interessieren sollte.«

»Entschuldige.« Er küsste sie entschuldigend. »Ich bin ein Idiot.«

Karina seufzte und verbarg ihr Gesicht unter ihren Haaren. »Bist du nicht. Ich kann es einfach nur nicht mehr hören – dieses Geisha-Gelaber. Ich muss mir das schon mein gesamtes Leben lang anhören … Fantasien anderer Leute, die Traditionen anderer Kulturen.«

»Ja …« Paul wusste, dass er sich nicht von ihren früheren Liebhabern unterscheiden würde, wenn er jetzt seinem Reflex nachgab und sich zurückzog.

Sie strich ihr Haar aus dem Gesicht und nahm ihre Zigarette aus dem Aschenbecher. »Ich habe den Leuten früher immer von Kyoto, Gion und der Kirschblüte erzählt. Blablabla! In Wirklichkeit war alles frei erfunden – alles! Wenn sie zu blöd waren, den Unterschied zwischen Japan und China zu kennen, hatten sie es nicht besser verdient. Ich war nie in Kyoto und auch nicht in Peking. Ich bin nie weiter östlich als bis Bangkok gekommen, und da war ich meistens zu bekifft, um mich daran zu erinnern.«

Sie klang deprimiert. Er wollte sie trösten und küsste sie zwischen ihre Schulterblätter. Sie blies nur den Rauch aus dem Mundwinkel und legte die Stirn in Falten.

»Ihnen die Wahrheit zu erklären, war zu anstrengend«, fuhr sie fort. »Es war leichter, einfach nur das darzustellen, was sie sich wünschten.«

»Leichter für sie, aber nicht für dich«, sagte Paul.

»Nein«, seufzte Karina, »weil ich nicht die leiseste Ahnung habe, wer ich eigentlich bin.«

13. Kapitel

Vielleicht ist es besser, wenn ich hier aussteige«, sagte Karina und sah aus dem Seitenfenster des Wagens.

Paul biss sich auf die Lippen. »Nur wenn du willst«, antwortete er nach einigen Sekunden.

»Ist schon okay«, erwiderte Karina. »Ich bin es ja gewöhnt.« Wie ein Echo hallte der Satz durch ihren Kopf. Es deprimierte sie, daran gewöhnt zu sein, eifersüchtigen Ehefrauen und Ehemännern aus dem Weg zu gehen. Sobald Suki eintraf, würde das alles endlich ein Ende haben. Verantwortung, Treue, Kinder – alles auf einmal. Die Sache mit Paul verzieh sie sich als die allerletzte Affäre – wie das letzte große Gelage eines Alkoholikers, bevor er in den Entzug ging.

»Bist du dir sicher?«, fragte Paul.

»Ja. Bin ich.«

Sie öffnete die Tür des Autos und fragte sich, ob sie ihn küssen sollte. Scheiß drauf, dachte sie. Jetzt war es auch egal. Sie beugte sich zu Paul und gab ihm einen langen, intensiven Zungenkuss. Paul war verblüfft und stöhnte leise auf bei der Erinnerung an die atemlosen Küsse aus dem Hotelzimmer, aber er war nicht zu überrascht, um den Kuss zu erwidern. Die Straßen wurden bereits von einigen Frühaufstehern unter den Touristen bevölkert, die sie bei ihrem hemmungslosen Kuss beobachten. Paul beendete den Kuss, runzelte die Stirn und leckte sich die Lippen.

»Doch nicht hier«, sagte Paul.

Karina zuckte mit den Schultern, zog den Koffer unter dem Sitz hervor und stellte einen Fuß auf den Bürgersteig. »Schon klar. Daran bin ich auch gewöhnt. War mir ein Vergnügen. Tschüss.«

Sie ging die Straße entlang und blickte nicht zur Seite, als er mit seinem Auto an ihr vorbeifuhr. Sie hatte die Nase voll von ihrem alten Leben. Höchste Zeit, es gegen ein besseres zu tauschen. Letzte Nacht hatte er seine Zunge noch in ihrem Arschloch, und heute wollte er sie nicht einmal mehr in ihren Mund stecken, weil Leute dabei zusahen. »Immer die gleiche Scheiße«, murmelte Karina und wählte die hart erkämpfte Telefonnummer.

Es klingelte einige Male, bis sie Sukis leise und hektische Stimme hörte. »Oh mein Gott, Schatz. Ich kann nicht lange reden. Ich fahre gerade. Das ist doch verboten, oder?!«

»Weiß nicht genau«, antwortete Karina. »Wo bist du denn?«

»Im Stau beim Devil's Punchbowl. Ungefähr noch eine Stunde, oder eineinhalb ... warte mal.« Suki seufzte und Karina hörte, wie sie mit angespannter Mami-Stimme sagte: »Nein, Schatz, wir sind noch lange nicht da.«

»Na ja, bis später dann«, sagte Karina.

»Ja«, murmelte Suki abgelenkt. »Dann hättest du wohl gehen sollen, bevor wir losfuhren. Bis dann, Schatz. Hannah muss pinkeln ... verdammt ... nicht klein? Wir melden uns, sobald wir da sind, okay?«

»Gut«, erwiderte Karina und wollte noch etwas hinzufügen. »Ich lie..«, begann sie, konnte den Satz aber nicht beenden, weil Suki bereits aufgelegt hatte.

Karina ärgerte sich, dass Suki ihr nicht vorher gesagt hatte, dass sie die Kinder mitbringen würde. »Danke, dass du es mir so schonend beigebracht hast«, murmelte sie in das Telefon, bevor sie es wieder in ihrer Handtasche verschwinden ließ und mit schweren Schritten den Berg nach Shipworths hinauflief.

Am meisten graute ihr davor, an der Wohnungstür klopfen zu müssen. Karina wusste, dass Leugnen zwecklos wäre. Genauso gut hätte sie sich auch »schuldig« auf ihre Stirn tätowieren lassen können.

Adele riss hektisch die Tür auf, sah sie für eine Sekunde mit übernächtigtem, wirrem Blick an, und stürzte zum Badezimmer. Karina blieb verwirrt vor der Schwelle stehen, bis sie hörte, wie Adele sich übergab. Dass Adele nicht begeistert sein würde, sie zu sehen, hatte Karina geahnt, aber das war ja nun auch etwas übertrieben.

Karina ging in die Küche, um ein Glas Wasser zu holen und brachte es ins Bad, wo Adele würgend über der Kloschüssel hing. Vielleicht ließ sich damit das schlechte Karma der letzten Nacht verscheuchen.

»Alles okay bei dir?«

Adele schniefte und hielt sich die Haare aus dem Gesicht, bis die nächste Welle sie überkam. »Mpfff.«

»Verstehe. Was ist denn los? Du bist doch nicht etwa schwanger, oder?«

Adele hob den Kopf und riss einen Streifen Toilettenpapier von der Rolle. Sie putzte sich die Nase, verzog ihr Gesicht zu einer leidenden Grimasse und seufzte. »Nein. Das wäre ja halb so schlimm. Ich hab zu viel getrunken ... viel zu viel!«

»Ups«, sagte Karina und reichte ihr das Wasser.

»Danke.« Adele spülte und lehnte sich gegen die Wand. Sie war aschfahl, ihre Gesichtshaut spannte und sie hatte tiefe Schatten unter den Augen. Es war absurd, aber gerade dadurch ähnelte sie diesen pseudo-abgefuckten Laufstegmodels. Adele stürzte das Wasser in einem Zug hinunter.

»Wo warst du?«, fragte Karina, und verwandelte sich, ohne es zu wollen, in einen Teenager. »Was zur Hölle ist mit dir passiert? Du hast dich doch nicht etwa wegen Tom besoffen, oder?«

Adele schüttelte den Kopf. »Quatsch. Ich habe eine Frau getroffen – Kate aus Cornwall, Cornwall-Kate. Wir haben uns komplett weggeschossen.« Ihr Grinsen hatte immer noch etwas Angetrunkenes und Karina bemerkte, dass ihre Haare völlig verstaubt waren. Offensichtlich war sie so gut wie bewusstlos in ihr verstaubtes Bett gefallen. Da sie es bisher noch nicht erwähnt hatte, vermutete Karina, dass Adele zu betrunken gewesen war, um die Sache mit dem Kamin bemerkt zu haben. Wenn Adele sich betrank, konnte sie nur noch in ihr Bett fallen und ihren Rausch ausschlafen.

»Und was ist mit Tom?«

»Aus und vorbei«, sagte Adele und wurde von einem Schluckauf unterbrochen. »Er kann Lesben nicht ausstehen, die ihn nicht zusehen lassen.« Sie erhob sich unsicher, lehnte sich auf das Waschbecken und griff nach ihrer Zahnbürste.

Während Karina ihr den Rücken massierte, fragte sie sich, was sie eigentlich befürchtet hatte. Karina hatte nicht das Bedürfnis, die Rücksichtsvolle zu spielen. Sie selbst hatte schließlich auch eine anstrengende Nacht hinter sich – ein letztes Abschiedsritual für die Schwänze dieser Welt, bevor die hoffentlich lebenslange, glückliche lesbische Beziehung mit Suki beginnen würde. Und jetzt war Adele auch noch sturzbetrunken und behauptete, lesbisch zu sein. Karina war auf der Suche nach Abgeschiedenheit und Halt hierhergekommen und nicht, um noch mehr im Chaos zu versinken, das sie dann mühsam in London, Bangkok, Glastonbury oder sonst wo verarbeiten müsste.

Karina fragte sich, ob es vielleicht doch an ihr lag. War sie womöglich so etwas wie die Inkorporierte der Chaostheorie?

»Du bist nicht lesbisch«, sagte Karina. »Ich habe noch nie jemanden getroffen, der weniger lesbisch war als du.«

»Und ich noch nie eine Frau, die lesbischer gewesen wäre. Und jetzt habe ich den Salat.« Sie schaute Karina eindringlich von oben bis unten an. »Man kann es nie wissen, Karina. Nichts ist jemals so, wie es scheint.«

»Na gut. Da hast du recht«, stimmte Karina ihr zu.

»Siehst du! Vielleicht bin ich ja lesbisch und weiß es nur nicht aufgrund meiner Sozialisation«, seufzte Adele.

»Vertrau mir: Wenn man homosexuell ist, weiß man es.«

»Wie denn?«

»Man entscheidet nicht plötzlich, dass man lesbisch ist.«

Adele runzelte die Stirn und spuckte den weißen Schaum der Zahncreme in das Waschbecken. »Genauso wenig wie man plötzlich behauptet, eine Frau zu sein.«

»Das ist nicht fair«, erwiderte Karina. »Und nein, so etwas bekommt man nicht über Nacht heraus.«

»Hab ich ja kapiert«, sagte Adele und verließ das Bad, um in ihr Schlafzimmer zu gehen. Karina wartete an den Türrahmen des Badezimmers gelehnt darauf, dass die Bombe explodiert.

»Was zur Hölle ...?«

»Eingekracht«, sagte Karina. Sie blickte um die Ecke in das Schlafzimmer und sah, wie Adele vollkommen entgeistert auf den Kamin starrte und sich mit fassungslosem Gesichtsausdruck die Haare raufte.

»Ach nee! Das sehe ich selbst. Was zur Hölle ist passiert?«

»Na ja, es ist ein bisschen meine Schuld.«

»Warum überrascht mich das nicht?«

»Ich habe da nur meinen Koffer versteckt«, verteidigte sich Karina. »Konnte doch keiner wissen, dass er so instabil ist.«

Adele sah den Schacht hinunter. »Der Boden ist zusammengekracht. Scheiße! Das muss alles bei Paul gelandet sein.«

»Ja. Er hat mir den Koffer schon zurückgegeben«, sagte Karina hastig und hoffte, dass Adele es nicht bemerkt hatte. Eigentlich war es ja kein Problem, aber wenn Adele herausbekäme, was Karina mit Paul gemacht hatte, würde sie sicher enttäuscht sein. Außerdem, und das war das Schlimmste, würde sie sich in dem Glauben bestätigt fühlen, dass Karina sich weder ändern wollte noch konnte.

»Scheiß auf den Koffer«, sagte Adele. »Was ist jetzt mit meiner Wohnung? Ich bin gerade mal vor einer Woche eingezogen«, stöhnte sie. »Scheiße! Ich kann mich jetzt nicht darum kümmern.

Ich bin total verkatert, auf mich wartet ein Haufen Arbeit und mein ganzer Kram ist immer noch in Kisten. Und dann das hier! Was hat Paul dazu gesagt?«

»Wozu?«

Adele starrte sie ungläubig an. »Was glaubst du denn? Zur britischen Außenpolitik des sechzehnten Jahrhunderts vielleicht? Natürlich zu dem beschissenen Kamin!«

»Mmmh ... ähh ... lass es mich so sagen: Er war nicht gerade begeistert.«

»Ach nee ...«

Karina seufzte. »Weißt du was? Du solltest wirklich nicht trinken. Es ist kaum zu glauben, aber verkatert bist du sogar noch sarkastischer.«

»Du müsstest eigentlich am besten wissen, dass Sarkasmus die einzige Möglichkeit ist, eine vernünftige Antwort von dir zu bekommen.«

»Sarkasmus ist nie die geeignete Methode, vernünftige Antworten zu erhalten, Adele. Es macht die Menschen wütend und verschreckt sie.«

»Wo zur Hölle kommt denn dieses Psychogelaber plötzlich her? Nichts verärgert und verschreckt Menschen mehr, als wenn jemand ohne ein Wort verschwindet und die gesamte Nacht nicht wieder auftaucht.«

»Ach fick dich doch! Du wusstest doch nicht mal, dass ich weg war. Du warst so besoffen, dass du nicht einmal gemerkt hast, dass der halbe Kamin über dein Zimmer verteilt ist!«

»Verstehe – ich nehme an, dass ich meine ungeteilte Aufmerksamkeit darauf richten sollte, was du noch angerichtet hast. Ich höre?!«

»Es war ein Unfall«, schrie Karina.

»Wie immer.« Adele schüttelte den Kopf und fuhr mit dem Finger über den verstaubten Kaminsims.

Sie atmete erschöpft aus, wobei der Staub aufgewirbelt wurde und fuhr sich mit einer verzweifelten Geste durch ihr Haar. »Das kann doch alles nicht wahr sein«, murmelte sie.

»Was denn?«, fragte Karina und verschränkte ihre Arme.

»Alles.«

»Wovon sprichst du?«

»Es ist doch vollkommen absurd«, sagte Adele. »Ich meine, was machst du hier eigentlich?«

Karina zuckte mit den Achseln. Sie war beleidigt wegen der Frage. »Ich wollte dich sehen – und glaube mir, du warst nicht leicht zu finden.«

»Aber warum?«

»Du warst umgezogen und dein Vermieter war nicht gerade hilfreich.«

»Nein, warum du mich sehen wolltest, meine ich.«

»Weil ...«, antwortete Karina zögerlich. »Ich wollte ... ich weiß nicht. Das war ich dir schuldig.«

Adele wendete den Blick nicht vom Kaminsims. »Stimmt. Aber vielleicht sollten wir uns eingestehen, dass es nie mehr so sein wird wie früher.«

»Ja.« Karina wurde flau im Magen. Hinzu kam, dass sie keine Zeit für ein weiteres Psychodrama hatte. Sie wünschte sich jetzt, dass sie Adele von Suki erzählt hätte, aber es war noch zu frisch gewesen. Jetzt blieb nicht genügend Zeit, um die ganze Geschichte zu erzählen. Sie hätte es Adele unbedingt erzählen sollen. Zumindest hätte Karina dann jemanden, der ihr beistehen könnte und verstehen würde, was es bedeutete, dass Suki zurückgerufen hatte und auf dem Weg zu ihr war.

»Es ist wirklich kompliziert«, sagte sie. »Ich muss heute noch was Wichtiges erledigen.«

»Ja? Ich übrigens auch«, antwortete Adele. »Arbeiten. Schon mal gehört?«

»Verstehe«, erwiderte Karina, die Nase rümpfend. »Jetzt kommst du mir mit Arbeitsethik, oder was?!«

Adele schüttelte den Kopf. »Oh Mann, jetzt nicht *das* schon wieder.«

»*Du* hast darauf angespielt, was übrigens wirklich großartig ist, wenn man bedenkt, dass du selbst vor kurzem gekündigt hast.«

»Tut mir leid«, sagte Adele. »Mir geht's nicht besonders gut, und das Letzte, was ich gebrauchen konnte, war ein eingestürzter Kamin. Wann musst du los?«

»In einer Stunde oder so. Ich warte auf einen Anruf.«

Adele nickte abweisend. »Ich bin den ganzen Tag hier – entweder hier oder unten. Ich muss jetzt erst mal duschen.«

»Okay.«

Karina blieb im Korridor stehen und wusste nicht, was sie tun sollte. Als die Dusche aufgedreht wurde, hörte sie das Rauschen des Gasboilers und das plätschernde Wasser. Sie wusste, dass es besser gewesen wäre, Adele von ihrem letzten Jahr zu erzählen. Geheimnisse vor der besten Freundin zu haben, war vielleicht eine schlechte Angewohnheit, an der man arbeiten sollte, aber Karina hatte noch nie die Kraft dafür besessen.

*

Zuerst glaubte sie, das laute Klopfen und Klappern käme aus dem Bad. Als die Geräusche immer lauter wurden, realisierte Karina, dass sie von der Wohnungstür kamen. Es war Paul. Er sah verstört und gehetzt aus.

»Hi«, sagte er völlig außer Atem.

»Was?«

»Hallo. Weißt du's schon?«

»Was?«

Paul schluckte und leckte sich über die trockenen Lippen. Er sah immer noch ein wenig mitgenommen von der letzten Nacht aus. »Na ja … es tut mir leid … wegen vorhin. Alles okay bei dir?«

»Ich werde es überleben«, antwortete Karina, ohne den Eindruck zu erwecken, dass sie ihn hineinlassen wollte. »Wie gesagt. Ich bin's gewohnt.«

»Ja. Also gut.« Er hustete laut, während Adele realisierte, dass dies eine blödsinnige Unterhaltung war, ganz besonders, wenn man bedachte, dass Adele sich nur wenige Zentimeter entfernt im Bad befand. Da sie nicht wieder ausgesperrt werden wollte, zog sie einen ihrer Schuhe aus und klemmte ihn in die Tür, bevor sie auf die Schwelle hinaustrat. Wegen des hallenden Echos im Treppenflur flüsterte sie nur.

»Macht nichts. Kein Problem.«

»Doch, ist es! Du sollst unbedingt wissen, dass es nicht an dir …«

»Ich weiß, ich weiß«, unterbrach sie ihn zischend. »›Es liegt nicht an dir, es liegt an mir …‹ Spar es dir einfach, Schatzi. Glaubst du etwa, ich hätte diesen Spruch nicht schon tausendmal gehört?!«

Paul schüttelte den Kopf und seine vollen Lippen schienen vor Anspannung und Nervosität immer schmaler zu werden. »Karina, glaube mir doch: Es liegt wirklich an mir. Ich … ich wusste einfach nicht, wo ich mit Ian stand.«

»Und jetzt weißt du es?«, fragte sie sarkastisch und teilnahmslos.

»Ja. Der Scheißtyp hat mich verlassen.«

»Mir blutet das Herz.«

»Mir auch! Das kleine Stück Scheiße hat sich einfach verpisst und hat auch noch meine David Gray-CDs mitgehen lassen.«

Karina unterdrückte ein Grinsen. »Das ist nicht gerade … besonders schwul.«

»Ich weiß. Er mag David Gray nicht mal. Und um das Maß vollzumachen, hat er mir auch noch seine beschissenen ABBA-CDs dagelassen.«

»Das ändert gar nichts«, sagte Karina, die nicht vorhatte, sich auf dieses Gespräch einzulassen, weil sie nicht wusste, wie viel Zeit ihr für eine längere Diskussion bleiben würde.

»Ich weiß«, sagte Paul nickend, wobei eine seiner schwarzen Locken über seine unrasierte Wange fiel. Er hatte dunkle Augenränder und seine Lippen waren noch weich von den Küssen der letzten Nacht. Es würde tatsächlich etwas ändern, wenn sie es wollte, dachte Karina. Sie hätte Suki anrufen können, um ihr zu sagen, sie solle wieder nach Hause fahren, weil sie noch nicht bereit sei. Außerdem war ihr Plan vielleicht auch im Hinblick auf die Gerichtsverhandlung keine sonderlich gute Idee. Karinas Angst würde wieder verschwinden – die Angst vor Treue, Versagen und Kindern. Sie könnte wieder einmal alles hinter sich lassen und zu dem gemütlichen, unverbindlichen und unbekümmerten Dasein zurückkehren, das ihr am besten lag.

»Ich weiß, dass du etwas planst«, fügte Paul hinzu. »Ich habe gehört, wie du gestern im Bad mit jemandem telefoniert hast.«

»Oh«, sagte Karina, die sich ertappt fühlte. »Ähm. Ja. So ähnlich.«

»Kein Problem. Das ist okay. Letzte Nacht hat wirklich Spaß gemacht.«

»Ja. Außerdem sind wir ja beide erwachsen.« Ihre Blicke trafen sich. Die Altersfalten an den Rändern seiner Augenlider waren kaum ganz dezent, aber dafür war seine Augenfarbe umso markanter. In dem Licht konnte Karina in seiner Iris kleine helle Punkte erkennen, die sie in der vergangenen Nacht nicht hatte sehen können, weil seine Pupillen lustvoll in der Farbe chinesischen Jades gefunkelt hatten. Seine langen Wimpern waren erstaunlich schwarz und hatten sie gekitzelt, als er sie geküsst hatte – auf ihre Wange, ihre Schulter und das Ende ihrer Wirbelsäule.

»Ganz deiner Meinung«, sagte er mit leicht zur Seite geneigtem Kopf. Er hob eine Augenbraue leicht an und verzog seine Mundwinkel zu einem angedeuteten, wissenden Lächeln. Sie hörte das gedämpfte Rauschen der Dusche und fühlte, wie sich eine Welle der Erregung in ihrem Bauch auszubreiten begann – wie das Gefühl, das man bei einer allmählich Fahrt aufnehmenden Achterbahn bekommt. Ja, sie hatte eindeutig ein Problem, aber genau deshalb wollte sie ja in den Entzug gehen. Und Einsicht war schließlich der erste Schritt zur Besserung, dachte sie.

»Ja«, sagte Karina und blickte ihm tief in die Augen. Diese Locke in seinem Gesicht störte sie und am liebsten hätte Karina sie vorsichtig hinter sein Ohr geklemmt, um ihm dann die Kleider vom Leib zu reißen und ihn animalisch auf der Treppe zu nehmen, trotz, oder vielleicht auch wegen der Gefahr, in flagranti erwischt zu werden. Sein Blick war leer und gierig. Seine sinnlichen Lippen sahen so unwiderstehlich aus wie pralle, reife Beeren – auf jeden Fall wie irgendetwas Rotes und Glänzendes, das bei Kindern ein Verlangen danach auslöste, es sich in den Mund zu stecken. Sie streckte die Hand aus und strich sein Haar zurück.

Paul neigte seinen Kopf zur Seite und schon spürte sie die zarte Berührung seiner Lippen. Karina war klar, dass sie es lieber lassen sollte, aber gleichzeitig genoss sie, wie sich seine Lippen mit einem innigen Seufzen öffneten. Seine Zunge hatte den Schweiß zwischen ihren Brüsten abgeleckt, als sie auf ihm saß. Dann war sie die Sehnen ihrer Fußsohle entlanggeglitten und hatte die kleine Mulde zwischen Knöchel und Achillessehne geleckt. Es hatte sich unglaublich gut angefühlt, mit jemandem zu schlafen, der so schamlos war wie Paul. Trotzdem hatte auch sie ihn überraschen können. Paul stöhnte, als Karina voller Verlangen ihre Zunge in seinen Mund schob. Er war ein begnadeter Küsser. Pauls Hände umschlossen ihre Hüften und er zog sie an sich, während er rückwärts gegen die Wand stolperte. Sie lauschte auf das Geräusch der Dusche – sie wusste, dass sie drauf und dran war, mit der Achterbahn in die Tiefe zu stürzen. Paul zitterte, während er seinen harten Schwanz an sie presste und mit beiden Händen ihren Hintern knetete. Schluss, aufhören, dachte Karina. Sie nahm all ihre Willenskraft zusammen und entzog sich seiner Umarmung.

»Tut mir leid«, sagte sie und blickte auf den Fußboden.

»Meine Schuld. Mir muss es leid tun.«

»Nein, ich sollte nicht …«

Paul stöhnte. »Also gut. Kann ich dir wenigstens meine Nummer geben?« Als sie den Kopf schüttelte, fügte er hastig hinzu: »Du musst nicht anrufen. Ich will nur, dass du sie hast. Falls du … irgendetwas brauchst.«

Karina speicherte die Nummer in ihrem Handy, damit er endlich Ruhe gab.

»Was auch immer du vorhast: Viel Glück!«, sagte Paul verkrampft. Trotz seines Alters hörte er sich jetzt fast an wie ein kleiner Junge. »Aber wenn der Plan schiefgeht, dann ruf mich an.«

»Ja«, sagte Karina nickend und sah auf das Telefon in ihrer Hand. »Danke.«

»Ich geh dann mal lieber.«

»Ja.«

Sie sah ihn hinter dem Treppengeländer verschwinden, ohne sich umzudrehen. Spaß machte es jedenfalls nicht, sich zu beherrschen.

Karina blickte den langen, dicht bevölkerten Strand entlang. Wohin man blickte, sah man sorgfältig aufgereihte Liegestühle. Die schrillen Schreie der Möwen vermischten sich mit denen der Kinder und es roch nach warmem Sand und Sonnencreme. Wie sie hier eine Frau mit zwei Kindern finden sollte, war ihr ein Rätsel. Es nervte sie, dass Suki sie nicht in dem Strandhotel treffen wollte, in das sie vor einer Stunde eingecheckt hatte. Der Strand war vermutlich die Idee der Kinder gewesen und Suki hatte wieder einmal nachgegeben.

Karina zog ihre Schuhe aus und ging suchend über den Strand, wobei sie den mit Sand schmeißenden Kindern auswich und auf Zehenspitzen die Mädchen umkurvte, die leblos auf ihren Handtüchern lagen. Ihre teilnahmslosen Gesichter waren zum größten Teil von riesigen Sonnenbrillen verdeckt und ihre bleichen englischen Brüste färbten sich trotz der Sonnencreme pink. Karina zuckte mitleidig zusammen – warum taten sie das überhaupt, wo sie doch genau wissen mussten, wie schmerzhaft sonnenverbrannte Brustwarzen waren. Außerdem waren hier viel zu viele Menschen! Wo zur Hölle steckte Suki nur?

»Darling!«

Karina blickte für einen Moment irritiert umher, bis sie die winkende Suki entdeckte. Schon von weitem sah Karina, dass sie sich die Haare abgeschnitten hatte. Sie hasste diesen Haarschnitt. Sukis Gesicht sah dadurch zu hart aus, und obendrein waren ihre schönen großen Augen von einer gigantischen Chanel-Sonnenbrille verdeckt. Außerdem war sie zu alt für das blaue Bikinioberteil und die Gucci-Jeans. Sie sah abgemagert aus und erinnerte Karina an die Frauen prominenter Fußballer, die sich immer völlig unpassend kleideten.

»Darling! Es ist so schön, dich zu sehen!«, rief Suki. Karina konnte es kaum glauben, als Suki ihr tatsächlich Luftküsse zuwarf.

»Alles in Ordnung?«, fragte Karina und umschloss Sukis Oberarme mit ihren Händen. Sie fühlten sich weich und dürr an. Karina befürchtete sogar, dass Suki wieder mehr Alkohol als Essen zu sich nahm und erschrak bei dem Gedanken, dass sie einen Wagen gesteuert hatte, auf dessen Rücksitzen zwei Kinder saßen.

»Mir geht's gut, Schatz. Mir ging's nie besser. Na ja, abgesehen von Edward vielleicht. Der feilscht um jeden Penny, aber das macht nichts. Ich habe ja diese Retrogeschichte am Laufen: Laut meiner Plattenfirma will irgend so ein Seriensternchen meinen Song covern, was richtig Schotter bringen würde. Trotzdem keine schöne Sache – du solltest sie mal sehen. Wasserstoffblondes Haar und durchs Solarium gelbgebräunt. Jedenfalls sollte das Geld reichen, damit ich mich über Wasser halten kann, glaube ich. Ich hasse es, über Geld nachzudenken. Geld ist so langweilig! Zum Glück gibt es noch einige alte Konten – Wahnsinn, wie sich Geld vermehrt. Außerdem hat Sarah erst mal auf die Prozesskosten verzichtet ...«

»Ja, mir geht's gut. Danke der Nachfrage«, unterbrach Karina sie sarkastisch und stellte ihre Koffer ab.

Suki schmollte kurz, schaffte es aber wieder einmal, selbst in ihren egozentrischsten Momenten charmant zu wirken. Ihre Lippen waren mit einem pink glitzernden Gloss geschminkt, dessen Farbe Karina an ein Barbiekleid erinnerte und aussah, als würde es nach Marshmallows schmecken. »Ach, hab dich nicht so. Ich bin extra deinetwegen so weit gefahren!«, sagte sie. »Die Mädchen haben sich aufgeführt wie die Hottentotten. Sie haben ununterbrochen gequengelt.«

»Wo sind sie denn?«, fragte Karina und warf einen Blick auf die Einkaufstüten neben dem Strandhandtuch, in denen allerlei Süßigkeiten und Chips waren, die Suki offensichtlich zur Besänftigung der Kinder besorgt hatte. Am Fußende des Strandhandtuchs lagen ein orangefarbener Plastikspaten und eine blaue Buddelform, die aussah wie eine Schildkröte. Wahrscheinlich waren sie achtlos zurückgelassen worden, weil sie nur einen erbärmlichen Ersatz für echte Schildkröten, Swimmingpools, Ponys und all die anderen Luxusartikel darstellten, die Hannah und Elisa gewohnt waren.

»Dort drüben«, sagte Suki und zeigte auf Hannah, die in ihrem roten Badeanzug von ihrer älteren Schwester gezeigt bekam, wie man buddelt. Elisa hatte einen kleinen Spaten in ihrer Hand – eine unangenehme Reminiszenz an Edward mit seinem Jagdstock. Sie war kaum wiederzuerkennen. Sie schien in den letzten Wochen gewachsen zu sein und ihre kleinen Wölbungen unter dem pinkfarbenen Bikini wirkten irgendwie peinlich und unpassend an dem schlaksigen, kleinen Körper. Sie war doch gerade erst neun Jahre alt. Oder zehn? Durch ihre bloße Präsenz fühlte sich Karina schon alt.

»Schön, dass du gekommen bist«, sagte Karina ernst und wollte fragen, wie es nun weitergehen sollte. »Und ich bin froh, dass du dich von ihm getrennt hast.«

»Ja«, antwortete Suki und blickte auf das Meer. »Ich auch. Es ist wirklich aufregend. Das könnte die große Chance für mein Comeback sein. Ich könnte der Welt zeigen, dass ich mehr drauf habe als diese Blondinen mit Titten und Arsch.«

Karina lächelte. »Su, das ist fantastisch! Mein Reden! Habe ich dir nicht von Anfang an gesagt, dass du eine wunderschöne Stimme hast?«

Suki drückte ihr Handgelenk und lächelte ebenfalls. »Ja, Schatz. Das hast du. Und ich werde dir für immer dankbar sein. Die ganze Geschichte hat mir die Augen geöffnet. Ich habe schon mit den Jungs von der Plattenfirma gesprochen. Plötzlich ist alles anders – wie bei einer Revolution. Ungefähr siebzig Prozent der meistverkauften Alben stammen heutzutage von Sängerinnen und Songschreiberinnen. Die PR-Leute kriegen sich kaum wieder ein. Sie denken, dass mir dieser ganze Schlamassel noch zum Vorteil gereichen könnte, weil sich Frauen nicht von einer Mutter bedroht fühlen, die eine Scheidung hinter sich hat. Außerdem werden mittlerweile auch massenhaft lesbische Frauen vermarktet. Das ist kein großes Ding mehr.«

Karina hatte Probleme, Sukis Tempo zu folgen. »Heißt das, du hast dich geoutet?«

Suki biss sich auf die Lippe. »Noch nicht ganz. Man muss einen günstigsten Zeitpunkt abwarten. Ich versuche, es erst einmal aus der Gerichtsverhandlung rauszuhalten«, sagte sie ausweichend.

»Allerdings bin ich auch in den Fall involviert«, sagte Karina. »Und falls es deiner Aufmerksamkeit entgangen sein sollte – das macht dich, na ja, zu einer Art Lesbe, wenn man es genau nimmt.«

»Ja ja. Aber du hast einen *Penis*, Schatz!«

Karina versuchte nicht einmal, ihre Fassungslosigkeit zu verbergen.

»Oder etwa nicht?«, fügte Suki schnell hinzu. »Es sei denn, du hast innerhalb der letzten zwei Wochen irgendetwas an dir machen lassen ...«

»Nein, habe ich natürlich nicht«, kreischte Karina. Sie fühlte sich gekränkt und schmerzlich an die Jahre erinnert, in denen sie deswegen immer wieder verletzt wurde. »Ich bin eine verdammte Frau, Scheiße verdammte noch mal!«

»Aber du ...«

»... hast einen Schwanz?«, erhitzte sich Karina. »Schön, dass es dir aufgefallen ist. Ich lebe seit sieben verfickten Jahren als Frau. Ich denke, das reicht aus, um als Frau zu gelten!«

»Genetisch ...«, sagte Suki.

»Genetisch gesehen bin ich männlich und ansonsten stecke ich in dem falschen Körper.«

»Natürlich, aber wenn wir zusammen sind, bin ich keine wirkliche Lesbe, oder?!«, erwiderte Suki mit einem Kindergärtnerinnentonfall, der Karina noch wütender machte. »Jedenfalls nicht solange du noch ... du weißt schon.«

»Aber das wusstest du nicht, als wir uns kennenlernten.«

»Nein, ich dachte, du wärst eine Frau.«

»Genau!«, schoss Karina in nicht weniger belehrendem Ton zurück. »Und du glaubst also nicht, dass dich dieser Umstand ein klitzekleines bisschen lesbisch macht?«

»Technisch gesehen, nein.«

»Aber du hast dich doch nicht von mir als Mann angezogen gefühlt, oder?!«, sagte Karina. »Wenn ich dein Haus in Schlips und Kragen betreten hätte und du mich besprungen hättest, dann wäre das ziemlich heterosexuell gewesen.«

»Ja, aber ...«

»Nichts aber! Ich trug aber ein verschissenes Abendkleid mit allem Drum und Dran, und für dich war ich eine Frau und nichts anderes!!«

»Ja, das ist mir schon klar«, seufzte Suki. »Das weiß ich doch. So habe ich ja herausbekommen, dass ich auch Frauen mag. Deinetwegen. Aber das ist nicht wirklich homosexuell, weil ... na ja ... es ist nicht lesbisch.«

»Also wie kannst du dich dann als Lesbe outen, wenn ich keine echte Frau bin?«, wollte Karina wissen. »Du kannst doch nicht einfach behaupten, dieses oder jenes zu sein, bloß weil irgendwelche PR-Leute glauben, dass du in der Presse eine coole lesbische Alleinerziehende abgeben würdest. Jedenfalls nicht, wenn es nicht stimmt.«

»Aber es stimmt doch«, sagte Suki bockig und blickte auf den Boden.

Karina schnaufte verächtlich. »Klar doch. Und? Kürzlich irgendwelche guten Muschis geleckt??«

Suki versteckte sich hinter ihrer Sonnenbrille und fuhr sich mit der Zunge über ihre Oberlippe. Jetzt verstand Karina. Sie fragte sich, warum sie es nicht vorher bemerkt hatte. Suki hatte mit jemand anderem geschlafen. Mit einer Frau. Einer Frau mit einer Möse!

»Du dumme Kuh«, sagte Karina langsam.

»Es war nicht mit Absicht. Du weißt doch selbst, wie so etwas passiert.«

»Ja«, sagte Karina. Sie fragte sich, ob jetzt der richtige Moment war, um zu erwähnen, dass sie die vergangene Nacht damit zugebracht hatte, einen tollen Mann in den Arsch zu ficken. Sie entschied sich dagegen, weil Suki es nicht verdient hatte, einen Vorteil auf dem goldenen Tablett serviert zu bekommen. »Dumm gelaufen. Und jetzt soll ich dir vor Gericht mit deiner Scheidung helfen?!«

»Es ist ja nichts. Nur einmal, ich schwöre es! In ihrem Büro.«

Karina war fassungslos. »Das wird ja immer besser!«

»Na ja, woher sollte ich denn wissen, dass ich *wirklich* lesbisch bin?«, jammerte Suki. »Ich bin so verwirrt.«

»Willkommen im Klub, Herzchen« fauchte Karina. »Und was kommt als Nächstes? Hast du vor, dir ein süßes, kleines lesbisches Mädchen zu suchen, das besser zu deinem neuen Image als Vollweib passt?«

»Ich ...«

»›Oh, wonach ist mir denn heute – Gucci oder Freundin?‹ ... Ich fasse es einfach nicht!«

»Wenn du ein Mädchen wärst, ich schwöre, dann ...«

»Dann was?«, fuhr Karina dazwischen. »Dann wäre alles anders?«

»Ja«, sagte Suki genervt. »Wäre es. Aber das bist du nicht – und daran kann man nichts ändern.«

Karina blinzelte und fragte sich, warum sie es noch nicht vorher bemerkt hatte. Liebe schien tatsächlich blind zu machen – zumindest, wenn man es nicht raffte, dass das geliebte Wesen den Intellekt eines behinderten Esels hatte und den Tiefgang einer Pfütze. »Du irrst dich. Das kann man sehr wohl ändern«, sagte Karina, als spräche sie mit einer Fünfjährigen. »Die klugen

Onkel Doktors in den Krankenhäusern sind wie die blaue Fee bei Pinocchio – die können ein echtes Mädchen aus mir machen.«

»Du brauchst nicht sarkastisch zu werden«, sagte Suki. »Ich weiß, wie das geht.«

»Ist ja auch egal.« Karina starrte auf ihre im Sand stehenden Koffer und fragte sich, wie es jetzt weitergehen sollte. Sie fühlte sich, als wäre sie auf alle Ewigkeit dazu verdammt, nirgends dazuzugehören – sie war weder männlich noch weiblich, schwul, hetero oder bi. Zwischen ihr und Adele würde es nie mehr so sein wie früher. Sie hatte zum ersten Mal in ihrem Leben Verantwortung übernehmen wollen, und musste jetzt herauszufinden, dass man sie nicht einmal wollte.

»Natürlich ist es nicht egal. Wenn es das ist, was du willst.«

»Ich weiß nicht, was ich will«, sagte Karina mürrisch und bohrte mit ihren Zehen im Sand. »Um zu wissen, was ich eigentlich will, müsste ich wenigstens eine Ahnung davon haben, was *ich* bedeutet. Ich habe aber nicht die geringste Vorstellung davon, wer oder was ich bin.« Sie seufzte, strich sich die Haare aus dem Gesicht und dachte darüber nach, mit wem Suki in einem Büro Sex gehabt haben könnte.

»Wer ist überhaupt die Frau, mit der du dich triffst?«, fragte sie. »Deine Anwältin, vermute ich?«

Suki wurde rot. »Schatz, ich …«

Karina ließ sie nicht ausreden. »Nix ›Schatz‹! Nur zwei Wochen hast du gebraucht, um über mich hinwegzukommen?« Plötzlich spürte sie den tief sitzenden selbstverschuldeten Stachel der Schuld und zwang sich, die entscheidende Frage zu stellen: »Liebst du sie?«

Suki zögerte. Das reichte Karina als Antwort vollkommen aus. Irgendetwas zerbrach irreparabel in ihrem Innersten – wie ein alter Fluch aus schlechtem Karma, der sie wieder einholte. Mit starrem Blick sah sie aufs Meer hinaus und versuchte, sich die

Tränen zu verkneifen. Sie wollte nicht, dass Suki sie weinen sah. Es war Zeit weiterzuziehen.

»Tut mir leid.«

»Fick dich! Deine beschissene Anwältin?! Ist das nicht illegal?«

Suki verschluckte sich beinahe. »Du wirst es niemandem sagen, oder?!«, fragte sie. Wie erbärmlich.

»Nein«, zischte Karina sarkastisch. »Ich werde es wie eine brave, kleine Transsexuelle schlucken und deine Vorwürfe an deinen Ehemann bestätigen, damit du dich scheiden lassen und zu deiner blöden Anwaltstussi rennen kannst.«

»Na gut …« Suki presste ihre Lippen aufeinander, so dass sie zu einer hässlichen Linie wurden, wie Karina sie noch nie gesehen hatte. Sie wühlte in ihrer Prada-Handtasche. »Ich habe Kinder, weißt du?!«

»Benutze sie nicht als Rechtfertigung für dein beschissenes Benehmen.«

»Tue ich gar nicht«, jammerte Suki. »Es wäre nur besser für sie, wenn alles so glatt wie möglich über die Bühne ginge.«

Erstaunt und entsetzt sah Karina, dass Suki ein Scheckheft aus ihrer Tasche nahm.

Die Erkenntnis traf sie wie ein Vorschlaghammer – Suki war eine Frau, für die alles und jeder einen Preis hatte – Karina bildete da keine Ausnahme. Suki war nichts weiter als eine kleine, übersensible Gucci-Madame, die immer nur mit den Augen klimpern und den Titten wackeln musste, damit die Welt ihr zu ihren pedikürten Füßen lag. Scheiß auf sie! Niemand verarschte Karina May. Wer zuletzt lacht …

»Wie viel?«, fragte Suki knapp.

Karina schluckte den tiefen Ekel hinunter, der sie überkam, und sah Suki mit einem spöttischen Grinsen fest in die Augen. »Zehn Riesen sollten ausreichen. Und stell den Scheck auf Kim Qing aus. Q-I-N-G.«

14. Kapitel

Adele wollte gar nicht wissen, was Karina jetzt schon wieder im Schilde führte. Eigentlich kannte sie nicht einmal jemanden in dieser Gegend. Adele hasste sich selbst dafür, dass sie tatsächlich geglaubt hatte, Karina sei nur ihretwegen gekommen. »Wahrscheinlich ist sie als Drogenkurier unterwegs«, murmelte sie und stieß bitter auf. In den Kühlschrank starrend, überlegte Adele, ob ihr Magen schon mit Nahrung umgehen könnte.

Es gab aber lediglich Frischkäse, eine Packung Milch und eine Tüte Litschis. Der typische Kühlschrank einer Köchin, dachte sie, und machte ihn wieder zu. Die Leute gingen immer davon aus, dass man als Köchin auch zu Hause viel kochen würde, aber normalerweise musste man sich nach Feierabend wirklich überwinden, Essen auch nur anzusehen. Meistens schaffte man es mit Mühe und Not, den größten Hunger mit Tortillachips zu besänftigen. Wenn Adele jetzt etwas äße, da war sie sich sicher, würde sie es sowieso wieder auskotzen. Der Vanilleschnaps schien sie noch immer in eine Wolke zu hüllen, die nach Eiscreme und Nagellackentferner roch. Dabei hatte sie eigentlich verdammt viel zu erledigen – sie musste Menüpläne entwerfen und sie anschließend mit Paul absprechen, damit sie endlich die Lieferungen für die Küche bestellen konnten. Was sie sich letzte Nacht eigentlich gedacht hatte, war ihr immer noch unklar. Der Tag wäre auch ohne diesen grauenhaften Kater anstrengend genug geworden.

Unter der kalten Dusche versuchte sie, das verklebte Gefühl loszuwerden, aber der niedrige Wasserdruck im obersten Stockwerk machte ihr einen Strich durch die Rechnung. Anstelle des harten, kalten Wasserstrahls auf Kopf und Haut, den sie jetzt benötigte, um das unangenehme Gefühl einer durchzechten

Nacht zu kompensieren, gab es nur ein seichtes Tröpfeln. Draußen wurde es immer wärmer und ihre kleine Dachgeschosswohnung heizte sich extrem auf, wenn die Sonne den ganzen Tag darauf schien. Sie sollte sich dringend einen Ventilator besorgen. Zum Teufel mit den Stromkosten.

Während sie sich anzog, ignorierte Adele den Kamin, so gut sie konnte und weigerte sich, auch nur darüber nachzudenken. Was sie jetzt auf gar keinen Fall gebrauchen konnte, war ein zusätzliches Problem. Es wunderte sie allerdings nicht, dass Karina zielsicher den anfälligsten Teil der Wohnung gefunden und punktgenau zerstört hatte.

Adele zog sich ein dünnes T-Shirt und eine Jeans an, band ein rotes Tuch mit Paisley-Muster um ihren Kopf und ging nach unten. Wenigstens war Tom nicht da, weil der Großteil der Tischlerarbeiten bereits abgeschlossen war. Adele betrachtete zufrieden die geschliffenen und lackierten Oberflächen. Es war irgendwie ein gutes Gefühl, wenn etwas fertig wurde. Sie ging in Pauls Büro, um sich einen Stift und einen Zettel zu besorgen und füllte ein großes Glas mit Eiswürfeln, die den schlechten Geschmack in ihrem Mund und ihren Brechreiz betäuben sollten.

Dann setzte sie sich an den Küchentisch, steckte sich einen Eiswürfel in den Mund und versuchte sich auf die Frage zu konzentrieren, was ihre zukünftigen Gäste gerne essen würden. Sobald sie sich daran erinnert hatte, wie sehr sie diese Arbeit liebte, verging die Zeit wie im Flug. Sie genoss es, darüber nachzudenken, welche vegetarischen Gerichte es geben könnte, welcher Fisch gerade in Mode war oder ob der Trend zu warmen Salaten und klassischer britischer Hausmannskost noch weiter anhalten würde. Kochen bestand ihrer Meinung nach zu fünfzig Prozent aus Intuition und zu dreißig Prozent aus gesundem Menschenverstand. Die verbleibenden zwanzig Prozent waren Kreativität. Kreativität machte Köche zwar berühmt, aber eigentlich ging es dabei nur noch darum, Zutaten und Kochtechniken möglichst innovativ zu verbinden und herauszufinden, ob es funktionierte. Scheiß auf den Trend, dachte sie und strich den Seeteufel von der Liste. Die armen Biester waren wahrscheinlich ohnehin schon vom Aussterben bedroht. Man musste den Leuten etwas Neues anbieten. Sie würden nie herausfinden, dass sie etwas mochten, wenn man sie nicht dazu zwang, es zu probieren.

Plötzlich stand Paul mit einer Zigarette in der Hand in der Küchentür. »Bist du beschäftigt?«, fragte er.

»Ja, aber ich kann eine Pause gebrauchen. Übrigens ist hier Rauchen ab sofort nicht mehr erlaubt.«

Er verschwand, um die Zigarette in seinem Büro auszudrücken. Die Augen hinter den Brillengläsern schienen übernächtigt, aber Adele fand, dass er trotzdem irgendwie gut aussah – so wie ein Mann, in den man heimlich verliebt sein könnte.

»Freut mich, dass du es mit den Vorschriften so genau nimmst«, sagte er und setzte sich auf einen Küchenstuhl. »Wie geht's?«

Sie tippte mit dem Stift gegen ihre Unterlippe. Seit sie seine Zigarette gesehen hatte, hätte sie auch gerne eine geraucht.

»Ganz okay, glaube ich. Ich bin gerade bei Fisch angekommen.«

»Fisch? Erzähl.«

»Na ja. Die Frage ist, ob du dich für Seeteufel dumm und dusslig bezahlen willst, oder ob vielleicht die Zeit für ein Makrelen-Comeback gekommen ist.«

»Comeback?! Waren die jemals populär?«, fragte Paul und rümpfte die Nase.

»Kommt ganz drauf an, wie man es zubereitet. Man könnte zum Beispiel gefüllte Makrele mit Orange machen oder geräuchertes Makrelen-Kedgeree, also mit Reis und Eiern.«

»Ernsthaft? Ich wusste nicht, dass überhaupt noch irgendjemand Kedgeree isst.«

»Tut auch leider keiner mehr«, antwortete Adele. »Dabei ist es eine perfekte englisch-indische Mischung – multikulti Fusion-Food aus einer Zeit, als der Begriff noch nicht existierte. Davon abgesehen, schmeckt es großartig. Ein Schuss Essig mit Limonensaft, ein bisschen Panir mit Butter und Sahne und dazu ein wenig Palok Sag für den besonderen indischen Geschmack.«

Paul leckte sich über die Lippen. »Du Verführerin. Mir läuft jetzt schon das Wasser im Mund zusammen.«

»Du wirst es lieben!«, antwortete sie mit theatralischer Schlafzimmerstimme.

»Glaube ich sofort.«

»Am besten ist es, wenn ich die Gerichte zur Probe koche und du mir sagst, wie du sie findest.«

»Ich nehme das Kedgeree«, antwortete Paul. »Hört sich köstlich an.«

»Ist es auch.« Sie warf einen kurzen Blick auf die geschmolzenen Eiswürfel und stand auf. »Ich brauche eine Zigarette. Kommst du mit?«

» Ja, obwohl ich wirklich zu viel rauche in letzter Zeit«, antwortete Paul und folgte ihr auf den kleinen Innenhof. »Das liegt nur an Ians schlechtem Einfluss – dieses kleine Miststück!«

Adele nahm eine vorgedrehte Zigarette aus ihrem Etui und zündete sie an. »Was ist denn los?«

»Ich glaube, er hat mich verlassen«, antwortete Paul und rieb sich die Stirn.

»Oh Gott – tut mir echt leid«, sagte Adele und berührte seinen Arm. Seine Haut war sogar noch weicher, als sie aussah.

»Mir nicht«, antwortete Paul achselzuckend und zündete sich eine Zigarette an. »Er war wahnsinnig eifersüchtig und besitzergreifend. Wenn es kein Vertrauen gibt, bringt es doch sowieso nichts.«

»Oder wenn man mit jemandem nicht reden kann«, erwiderte Adele und dachte an Tom.

»Genau.« Paul seufzte. »Apropos – wie läuft's denn so?«

»Gar nicht. Ich habe es gewagt, ihn vor seinen Freunden bloßzustellen.«

»Soviel ich weiß, sind seine Freunde nicht gerade Intelligenzbestien. Was ist denn passiert?«

»Eigentlich gar nichts weiter«, sagte Adele. »Ich war dabei, mich mit einer Lesbe aus Cornwall zu betrinken und wir haben ein bisschen über Männer gelästert. Als Tom und seine Freunde dann ankamen und ihre Sprüche über Lesben klopften und Kate zurückschoss, konnte ich einfach nicht mehr aufhören zu lachen.«

»Zurückschoss?«, fragte Paul lachend. »Sie hat auf sie geschossen? Wer ist diese Frau? Hört sich sympathisch an.«

»Ist sie auch. Aber sie ist schon wieder weg – zum Reading-Festival.«

»Schade«, seufzte Paul und sagte dann plötzlich. »Oh mein Gott – weißt du, was das bedeutet?«

»Was denn?«

»Dass wir beide Single sind«, sagte er, wackelte kurz mit den Augenbrauen und grinste durch den Zigarettenrauch. »Was jetzt wohl passieren wird?«

»Wahrscheinlich gar nichts«, lachte Adele. »Ich bin nicht gerade eine Frau, wegen der Mütter ihre Söhne wegschließen.«

»Schwachsinn! Du hattest Tom binnen Sekunden um den kleinen Finger gewickelt. Und zwar genau hier, wo wir jetzt stehen.«

Sie wurde puterrot und verbarg ihre Verlegenheit mit einem Lachen. »Und du hast mich trotzdem eingestellt?«

»Ich bin doch nicht blöd. Bei der Vita ...«

Adele warf ihm einen langen Blick zu. Sie hatte sich für das Bewerbungsgespräch herausgeputzt wie eine Tussi – von Pfennigabsätzen bis zur Spitzenunterwäsche – und er wollte ihr erzählen, dass er sie wegen ihrer Berufserfahrung eingestellt hatte? »Wenn du nicht schwul wärst, würden die Sirenen meines Bullshit-Detektors gerade ordentlich Alarm schlagen.«

»Oh«, antwortete Paul. »Dann solltest du dir ernsthafte Sorgen um deinen Bullshit-Detektor machen.«

»Warum?«

»Weil ich nicht schwul bin.«

Sie atmete geräuschvoll aus. »Und *Lady Marmelade*?«

»Ich mag den Song. Wie viele andere übrigens auch.«

»Na gut. Vergiss *Lady Marmelade*. Was ist mit dem *Mann*, mit dem du *Sex* hattest?« Sie wollte sich dafür rächen, dass er die Sache mit Tom erwähnt hatte und fügte hinzu: »Extrem lauten Sex, um genau zu sein.«

Bingo. Er errötete. »Reine Höflichkeit ... Motivationstraining.«

»Mich hat's jedenfalls motiviert«, sagte sie. Die Worte waren aus ihrem Mund gekommen, bevor ihr Gehirn einschreiten konnte.

Paul jauchzte triumphierend auf und wippte beschwingt auf den Fußspitzen. »Ha! Ich *liebe* dich! Du schaffst es jedes Mal, dich noch tiefer in die Scheiße zu reiten. Ich liebe es – einfach zu wunderbar!«

»Fick dich doch«, sagte sie lachend. »Ich habe gar nichts gesagt.«

»Oh doch!«

»Habe ich nicht.«

»Hast du.«

»Pass mal auf, es ist wirklich nicht so leicht, nicht ... motiviert zu werden, wenn ständig ein gestöhntes ›mach's mir, Baby‹ aus dem Kamin in dein Schlafzimmer schallt. Ach ja, darüber wollte ich sowieso noch mit dir sprechen.«

»Moment!«, Paul erhob eine Hand. »›Mach's mir, Baby?‹ Nie im Leben habe ich ... ich werde falsch zitiert! Ich habe beim Sex noch nie ›mach's mir, Baby‹ gesagt. Nie!«

»Na gut, vielleicht war es auch ›fick mich‹. Aber das ›Baby‹ kam auf jeden Fall auch vor.«

»Das dürfte schon physiologisch kaum möglich sein.« Paul rümpfte die Nase. »Hoffe ich zumindest. Nicht, dass dieser kleine Bastard mir in neun Monaten mit einer Vaterschaftsklage kommt.«

»Verdammt. Hör auf, mich zum Lachen zu bringen. Ganz im Ernst – wegen des Kamins. Hast du eine Idee?«

»Er wird repariert«, antwortete Paul und legte beteuernd die rechte Hand auf sein Herz. »Versprochen! Ich ruf heute noch an.«

»Gut.«

»Ich glaube, du musst dir keine Sorgen machen. Wenn die Stützpfeiler nicht in Ordnung wären, wäre jetzt schon alles eingestürzt. Na ja – oder der Gutachter hat Scheiße gebaut und das ganze Gebäude kracht in Kürze über uns zusammen wie ein Kartenhaus.«

Adele schaute kritisch an der Wand zum Dach hinauf. »Danke. Eine äußerst beruhigende Information.«

»Ja, tut mir leid. Das wäre natürlich das Schlimmste, was passieren könnte.« Er blickte ebenfalls nach oben. »Kein besonders angenehmer Gedanke, oder?« »Ich hätte wohl lieber gleich jemanden anrufen sollen.«

»Ja.«

»Okay«, nickte er. »Dann kümmere ich mich mal darum.«

»Tu das.«

»Werde ich. Und gleich noch den Tisch bestellen.«

Sie neigte den Kopf und runzelte die Stirn. »Tisch?«

»Ich dachte, wir könnten heute vielleicht zusammen essen gehen. Was schlägst du vor?«

»Oh«, sagte sie überrascht. Manchmal war es nicht einfach, Pauls abrupten Themenwechseln zu folgen. »Na ja … das Amadeo, denke ich.«

»Großartig. Hol deinen heißen Fummel aus den Kisten.«

»Immer schön langsam!«, sagte sie. »Ich habe noch nicht einmal Ja gesagt.«

»Aber auch nicht Nein!«, erwiderte er mit bettelnder Miene.

»Das ist nicht gerade höflich von dir«, sagte sie. »Woher willst du überhaupt wissen, dass ich nicht viel wichtigere Pläne habe?«

»Weiß ich nicht. War nur ein Versuch. Hast du was vor?«

»Na ja … nein.«

»Okay. Dann um acht?«

»Um acht!«

*

Auf dem Zettel, der an der Eingangstür ihrer Wohnung klemmte, stand nur: »Sorry. Ruf dich an.« Adele unterdrückte das alberne Verlangen, den Zettel sofort in tausend Stücke zu reißen und die Schnipsel das Klo hinunterzuspülen. Sie konnte nicht fassen, dass sie geglaubt hatte, Karina hätte sich tatsächlich in irgendeiner Art und Weise verändert oder wäre erwachsen geworden. Es war immer noch das Gleiche – sie riss den Menschen das Herz aus dem Leib, um anschließend darauf herumzutrampeln. Wahrscheinlich waren die Polizei oder die Drogen-Mafia hinter ihr her – bei Karina konnte Adele nichts mehr überraschen. Außerdem hatte sie sich fest vorgenommen, dass es ihr ab jetzt egal sein würde. Das alte Sprichwort über gebrannte Kinder, die das Feuer meiden, schoss ihr durch den Kopf. Jetzt war es endgültig genug. Die Was-habe-ich-nur-falsch-gemacht-Phase hatte Adele bereits acht Jahre zuvor durchgemacht und sie hatte nicht vor, wieder von vorn zu beginnen. Es war nicht ihr Problem.

Sie dachte kurz darüber nach, das Abendessen mit Paul abzusagen, aber bei dem Gedanken bekam sie noch schlechtere Laune.

Warum sollte sie sich nicht amüsieren? Warum sollte sie zu Hause Trübsal blasen, voller Wut die alten Nirvana-CDs hören und sich dabei betrinken? Zum ersten Mal seit Monaten hätte sie gerne jetzt gekifft. Sie wusste, dass Marihuana ihre Emotionen etwas dämpfen würde und sie dann die Situation aus einer anderen Perspektive betrachten könnte. Leider hatte sie die alten Gras-Kontakte abgebrochen und war jetzt nicht in der Stimmung, sie wieder aufzufrischen. Davon abgesehen hatte sie nicht das geringste Verlangen danach, auf einem mit Brandflecken übersäten Sessel vierzehn Mal hintereinander »In A Gadda Da Fucking Vida« zu hören, weil irgendein uraltes Hippie-Wrack sich vorgenommen hatte, sie von dieser »Wahnsinns-Energie« zu überzeugen.

Egal, sagte sie sich. Jetzt ging es vor allem um ein schickes Outfit für das Abendessen und um die Kriegsbemalung.

Sie erinnerte sich daran, wie sie als Siebzehnjährige mit ihrem sensationell geschminkten, feuerroten Mund in die Schule gegangen war. Einen ganzen Vormittag lang hatten sie kein Wort rausgebracht. Die Ruhepause war zwar nicht sehr lang gewesen, aber sie hatte es trotzdem genossen. Den Miststücken war einfach nichts eingefallen. Adele hatte sie mit der unerwarteten Schminkattacke tatsächlich zum Schweigen gebracht. Ihre Fassungslosigkeit hatte Adele so gut getan, dass sie sich von da an immer neue Dinge einfallen ließ, um sie zu provozieren – Tour-Shirts von Heavy-Metal-Bands, selbst gefärbte Batikhüte, nietenbesetzte Armbänder oder karierte Grunge-Hemden. Sie hatte zwar manchmal etwas merkwürdig ausgesehen, aber solange ihren Widersacherinnen die höhnischen Bemerkungen im Hals stecken blieben, störte sie das überhaupt nicht.

Adele wusste, was sie tragen würde. Zum Glück war sie schon dazu gekommen, ihre Klamotten im Schrank zu verstauen, die ansonsten wie ihr Schlafzimmer nach Ziegelstaub und Ruß gestunken hätten. Das Kleid roch zwar etwas muffig, weil sie es ewig nicht getragen hatte, aber ein kurzes Auslüften würde genügen. Adele war sich sicher, dass jede Frau ein Kleid wie dieses hatte. Alle besaßen dieses eine, besondere Lieblingsstück; ihre ganz persönliche Variante des weißen Travillakleides von Marilyn Monroe oder Liz Hurleys berühmten, mit Sicherheitsnadeln befestigten Versace-Teils. Jede besaß ein Kleid, das sie augenblicklich in einen Star verwandelte. Adeles Kleid war ein Einzelstück aus Seide in gedämpftem Blau-Grün. Sie hatte es in ihrem ersten Semester an der Uni mit Färbemittel und Heißwachs selbst gestaltet. Eine befreundete Modedesignstudentin hatte ihr ein schlichtes Etuikleid geschneidert. Vorher hatte sie den riesengroßen Seidenstoff in ihrem Zimmer ausgebreitet, Heißwachs darauf verteilt und einzelne Stellen türkis, blau und grün gefärbt. Nachdem es getrocknet war, hatte sie wieder von neuem begonnen und wie im Rausch immer mehr Heißwachs und Farbkleckse auf dem Stoff verteilt, bis es letztlich vollständig mit Farbe bedeckt war. Am Ende war ihr ein richtiges Kunstwerk gelungen. Adele erschrak, als sie feststellte, wie grell die Farben waren und hatte den Stoff sofort heiß gewaschen, damit er wieder einen helleren Grundton bekäme, mit dem man noch einmal von Neuem beginnen könnte, aber das Auswaschen hatte bereits ein überraschend schönes Ergebnis gebracht.

Als sie die Treppen hinunterging, fühlte sie sich nicht nur besser, sondern verdammt gut. Paul bekam vor Staunen den Mund gar nicht wieder zu, als er ihr die Tür öffnete.

»Oh mein Gott …«

Adele drehte sich kokett um die eigene Achse. Seine unübersehbare Begeisterung ging runter wie Öl. »Na, wie sehe ich aus?«

»Fantastisch! Bezaubernd! Ich bin total underdressed. Ich wusste gar nicht, dass das Amadeo so edel ist.«

Als sie daraufhin seine hellen Khaki-Hosen und das kastanienfarbene Hemd ansah, realisierte Adele, dass sie mit ihrem Outfit komplett übers Ziel hinausgeschossen war. »Nein«, antwortete sie enttäuscht. »Ist es auch nicht. Ich bin overdressed. Ich sollte mir schnell etwas anderes anziehen.«

»Untersteh dich«, sagte Paul und knöpfte bereits sein Hemd auf. »Ich ziehe mich um, dann sind wir beide elegant gekleidet. Essen gehen macht sowieso mehr Spaß, wenn man sich schick macht. Gib mir eine Sekunde und nimm dir einen Drink. Im Kühlschrank ist noch Wein.«

»Okay. Danke«, sagte sie und fühlte sich schon wieder etwas besser. Wenn es ihr so ging wie heute, konnte sich ihre Stimmung urplötzlich ändern. Fast wäre sie gerade wegen eines falschen Kleides in Tränen ausgebrochen. Nur der Gedanke an die Wimperntusche hatte sie davon abgehalten. Manchmal kam es ihr so vor, als wäre Mascara nur dazu erfunden worden, um die Frauen daran zu erinnern, nicht zu weinen. Adele warf einen Blick in den Kühlschrank und fand die offene Flasche Semillon in der Tür, konnte aber kein Glas finden. Sie wollte auf keinen Fall Lippenstift an der Flasche hinterlassen, weil sie wusste, dass Paul mit Ian schon genug Probleme hatte. Wenn Ian seine Sachen holte, würde es ohnehin Streit geben.

»Paul?«, rief sie.

»Ja?«

»Ich finde kein Glas.«

Paul kam mit freiem Oberkörper in die Küche. Natürlich wusste sie, dass sie nicht hätte starren sollen, aber bei Paul bekam man sonst nur sehr wenig Haut zu sehen. Adele war beinahe geschockt von so viel Nacktheit. Wenn er das Hemd vor ihrer Nase ausgezogen hätte, wäre es ihr vielleicht wie die selbstverständliche Fortführung des extremen Zeitlupen-Striptease vorgekommen, den er immer und überall zu vollziehen schien. Sie fühlte sich irgendwie betrogen, weil sie nicht gesehen hatte, wie er es ausgezogen hatte. Paul war breiter als Tom und seine Haut hatte nicht die durchsichtige Blässe eines Rothaarigen. Pauls Körper war extrem maskulin – und hatte nichts von einem weichen, jungen Männerkörper, den man kuschelnd verwöhnen und bemuttern wollte. Seine Muskeln waren nicht so drahtig wie Toms, aber seltsamerweise machte ihn das eher männlicher. Selbst die kleinen Pölsterchen an seinen Hüften schienen bei ihm ein Beweis dafür zu sein, dass er ein Mann war, der sich in seiner Haut wohlfühlte.

Irgendwie beeindruckte sie auch, dass er locker genug war, sowohl Frauen als auch Männer in sein Bett zu lassen. Keine vergängliche jugendliche Schönheit, keine Waschbrettbäuche oder aufgepumpten Muskeln ließen Adele so schwach werden wie das Charisma eines Menschen, dem auf eine merkwürdig uneitle Art und Weise bewusst war, dass er schön ist.

»Ich mach schon …«, sagte er, nahm ihr die Flasche ab und öffnete einen Schrank über der Spüle. Während er nach einem Weinglas suchte, betrachtete sie den schönen Rücken, der in dem Bund der schwarzen Anzughose verschwand. Adele entdeckte Kratzer auf seiner Schulter, die zwar nicht besonders tief, aber auch nicht zu übersehen waren. Sie erinnerte sich daran, dass Paul am Ende seiner Wirbelsäule einen Knutschfleck hatte, als sie ihn kennenlernte. Er trug die Spuren der Lust wie ein indischer Aristokrat, der sein *Kamasutra* sorgfältig studiert hatte. Er schien genau zu wissen, dass jene Spuren bewiesen, dass man begehrt wurde und dass diejenigen, die sie sahen, automatisch darüber nachdachten, ob es ihnen ähnlich ging.

Die vier parallel verlaufenden hellen roten Kratzer auf seinem linken Schulterblatt stammten eindeutig von einem Menschen. Die hellbraune Haut auf seinem Rücken war ansonsten glatt und schön. Dieser Rücken schien ihre Hand magisch anzuziehen. Bevor sie den Impuls unterdrücken konnte, berührten ihre Finger schon die Kratzspuren. Paul zuckte nicht einmal bei der Berührung, drehte seinen Kopf leicht und lächelte sie an.

»Was ist denn da passiert?«, fragte sie und erstarrte. Sie traute sich nicht, ihre Hand von seinem Rücken zu nehmen, weil das noch merkwürdiger ausgesehen hätte.

»Wo?«

»Du hast Kratzer auf dem Rücken. Was hast du denn getrieben?«

»Mich gejuckt?«, schlug er vor. »Vielleicht hat mich auch irgendetwas gebissen.« Er drehte sich um und gab ihr den Wein.

»Das war weiter unten«, sagte sie. Wieder hatte ihr Mund gesprochen, ohne ihr Gehirn kontaktiert zu haben.

»Weiter unten?« Paul lachte.

»Ähm. Ja. Als wir uns das erste Mal trafen, hattest du einen riesigen Knutschfleck an deiner Wirbelsäule.«

Paul lehnte sich gegen die Küchenanrichte, wodurch sein Schritt etwas nach vorn verlagert wurde. »Das war Ian. Er hatte die merkwürdige Angewohnheit, an gewissen Körperteilen von mir zu saugen.«

»Hatte ich mir schon gedacht.«

»Dir entgeht auch nichts, oder?!«

»Ich hatte schon immer ein gutes Auge für Details«, sagte sie, ging einen Schritt zurück und trank einen Schluck Wein. »Deshalb habe ich es auf der Kunsthochschule ziemlich weit gebracht. Aber ich merkte irgendwann, dass meine Hände nicht annähernd so talentiert waren wie meine Augen.«

Er hob seine Augenbrauen und stellte sich gerade hin. »Da wäre ich mir nicht so sicher«, antwortete er und lächelte sie an. »Mir scheint alles zu stimmen mit deinen Händen.«

15. Kapitel

Adele und Paul stolperten die Treppe hinauf, wobei sie beide schwankten, als würden sie eine Szene aus *Titanic* nachspielen. Adele hielt sich am Geländer fest und versuchte, sich die hochhackigen Schuhe auszuziehen. »Diese beschissenen Schuhe!«, lallte sie. Weil sich die Riemen an den Knöcheln nicht öffnen ließen, zog sie daran, so fest sie konnte. Es war ihr egal, ob die Schuhe kaputtgingen, Hauptsache ihre Füße wären wieder frei.

»Warte, ich helfe dir«, sagte Paul und kniete sich auf die Treppe. Sein Schlips war schief und an den Mundwinkeln waren unübersehbare Rotweinspuren. Adele zerrte an dem Riemen und schob seine betrunkenen, unbeholfenen Hände beiseite. »Ich hab's ... das ist Emanzipation ... scheiß auf diesen *Sex and the City*-Blödsinn. Scheiß auf Manolo Blahniks ... blah blah Blahniks. Müll! Müll hoch zehn!« Wütend zerrte sie die Schuhe über die schmerzenden Scheuerstellen an ihren Knöcheln. »So viel zur Emanzipation. Da ketten sich Frauen an Zäune und demonstrieren und was hat's gebracht?! Idiotische Schuhe, die meine verdammten Füße foltern.«

Als die Schuhe endlich von ihren Füßen waren, warf Adele sie knapp an Pauls Kopf vorbei die Treppe hinunter. Er lachte so heftig, dass er beinahe selbst die Treppe hinunterfiel.

»Das ist nicht witzig!«, sagte sie, obwohl sie sein Gelächter zum Schmunzeln brachte. »Idiotische Schuhe von idiotischen Frauen, denen es nur um Geld, Heiraten, Klamotten und Sex geht, die nichts essen und sich für radikal halten, weil sie behaupten, es sei großartig, eine Frau zu sein. So ein Schwachsinn! Ich hasse es!«

»Tust du nicht«, sagte Paul belehrend und krabbelte auf allen vieren die Treppe hinauf.

»Doch, tue ich. Ich hasse Regelschmerzen, Krebsvorsorgeuntersuchungen und Männer, die sich mit meinen Brüsten unterhalten und sich für fortschrittliche Supermänner halten, weil sie Muschis lecken. Hast du eine Ahnung, wie langweilig das sein kann, wenn jemand vier Stunden an dir rumschlabbert und deine Schenkel zerkratzt, obwohl sie einen Steifen haben?! Und dann halten sie sich für Sexgötter, weil es ihnen *sooo wichtig* ist, dass sie eine Frau zum Kommen bringen.«

»Ihr seid doch selbst schuld, Madame«, protestierte Paul. »Ihr und *Cosmopolitan* waren es doch, die überall Orgasmen verlangt haben.«

»Damit hatte ich nichts zu tun!«, rief Adele. »Solche Weiber finde ich zum Kotzen. Es ist immer das Gleiche: Wie man abnimmt, damit man gevögelt wird. Wie man unabhängig wird, damit einen ein Mann befriedigt. Wie man heiratet. Wie man sich ein hübsches Zuhause bastelt. Alles eine Soße. Gott – ich brauche einen Drink!«

»Ja.« Paul schwankte auf seine Wohnungstür zu und öffnete sie. Um ein Haar wären sie gemeinsam auf den Boden gefallen, als sie durch das Wohnzimmer wankten. Immer noch wütend ließ sie sich auf die Couch plumpsen.

»Scotch?«, fragte Paul und hielt eine Flasche hoch.

»Ich werde aggressiv, wenn ich Scotch trinke«, sagte sie kopfschüttelnd. »Ach, scheiß drauf. Mach mir einen doppelten.«

»Das wird dich in eine Furie verwandeln«, sagte er.

»Warum denn auch nicht? Eine Frau braucht ein bisschen Feuer! Scheiß auf Babys, Sofas und blöde Absatzschuhe. Ich will nichts von dem ganzen Müll.«

»Was willst du dann?«

»Keine Ahnung«, sagte Adele, nahm ihr Whiskyglas und suchte nach ihren Zigaretten. »Ich will nur ich selbst sein. Ist das etwa zu viel verlangt?«

»Was wäre, wenn ...«, begann Paul und ließ sich neben ihr auf die Couch fallen. »Was wäre, wenn aber dein wahres Ich Absatzschuhe wirklich mag?«

»Dann sollte ich darüber nachdenken, mich umzubringen, bevor meine Füße es tun«, antwortete sie. Langsam wurde ihre Laune wieder besser. »Oh Mann – ich bin sturzbetrunken und führe mich auf wie ein Idiot.«

»Keine Sorge. Ich werde mich morgen kaum dran erinnern. Ich bin genauso betrunken.«

»Das ist schon die zweite Nacht in Folge!«

»Ich werde es erwähnen, wenn ich uns in die Betty-Ford-Klinik einweise«, sagte Paul, der beim Reden von einem Schluckauf unterbrochen wurde. »Ich glaube, du hast einen wirklich schlechten Einfluss auf mich.«

»Wenn ich mich recht entsinne, warst du es, der ständig Chianti nachgegossen hat, mein Freundchen«, verteidigte sich Adele und starrte auf Pauls Hintern, der seltsame Geräusche machte. »Wusstest du eigentlich, dass dein Hintern piept?«

»Ich hatte vorhin schon das Gefühl, irgendwo draufzusitzen.« Er setzte sich hin, griff in seine hintere Hosentasche und holte sein Telefon heraus. »Hallo?«, kicherte er, rollte sich vom Sofa auf den Teppich und bekam einen Lachkrampf. »Für dich«, sagte er und hielt Adele das Handy hin.

»Aber ... das ist doch dein Telefon ...«, wunderte sich Adele und nahm das Handy. Paul schien sich köstlich zu amüsieren.

»Hallo?«, sagte sie und hielt sich das absurd kleine Gerät ans Ohr.

»Hey Schätzchen« Karinas Stimme war erstaunlich deutlich, wenn man bedachte, dass sie aus einem Handy kam, das kaum größer als eine Packung Tic-Tac war. Sie klang überdreht oder betrunken – auf jeden Fall merkwürdig. »Hab ich doch gesagt, dass ich dich anrufe, oder?!«

»Das ist nicht mal mein Handy.«

»Ich weiß. Du hast ja kein eigenes Telefon.«

»Das weiß ich auch.«

Paul schien vor Lachen kaum Luft zu bekommen.

»Was ist denn so lustig?«, fragte Karina.

»Nichts. Er ist einfach nur betrunken. Ich auch, glaube ich. Wo zur Hölle steckst du?«

»Egal«, antwortete Karina. Sie klang müde und deprimiert. »Ich verschwinde sowieso.«

»Wohin denn?«, fragte Adele und stieß Paul mit der Fußspitze an. Er rollte sich auf den Rücken und griff nach ihrem Kleid. Lachend zog sie ihr Bein zurück und versuchte, ihn daran zu hindern, ihr unter den Rock zu sehen. »Paul ... hör auf ...«

»Woher soll ich das wissen?!«, antwortete Karina. »Ins verfickte Casablanca oder was weiß ich. Tut mir leid, wenn ich störe.« Ihre Stimme klang, als würde sie gleich zu weinen beginnen, aber Adele ignorierte es. Sie war zu betrunken, um jetzt auf Karinas Stimmungsumschwünge einzugehen.

»Kein Problem. Uns bleibt immer noch Paris.«

Paul hatte seine Arme um ihre Knie geschlungen und murmelte etwas in ihren Schoß. Sie tätschelte seinen Kopf. Guter Junge – voll wie tausend Mann.

»Ja. Wie auch immer«, seufzte Karina. »Es ist besser so. Dann werde ich endlich wissen, wer ich wirklich bin!«

»Oh mein Gott. Du gehst doch nicht etwa schon wieder auf einen Selbstfindungstrip?«

»Doch. Ich glaube, ich bin irgendwo in Casablanca. Ich schau dir in die Augen, Kleines.«

Adele seufzte. Wenn sie keine Halluzination hatte, bearbeiteten Pauls Lippen gerade ihren Oberschenkel. Wie war das noch mal mit ihr und schwulen Männern? »Hör zu: Du kannst mich nicht einfach anrufen, wenn ich besoffen bin und mich mit irgendeinem

Scheiß über Casablanca zuquatschen. Du tauchst nach acht beschissenen Jahren aus dem Nichts hier auf, um dann urplötzlich wieder zu verschwinden, ohne mir zu sagen, was eigentlich los ist. Verdammt – werd endlich ...«

Die Verbindung wurde unterbrochen. »Fick dich selbst!«, sagte Adele zum Telefon. »Dieses Miststück. Das macht sie immer.«

»Was denn?«, murmelte Paul und blickte nach oben, den Kopf auf ihren Knien.

»Psychodrama«, antwortete Adele. »Wie damals. Verpisst sich auf Selbstfindung nach Thailand, kommt wieder, ändert ihre Adresse und meldet sich dann nicht mehr.«

»Nicht mal eine obligatorische Geburtstagskarte?«

»Nicht mal das. Was machst du da unten eigentlich?«

»Ich ziehe es vor, den Erdanziehungskräften so nah wie möglich zu sein«, antwortete Paul und streckte sich auf dem Teppich aus. Sein Gesicht war vom Alkohol gerötet. Seine dunklen Locken hatten mittlerweile den Kampf gegen das Haar-Gel gewonnen, mit dem er versucht hatte, sie zu bändigen. Er sah ziemlich gut aus, fand Adele. Das Schwarzweiß seiner Kleidung betonte die grünen Augen und die olivefarbene Haut. Jedenfalls fand sie, dass es deutlich besser war als dieses leuchtend grüne Hemd, das er sonst trug. Sie konnte nur ahnen, was er dachte, als er mit ihrem Kleid gespielt und seinen Kopf in ihrem Schoß vergraben hatte. Adele wollte ihn provozieren. Sie stellte ihren nackten Fuß auf seine Brust und wackelte mit den Zehen.

»Worauf hast du Lust?«, fragte sie.

»Keine Ahnung. Alles – bei dem Alkoholpegel.«

»Du bist schwul.«

»Nein, bin ich nicht. Habe ich doch schon mal gesagt. Ich war verheiratet. Mit einer Frau.«

»Tja.« Sie kuschelte ihren Fuß in sein Hemd und fühlte den kraftvollen Oberkörper. Adele konnte nicht leugnen, dass sie sich nach einem warmen Körper sehnte. »Ich tendiere dazu, schwulen Männern zu misstrauen, die behaupten, dass sie was von einer Frau wollen. Der letzte wollte nämlich eigentlich selbst eine Frau sein.«

»Da besteht bei mir keine Gefahr«, antwortete Paul. »Ich habe Beine wie ein Rugby-Spieler und würde in Netzstrumpfhosen grauenhaft aussehen.«

»Verheiratet sein, heißt gar nichts«, sagte sie, obwohl sie sich da nicht so sicher war, und versuchte, ihren Fuß zu bewegen. Paul hielt ihn am Knöchel fest und grinste sie an. Sein Daumen streichelte das kleine Grübchen neben der Achillessehne.

»Natürlich heißt das etwas«, sagte Paul und drehte sich auf die Seite, so dass er an ihrem Bein hinaufsehen konnte. »Mit Männern zu vögeln, war ursprünglich die Idee meiner Frau. Sie sah gerne dabei zu.«

»Was?«

»Ja. Komm her.« Er neigte seinen Kopf, als würde er ihren Fuß küssen wollen, aber hauchte nur auf ihren Spann. Er sah durch seine dunklen Wimpern zu ihr herauf und lächelte. »Gib's zu – es stimmt in beide Richtungen: Männer haben Fantasien über zwei Frauen, Frauen über zwei Männer.«

»Ab und zu«, sagte Adele, wobei sie etwas prüde klang. Er sollte nicht merken, dass ihre Knie weich waren und sie nur noch an seinen Schwanz denken konnte. Mehr hatte sie von Tom doch auch nicht gewollt – zum Teufel mit seiner blöden Kondomphobie und seiner eingebildeten Reputation als Muschileck-Experte.

»Du hast gelauscht, stimmt's?!«, fragte Paul.

»Das ließ sich kaum vermeiden, aber das weißt du doch schon.«

»Ja, aber die Details kenne ich noch nicht.« Sie ächzte, als seine Zunge über ihren Spann glitt. Die Luft knisterte. »Bist du feucht geworden?«

»Was glaubst du?«

»Nicht so schüchtern! Ich erzähl dir alles, was du willst. Ich bin ziemlich gut darin, schmutzige Geschichten zu erzählen. Es war *der* Kick für meine Exfrau – ist es immer noch. Sie war sauer auf mich, als ich mich weigerte, die verdorbenen Details über Ian zu teilen.«

»Warum hast du es ihr nicht erzählt?«

»Ich war verliebt in ihn und es ging sie nichts mehr an. Sie rächte sich, indem sie mir auch nichts mehr erzählte.«

Adele runzelte die Stirn. »Okay ... das hört sich ziemlich abgefahren an.«

»Ja, war es auch. Von Anfang an. Bevor ich sie heiratete, war Sarah meine Stiefschwester.«

Adele lachte ungläubig. »Du verarschst mich, oder?«

»Leider nicht. Sie hatte diese komplett verrückte Inzestnummer am Laufen. Ich war 18 und der perfekte Kandidat, weil ich ihr Bruder, aber trotzdem nicht mit ihr verwandt war. Sie war gerade mit der Schule fertig – eine Musterschülerin mit blondem Haar und blauen Augen. Von außen betrachtet ein feines englisches Pflänzchen, aber in Wirklichkeit hatte sie ihre hässlichen Seiten nur gut versteckt.«

»Erzähl«, sagte Adele und machte es sich gemütlich. Sie wollte wissen, ob er ihr tatsächlich alles erzählen würde. Ihre Muskeln zuckten ungeduldig, als vor ihrem geistigen Auge das Bild des schüchternen, schönen achtzehnjährigen Paul auftauchte, der keuchend vor Schreck und gleichzeitigem Genuss seine arrogante, blonde Stiefschwester penetrierte.

»Anfangs fand ich sie furchtbar – und hielt sie für ein eingebildetes kleines Miststück. Aber an dem Tag, als meine Mutter ihren Vater heiratete, habe ich sie dabei erwischt, wie sie mit irgendeinem Typen vögelte. Sie sah mich nicht, aber ich sie. Sarah saß mit hochgeschobenem Rock und weit gespreizten Beinen auf dem Wäschetrockner. Ich konnte genau sehen, wie er seinen Schwanz in ihr bewegte.«

Adele überlief ein Schauer. Sie hatte nicht damit gerechnet, dass er so deutlich werden würde. Sie warf einen verstohlenen Blick auf seinen Hosenstall, aber wegen des dämmrigen Lichts und des dunklen Stoffs konnte sie nicht erkennen, ob auch er erregt war. Sie wollte, dass er seinen Schwanz rausholte und ihn berührte, und sei es nur, damit sie sich auch berühren konnte. »Was hast du gemacht?«, fragte sie, wobei ihr die eigene Stimme irgendwie unglaubwürdig und gekünstelt vorkam.

»Mein Herz schlug mir bis zum Hals und ich schlich auf Zehenspitzen davon. Sie wäre ausgerastet, wenn sie mich entdeckt hätte. Ich war kurz davor zu kommen, schaffte es aber gerade noch bis zum Bad in der unteren Etage, wo ich dann so heftig kam, dass ich Sterne sah. Heute bin ich mir sicher, dass sie damals ganz genau wusste, dass ich zusah. Am nächsten Morgen, unsere Eltern waren bereits auf ihrer Hochzeitsreise, tauchte sie zum Frühstück in einem winzigen pinkfarbenen Hemdchen mit passendem Slip auf. Für die Farbe konnte sie übrigens nichts – es waren schließlich die späten Achtziger. Sie setzte sich an den Küchentisch und reizte mich mit ihrem halbnackten Körper. Nebenbei schimpfte sie ununterbrochen darüber, wie sehr sie das Haus und ihren Vater hasste und sagte mir, dass sie es kaum abwarten könnte, auf die Uni zu gehen und endlich richtige Männer zu treffen. Während sie vor sich hin schimpfte, waren ihre Beine die ganze Zeit über weit geöffnet. Der winzige Slip verbarg so gut wie nichts! An beiden Seiten lugten Schamhaare hervor. Sie merkte genau, dass ich starrte, und es machte sie heiß. Auf dem feinen Stoff in ihrem Schritt war ein kleiner, langsam wachsender feuchter Fleck zu sehen. Ich wurde fast verrückt und war kurz davor, etwas Unmoralisches zu tun. Ich war immer noch Jungfrau und hatte keinen blassen Schimmer, wie ich mich beherrschen sollte.«

»Und?«, fragte sie atemlos. Sie kuschelte sich noch tiefer in die Sofakissen, wobei das lange Seidenkleid über Knie und Schenkel nach oben rutschte, aber das war ihr egal. Je eher er mitbekam, was sie wollte, desto besser, auch wenn sie dieses aufreizende Vorspiel wirklich genoss. Je länger es dauern würde, umso heftiger würde die Explosion sein, wenn sie übereinander herfielen. Sie stellte sich hemmungslosen Sex vor, bei dem Möbel zu Bruch gingen, weil sie wild gegen Wände und auf Stühlen vögeln oder mit einem Wisch den Tisch abräumen würden, um dort weiterzumachen.

Adele war sich jetzt sicher, dass Paul wirklich nicht schwul war. Er spielte mit ihren Fantasien, von denen sie selbst nichts geahnt hatte, bevor er an ihrem Knöchel geleckt und begonnen hatte, seine schmutzigen Geschichten zu erzählen.

»Was glaubst du?«

»Keine Ahnung.«

»Ich bin wieder ins Badezimmer und habe mir einen runtergeholt. Es war krank, aber ich stand drauf. Und so ging es auch weiter. Sie provozierte mich, um mir dann zu erklären, dass es nicht sein dürfte, weil wir Bruder und Schwester waren. Natürlich vergaß sie aber niemals, mich dann zu fragen, ob ich es nicht mehr wolle als alles andere und mir nicht heimlich wünschte, dass wir wirklich Geschwister wären, weil es dann erst wirklich verboten sei. Wenn es um Gehirnficks ging, war sie unschlagbar. Ich war ein Einzelkind und sie spielte mit meinem Beschützerinstinkt. Plötzlich hatte ich eine Schwester und egal wer oder was sie war, ich wollte sie vor anderen Männern behüten. Eines Tages wollte sie ausgehen und trug ein Kleid – eigentlich nichts Besonderes, aber als sie die Treppe herunterkam und das Licht sie von hinten anstrahlte, sah ich, dass sie darunter vollkommen nackt war. Man konnte eindeutig ihre Schamlippen erkennen.«

»Oh Gott«, murmelte Adele. Ihr Rock war hoch genug gerutscht, dass man schon den schmalen, albernen Tanga sehen konnte – die einzige Unterwäsche, die man zu diesem Kleid tragen konnte. Sie fühlte die Feuchtigkeit zwischen ihren Beinen und ein kleines Stück Stoff rieb gegen ihre Möse, berührte ihren Kitzler aber noch nicht. Adele bemerkte, wie ihre Beine sich leicht spreizten, um den Stoff gegen ihre Klitoris zu pressen.

Pauls Hand streichelte ihre Kniekehle und seine leuchtenden Augen waren fest auf ihr Gesicht gerichtet. Seine sinnlichen Lippen waren leicht geöffnet, als würden sie Adele still um etwas bitten. Sie sah ihn an und stöhnte auf, als er ihr Kleid noch höher schob. »Soll das weg?«, fragte er, wobei sein Daumen verführerisch nah an die Stelle kam, wo sie seine Finger wollte.

Ihr Atem ging schwerer und sie nickte.

»Dann zieh es doch aus«, sagte er.

Sie machte ein Hohlkreuz, zog den Slip aus und beschloss, ihn zu schocken – wenn das überhaupt möglich war. Als sie aufstand und sich langsam die Träger über die Schultern streifte, befürchtete sie einen Augenblick lang, dass sie die Balance verlieren und auf den Couchtisch knallen würde. Das Kleid glitt wie Wasser an ihr herab und kringelte sich filmreif wie eine Schlange um ihre Füße. Mit gehobenen Augenbrauen sah Paul auf ihre Brüste, ihre Schenkel und zwischen ihre Beine, aber er bewegte sich keinen Zentimeter. Sie setzte sich wieder und spreizte die Beine. Ihr Kitzler pulsierte im Takt ihres Herzens.

»Du bist nackt«, sagte er lächelnd.

»Genau das liebe ich so an dir: deine schnelle Auffassungsgabe.«

Adele konnte es kaum fassen, dass Paul sich zurücklehnte, sein Whiskyglas vom Tisch nahm und sich eine Zigarette anzündete, während er mit gelassenem Interesse zwischen ihre Beine blickte. Und doch war es viel erotischer als Toms zwischen ihren Beinen schlabbernde Zunge. »Willst du hören, wie ich meine Stiefschwester gevögelt habe?«, fragte Paul. »Aber vielleicht bist du ja auch an der Reihe. Ich würde gerne wissen, was du getrieben hast, als wir uns das erste Mal trafen. Erzählst du es mir?«

»Ich will alles über deine Schwester wissen«, sagte Adele.

»Jetzt noch nicht«, antwortete er. »Wir sollten uns noch ein paar Dinge für später aufheben, oder?! Ich *weiß*, dass du an dem Tag im Hof etwas mit Tom hattest. Man konnte es sogar riechen.«

Ungeduldig lehnte Adele sich zurück, wodurch sich ihre Schenkel noch weiter spreizten. Er hob eine Augenbraue, grinste und zog dann in aller Ruhe an seiner Zigarette.

»Du hast doch damit angefangen«, sagte sie leicht irritiert.

»In der Tat«, antwortete Paul nickend, stellte seinen Drink ab und streichelte wieder mit seinem überraschend weichen Daumen ihre Kniekehle. »Ich bin keine Verräterin«, sagte sie und hoffte, dass sich damit ihre Unfähigkeit zum Aussprechen von Obszönitäten wenigstens mit etwas geheimnisvoll Weiblichem und Verführerischem vertuschen ließ.

»Schön für dich«, sagte er und küsste die Innenseite ihres Oberschenkels, so dass ihre Muskeln unwillkürlich zuckten und sie lange und tief Luft holte. Nachdem Paul seine Zigarette im Aschenbecher abgelegt hatte, lehnte er sich zwischen ihre Beine und presste seinen Mund auf ihre Hüfte, aber er vermied es, ihren juckenden, feuchten Schritt zu berühren. Endlich hatte er aufgehört zu reden. Adele fühlte seinen schneller gehenden Atem auf ihrer Haut, während er erst ihre Hüften, dann den Bauch und schließlich ihren Bauchnabel küsste. Sie griff nach seinen Haaren. Seine Hände, die bis dahin auf ihren Oberschenkeln waren, glitten höher, packten ihren Arsch und streichelten ihre Schenkel. Durch die lange Verzögerung schienen die Berührungen jetzt doppelt so intensiv. Begierig schob sie ihm ihren Unterleib entgegen und stöhnte, als sie ihren Schritt gegen sein Hemd presste. Es fühlte sich wunderbar an, aber sie wollte mehr.

Sie wollte seinen Mund. Trotz des langen Vorspiels hatten sie sich noch nicht einmal geküsst. Paul nahm ihre Brüste und presste sie gegeneinander. Aufgeregt griff sie nach den Knöpfen seines

Hemdes, wo sie seinen aufgeheizten Körper unter der Baumwolle spürte. Paul kam ihr zuvor, lehnte sich über sie und küsste sie auf den Mund. Endlich! Sein Kuss war sensationell – gierig, ungeniert, wild und prickelnd. Sie begrüßte seine Zunge mit einem Stöhnen und erzitterte. Als sie das Hemd zusammenraffte und seinen Rücken freilegte, nahm sie ihren eigenen, warmen Geruch an dem Hemd wahr. Dann berührte sie endlich seine nackte Haut. Sie war warm und weich und fühlte sich großartig an – besonders nach all den Blicken, die sie in den vergangenen Wochen schon darauf geworfen hatte. Adele fühlte Pauls Erregung, als er seinen Schritt zwischen ihre weit geöffneten Beine presste. Sie wollte ihn nackt und riss nun rabiat an seinen Kleidern. Bei dem Anblick seiner dunklen Brustwarzen und der weichen Brust konnte sie gar nicht anders, als zu küssen, zu saugen und zu beißen. Sie leckte und küsste, während sie stöhnend gegen seinen zitternden halbnackten Körper stotterte. »Du bist schön ... wunderschön ... unglaublich ... will dich ... will dich so sehr!«

Er schrie kurz auf, als sie in seine Brustwarzen kniff und vorsichtig hineinbiss. Adele antwortete mit lautem Stöhnen, als er seine Finger in sie gleiten ließ. Kein Vorspiel mehr, kein Necken – seine sich heftig bewegenden Finger waren beinahe das, wonach sich ihr Körper sehnte. Die Berührung seines Daumens an ihrem Kitzler war wie ein Stromschlag, so empfindlich und geschwollen war er. Adele küsste Paul wieder auf den Mund, wobei sie energisch ihre Hüften bewegte. Zwischen den Küssen stöhnte er schmutzige Wörter und flüsterte ihr mit seinem heißen Atem ins Ohr, wie gut und eng sie sei und wie sehr er ihre heiße, feuchte Muschi liebe.

»Fick mich«, stöhnte sie, und griff nach seinem Schwanz. Später, wenn sie gekommen war, blieb noch genügend Zeit, um ihn genauer zu untersuchen.

»Warte, eine Sekunde«, stieß er hervor und griff nach dem Portemonnaie, das auf dem Tisch lag. Bevor er mit einer gekonnten Bewegung das Kondom überstreifte, zog er sich noch die Hose aus, die immer noch zwischen seinen Knöcheln hing. Sein Hintern war haarlos, fest und einfach perfekt. Er beugte sich wieder über sie, um sie zu küssen und die Stimmung nach der kurzen Unterbrechung wieder anzuheizen. Jetzt gab es keine Hindernisse mehr, keinen Grund, es nicht zu tun und sie rieb sich erregt an seinem Schwanz, als sie ihn an ihren Schamlippen fühlte – Adele war verrückt danach, ihn endlich in sich zu spüren. Als er dann in sie eindrang, stöhnte sie dankbar. Es fühlte sich an, als hätte sie schon seit Ewigkeiten keinen harten, wollüstigen Schwanz mehr in sich gehabt.

Als Paul begann, sich in ihr zu bewegen, stöhnte auch er laut auf. Seine Augen waren fest zusammengekniffen und die Zähne gruben sich in seine feuchte Unterlippe. Sie hoffte, dass er nicht zu früh kommen würde. Das hier könnte der beste Sex ihres Lebens werden. Während er sich in ihr bewegte, berührte sein Schambein ihren Kitzler. Sein Gesicht war gerötet und die Muskeln seiner Schultern angespannt, weil sie sein Gewicht abfingen. Er hechelte, seine Lippen waren voll und rot, seine Augen fast schwarz und der Oberkörper bewegte sich im Rhythmus seiner Hüfte über ihr. Seine heißen Küsse erregten sie noch mehr. Die festen und doch samtweichen Berührungen tief in ihrem Inneren lösten immer neue Schauer aus. Sie stöhnte und ihr wurde schwindlig, als er mit immer schneller gehendem Atem verdorbene Schamlosigkeiten in ihr Ohr hauchte.

Adele kam es vor, als hätte sie die Kontrolle über ihren Körper endgültig verloren. Wie in einem Rausch erwiderte sie Pauls hämmernde Bewegungen, die mit jedem Stoß dem Höhepunkt näher kamen, während seine Hüften gegen ihre Schenkel stießen und ihre Nerven vollkommen verrückt spielten. »Oh ja«, flüsterte sie und war selbst erstaunt über den verruchten Klang ihrer Stimme. »Oh mein Gott … oh ja … ja … ich komme …«

Paul lehnte sich zurück und sah ihr tief in die Augen, während er sich die Lippen leckte und immer härter und schneller zustieß. Sie sah, wie ein einzelner Schweißtropfen an seiner Schläfe herabrann. »Komm schon. Komm für mich …«, trieb er sie an. »Ich will dich kommen sehen!«

Ihr Körper krümmte sich schon allein bei dem Klang seiner unfassbar erotischen Stimme. Jetzt gab es für Adele kein Zurück mehr. Sie spürte die Explosion hinter ihrem Kitzler, die sich sternförmig in Wellen und Zuckungen über ihren gesamten Körper ausbreitete. Ihre Kehle war wie zugeschnürt und sie verstummte, während sie zitternd ihren Orgasmus auskostete und Paul mit heftigen Stößen weitermachte. Als endlich der laute Schrei aus ihrer Kehle drang, kam auch Paul. Er hatte den Kopf in den Nacken geworfen, sein Mund war weit geöffnet und er stöhnte wimmernd. Dann ließ er sich auf sie fallen. Das Gewicht seines massiven und verschwitzten Körpers vollendete ihre Befriedigung und noch immer umschlossen ihre Muskeln zuckend seinen Schwanz.

Irgendwie hatten sie sich, ohne es zu bemerken, beinahe über die Sofalehne gevögelt. Adele starrte an die Decke, buchstäblich in Lust ertränkt und kribbelnd von Kopf bis Fuß. Paul stöhnte sanft und fuhr mit der Zunge über ihren gestreckten Nacken bis zu ihren Lippen. Ihre Münder waren trocken, aber während des langsamen, schönen Kusses wurden sie wieder feucht. Sie zog ihre Muskeln noch einmal um ihn zusammen und musste lachen, als sie sah, wie sich bei der Empfindung seine Nasenlöcher weiteten. Er bewegte sich noch einige Male zufrieden grunzend in ihr hin und her, bevor er sich zurückzog.

»Wow«, flüsterte er.

»Mmmh.« Oh ja, dachte sie.

»Das war …«

»Ja«, seufzte Adele. »Sex, wenn ich mich recht erinnere.«

16. Kapitel

Kurz nachdem Paul die Augen geöffnet hatte, schloss er sie sofort wieder. Sein Magen gluckste und das Blut in seinem Kopf pochte schmerzhaft. Er hatte keine Ahnung, wann er das letzte Mal so viel getrunken hatte. Schweigend legte er den traditionellen Nie-wieder-Schwur ab und sah auf Adele, die sich neben ihm liegend bewegte und leise stöhnte. Ihre dunklen Locken waren über das ganze Kissen verteilt. Noch halb schlafend und ohne den Kopf zu bewegen, strich sie sich die Haare aus dem Gesicht. Die Schminke ihrer Augen war verschmiert und ihre Lippen leuchteten in einem natürlichen, hellen Rot. Paul lächelte, als sie unter der Bettdecke einen ihrer Oberschenkel zwischen seine kuschelte und hoffte, dass sie es nicht bereuen würde – wenigstens nicht den Sex. Den Alkohol bereute Paul auf jeden Fall und er wusste, dass es bei ihr nicht anders sein würde, wenn sie erst einmal richtig wach war. Er sollte sich wirklich allmählich eingestehen, dass er einfach zu alt für solche Saufgelage war, auch wenn Mäßigung sich eindeutig nach Altern anfühlte.

Er gähnte und kuschelte sich unter die Decke. Adele war warm und glatt wie Samt. Ihr Körper fühlte sich genauso üppig an, wie er aussah. Die großen runden Brüste schwangen wie blasse Früchte mit pinkfarbener Spitze, wenn sie sich nach vorn beugte. Er fragte sich, ob ihr schöner voller Hintern tatsächlich noch so jungfräulich war, wie er aussah. Er vermutete jedenfalls, dass sie eher auf konventionellen Sex stand. Offensichtlich hatte Tom sie jedenfalls zu Tode gelangweilt mit seinen kunstlosen Bemühungen, die wohl beweisen sollten, was für ein großartiger, selbstloser Liebhaber er war. Nach dem Gefummel eines Jünglings, der in irgendeinem Wartezimmer zu tief in Frauenmagazine geschaut hatte, verwunderte es nicht, dass sich die Ärmste einen Mann gewünscht hatte, der sie einfach nur so vögelte, wie er wollte.

Alles war so leidenschaftlich und angenehm gewesen, dass er sich fragte, wie viel von der klugscheißernden, missmutigen Adele in Wirklichkeit nur Fassade war. Im Bett war sie anders und als sie seinen Schwanz berührte, hatte sie mit einem leichten Stirnrunzeln an ihrer Unterlippe gesaugt, als würde sie sich konzentrieren. Adele hatte ihn tatsächlich gefragt, ob sie ihm einen blasen durfte.

»Oh mein Gott – dazu brauchst du doch keine Erlaubnis«, hatte Paul ungläubig gelacht. »Ich bin ein Mann, weißt du?!«

»Echt? Wusst ich's doch, dass irgendwas seltsam ist«, hatte sie geantwortet.

Dann hatte sie sich auf ihre eigene Art für seine Hinhaltetaktik beim Vorspiel gerächt. Sie kitzelte seine Eier und seinen Schwanz vorsichtig mit kurzen federleichten Berührungen ihrer Fingerkuppen, ihrer Zunge und dem warmen Atem, bis er zu betteln begann. Paul legte ein Kissen unter seinen Hintern und führte ihre Fingerkuppen mit vorsichtigen Bewegungen und Andeutung an seinen Hintern. Sie streichelte seinen After so vorsichtig und langsam, als würde sie über die Zusammensetzung eines Puzzles nachdenken. Ihre Wange lehnte an seiner Schulter, während ihre Lippen vorsichtig den Schaft seines Schwanzes berührten, bis ihm gar nichts anderes übrig blieb, als ihr einen Wink mit dem Zaunpfahl zu geben und das Gleitmittel zu reichen. Mit nüchterner Neugier, die ihn sehr erregte, führte sie einen Finger ein und tastete sorgfältig nach den Stellen, bei deren Berührung er stöhnte und sich krümmte, bis er weit geöffnet war und sie ihn ganz langsam mit drei Fingern penetrierte. Er hatte keine Ahnung, ob sie wusste, was sie ihm antat, aber es war eigentlich kaum zu übersehen. Er war schweißgebadet von Kopf bis Fuß, die Muskeln seiner angewinkelten Oberschenkel zitterten vor Anstrengung, weil er immer wieder an den Rand eines Orgasmus gebracht wurde.

Als Adele dann etwas fester auf seine Prostata drückte, explodierte er – seine Eier zogen sich zusammen und heißes Sperma spritzte aus seinem unberührten, schmerzenden Schwanz. Sie sah ihm dabei zu, wie er sich stöhnend und windend in das Bettzeug krallte und leise aufschrie. Wie erregt sie selbst tatsächlich war, stellte er allerdings erst fest, als er sich für die erwiesene Gefälligkeit revanchieren wollte. Sie war klitschnass und geschwollen, als er, selbst immer noch benommen von dem heftigen Orgasmus, seine Zunge zwischen ihre Beine schob. Sie stöhnte, als er ihre Klitoris küsste. Ihre Hüften zuckten und kreisten vor Verlangen nach dem Höhepunkt. Innen war sie weich wie eine Muschel und wundervoll heiß und feucht und ihre Muskeln zuckten gierig, als er seine Finger einführte. Er presste einen Finger an ihr Arschloch. Sie war so feucht, dass er wie von selbst hineinglitt. Sie schrie auf und kam fast sofort, wobei sich ihre Muskeln wellenartig zusammenzogen und ihr Kitzler unter seiner Zunge pulsierte.

Adele streckte sich, öffnete die Augen und schenkte ihm ein schwaches, schüchternes Lächeln.

»Hallo«, sagte er.

»Hey«, antwortete sie und grinste etwas verlegen.

»Wie geht es dir?«

»Ähm ... ziemlich beschissen.«

»Mir auch. Wie viel haben wir denn getrunken?«

»Zu viel!«

»Ups.«

»Ja«, sagte sie, auch wenn sie sich nicht ganz sicher war, ob sie das »Ups« auf den Alkohol oder ihn bezog. Er gab ihr einen leichten, trockenen Kuss auf den Mund.

»Kaffee?«

»Hört sich gut an.«

»Dann kümmere ich mich mal drum. Renn nicht weg.«

»Hatte ich nicht vor.«

Paul stand auf. Er hatte weiche Knie und ihm war schlecht, aber er hoffte, dass eine ordentliche Dosis Koffein den Kater wenigstens mildern würde. Nachdem er einige Gläser Wasser getrunken hatte, schwindelte ihm so sehr, dass er sich am liebsten auf dem Fußboden zusammengekauert hätte. Das wäre dann das zweite Mal innerhalb von zwei Tagen, dass er nackt auf dem Küchenboden liegen würde. Ihm wurde plötzlich klar, dass Adele nicht gerade begeistert sein würde, wenn er ihr erzählte, dass er mit Karina geschlafen hatte. Paul wusste nicht genau, warum er glaubte, dass sie ausflippen würde – es war nur so ein Gefühl. Jetzt war vermutlich sowieso nicht der richtige Moment, um es ihr zu sagen, dachte er. Paul hatte keine Ahnung, was zwischen den beiden eigentlich lief. Weder Adele noch Karina hatten ihm auch nur einen Hinweis darauf gegeben, was sie einander bedeuteten oder wie lange sie sich schon kannten, aber Paul vermutete, dass es schon sehr lange war.

Dann klingelte das Telefon. Er hastete in das Wohnzimmer. Ihn interessierte nicht, wer anrief, aber das Geräusch musste sofort aufhören. Wenige Augenblicke später wünschte er sich, dass er einfach nur den Stecker gezogen hätte.

»Was ist denn das für ein beschissenes Spiel?«

»Einen wunderschönen guten Morgen, Sarah. Wie geht es dir?«

»Paul, was zur Hölle ist bei dir los?«

»Die gleiche Frage könnte ich dir auch stellen«, sagte Paul ziemlich verwirrt und hatte das Gefühl, sich jeden Augenblick übergeben zu müssen.

»Wo ist sie ... oder er ... es?«, schäumte Sarah vor Wut am anderen Ende der Leitung.

Normalerweise hätte Paul an dieser Stelle mit einer sarkastischen Bemerkung gekontert, aber er war nicht in Stimmung für Albernheiten.

»Wer?«

»Kim Qing, alias Karina May. Ich weiß genau, dass sie sich irgendwo an der Südküste rumtreibt, wo auch du aus unerfindlichen Gründen hingezogen bist.«

»Was?« Paul suchte wühlend auf dem noch immer chaotischen Kaffeetisch nach einer rauchbaren Zigarette. Er fand nur Adeles Tabak und versuchte, sich eine Zigarette zu drehen, während er das Telefon zwischen Ohr und Schulter einklemmte. »Sarah, ich weiß wirklich nicht, wovon du sprichst!«

»Oh doch, das weißt du ganz genau. Suki hat mir gesagt, dass sie in Shipworths ist. Keine Ahnung, was für einen Floh du der kleinen Transe ins Ohr gesetzt hast, aber meine Klientin ist wegen ihr um zehn Riesen ärmer. Das ist schlicht und ergreifend Erpressung, und ich weiß genau, dass du so etwas nur tust, um mir das Leben schwer zu machen.«

»Wow … einen Moment, immer schön langsam!« Paul zündete sich die Zigarette an. Es war eine erbärmliche Konstruktion, die zu achtzig Prozent aus Papier bestand und keinerlei Ähnlichkeit mit den perfekt gerollten Zigaretten Adeles hatte. Das glühende Zigarettenpapier, das abfiel, hätte beinahe sein Schamhaar in Brand gesetzt. Er fluchte und wedelte es auf den Boden. »Zehn Riesen, eine Transsexuelle und Onkel Edwards Trophäenfrau, die sich von ihm scheiden lässt. Ich gebe mir wirklich Mühe zu verstehen, wovon du redest, aber – Sarah – es ist Sonntagmorgen, gerade mal kurz nach acht und ich hab einen furchtbaren Kater!«

»Du hast Suki schon immer gehasst. Du und deine bekloppte Mutter«, wütete Sarah.

»Habe ich nicht! Wegen einer solchen Tussi verlassen zu werden, war meiner Meinung nach das Beste, was Tante Virginia hätte passieren können.«

»Suki ist keine Tussi!«

»Ups – entschuldige bitte«, sagte Paul ironisch. »Hatte ich doch glatt vergessen, dass ich Klienten nicht dissen darf, die …«

»*Dissen*?! Du stammst aus Herfortshire, du Null. Es gibt nichts Unattraktiveres …«

»… du zufällig vögelst«, führte Paul unbeirrte seinen Satz fort.

»… als einen mittelalten Mann, der redet wie dieser verdammte Ali G.«

»… was im Übrigen gegen alle rechtlichen Grundsätze verstößt, Miss Professionell. Und wenn du willst, dass ich meine Klappe halte, dann solltest du morgen früh als Allererstes die verdammten Scheidungspapiere in den Briefkasten werfen – natürlich nur, wenn dir genügend Zeit bleiben sollte und du nicht zu beschäftigt bist, mich zu verarschen bzw. an Sukis oder deiner eigenen rasierten Möse rumzuspielen.«

Adele erschien eingewickelt in eine Bettdecke an der Tür und sah ihn fragend an.

»Kein Problem!«, antwortete sie wutentbrannt.

Paul steckte sich die selbstgedrehte Zigarette in den Mund und streckte triumphierend die Faust in die Luft. »Ja!«

Adele runzelte verständnislos die Stirn. »Alles klar?«, fragte sie tonlos.

»Ich bin ein freier Mann!!«, rief Paul.

»Ja …«, erwiderte Adele, auf ihrer Unterlippe kauend. »Schön für dich, aber könnte es nicht zufällig sein, dass hier irgendetwas brennt?«

»Scheiße!«

Jetzt roch er es auch. Er blickte suchend umher, bis er sah, dass eine Ecke des Teppichs qualmte. Adele ging splitterfasernackt vor ihm auf die Knie und löschte den Brand mit der Bettdecke, während Sarah immer noch brüllte.

»Hast du etwa Besuch? Dein dämlicher Liebhaber?!«

»Der dämliche Liebhaber hat mich verlassen«, antwortete Paul. »Und das passt mir übrigens ganz hervorragend in meine Zukunftspläne.«

Adele, die immer noch mit dem Teppich beschäftigt war, sah ihn an. Bei ihrem Anblick konnte man fast bedauern, dass er vorher noch nie Gelegenheit zu der Feststellung hatte, dass es extrem sexy sein konnte, wenn eine schöne nackte Frau verhindert, dass einem das Haus unter dem Hintern wegbrannte. Er lächelte und sie lächelte zurück.

»Ich muss dich ja wohl kaum daran erinnern, dass Erpressung ein Verbrechen ist, oder?«

»Wer erpresst denn jemanden?«

»Kim Qing, du Vollidiot. Suki hat ihm gestern einen Scheck über achttausend Pfund in bar und zweitausend in Traveller-Schecks gegeben. Interessanterweise wegen der gleichen Drohung, die du gerade ausgesprochen hast.« Sarah schloss mit einem ärgerlichen und frustrierten Seufzen.

»Da hast du es. Ich habe dir ja schon immer gesagt, dass es keine gute Idee ist, mit seinen sexuellen Eroberungen anzugeben.«

»Du scheinheiliger kleiner Wichser!«

»Sarah, wenn du ein Problem mit einem Erpresser hast, ruf die Polizei. Kim habe ich seit gestern nicht mehr gesehen.«

Als Adele Paul von Kim sprechen hörte, hob sie blitzartig den Kopf, stieß gegen die Kante des Kaffeetisches und starrte ihn verstört an.

»Sarah, ich muss jetzt auflegen.«

»Ich weiß genau, dass du dahintersteckst, du Bastard.«

Als Paul den Telefonstecker zog, klingelte sein Handy, das er ausschaltete, ohne abzunehmen. Adele saß auf dem Teppich. Sie hatte ihre Knie bis an die Brust gezogen, und sah ihn fragend an.

»Kim?«, fragte sie leise.

»Karina.«

»Okay …« Adele nickte und atmete hörbar aus. »Ich denke, du solltest mir sagen, was sie jetzt schon wieder angestellt hat. Erpressung?«

»Das war Sarah.«

»Das war mir klar.«

»Sarah kann weder ihre eigene noch meine Familie ausstehen. Sie steht einfach drauf, anderen auf den Geist zu gehen. Meine Tante Virginia, die Schwester meiner Mutter, wurde vor zehn Jahren von ihrem Mann geschieden. Onkel Edward hatte sie gegen ein jüngeres Modell eingetauscht – diese Popsängerin Suki. Weißt du, wen ich meine?«

»Die Barbie-Eintagsfliege? Ja, kenne ich. Aber was zur Hölle hat *das* mit Karina zu tun.«

»Na ja, Suki hatte eine Affäre mit ihr.«

Adele blinzelte. »Karina? Mit einer Frau?«

»Ja. Aber anscheinend hat alles etwas unschön geendet, nachdem Karina herausbekommen hat, dass Suki mit Sarah schläft, was außerdem illegal ist, weil sie ihre Anwältin ist.«

Adele schüttelte den Kopf. »Dir ist schon bewusst, dass deine Familie nicht alle Tassen im Schrank hat, oder?!«

»Ja, der Gedanke ist mir auch schon gekommen«, seufzte Paul. »Jedenfalls hat sich Karina mit den zehn Riesen aus dem Staub gemacht. Du hast nicht zufällig eine Ahnung, wo zur Hölle sie hin ist?«

Adele riss die Augen auf. Sie nahm ihr Kleid von der Stuhllehne und zog es an. »Scheiße!«, sagte sie, mit dem verknäulten Stoff kämpfend, und suchte nach ihrem Slip. »Scheiße, scheiße, scheiße!«

»Was denn?«, fragte Paul verwirrt von dieser plötzlichen Panikattacke.

»Sie hat Casablanca gesagt«, antwortete Adele atemlos und kreidebleich. »Gestern Abend, meine ich. Hat sie doch, oder?«

»Ja, ich glaube schon.«

Adele ächzte verzweifelt. »Scheiße. Das kann sie nicht getan haben … Sie hat immer damit gedroht, nach Casablanca zu fahren, weil es billiger ist. Nein, das kann nicht sein. Die Operation hat sie sich doch schon machen lassen.«

Paul wurde speiübel. Entweder er sagte jetzt die Wahrheit, oder setzte Karina den Gefahren einer billigen Geschlechtsumwandlung aus. Paul hatte keine Wahl. »Nein, hat sie noch nicht.«

»Woher willst *du* das denn wissen?«, fragte Adele. Für einen Augenblick blickte sie ihn durchdringend an. Dann seufzte sie und schüttelte den Kopf. »Nein – vergiss es. Ist mir egal, woher du das weißt. Ich muss einfach nur wissen, ob sie noch einen Schwanz hat.«

Paul nickte betreten und war wieder einmal überrascht, wie schnell angenehme Erlebnisse bei ihm zu einer Katastrophe werden konnten.

»Es geht gar nicht«, sagte Adele laut denkend und lief aufgeregt hin und her. »Sie hat doch gar kein Geld …« Blitzartig drehte sie sich um und sah Paul an.

»Doch, sie hat das Geld«, sagten sie gleichzeitig.

Adele wurde so blass, dass sogar die Farbe aus ihren Lippen zu weichen schien. »Mist.«

»Warte, ich habe ihre Nummer« Paul stellte sein Handy wieder an und wählte Karinas Nummer. Unruhig blickte Adele im Zimmer umher, während sie durch den Lautsprecher dem gleichmäßigen Tuten zuhörte.

Dann ertönte die übertrieben freundliche weibliche Stimme der Telefongesellschaft und der Piepton des Anrufbeantworters. Paul wusste, dass es wahrscheinlich nichts nutzen würde, aber er musste einfach irgendetwas sagen.

»Karina, ich bin's, Paul. Neben mir steht Adele. Meld dich bitte, wenn du das hier hörst!«

Kurz darauf klingelte es: »Ihr wart ja schnell«, sagte Karina. Ihre Stimme klang undeutlich und benebelt.

»Karina!«

Adele griff sich das Telefon und schaltete den Lautsprecher aus, weshalb Paul nur hörte, was sie sagte: »Komm ja nicht auf die Idee, mir zu sagen, du kannst mich nicht hören ... Du hast mir geschworen, dass du dir das niemals antun würdest – so ein Scheiß ... du blöde Kuh. Bitte nicht! ... Was zur ...«

Sie nahm das Telefon von ihrem Ohr und schrie leise auf. »Unterbrochen. Scheiße, scheiße, scheiße!« Adele ließ sich auf das Sofa fallen. »Mist. Sie meint es ernst. Sie ist in Casablanca. Was zur Hölle soll ich denn jetzt machen?«

»Deine Tasche packen«, antwortete Paul. »Komm schon. Ich wollte sowieso schon immer mal nach Marokko.«

*

»Ist mir egal«, sagte Adele zum vierten Mal innerhalb von zehn Minuten. Sie saß, immer noch in dem Kleid der letzten Nacht, zusammengekauert auf ihrem Fensterplatz und kam sich vor, als spielte sie in einem bizarren Film mit. »Höre endlich auf, dich zu entschuldigen! Es ist mir egal!«

»Sollte es aber nicht sein«, bettelte Paul. »Auf bestimmte Weise zumindest ...«

»Es ist mir aber wirklich scheißegal«, unterbrach sie ihn. »Wir sind alle erwachsen und außerdem Singles. So ist das Leben.«

»Letzte Nacht also ...«

»War wirklich schön.« Sie seufzte ungeduldig und sehnte sich nach einer Zigarette. »Was wir miteinander zu klären haben, klären wir einfach in einer etwas weniger vertrackten Situation, okay? Im Moment habe ich wirklich andere Probleme, als darüber nachzudenken, mit wem du schläfst.«

»Ja, natürlich. Tut mir leid. Entschuldige.«

»Paul!«

»Tut mir leid.«

Adele verdrehte die Augen. »Halt einfach die Klappe, ja?«

Sie setzte ihre Kopfhörer auf und stellte die Klassikstation des Flugzeugprogramms ein, wo gerade Bachs *Goldbergvariationen* liefen. Die beschwingten Melodien standen in krassem Gegensatz zu ihrer momentanen Situation. Adele blickte über die Wolkendecke und lauschte den sanften Klängen. Sie fragte sich, warum immer, wenn endlich einmal etwas Schönes in ihrem Leben geschah, sofort eine Million fürchterliche Dinge folgen mussten.

Eigentlich war alles Kims Schuld. Seinetwegen hatte sie jahrelang kiffend in dumpfer Langeweile vor sich hin gelebt, weil Langeweile genau das Gegenteil des endlosen Chaos war, das er immer und überall verbreitete. Nachdem er dann als Karina wieder verschwunden war, hatte Adele geglaubt, endgültig kuriert zu sein. Jetzt wurde ihr klar, dass es nicht stimmte und sie wirklich in der Patsche saß. Sie machte sich nach wie vor Sorgen. Ihre Gefühle abzuschalten, war ihr genauso unmöglich, wie lesbisch zu sein, damit sie nur noch für Karina da sein konnte. Aber wie so viele Dinge, die mit Karina zu tun hatten, war auch das bei näherer Betrachtung kompletter Schwachsinn. Karina war nun mal keine Frau, und Adele hasste die Vorstellung davon, was von ihr übrig wäre, wenn Paul und Adele sie nicht rechtzeitig finden würden.

Die Geschichte mit Paul verwirrte alles nur noch mehr, ganz zu schweigen von der Lust, die er bei ihr auslöste. Sie konnte kaum glauben, dass er zugelassen hatte, dass sie ihre Finger in ihn steckte. Es hatte sich so unglaublich weich angefühlt – weich und heiß. Und wie er gekommen war … Wahnsinn! Sie hatte noch nie einen Mann so kommen sehen – den Kopf im Nacken, den Mund weit geöffnet und die Stirn in kleine verführerische Fick-mich-Falten gelegt. Da war keine Spur von Aggression dabei gewesen – nur komplette Selbstaufgabe. Die Laute, die aus seinem Mund kamen, waren die maskulinsten, die sie jemals gehört hatte. Gleichzeitig waren sie aber so sexy, dass sie sich wie eine geschlechtsübergreifende Vertonung von Sex anhörte.

Sie seufzte, blickte durch ein Loch in der Wolkendecke auf das Meer und nahm die Kopfhörer ab. Sie hatte nicht genügend geschlafen. Ihr Körper hatte Schlaf nur in den Momenten zugelassen, in denen er ausnahmsweise nicht nach Paul lechzte. Mitten in der Nacht hatten sie es, betäubt und schläfrig, noch ein drittes Mal getan – altmodischer Sex, der sie darüber nachdenken ließ, ob die Missionarsstellung vielleicht doch nicht ohne Grund ein Klassiker war. Mit dem Kopf an das harte Fenster gelehnt, dämmerte sie vor sich hin und wünschte sich mit so viel Inbrunst ein Kissen und ein weiches Bett, dass sie über den Gedanken sowohl die Musik als auch das surrende Geräusch der Triebwerke vergaß und beinahe sogar ihre Ängste um Karina. Ihre Sorgen schienen sich tief in ihrem Hirn vergraben zu haben, wo sie von Träumen eingebettet waren, die direkt unter der schützenden Oberfläche des Schlafes auf sie warteten. Sie nahm jeden einzelnen Atemzug bewusst wahr – ihre eigenen, aber auch Pauls, dessen Brustkorb sich gleichzeitig mit ihrem hob und senkte. Seine Wange berührte ihre Schulter, während sein seufzender Atem ihren Hals streichelte und die Haut ihres Ausschnitts wärmte.

Sie mussten so schnell wie möglich nach Casablanca, aber es war egal. Sie träumte, aber das war auch egal. Seine Hände bewegten sich wie Wasser über ihre Haut, planlos und instinktiv. Träumen war etwas Wunderbares – es gab keine Hindernisse, keinen Seelenschmerz, keine Sorgen. In der Welt der Träume konnte sie seinen Körper genießen, ohne an weitere Komplikationen denken zu müssen. Sie konnte den Schweiß und Rauch in seinem schwarzen, mit einigen Silbersträhnen durchsetzten Haar wahrnehmen. Seine dichten schwarzen Wimpern lagen wie ein winziger Teppich unter den geschlossenen Lidern, an deren Rändern nur ganz wenige Lach- und Altersfältchen zu sehen waren. Sie blickte auf die geschwungene Nase, seine leicht geschürzten Lippen und den stopplig rauen Kiefer. Er sah so wunderschön und verletzlich aus, wie sie es nur bei schlafenden Männern kannte.

Das Ruckeln des Flugzeuges holte sie zurück in die unangenehme Realität. Sie befeuchtete ihre Lippen. Ihr Mund war so trocken von der dünnen Kabinenluft, dass sie mit ihrer Zunge jeden einzelnen Zahn spüren konnte. Sie fühlte sich verdreckt, hässlich, übellaunig und unglaublich müde.

Eine Lautsprecherstimme teilte ihnen mit, dass sie in Kürze in Casablanca landen würden. Paul, der die Augen geöffnet hatte, blickte so konzentriert, dass er sie an einen Hund erinnerte. Er schnallte sich an und warf ihr einen kurzen Blick zu. »Oh. Du bist wach«, sagte er.

»Grad so«, murmelte sie und fuhr sich mit den Händen durch ihr Haar. Es fühlte sich verfilzt und schmutzig an. Adele hätte gern ein Haargummi benutzt, aber sie war zu müde, um jetzt in ihrer Tasche zwischen Haarspangen, alten Notizzetteln und vertrockneten Puderdosen zu wühlen. Allein die Tasche unter dem Sitz hervorzuholen, schien ihr eine zu große Anstrengung zu sein.

»Ich dachte schon, ich muss dich aufwecken. Schnall dich an, wir landen.«

Paul hatte die Zeit genutzt, um eine Liste aller großen Krankenhäuser und Kliniken der Stadt aufzustellen.

»Du bist ein Engel«, murmelte sie und schloss die Augen, als die Räder des Flugzeugs auf der Landebahn aufsetzten. »Du sprichst nicht zufällig auch noch arabisch, oder?!«

»Tut mir leid«, sagte Paul. »Aber ich denke, dass wir auch mit Französisch weiterkommen.«

»Du hast mich offensichtlich noch nicht französisch sprechen hören«, antwortete Adele.

Als sie das klimatisierte Flugzeug verließen, prallten sie gegen eine massive Hitzewand. Es war eine gnadenlose Hitze, die Adeles

Kehle augenblicklich noch trockener werden ließ und ihren Kopfschmerz wiederbelebte, der am Morgen mit einem furchtbaren Kater begonnen hatte. Nur mühsam überstand sie die nervtötende Wartezeit bei der Einreise. Sie hatte geglaubt, dass es in Marokko Probleme mit Drogen gab, die herausgeschmuggelt wurden und nicht umgedreht. Sie schwor sich, dass Karina dafür büßen würde, dass sie Adele dazu gezwungen hatte, mitten im August nach Nordafrika zu fliegen. Als sie endlich im Flughafengebäude waren, flitzte Paul auf der Suche nach Auskünften wie ein Verrückter zwischen Zollbeamten, Telefonzellen und Touristeninformationen hin und her. Zum Glück schien sein angebliches Schulfranzösisch viel besser als ihres.

Adele und Paul waren auf der Suche nach der Nadel im Heuhaufen, und der Heuhaufen bestand aus Ziegen, Minibussen, Schlangenbeschwörern, Betrügern, Bettlern, Taxifahrern und Touristen. Die Angst, die Adele überkam, war eine Art Angst, die sie nicht mehr erlebt hatte, seit sie als Kind ihre Mutter in einer großen Menschenmenge verloren hatte. Manchmal träumte sie immer noch davon, wie sie inmitten von tausenden Menschen mit schriller Stimme nach ihrer Mutter schrie, die in unerreichbarer Ferne nach ihr suchte. In den Träumen sah ihre Mutter immer so aus, wie Adele sich ursprünglich an sie erinnerte – aufrecht und mit schwarzem Lockenkopf. Dann hatte die Krankheit ihre Haare, die geraden Schultern und ihre runden Brüste zerstört und sie in ein dürres Menschenwesen verwandelt, vor dem sich die sechsjährige Adele manchmal so sehr fürchtete, dass sie erschrocken vor ihr zurückwich. Seitdem hatte sie auch Angst vor Krankenhäusern. Adele kam es vor, als wäre sie in einem Alptraum gelandet, in dem niemand sie verstand. Desinteressierte Menschenmassen strömten an ihr vorbei und diesmal würde Karina sie auch nicht hören, wenn sie laut schrie. Die Angst bestand aus dem Gefühl, nichts tun zu können.

»Ich hab's«, sagte Paul und nahm sie bei der Hand.

Verwirrt setzte sie sich in Bewegung. »Was?«

»Wo sie wohnt. Es ist am anderen Ende der Stadt. Wir nehmen ein Taxi.«

»Oh Gott.« Adeles Herz raste unerträglich und die Hitze schien sie zu ersticken. »Was ist passiert?«

»Keine Ahnung. Ich weiß nur, dass sie ihr Telefon als Pfand an der Rezeption eines Hotels hinterlassen hat. Der Mitarbeiter am Telefon behauptet, dass sie dort wohnt – *une petite femme Chinoise* sagte er, was sich auf jeden Fall nach Karina anhört.«

»Wusste er, ob sie schon im Krankenhaus ist?«, fragte Adele, während sie ihm durch die Menschenmassen folgte und das Gewirr schrottreifer Autos auf der Straße vor dem Flughafengebäude betrachtete. »Scheiße – was heißt eigentlich Taxi auf Französisch?«

»Äh, ich glaube ›Taxi‹.«

Der Taxifahrer hieß Yussuf. Während der Fahrt zum Hotel erzählte er in einer Mischung aus Englisch und Französisch von seinen Kindern: »Trois garçons et deux filles, all beau – Allah be praised!« Paul nickte und antwortete in einem ähnlichen Mischmasch aus verschiedenen Sprachen. Adele kam sich provinziell und dumm vor. Ihr wurde klar, wie sehr Karina mit ihrem Sprachgefühl und der Liebe zur Musik in einen Schmelztiegel wie Casablanca passte. Adele fragte sich, wie ein bunter Vogel wie Karina sie jemals für mehr hatte halten können als ein pummliges, fleischlippiges Mädchen aus der Provinz.

Das Hotel hatte das Flair heruntergekommener Schönheit. Die maurischen Rundbögen in abgeblättertem Grün und Blau erinnerten an eine verkommene Version der Alhambra. Der Empfangschef, mit dem Paul am Telefon gesprochen hatte, war ein dicklicher Mann mit buschigen Augenbrauen, die über der Nase zusammenwuchsen. Von der in Französisch geführten Unterhaltung verstand sie nur einzelne Worte. Ihr Herz blieb fast stehen, als der Mann plötzlich Karinas kleines, pinkfarbenes Telefon in der Hand hielt.

»Oh Scheiße, das ist …«

Paul brachte sie rasch nickend mit einer ungeduldigen Handbewegung zum Schweigen und führte das Gespräch weiter. Wenn seine Französischkenntnisse tatsächlich aus der Schule stammten, war er damals auf jeden Fall aufmerksamer gewesen als sie. Adele hatte immer mit Kim in der letzten Reihe gesessen und den Unterricht boykottiert. Kim hatte immer darauf bestanden, dass Bilingualität sinnlos sei – und es in zwei Sprachen wiederholen können.

»Merci. Vous êtes très gentil.« Paul nickte dem Empfangschef zu und drehte sich zu Adele um. »Okay, alles klar. Komm.«

Sie gingen wieder zur Straße, wo Yussuf wie verabredet auf sie gewartet hatte. »Er glaubt, dass Kim in einer ungefähr 20 Minuten entfernten Klinik ist«, sagte Paul, als sie wieder ins Taxi stiegen. Er zeigte Yussuf den kleinen Notizzettel. Der Taxifahrer nickte und startete den Motor. Ganz abgesehen von der Hitze, war Adele so müde, verkatert und besorgt, dass sie nicht mehr richtig denken konnte. Sie kam sich nutzlos vor und war enttäuscht von sich, weil Paul alles organisierte, sie aber einfach nur kurz davor stand zusammenzubrechen. Es war einfach zu viel gewesen: erst zwei durchzechte Nächte hintereinander ohne Erholungsschlaf, dann Flugzeugnahrung auf einer Reise nach Nordafrika und jetzt dieser staubige, fremde Ort mit seiner unerträglichen Hitze. Sie war an dem Punkt angekommen, an dem sie für eine kalte Dusche, saubere Kleidung und ein gutes Essen ihre Seele verkauft hätte.

Die unverputzte Fassade der Klinik war alles andere als vertrauenerweckend. Nach weiteren verwirrenden Gesprächen mit dem Personal nahm Paul sie wieder am Arm und zog sie hinter sich her.

»Was ist los?«, fragte sie.

»Elle est ici ... ich meine, sie ist hier«, antwortete er aufgeregt. »Komm schon!«

Adele bezweifelte, dass sie wie die rettende Superheldin aussah, als sie in ihrem selbstgemachten Kleid und den Turnschuhen hinter ihm den Gang entlanglief. Als sie in das Zimmer stürzten, sahen sie zwei Ärzte, die sich über einen Körper auf einem Bett beugten. Es war tatsächlich Karina.

Adele schrie die beiden Ärzte an, wobei sie verzweifelt nach den vergessenen französischen Vokabeln suchte. »Ne touche pas, ne touche pas – Hände weg, lasst sie in Ruhe!«

Die beiden sahen sie verdutzt an, während Paul versuchte, ihnen zu erklären, was los war. Karina schien mindestens bewusstlos zu sein. Trotz der Aufregung und der lauten Stimmen regte sie sich nicht. Nur ihr jungenhaftes, ungeschminktes Gesicht schaute unter der Bettdecke hervor. Sie sah winzig aus. Geschockt und erschöpft begann Adele zu weinen. Als ihre Beine nachgaben, fing Paul sie auf und setzte sie auf den Plastikstuhl neben dem Bett. Adele merkte, dass sie heulte wie eine Wahnsinnige, aber sie konnte nicht aufhören. Ihr Weinen wurde noch heftiger, als sie Karinas schlaffe Hand nahm und keine Reaktion kam. Die Ärzte flüchteten verwirrt, während Paul tröstend Adeles Schulter berührte.

»Alles in Ordnung. Wir sind noch rechtzeitig gekommen. Alles okay.«

»Rechtzeitig?«, schniefte Adele und nahm das Taschentuch, das Paul ihr reichte.

»Die Ärzte haben sie gerade erst unter Narkose gesetzt.«

»Was?«

»Niemand hat sie operiert. Sie ist nur betäubt. Ich glaube, die Chirurgen haben verstanden, was ich ihnen gesagt habe. Wenn nicht ... na ja ... dann müssen wir sie selbst hier rausschaffen.

Erst mal ist es besser, wenn wir hier bleiben, damit sie unter ärztlicher Beobachtung steht, bis sie wieder zu sich kommt.«

»Ich warte hier«, sagte Adele, ohne Karinas Hand loszulassen. »Bist du dir sicher, dass es ihr gut geht?«

»Ich glaube schon«, antwortete Paul. »Perfektes Timing, oder?!«

»Kannst du laut sagen.«

Er seufzte und streichelte sie so zärtlich über den Nacken, dass sie sich wünschte, sie könnte ihn wie im Märchen als den ritterlichen Retter in glänzender Rüstung sehen – als die große Liebe ihres Lebens.

Sie wollte es so gerne – wegen der Lust, die sie für ihn empfand und weil er sie zum Lachen brachte. Aber all das war jetzt bedeutungslos. Ihre große Liebe lag bewusstlos auf einem Krankenbett, hatte Körbchengröße C und einen Schwanz. Und es gab nichts auf der Welt, was daran etwas ändern würde.

»Willst du, dass ich gehe?«, fragte Paul leise.

»Nein«, log sie. »Ist schon okay.« Sie schnaubte, räusperte sich und wusste nicht so richtig, was sie jetzt sagen sollte. »Du warst großartig. Ich weiß nicht, wie ich dir dafür danken soll.«

Er schüttelte den Kopf. »Kein Problem. Als schwuler Mann tut man alles, um einen Penis zu beschützen … entschuldige, das war daneben.«

»Jetzt bist du plötzlich doch wieder schwul?«

»Keine Ahnung. Wenn du mich nach Mitternacht fütterst, verwandle ich mich vielleicht wieder in einen Hetero.«

»Paul!«

»Entschuldige«, sagte er und fuhr sich mit einer Hand durchs Haar. »Ich versuche doch nur ein wenig Humor in einen … wie soll man sagen … wirklich anstrengenden Tag zu bringen.«

»Ja«, seufzte sie. »Hätte auch noch schlimmer kommen können.« Sie sah die schlafende Karina an, und fragte sich, ob sie ihre Freundin küssen oder würgen sollte, wenn sie aufwachte.

»Hätte es. Ist es aber nicht.«

»Ja. Danke!«

»Na ja … weißt du … gute Köche sind verdammt schwer zu finden!«

Sie lächelte, obwohl sie kaum glauben konnte, dass er immer noch in der Lage war, Witze zu machen. Vorsichtig massierte er ihre Schulter.

»Das mit euch geht schon lange, stimmt's?«, fragte er ernst.

Adele nickte und stand kurz davor, wieder zu weinen. »Ja, weiß Gott! Eine Ewigkeit. Wenn ich dir erzählen würde, was du dir da eingefangen hast, würdest du es nicht glauben.«

»Du sprichst mit einem Mann, der die letzten zwei Jahre damit zugebracht hat, sich von seiner Stiefschwester scheiden zu lassen. So leicht kann man mich nicht überraschen.«

»Ich könnte Geschichten erzählen …«, seufzte sie, brach aber ihren Satz sofort ab, als sie sah, wie Karina sich bewegte. Adele drückte wieder ihre Hand. Ihre Schwäche wich augenblicklich der Ungeduld, endlich wieder mit Karina sprechen und sich um sie sorgen zu können.

Karina öffnete die Augen und blinzelte verschlafen. »Scheiße«, stöhnte sie mit einer Stimme, die so heiser war, dass man sie fast gar nicht verstand.

Adeles Blick verschwamm wieder und sie schniefte.

»Ist es vorbei?«, stöhnte Karina.

»Es hat nie begonnen«, erwiderte Paul.

»Dele, was machst du denn hier?«, fragte Karina mit verschleiertem, verwirrtem Blick.

Adele versuchte zu sprechen, aber sie war so überwältigt, dass sie nur ein »Ich liebe dich« herausbrachte. Sie konnte kaum etwas sehen, so sehr weinte sie. Gleichzeitig, so schien es ihr, lachte sie hysterisch und hätte wahrscheinlich eine Prise Riechsalz oder eine Ohrfeige gebrauchen können.

»Herzlichen Glückwunsch, Frau May«, sagte Karina, den Tonfall einer Hebamme imitierend. »Es ist eine Lesbe geworden!«

Adele verschluckte sich. »Hör auf, mich zum Lachen zu bringen, du blöde Kuh.«

Karina fragte nach Wasser. Paul reichte ihr einen Plastikbecher mit einem Strohhalm und sie nahm einige Schlucke. »Ach, Schatzilein«, seufzte Karina mit festerer Stimme. Ihre Hand lag fest in Adeles. »Warum in aller Welt sollte ich das tun?«

17. Kapitel

Paul wusste, was in dem Brief stehen würde. Dieser Moment musste gebührend gefeiert werden, was angesichts einer äußerst rentablen Bar nicht schwierig sein dürfte. Auf dem Schild am Eingang stand: »Wegen Renovierung geschlossen. Wiedereröffnung am 1. Mai«. Er nahm den Schlüssel aus seiner Hosentasche, öffnete die große, verglaste Eingangstür und betrat die leere Bar. Die Arbeiten in der oberen Etage, wo seine alte Wohnung in zusätzliche Räumlichkeiten für das Restaurant umgebaut wurden, waren noch nicht abgeschlossen. Ein Umbau nach so kurzer Zeit war ihm selbst größenwahnsinnig vorgekommen, aber er hatte die Investition trotzdem gewagt, weil er wusste, dass er dadurch letztlich Kosten sparen würde. Selbst am Ende der letzten Sommersaison waren die Umsätze noch phänomenal gewesen, wofür er sich vor allem bei den beiden Frauen bedanken konnte.

Paul öffnete einen der Kühlschränke und ließ den Korken des sündhaft teuren Taittingers knallen. Der eiskalte Champagner sprudelte aus der Flasche. Er nahm einen großen Schluck, öffnete den Brief und lächelte zufrieden, als er wie erwartet die offizielle Bestätigung seiner Scheidung las. Er hatte versucht, mit Sarah freundschaftlich zu verkehren, aber sie warf ihm vor, dass er schadenfroh war, womit sie nicht ganz unrecht hatte. Als sie sich wiedersahen, hatte Sarah sich vollkommen verändert. Ihre langen schönen Haare waren im Nacken zu einem Eva-Peron-Zopf verknotet und während des Gesprächs hatte sie immer von »den Mädchen« gesprochen und sogar noch mehr geflucht als sonst. Sie hatte obendrein einen eingerissenen Fingernagel abgeknabbert und in einen Papierkorb gespuckt. Paul war sich sicher, dass der alten Sarah so etwas im Traum nicht eingefallen wäre. Der anstrengende Alltag, der zu einer Beziehung mit Kindern dazugehörte, hatte sie tatsächlich in eine ganz normale Frau mit Tränensäcken und abgeplatztem Nagellack verwandelt. Als Paul und Adele sie gemeinsam in London getroffen hatten, bezeichnete Sarah sie sofort als »fette Kuh mit Schnurrbart«.

»Ist Schwesternschaft nicht großartig?«, hatte Adele grinsend erwidert, wobei sie Paul an Karina erinnerte. Betont mitfühlend hatte Adele einige Sätze darüber fallen lassen, wie schwierig es heutzutage doch sei, Familie und Karriere unter einen Hut zu bringen. Ein unangenehmer Nebeneffekt des Feminismus, fügte Adele hinzu, sei ja, dass Frauen sich nun um alles auf einmal kümmern müssten – wie unfair.

Als sie in das Hotel zurückkehrten, wurde Paul das Gefühl nicht los, dass Frauen etwas grundlegend Böses in sich trugen. Er hütete sich allerdings, darüber zu diskutieren, weil Adele, die wohlgenährte Brünette, sich im Hotel auf der für Paul vorteilhaftesten Art an der dünnen Karriere-Blondine rächte: Sie ritt so lange auf Pauls Schwanz, bis er kaum noch bei Verstand war und sie anbettelte, sie solle endlich ihren Höhepunkt erreichen, damit er Gentleman bleiben und nach ihr kommen könnte.

»Patriarchalische Bevormundung!«, keuchte sie, während sie sich immer schneller auf ihm bewegte.

»Ladys first – ich bestehe drauf«, brachte Paul mühsam zwischen den zusammengepressten Zähnen hervor. Dann schloss sie ihre Augen, biss sich auf die Unterlippe und fühlte, wie sich ihre Muskeln während des stillen, bewegungslosen Höhepunkts zusammenzogen.

Paul hatte das Gefühl, dass es ernst war zwischen Adele und ihm. Er glaubte, dass auch sie so dachte, obwohl man bei Adele nur selten emotionale Ausbrüche jenseits von Verärgerung und Wut zu sehen bekam. Manchmal hätte er ihr gerne etwas Schmeichelndes gesagt, aber sie hasste Schmeicheleien. Adele hielt sie für ein Zeichen von Unsicherheit. Paul nahm den Champagner mit in den Garten, den man seiner Meinung nach mittlerweile tatsächlich so nennen konnte. Zumindest war es keine Müllhalde mehr. Der Blauregen war gestutzt worden, die Erde umgegraben und die Steinplatten gereinigt. Auf den mit Kieselsteinen abgegrenzten Beeten waren schon die ersten Sprosse der Abendlevkojen zu sehen.

Karina kämpfte im Garten mit einer toten Forsythie. Ihr Fuß hielt die störrische Pflanze am Boden und sie hackte schwitzend mit dem Spaten auf die Wurzel ein. Die Frühlingswärme war schon deutlich zu spüren. Karina trug Jeans und Sweatshirt, und ihre Haare waren wie bei einem kleinen Mädchen zu zwei Zöpfen geflochten. Mittlerweile waren sie so lang geworden, dass sie bereits ihre Brustwarzen bedeckten, wenn sie sich im Bett aufsetzte, um einen Joint zu rauchen oder eine Zigarette anzuzünden. Manchmal beschwerte sich Karina darüber, dass sie mit den Zöpfen wie Yoko Ono aussah, aber sie sagte, sie wüsste nicht, wie sie sonst verhindern sollte, dass die langen Haare sie bei der Gartenarbeit störten. Sie konnte es nicht leiden, wenn sie bei der Gartenarbeit gestört wurde. Alle waren erstaunt über die Hingabe, mit der sie gärtnerte. Unglaublich war allerdings, wie gut sie darin war.

»Du hast mir nie gesagt, dass sie so auf Natur steht«, hatte Paul zu Adele gesagt, als Karina wieder einmal mit Handschuhen und Schaufeln bewaffnet verschwunden war.

»Wusste ich auch nicht«, erwiderte Adele. »Vermutlich wusste sie es nicht einmal selbst. Aber dass sie ein Händchen für Gartenarbeit hat, wundert mich nicht. So ist es bei Karina immer – sie ist einer dieser unerträglichen Menschen, die in allem gut sind, was sie ausprobieren.«

Karina war nach ihrer Rückkehr aus Casablanca ruhiger und nachdenklicher geworden und hatte sich unersetzlich gemacht, indem sie sich um den Garten kümmerte, abwusch und vor allem für das Amüsement im Restaurant sorgte. Paul hatte den Eindruck, dass sie insgesamt entspannter war, seit sie ihre unkonventionellere Seite bei den Auftritten voll ausleben konnte. Wenn sie auftrat, war sie wild, boshaft, derb und eine Zerreißprobe für jedes Zwerchfell. Paul war manchmal besorgt, dass man in London auf sie aufmerksam werden und sie von ihm weglocken könnte, wenn man ihr versprach, sie berühmt zu machen. Karina hatte ihr natürliches Talent an einem der Karaokeabende entdeckt, als jemand aus dem Publikum rief, er hätte nicht gewusst, auf einer Transen-Show gelandet zu sein. Karina hatte zurückgeschossen: »Natürlich nicht, Schatz. Wenn du davon gewusst hättest, wäre keiner mehr hier – *du* mit Kleid und Federboa? Iiieeeh! Ich bitte alle Anwesenden mit einer lebhaften Fantasie vielmals um Entschuldigung dafür, dieses Bild bei ihnen ausgelöst zu haben.«

So hatte es angefangen. Das Publikum hatte Tränen gelacht und Karina kam langsam in Fahrt. Sie improvisierte, nörgelte, meckerte. Kurz – sie war einfach sie selbst: »Meine Mutter hat immer gesagt ›Oh, Kim, warum heiratest du denn nicht einfach ein nettes chinesisches Mädchen?‹, und ich antwortete: ›Scheiße, Mama – ich will ein nettes chinesisches Mädchen *sein*.‹ Also wirklich – konnte sie das nicht selbst sehen? Sogar mein Name ist schwul: Kim Qing. Dokumente unterschrieb ich immer mit K. Qing. K. Qing?! Heilige Scheiße – nicht nur, dass ich ein *Transsexueller* bin, nein, mein Name klang schon von Anfang an so, als wäre ich dazu geboren, Drag-Queen zu sein.«

Paul, der unbemerkt den Garten betreten hatte, beobachtete, wie Karina auf den verdorrten Busch einschlug. Er hüstelte, damit sie ihn bemerkte. Karina drehte sich um und wischte sich mit ihrem Unterarm den Schweiß aus dem Gesicht. Sie hob überrascht die Augenbrauen, als sie den Champagner in seiner Hand sah.

*

Sie mochte die Gartenarbeit. Hier konnte sie in Ruhe nachdenken, während sie Unkraut jätete oder alte Steinplatten ausgrub. Kniend hatte sie bisher die besten Einfälle für ihre Show gehabt. Sie brachte die Menschen mit ihrer dramatischen Selbstdarstellung so außer Kontrolle, dass sie vor Lachen fast nicht mehr konnten. Dass ihr das nicht besonders schwerfiel, lag vor allem daran, dass Karina auf ein wirklich interessantes Leben zurückgreifen konnte. Es schien ihr, als müsse sie das Erlebte nur aus einem etwas schiefen Blickwinkel betrachten und schon wurde es urkomisch. Karina studierte ihre Auftritte immer ein, wenn sie im Garten schuftete und mit Mutter Natur kämpfte. Jetzt, da sie eine Auftrittsmöglichkeit hatte, schien sie permanent zu proben, egal was sie gerade tat. Es entschädigte sie für all die frustrierenden Jahre, in denen sie vom Pech verfolgt schien. Paul unterbrach ihre Gedanken, als er mit einer Flasche Champagner und einem breiten Grinsen hinter ihr stand.

»Gibt's was zu feiern?«, fragte sie.

»Oh ja«, antwortete Paul und hielt die Flasche in die Luft. »Durstig?«

»Oh Gott, ja!«, sagte Karina enthusiastisch. Sie rammte den Spaten in die Erde, ließ sich die Flasche reichen und nahm einen tiefen Schluck des kalten, sprudelnden Getränks. Karina wäre etwas Süßes zwar lieber gewesen, weil der Champagner säuerlich schmeckte, aber immerhin handelte es sich um etwas zu trinken.

»Also, was ist los?«, fragte sie und gab Paul den Champagner zurück.

Paul atmete tief ein und strahlte sie an. »Ich bin geschieden!«

»Großartig!« Karina umarmte ihn freudig. Sie wusste, wie sehr er schon darauf gewartet hatte. »Heißt das, dass du jetzt frei bist?«

Er lächelte, seine Hand fest auf ihrem Hintern. »Im Moment schon. Bist du beschäftigt?«

»Ich bin müde, verschwitzt und ich stinke.«

Er lehnte sich zu ihr, roch an ihrem Hals und berührte dann vorsichtig ihr Ohr mit seinen Lippen. Sie fühlte, wie er mit seiner Hüfte gegen ihre drängte. »Für mich riechst du genau richtig«, flüsterte er ihr ins Ohr. »Ein wenig streng vielleicht, aber damit kann ich leben.«

»Warte nur, bis ich die Klamotten ausgezogen habe.«

»Hatte ich eigentlich nicht vor. Ich bin nicht besonders geduldig.«

Eine Hand schlüpfte unter ihr Sweatshirt. Karina zuckte zusammen bei der Berührung der kalten Hand, deren Finger ihre Brustwarze berührten und vorsichtig hineinkniffen. Ein angenehmer Schauer überlief sie und ihre Nippel wurden hart. Die Kälte war ein angenehmer Gegensatz zu seinem heißen Mund und der Zunge, die nach Alkohol schmeckte.

»Wo ist Adele?«, fragte sie, löste sich aus der Umarmung und ging auf die Tür zu. Paul folgte ihr und schaffte es, Karina an den Türrahmen zu drücken. Er war hart, geil und fühlte bereits die Wirkung des Champagners.

»Sie trifft sich mit einem Lieferanten«, sagte Paul, schob Karinas Sweatshirt nach oben und presste die kalte feuchte Flasche an ihren nackten Bauch.

»Au! Lass mich«, rief sie und flüchtete auf der Treppe in den ersten Stock, wo Pauls alte Wohnung gewesen war. Da sie schon eine ganze Weile nicht hier war, blieb sie stehen und schaute sich einen Augenblick lang um, ohne sich dabei um Pauls herannahende Schritte auf der Treppe zu kümmern. Es war faszinierend, wie sehr sich alles verändert hatte.

Die Wohnung war kaum wiederzuerkennen. Die Bauarbeiter hatten nicht nur einige neue Durchbrüche gemacht, sondern auch den alten Kamin generalüberholt, abgestützt und neue Dielen verlegt.

Paul näherte sich Karina von hinten, schlang seine Arme um ihre Hüfte und küsste sie auf den Nacken.

»Die haben hier ja einiges geschafft.«

»Ja. Sieht ein bisschen anders aus als vorher, oder?!«

»Sieht fast aus wie ... na ja ... wie ein Restaurant.«

»Das erleichtert mich. Danach sollte es auch aussehen.«

»Irgendwie seltsam, wenn man drüber nachdenkt«, sagte sie und drehte sich um. »Ich meine, dass Leute jetzt essen werden, wo wir Sex hatten.«

Paul lachte. »Daran habe ich noch gar nicht gedacht.« Er lehnte sich gegen die Wand und lächelte. »Eine völlig neue Perspektive. Vielleicht sollten wir es noch ein letztes Mal hier tun.«

»Damit ich mir Splitter in den Arsch reiße?! Vergiss es!«

Er schob seine Unterlippe nach vorne wie ein kleiner schmollender Junge – ein Gesichtsausdruck, den Karina jedem Mann aus dem Gesicht gewischt hätte, der nicht so unverschämt gut aussah wie Paul. »Adele braucht noch eine ganze Weile, bis sie wieder da ist«, bettelte er.

»Vielleicht kommt sie ja auch früher«, sagte Karina.

»Wenn sie früher kommen sollte, wird dir schon was einfallen, um sie zu überzeugen«, sagte Paul und nahm ihre Hand. »Man sagt, dass du ziemlich charmant sein kannst, wenn du willst.«

»*Man sagt*?? Du weißt genau, dass es so ist, du Rotzlöffel.«

*

Adele kurbelte die Fenster herunter und drehte das Radio lauter, als sie mit Pauls Wagen durch die Frühlingslandschaft fuhr. R.E.M. trällerten fröhlich *Happy Persuasion*. Das Wetter war eine milde Sommertagsvariante und die Welt war in Ordnung. Auf dem Beifahrersitz hatte sie einige Körbe mit Gewächshauserdbeeren verstaut, auf die sie besonders in den Kurven achtgeben musste. Wenn sie gewusst hätte, dass die Gärtnerei Proben verschenkt, hätte sie Paul mitgenommen. Sie aß eine Erdbeere, die großartig schmeckte, vor allem wenn man bedachte, dass sie aus einem Treibhaus stammte. Wenn erst einmal die Erdbeersaison anfing, würden sie noch besser sein. Der Liefervertrag, den sie gerade ausgehandelt hatte, würde sich spätestens während der Sommerzeit rentieren: Erdbeertorten und frisches Erdbeereis waren schließlich die beliebtesten Desserts.

Ihr wurde der Mund wässrig, wenn sie an Erdbeeren mit flüssiger Sahne dachte. Die roten Beeren würden sich wie dunkle Brustwarzen von dem weißen Untergrund abheben. Sie liebte die leuchtenden Früchte in der verführerischsten Farbe, die es gab – ihrer Glücksfarbe. Kleine weiße Streifen würden an den Früchten herabrinnen und die Sahne pink färben.

Der DJ im Radio plapperte irgendetwas von dem Comeback einer Suzanne Hausmann, die sich früher Suki genannt hatte. Adele widerstand dem Reflex, den Sender zu wechseln, aber eigentlich nur, damit sie sich daran ergötzen könnte, wie schlecht der Song von Karinas Ex sein würde. Wie viele andere Neuveröffentlichungen war es ein Cover, eine mit Klavier begleitete neue Version des alten Smokey-Robinson-Hits *Tracks of my Tears*. Adele musste zugeben, dass Suki singen konnte und den Song überzeugend rüberbrachte. Trotzdem konnte sie sich ein Grinsen über den Text nicht verkneifen, in dem es darum ging, dass die neue Freundin nur ein billiger Ersatz für die große Liebe war.

»Dein eigener beschissener Fehler, du blöde Kuh«, sagte Adele zum Radio. »Sie gehört mir. Du hast es selbst vermasselt. Sieh zu, wie du damit klarkommst.«

Gut gelaunt sang sie mit und erreichte die Stadt. Da man vor dem Restaurant nicht halten konnte, musste sie einmal um den Block fahren und ein kleines Stück laufen. Karina buddelte vermutlich im Garten und Paul saß heute sicher über seinen Papieren, weil am nächsten Tag die Bauarbeiter wiederkommen und überall hämmern und lärmen würden. Adele war Paul dankbar, dass er Tom nicht wieder als Tischler eingestellt hatte. Nur die beiden Daves waren wieder da, die sich mittlerweile an Karina gewöhnt hatten und sich nicht aus der Fassung bringen ließen, wenn sie angeschrien wurden, weil sich Karina begafft fühlte.

»Ich bin vergeben und ich habe einen Penis – und jetzt verpiss dich«, war einer ihrer beliebtesten Anti-Bauarbeiter-Sätze.

Seit Casablanca war nicht mehr über eine Operation gesprochen worden. Karina hatte zugegeben, dass sie sich vor allem an Suki hatte rächen wollen und nicht etwa weil sie wirklich eine Frau sein wollte. Adele hatte Karina gewarnt, dass kein seriöser Arzt eine Geschlechtsumwandlung bei ihr durchführen würde, solange sie psychisch so labil blieb. Der Gedanke an eine psychiatrische Behandlung stieß Karina ab. Also machte sie weiter wie früher und schien damit ziemlich zufrieden zu sein. Trotzdem bereitete sich Adele innerlich auf den Tag vor, an dem sich Karina endgültig für eine Operation entscheiden würde. Sie bedauerte nach wie vor, dass Karina ihr vor Jahren nicht die Chance gegeben hatte, sie zu unterstützen.

Adele betrat das Haus durch die Seitentür und ging nach oben, wo die Tür zu Pauls Wohnung schon zugemauert war, aber noch nicht verputzt. Während der größten Bauarbeiten auf der unteren Etage hatte sie einige ungemütliche Nächte in einem Hotel verbringen müssen und sich Sorgen um ihre Wohnung gemacht. Zum Glück war aber nach dem legendären Kaminunfall nichts weiter zu Bruch gegangen.

Als sie die Tür aufschloss, hörte sie bereits Stimmen aus der Wohnung. Bevor Adele das Schlafzimmer betrat, aus dem die Stimmen gekommen waren, setzte sie eine beleidigte Miene auf. Karina lugte mit nackten Schultern wie eine Eule unter der Bettdecke hervor. Paul, dessen nackter Hintern irgendwo zwischen der verknäulten Bettwäsche zu erkennen war, sah nicht aus, als würde er sich schämen.

»Was soll das denn werden, wenn's fertig ist?!«, fragte Adele und stellte die Erdbeer-Körbe auf die Kommode.

»Ich verweigere die Aussage«, sagte Karina.

»Was?«, fragte Paul verwundert. »Adele, ich kann alles erklären ...«

»Ach ja?« Sie zog ihr T-Shirt aus. »Ich kann nur hoffen, dass ihr einen verdammt guten Grund hattet, ohne mich anzufangen. Platz da!«

Die Autorin

Nach einem abgebrochenen Studium in London kehrte *Anna Clare* auf ihre Heimatinsel, die Isle of Wight, vor der britischen Südküste zurück, wo sie sich zunächst in einer Vielzahl von Jobs versuchte – unter anderem als Bardame, Aktmodell, Sekretärin und Zimmermädchen – bevor sie sich ganz dem Schreiben widmete.

Anna Clare
ADELE HAT DEN SCHÖNSTEN MUND
Erotischer Roman

Übersetzt von Nikola Lamberti

ANAIS Band 4
ISBN 978-3-89602-550-0

ANAIS ist ein Label des Berliner Schwarzkopf & Schwarzkopf Verlages.

Lektorat: Victoria Groß
Titelbild: © Mayer George Vladimirovich / shutterstock.com